U0956831

魅丽文化

天下同萌

掌门不设防

苏末那 著

廣東旅游出版社
GUANGDONG TRAVEL & TOURISM PRESS
悦读书 · 悦旅行 · 悦享人生

中国 · 广州

图书在版编目（CIP）数据

掌门不设防 / 苏末那著．— 广州 ：广东旅游出版社，2017.12

ISBN 978-7-5570-1149-9

Ⅰ．①掌… Ⅱ．①苏… Ⅲ．①长篇小说－中国－当代 Ⅳ．①I247.5

中国版本图书馆 CIP 数据核字（2017）第 263908 号

出　版　人：刘志松
总　策　划：邹立勋
责 任 编 辑：梅哲坤

广东旅游出版社出版发行
（广东省广州市环市东路 338 号银政大厦西楼 12 楼）
邮编：510060
邮购电话：020-87348243
广东旅游出版社图书网
www.tourpress.cn
湖南凌宇纸品有限公司印刷
（湖南省长沙县黄花镇黄垅新村二业园财富大道 16 号）
880 毫米 ×1230 毫米　32 开
10 印张　　268 千字
2017 年 12 月第 1 版第 1 次印刷
定价：32.80 元

目录

CONTENTS

第一章 天下第一剑

天启国北境矗立着的衡山常年云雾缭绕，七十二群峰层峦叠嶂，气势磅礴。江湖传言，“天下第一剑”与“天下第一贱”皆出自此山上的衡山派，前者是指季慎手中的苍寻剑，后者则是他本人，为人所津津乐道。

正午的日头最烈。阳光驱散雾气，露出恢宏建筑，犹如山水画一般寂静壮阔。

“师姐，师姐，师叔的飞鸽传书！”一道突兀的疾呼声打破了这份宁静，身着紫衫的娇俏女子匆匆忙忙奔了过来，手里擒着只鸽子，眼里闪过一抹精光。

“处理掉。”刚练完功的顾子嫣一个漂亮收势，剑刃入鞘，她转过头对上那只鸽子的黑豆眼，相看两相厌。

“加急密函？”沈璃戳了戳鸽子，犹豫着多嘴了一句。

顾子嫣皱眉，这是这个月第几回了？哪回来的不是账单？客栈的，酒楼的，还有青楼的！弄得她现在都快得了信件恐惧症，一看到鸽子就想直接炖了吃了。

那只鸽子似乎有所察觉，缩了缩脖子，瞪大了黑豆眼表示无辜，略带贱意的讨好模样像极了它主子。顾子嫣只觉得嘴角惯性抽搐，移开视线愈加坚定地说道：“扔了。”

沈璃歪头，是扔鸽子还是扔信，抑或是一起扔？犹豫片刻，沈璃举起手作势要将两者一道丢出去，鸽子受惊，扑棱着翅膀，黑豆眼里盛满了惊恐。

“啧啧，这么紧急的样子，也不知道师叔惹了什么事儿，连密印都用上了……”沈璃咂着嘴，故作不经意地说道。

“等等。”顾子嫣略带不甘愿的声音响起。她从沈璃手里拿过鸽子，视线落在沈璃身上，后者立刻会意，意味不明地笑了两声退下了。

展开字条，入目是熟悉到不能再熟悉的字迹：“师侄……啊……我被下药……贞操有危机……”

得，还是“呻吟体”。顾子嫣抽着嘴角，猛地攥紧了字条，犹豫半晌后终还是神色不明地提剑下山了。

没过一会儿，山门后闪过一抹俏丽紫色，沈璃噙着一抹笑蹦到几名身着衡山派服饰的弟子中间，摊着手道：“来来来，给钱给钱！”

“就不该相信师姐的最后一回，喏，一两银子。”

“师姐也太不坚定了，就这么被师叔吃得死死的！”

“坑弟啊！”三师弟幽怨。

“啊？”众人不解。

“坑师弟啊！”三师弟交出了一串铜板，满脸郁闷地补充道。

沈璃手里捧着碎银眉开眼笑，忽地压低了身子，示意他们附耳过来，低语道：“师叔那可是掌门师父指给师姐的未婚夫，这未来夫婿出了事儿，她能不去吗？”至于这出事的频率如此之高，沈璃在心底撇了撇嘴，认为很可能是二人间的情趣。

赶在下山路上的顾子嫣蓦地打了个寒战，背后升起一阵凉意，她回头看了一眼，继续朝着山下走去。如果顾子嫣知道沈璃如此造谣的话，她应该会先上山将沈璃打一顿，遏制谣言后再下山灭了作孽的季慎，这俩都是成了精的祸害！

不出一炷香的时辰，顾子嫣便站在了春风醉金光闪闪的招牌下。莺声燕语绕耳，浓重的脂粉味扑鼻而来，顾子嫣当下转身欲走。

“哎哟，这是打哪儿来的姑娘，长得这么俊，来寻乐子还是……”穿金戴银的老鸨摇着丝质的扇子风姿绰约地走到她面前，上下打量着。

顾子嫣沉着一张脸，视线扫向老鸨，手中的剑鞘一抖寒光乍起，直直搁在老鸨的脖颈上，低沉着嗓音问道：“我师叔在哪儿？”

“你师叔是谁啊……”老鸨又急又闹心：连个名字都不说，我哪里知道你师叔是哪个？

顾子嫣一愣，脸上闪过一抹可疑的红晕。她略带掩饰性地咳嗽了一声，维持着面上的稳重，咬着牙挤出两个字：“季慎。”

“季……季……季公子在寻芳阁。”老鸨暗咒自己不开眼，竟没看到她带了家伙，还是那位不能惹的主儿招来的，于是食指一点指明了方向。

顾子嫣面无表情地收回剑，径直上了二楼，循着门上挂着的牌子找到了寻芳阁。她还未靠近，便听到从里头传出断断续续的呻吟声，极为伤风败俗！

搭在锁上的手一顿，顾子嫣沉着脸直接用脚踹开了门：“师叔你……”“不要脸”三字哽在喉咙里，她被眼前的景象震住。

一张宽大的檀香木床榻，俊美男子侧卧于榻上，半眯着的狐狸眼内满是慵懒。

顾子嫣顺势瞥了一眼被捆成粽子还努力朝着门口挪动的青楼女子，敛眸，捡起地上的衣裳盖在季慎的身上，端着正色道：“师叔，小心着凉。”

季慎愣了愣，眼底掠过一抹暗光，这台词明显不对啊！季慎微微扭动，外袍再度滑落，他滚烫的身躯贴上顾子嫣，双眸微闭发出一声满足喟叹：“师侄……”

耳边拂过湿热的气息，顾子嫣的身子陡然一僵，脖颈处泛起一股酥麻之意。轻柔细致的吻落下，勾起丝丝缕缕的情欲，暧昧的喘息声回荡在屋子里，隐约还夹着一抹细微的惊呼。

惊呼？顾子嫣蓦地回过神，一个利落的擒拿，猛地将季慎反压在床上。

“师侄……第一次还是传统式比较好……”季慎眼角微挑，

眸底霎时掠过一抹促狭笑意。他好整以暇地瞅着面颊上泛起淡淡绯红的正经师侄，果然……还是逗弄师侄最好玩了。

顾子嫣维持着这个姿势，思考着“传统式”该与什么对应，清亮的眸子里闪过一丝疑惑。

“咚”一声骤然响起，二人朝着发声的地儿看去，只见那名青楼女子睁着圆眸僵直着身子微微发颤，似乎受了很大的惊吓。而那女子察觉到他二人的视线，立马转过了脑袋，抵着门背对着他们，努力减弱存在感。

这么邪恶的内容……她真的一点都不想关注！

顾子嫣盯着那背影看了一会儿，蓦地起身走到那名女子跟前，一把拽过，将人带到了软榻之上，沉吟道：“师叔，这位姑娘正好。”

走在回衡山派的路上，顾子嫣瞅着前头走着的颀长身影，面上的表情略为纠结：“师叔，我错了……”

季慎脚下的步子一顿，转过身子，眸子里闪过一抹隐隐的期待，声音却沉稳：“哪儿错了？”

“出门不带银子这种事儿下次不会有了！”顾子嫣抬起眸子，郑重地保证道。

没有银子上青楼被果断丢了出来，这让顾子嫣很惭愧。

忽然一道浑厚钟声从山顶传来，回荡在林间。顾子嫣面色一凛，只见靠着树桩的季慎一骨碌爬起来，面上敛去玩闹神色，抿唇看向衡山派所在的方向。倏地，他伸手揽住顾子嫣的腰，朝着钟声响起的地方跃进。

顾子嫣微愣，瞅着师叔忽然变得严谨的侧面暗叹：师叔，你中的毒药好生微妙啊！

钟声响了数十下，待顾子嫣他们赶到的时候沈璃已经候在门口，见着季慎恭敬地行礼道：“师叔，几位长老在议事厅，让你一回来便过去。”

“几位长老出关了？”顾子嫣诧异地问道，那几位痴恋武学，她一直以为他们会在后山待到圆寂。

一旁的季慎一声轻哼，声音里透着咬牙切齿的意味：“那几个老不死的肯出来了？”

说完，他身形一闪，人就消失了。

“师姐，我怎么觉得师叔这是要去弑祖啊？”沈璃瞅着季慎那架势，喃喃道。侧头看去，见顾子嫣一脸沉思状，沈璃顿时后悔自己说错话了。师姐很正直，也很容易当真！她连忙打岔道，“师姐你们怎么那么快就回来了？师叔这么快解决问题了？”

顾子嫣回想着季慎那慑人的表情，没听清楚沈璃说了什么，大致意思是她看了信件，便点了点头对她交代道：“这事儿你别说出去，毕竟不光彩。”师叔是衡山派代理掌门，被人下了药，着实有碍风化。

而此刻沈璃脑子里只盘旋着一个“快”字，英挺俊朗的师叔被师姐嫌弃了……

远在议事厅内的季慎打了个喷嚏，心里一颤。

“急着找我来所为何事？”季慎一身暗红的华服站在议事厅正中，妖冶中透着几分迫人的气势，隐忍的厉芒在眼底一闪而过，他目光扫向位子上的几人，淡漠道，“不是躲我还来不及吗？”

其中一名白发老者咳嗽了一声以掩饰面上的尴尬，开口道：“师侄误会了，吾等这几年潜心修习，领悟心法，为的是让衡山派能愈加精进！咯咯，不过今日出关，实为迫不得已。”

“师兄，长话短说，别绕圈子了。”右侧的老者凉凉开口，轻抚胡子，扫向季慎的眼神闪过一抹满意，难怪轻舟非要破格收他为徒，的确是练武奇才。

“咯咯，是这样。”那位长老瞪了他一眼，瞥到了最末尾哭丧着脸的五长老，神情一顿，说道，“这事儿还是让五师弟来说，他最有切身体会。”

季慎默然不语。

“我……”五长老忽然被点名，表情愈加难过，“我的筒子清一色被射成了马蜂窝，这是我五年来唯一有希望能和的牌啊……”

“噗……”大长老刚喝入口的茶悉数喷出，嘴角抽搐怒吼道，“不是让你说这个！”

五长老倍感委屈，开口道：“有人潜入了衡山派后山，给我们下了挑战书。”下挑战书而已，何必跟我的麻将牌过不去……

“挑战书？”季慎反问，忽地联想到近日听到的传言，武林盟主穆霸天与其他几个门派联合，说是要让弟子们切磋切磋，为的是各派交流感情，促进武林和谐。

二长老点头，沉吟道：“穆霸天与外界说是切磋武艺，却唯独对我派下挑战书，行为嚣张，若我们不去，他必然会想着法子抹黑我们衡山派。”

“武林盟主三年一届，穆霸天已经蝉联了三届盟主，华山派因此风光无限。只不过六年前你师兄宋青山在武林大会上失手误伤穆霸天，此人心高气傲，对此事耿耿于怀，一直想着报当日之仇。”大长老在一旁补充道。

季慎沉吟起来，师兄与穆霸天的过节儿他十分清楚，起因还是他。当年师兄带他去观摩，在穆霸天与人比试的时候，他有口无心地说了几句华山派武学在衡山派之上的话，师兄不服就上去跟人比试了，还赢了，结果因为没有报名参赛不算名次，可说着实伤了穆霸天的颜面，他想要一雪前耻也是常情。

“你们应了。”看着如今的阵仗，季慎用陈述的语气道。

五长老闻言缩了缩身子，尽量挪到了四长老身后极为不好意思地笑道：“当时气急我就甩了张麻将牌出去，那人说‘收下’就走了。”

“然后我们发现桌上少了张红中。”二长老一脸淡定地说道，看着季慎，蹙了蹙眉，“其实找你来还有一事。这些年我们一直在派人找当年通风报信的小厮，有探子说那人近日在华山派出现过。”

季慎身子有一瞬的紧绷，墨黑的眸子里刹那闪过一抹锐光，紧接着便蓄满了凝重，他沉沉盯着二长老哑着声说道：“你说当年出卖我们季家的那人？”

二长老瞅着那张与那人酷似的脸，叹了一口气：“当年是我们误信小人，让你小小年纪承受无妄之灾，能找到那人，接下来……”

“此事无须你们插手。”季慎垂眸，打断了二长老的话，极为冷静地开了口，“这是季家的事，与你们名门正派无关。”

话音刚落，他一个躬身退出了议事厅。

坐在厅里的几位长老一同变了脸色，不知谁一声轻叹：“这么多年过去，性子还是和以前一样。”

一个“你们”，便被离间。衡山派是正派，而他出自魔教。

门打开的一瞬，季慎看到外面站着的人，眸子里的寒意消退，却不知她是否听到，所以默然不语。

顾子嫣凑上前，看着里面健在的五位，微微松了一口气。察觉他面色不善，她担忧地问道：“师叔，你还好吧？”

季慎的心一暖——果然师侄还是关心我的！

“还好你没有饥不择食地对师叔祖们下手！”顾子嫣勾起嘴角，绽出一抹如释重负的笑。

这种甚感欣慰的表情是怎么回事？季慎头也不回地火速离开，生怕一个失手把这师侄拍死了。

顾子嫣瞅着那抹背影消失在视线里，无奈地叹了口气，想起方才他们的对话，暗暗蹙眉：师叔真是不让人省心啊！

“子嫣？”

“在！”听到里头传唤，顾子嫣收回视线踏入了议事厅，行礼道，“弟子顾子嫣拜见各位师叔祖。”

“好好好，多年没见，小丫头长大了。以前青山总是在我们面前夸，说有你这个首席弟子在他可省心多了。”大长老笑言道，眼底掠过一抹精光，“让你照顾季慎，难为你了。”

“身为衡山派弟子，理应为本门排忧解难！”顾子嫣挺着身板，一本正经道。

没错，照顾季慎不要让他败光衡山派名声这个首要任务，是师父交给她的，她一直在努力执行。每回看着师父拿热脸去贴师叔冷屁股时，她总有一种师叔是师父私生子的错觉，师叔总仗着这层身份可劲地折腾！

看着顾子嫣那张正直的面孔，大长老忽然语塞，将心底那股诱骗无知少女的错觉压了下去，正色道：“下月十五就是武林大会，今年我们衡山派也会参加。”

“嗯？”顾子嫣疑惑，衡山派一向低调，视虚名为浮云，自师父宋青山过世更是不问世事，怎么突然……

“你和季慎一道去。”

“师叔？”这决定更是出乎她的预料，让师叔去比“贱”？顾子嫣想起季慎不安于室的所作所为，忽然有了不好的预感。

大长老走到顾子嫣跟前，一脸郑重地拍了拍她肩头道：“江湖上有很多关于你师叔的传说，师叔祖只有一个要求，不能让你师叔的江湖传说被证实。”

顾子嫣汗颜：“师叔祖，何必让师叔出马呢？”她暗忖，反正只是去打个酱油，不要放师叔出去损人损己比较好吧？

在几位长老犹豫该如何解释时，二长老突然发言：“此事已定，你们稍后收拾收拾就去，事关门派荣辱，切记谨慎行事！”

“弟子遵命。”顾子嫣脑袋一热，条件反射地抱拳应下。

这是师父宋青山在的时候养成的习惯，只要搬出“事关门派荣辱”这句话，她铁定会头脑发热应下一些不好的事情。

待顾子嫣反应过来后，整个人都不好了，让她带妖孽去江湖放风？师叔祖，“事关门派荣辱”不是这么用的吧！

今天衡山派的晚膳是一锅鹿肉。

季慎轻轻挑了眉，唤住来送饭的弟子：“这是……”

“师叔，这是大家的一番心意，身为本派掌门没有什么不行的！”那名弟子长得眉清目秀，却露出语气质不符的猥琐神情，挤眉弄眼道。

季慎瞥见他的目光流连在自己身上，再看了一眼锅内香气四溢的鹿肉，眼中闪过一抹了悟。他以拳掩唇咳嗽两声，略显暧昧的视线落在那名弟子的脸上，慵懒问道：“那……负责灭火吗？”

小弟子蓦地瞠圆了眸子，看着师叔调笑的神色，有一瞬失神，结结巴巴地问道：“灭……灭、灭火？”

“这吃了，总要证明一下行不行的。”季慎作势拿起勺子，舀起一口汤，视线却牢牢锁住了那名弟子，意思明了，“你以后便跟着我吧，你不是一直想学回风落雁剑吗？”

“我……我是不会出卖自己的！”清秀的脸瞬时涨得通红，小弟子立刻飞一般逃走了。

门被打开的一瞬，躲在外头偷听的沈璃也暴露在季慎若的目光里。她讪笑两声，挥着手保证道：“师叔，您想潜规则小师弟的事……我不会告诉别人的！”说完，逃也似的离开了。

季慎敛眸，那骨节分明的手指摩挲着下巴，面上浮起一抹诡笑。他搁下了手中的汤匙，将那散发着肉味的锅子挪远了些，闭眸静候某人自己送上门。

不多时，隐含怒气的叩门声响起。

来了？季慎眉梢一挑，却在看到来人时面露诧异，他敛去嘴角刚扬起的笑意，漫不经心道：“晴容师侄？”

“晴容拜见师叔。”一袭绿衫，衬着高挑纤秀的身影，名唤晴容的女子容貌生得艳丽。她的视线触及桌上那一锅冒着热气的鹿肉时，不由得轻蹙起眉头，闪过一丝不悦。

“不知晴容师侄这时候找我，所为何事？”季慎悠然斟了杯茶慢慢品着，这一副谪仙之姿，若是让顾子嫣瞧见又该说他装腔作势了，偏生他是属于装得好的那种，看宋晴容一脸的失神便知道。

直到刻意的咳嗽声响起，宋晴容才收回视线，面上一红，连忙说道：“师叔如此纵容，只会让他们越发放肆，敢如此编排师叔，应当按门规处置。”

季慎噙着抹浅笑，看着宋晴容的恬淡面容倒是与某人有几分相似，他嘴角的笑意染上一丝玩味，开口道：“只是玩笑罢了，晴容师侄不必在意。”

晴容愣怔地看着眼前的俊美男子，不禁回忆起那日所见，无意识地呢喃道：“师叔，是衡山派对不起你，师父的死……”

“你说什么？”季慎倏地眯起眸子，目中闪过一抹冷厉，面上表情未变，语调里却透着彻骨的冷意。

晴容死死咬着下唇，被那迫人的视线注视着有一瞬想退却，还未开口就被突然闯入的人打断：“师叔，你——”

顾子嫣来势汹汹地闯了进来，却发现师叔的房里原来还有师姐在，她连忙压下了满腔怒火，对宋晴容恭敬地道：“晴容师姐。”

“师妹，看样子你找师叔有事，既然如此你们先聊，我告退了。改日我若有不懂的，还请师叔指教。”宋晴容的脸上浮现淡淡笑容，只是那抹笑意未达眼底，与季慎对视一眼，她便转身离去。

顾子嫣瞅着宋晴容的背影，忽地开口道：“师姐真是我辈楷模，若师门都如此好学，衡山派一定会繁荣富强！”

“那就没活路了。”季慎鄙夷地勾了勾唇，小声嘀咕道。

“什么？”顾子嫣凑近了些，瞪着季慎，忽地想起自己来的目的，“师父传你回风落雁剑法，你却用来勾引小师弟，你太不要脸了！”

“这不是某人说我不行，大家孝敬的？我自然要证明一下。”季慎将那锅鹿肉推到了她眼前，一脸无辜地看着她，眼神里满是指证的意味。

顾子嫣蹙眉，鹿肉的功效，她是知道的，看到这么大一锅……众位同门还真是热情啊！

顾子嫣略带怀疑地瞥了他一眼，看着他特别诚挚的眼神，心底莫名升起一抹愧疚：“那个……师叔，谣言止于智者，等这件事过去就好了。”

“太久了，我等不及。”季慎果断否决。

——师叔，你这是怀疑我们门派智力的水准吗？

“此事由师侄而起，还请师侄担负起责任，师侄不是个没担当的吧？”季慎说着便眯起他细长的狐狸眸子，扬起一抹危险的笑容。

“笑话，我顾子嫣像是那种不负责任的人吗？”顾子嫣还没细想，便先开口反驳。

季慎隐去眸中得逞的笑意，起身走到床前一躺，勾了勾手指道：“那便来吧。”

顾子嫣惊悚，慌忙捂紧了衣领，咬牙切齿道：“违背三观的事我不做！”

一声轻笑，狭长的眸子挑起丝丝缕缕的潋滟风情，季慎揶揄道：“师侄，我只想让你帮我按摩而已，算是补偿我受伤的男人尊严。”

顾子嫣清秀白皙的脸颊上染上了一抹绯红，有一丝窘迫，她想太多了。

“嗯，轻点……

“用力，再用力一点，师侄，你好厉害！

“对！就这样……”

顾子嫣一头黑线地看着兀自演得欢快的师叔，好像有哪里不对吧？

是夜，众人消化了掌门师叔意欲潜规则傅安小师弟这一劲爆消息后，又听到从掌门师叔房里传来的销魂叫声，顿时都震惊了！

月色下，一抹俏丽身影独立寒风中，望着窗子上映出二人叠合的画面，攥紧了拳头，低垂的眸中闪过一抹不甘和阴狠。

顾子嫣……她宋晴容到底是哪里比不上？！

“晴容，要好好照顾师妹，那么呆，别老是让元鹤手下那几个崽子欺负。

“子嫣身上的衣裳短了旧了，挑个日子下山带她去买几件，你自己也是。

“每天练功那么晚，不多吃点怎么行，师父给你留了鸡蛋面，吃了身子才能壮实。”

在师父眼里，顾子嫣招人疼，他便一股脑儿地把最好的都留给了她，不管是首席弟子的身份，还是师叔。

明明是她先遇上的，为何要选择那个呆傻的顾子嫣？她不甘心啊！院中忽然有黑影掠过，宋晴容一愣，极快地提步追上，神色有一瞬晦涩。

衡山派的后山禁地，四面八方尽是茂密树林，枝繁叶茂到将月光挡住，一片漆黑。宋晴容毫不犹豫地入了林子，找寻着那人踪迹。

几声不知名鸟儿的啼叫声越发衬托出了夜的静谧。宋晴容似是有感应地抬眸，有黑影自头顶的树丫跃下，一道几乎融合在树荫中的身影，突兀地立在她身前。

“义父。”宋晴容恭敬地行礼道。

“让你找的东西找得怎么样了？”一身黑袍的男子，黑巾蒙面，只露出两只眼睛，在暗夜中闪着锐利的光芒，似是审视，说话的声音犹如沙砾磨过一般，破哑干涩。

宋晴容面上闪过一抹惶恐，跪在地上：“还请义父再多宽恕几日，季慎今日刚回来，我还未来得及下手。”

“是来不及还是不舍得？！”黑袍男子蓦地出掌，袭向她的肩口。宋晴容的身子晃了晃堪堪稳住，硬是受下了。

“晴容定不辱使命。”宋晴容暗自咬牙，嘴角溢出一抹鲜血，捂着火辣刺痛的肩口磕头叩谢，心知这已然是他手下留情。

“这只是个教训，认清你自己的身份，血煞门不养废物。”来人一双修长的手从袍子里伸了出来，手心里赫然多了一只瓷瓶，“别让人看出破绽，季慎要去参加武林大会，你也一道跟着，若再敢拖延，绝不留你。”

“晴容不敢。”宋晴容立刻表明态度，换来那人一声意味不明的哼笑，几声树叶扑簌，那抹黑影转瞬不见。宋晴容额上满是薄薄汗液，瘫软在地。她捏紧了手中的瓷瓶，艳丽的容颜有一丝扭曲。

她是宋晴容，亦是二十年前被血煞门门主收养的孤女，袭月。

衡山山脚下的小镇叫方口镇，地方不大，民风淳朴。从镇子口走到关口不过几里路，守着关卡的士兵忽然伸手拦住了正要过关的几人，瞅着其中一名高挑女子，他神情猥琐道：“站住，例行搜身！”

站在女子身侧的人蹙了蹙眉，一袭素青长袍衬得身姿挺拔，眉宇之间一股英气，雌雄莫辨的容貌亦是令人移不开眼。原先想要搜女子身的士兵失神地走到这人面前，一伸手，手腕蓦地钻心疼，他愤怒地抬眸，却对上一双美艳的眸子，士兵讷讷道：“你……”

“官爷，我家相公不喜欢人家碰。”动作轻柔地松开了那人的手，高挑女子开了口，声音偏低沉，隐约能察觉一丝不悦。

周边的几人见着他吃瘪的模样，纷纷露出嘲笑的表情，自觉面子挂不住的士兵便想挽回颜面，扬起了手，挥向那女子。他的手还未触及那人，便因冰冷触感定在半空中，还对上一双隐含薄怒的眸子。

眼见状况不对的小厮立马从后头冲了过来，悄悄塞了一些碎银给那位官差，讨好地笑道：“这位差爷，我家少夫人脑子不大好，少爷天生蛮力，老是不小心拧断人的手啊胳膊的，您千万别跟他们计较，伤着自己就亏了。我家老夫人催得紧，着急回去，还请通融通融。”

被剑鞘挡在半空的手略带不甘愿地收了回去，士兵掂量掂量手中的碎银，随即动作麻利地把它们塞进了袖子，不耐烦地甩了甩手道：“走吧走吧。”

一行五人就这么过了关口，到了方口镇郊外。河畔两岸杨柳青青，风光绮丽，方才开口的小厮却哭丧着脸，极为心痛地念叨着：“银子，我的银子……”

走在前头的高挑女子蓦地回眸，瞅着身后的小厮，嘴角缓缓勾起一抹森然的笑，直看得某人背脊发凉。高挑女子轻启薄唇道：“少夫人脑子不好使？”

“呵呵，我好像患了失忆症，刚才说了什么，我什么都想不起来了。”小厮干笑着躲到了顾子嫣身后，寻求庇佑。

这时，面黄肌瘦的妇人带着一名孩童步履蹒跚地走到他们面前，看上去十分虚弱的模样，神色凄楚地乞求道：“好心人施舍一点吃的吧，都饿了好几天了，求求您了。”

青衫男子瞥了一眼小厮，出声道：“沈璃，把我们带的干粮分给他们。”话音刚落，一直关注着这边的几个衣衫褴褛的人渐渐围聚过来，眼睛里泛起幽光，显然也是饿了许久。

“师姐……”没错，那名长得瘦弱的小厮就是沈璃，她瞅着一身青衫男子打扮的顾子嫣嘟囔了一声，把干粮分给了饥民，他们吃什么？她手上的动作却不带停顿，将带着的干粮分发给了饥民。

“多谢恩公，多谢恩公。梓县突然发鸡瘟，鸡全病死了，县官下了封锁令，不管染没染上，一律烧死。我们好不容易才逃出来的！”察觉恩公一行有人皱眉，那妇人连忙开口解释道，“我们没病，真的，要不也走不了那么远，早死在路上了。要不是念着我家天儿还小……”

顾子嫣闻言有一丝动容，径直从沈璃带着的包袱里翻出一些银两，塞到了妇人手里：“大娘，这银子你拿着，离这里二十里路有个村子，在那儿能落脚。找份活计，带着孩子好好活下去。”

“这使不得！”妇人一阵推拒，面上闪过一抹为难的神色。高挑女子走了过来，抿唇笑道：“你就成全我相公的心意吧，这些银子我们也不缺，你便放心拿着吧。”

那妇人感激地拉着小孩儿跪下磕头，被顾子嫣拦住。一旁的沈璃咬着另一名纤细女子的袖子，泪流满面。

——那是我们所有的盘缠啊师叔，妻奴不是这么当的啊！

待那些人走了，被咬着袖口的女子弱弱开口：“师姐，这是我唯一的一套衣裳……”

沈璃犹如吞了一只苍蝇，神情别扭地移开了视线，嘴角抽搐道：“把你的脸遮起来，我会控制不住想要替天行道。”

傅安委屈地咬唇，扑了厚重脂粉的面颊愈加红艳，一脸的欲哭无泪——师叔，你这是打击报复！

“相公，我们抓紧时间赶路吧。”高挑女子腻在顾子嫣身旁，贴心地递上水壶。

顾子嫣抖了抖身上的鸡皮疙瘩，捏着水壶的指关节隐隐泛白，咬牙道：“师叔，你敢不敢正常一点！”

男扮女装、女扮男装的主意是季慎想出来的。人在江湖飘，哪能不设防——这样若真被有心人抓了，凭季慎与傅安的功夫也能脱险，故此顾子嫣没有反驳。只是“相公”这种称谓为何会出现？

“再耽搁下去，今晚怕是到不了清河镇了。”宋晴容淡淡地开口提醒道，视线掠过与顾子嫣并肩而立的季慎，眼里掠过一抹黯然。

他们还未走出多远，便被一群凶神恶煞的劫匪拦住了去路。站在最前头的显然就是土匪头子，脸上有一道疤痕，将一把大刀甩在肩上，匪气十足地开了腔：“要从此坡过，留下买路财。”

顾子嫣瞥了一眼土坡边上还算宽敞的道路，悠然走了过去。那土匪惊诧地张大了嘴巴，下一瞬，手上的大刀横在顾子嫣胸前一寸处：“哟，今儿个碰上不要命的了，知道我是谁……”

“不想知道。”顾子嫣凉凉抬眸，看着又哑声了的土匪头子道，“我没从坡上过。”

“呃……”

“是你自己说的。”说完，顾子嫣神色认真地看着刀疤脸，用眼神无声谴责他的言而无信。

“我管你过没过，总之老子是来打劫的，刚才给那几个难民钱时倒是阔气，也顺道救济救济咱们兄弟几个吧？！”刀疤脸嘴角抽搐，不再与她纠缠这个过没过的问题，甩开了脸道。

原来是露了财。顾子嫣蹙了蹙眉，沉吟道：“没了，刚才都给完了。”

“你骗老子玩呢！又不是傻子，会把盘缠全部给完吗？”刀疤脸土匪一脸的不信。

盘缠全部给完的顾子嫣脸很黑。

"呔！光天化日，朗朗乾坤，尔等鼠辈竟然敢抢劫，莫不是活得不耐烦了！"不远处蓦地传来一声正气凛然的呵斥，劲风乍起，一抹白衣出现在众人视线中，是个略显稚嫩的少年，手持宝剑，端的是飒爽英姿，衣袂飘飘。

当然，如果忽略那个白衣男子身后那两名努力扇风造势的仆从的话，效果可能会更好。

顾子嫣按在剑柄上的手略微松了松，这一路上她不想惹麻烦，临行前师叔祖特意交代过，在到达洛城前不能暴露身份。

那刀疤脸愣怔了片刻，看到不远处停着的华丽马车，咧开了嘴角："哈哈，又有一只肥羊送上门，兄弟们抄家伙，今晚有肉有酒！"

可惜，话音刚落，少年隔着老远的距离对着那些人发起攻势，伴随着一阵金光闪闪，土匪们全躺在地上"哎哟"地叫唤起来。而沈璃则亮起眸子在那帮人中穿行，捡起地上一枚枚闪着金光的叶子，然后瞅向了少年，猛地扑过去抱住了对方的大腿："少侠，求您用招式砸死我吧！"

顾子嫣一行人默默扭头，他们绝不认识那人。

"公子武功高强，路见不平拔刀相助，实乃大侠风范！"两名仆从抹了抹汗，暗中活动了下发酸的手指，神情谄媚道。

那少年神色倏地一变，染上了一丝不易察觉的疯狂，浑身上下忽地透出一种邪魅的气势："哈哈哈，本尊有左右使者护法，练成神功指日可待！"

"东方教主，文成武德，泽被苍生，千秋万载，一统江湖！"那二人倏地跪下叩首，词儿说得极为顺口。

待那少年自属下的恭维中回过神来，才发觉刚才救下的那几人已经走远了："哎，你们怎么走了，等等本神医啊……"说着提步追了上去，那轻功却卓然。

"那人出门没吃药吧？"沈璃嘴角抽搐，将沉甸甸的金叶子藏进了衣兜。

"我看像失心疯。"季慎搭话道。

“比师叔还要变态。”傅安一说完脑袋上便挨了栗子，疼得他两眼泪汪汪。

自称神医的少年很快追上了他们，那辆豪华的马车不紧不慢地跟在后头，两名狗腿子驾着马车与季慎的视线对上，露出一抹无害的笑容：“我家公子无碍，只是会经常突然变成许多个性格不同的人而已。”

神医蓦地暗了眼眸，直勾勾地盯着季慎，然后伸出两指搭住了他的手腕，半晌后面色沉稳道：“夫人，你有孕在身，不宜长途跋涉。”说着，他不满地瞥了一眼季慎身旁的顾子嫣，“为人夫者怎能连这点分寸都没有，若孩子有个闪失可怎么办？”

季慎愣住，下意识地抚了抚肚子，然后转过头冲着顾子嫣羞涩道：“相公，我有了你的骨肉。”

顾子嫣嘴角抽搐，手里的水壶应声而裂，水洒了一地。

某“神医”压根没感受到气场突变，转过头对着季慎接着说道：“这位夫人的身子还需要好好调理，待本神医开几服安胎药，保管你这一胎顺顺当当生产。”

“多谢神医，只是我们是去洛城……”季慎的话还未说完便被少年打断。少年说了句“顺路”，便搀扶着季慎上了马车。

马车里传出如何安胎、孕妇注意事项等话，二人一问一答，和谐不已。

余下的人风中凌乱。

外头驾着马车的陈远和陈赫说，他们家公子叫夏兴安，小时候发生了点事儿，患上了精神分裂，时好时坏，这次前往洛城是去退亲的，怕耽误了人家姑娘。

宽敞舒适的马车容得下七八个人，中间放着一张四角矮桌，摆着各色茶点。沈璃与傅安显然是没见过世面的，一下就被马车内的装饰吸引，顾不上说话，一个吃一个摸，宋晴容向来话不多，倒是安静下来。

顾子嫣靠着窗子，视线停留在枕着软垫睡着了的少年身上。少年长睫卷翘，眉眼俊美，在柔和光线下显得沉静美好。她有一瞬愣怔。

“相公，再看奴家要吃醋了。”一道暧昧低语几乎是贴着耳畔响起，顾子嫣沉了沉眸子，抬手按住了靠过来的某人。

“娘子，好好安胎。”顾子嫣一脸郑重地说道，落在季慎腰间的手却暗暗使力。

腰间的软肉被顾子嫣掐着，季慎也不喊疼，维持着淡定的表情，却越发往顾子嫣旁边凑，脸不红气不喘地说：“奴家一定会为相公生个大胖儿子的！”

众人移开了视线，一阵腹诽。

马车一路平稳地驶到了清河镇，斜阳未落下，染得天边一片殷红。陈远掀开帘子，小声唤道：“公子，我们到了。”

从软枕上迷迷糊糊醒来的夏兴安，一副睡眼惺忪的模样。他直直地看着陈远，眼底渐渐清明，扫了一眼马车边上的几人轻轻蹙眉：“他们是……”

“神医，你刚还是给我家夫人安胎的医生，不会这么快又换了个人吧？”沈璃疑惑地瞥了一眼，小声嘟囔了一句。

夏兴安闻言，嘴角扯出一抹弧度，清冷的视线扫过站在顾子嫣身侧的季慎，沿着脖颈停留在喉结的部位，他露出一抹明显的嗤笑。

季慎扯了扯顾子嫣的衣角，咬着下唇，分外委屈地小声道：“相公，我觉得作为你的妻子，我被人蔑视了，连带真身也被人鄙视了……”

顾子嫣看着自家师叔，嘴角抽搐：师叔，你入戏太深了！

少年踏入客栈前，忽然回了头，目光越过众人，落在正拿着果脯放入口中的浓妆女子面上，倏地冷了几分，开口道：“陈远，把这马车烧了。”

“咯咯！”浓妆女子——傅安被果脯噎着了，猛捶着胸口咳嗽着。

沈璃忙按住了傅安的手，面色忧虑道：“别捶了，破了就不好了。”

傅安的手被迫按在内兜藏着的苹果上，面上青红不定。

少年头也没回地入了客栈。陈远温和地冲他们笑笑，抱拳道：“各位不好意思，这是我们公子本尊，对脏东西十分敏感，便不再一道前行了，我们后会有期。”

随即他掏出两锭金子，吩咐门口站着的店小二道：“这间客栈我家公子包了，把人清出去。”

“可真是财大气粗啊！”沈璃闪着星星眼道。

顾子嫣倒是未注意，反而看着往来的人群若有所思，方才明显察觉到一抹杀气，却消失得极快，仿若被什么盯上的感觉。顾子嫣抬眸对上一双清冷的眸子，站在二楼窗子前的人忽然收了视线转过身去。

她心中不免疑惑，却未打算深究。顾子嫣开口说道：“走吧，找地方落脚。”

季慎点头附和，似是不经意地瞥了一眼二楼，眸底掠过一抹精光。

这个人……季慎嘴角微微扬起一抹玩味的笑，唯恐天下不乱地想道：这趟行程怕是不会无聊了。

好不容易缓过气的傅安撇着嘴，面上挂着极为受伤的神情询问几人道：“那个脏东西……是指我？”

众人一致转身，甩给他一个背影，心道：形容得还真是贴切啊！

烟花三月，丝丝暖风扑面。这地方比方口镇要大上许多，也热闹许多，街上叫卖声不断，人潮涌动。茶馆那边的讨论声和说书人抑扬顿挫的讲评声，远远地传了过来。

“十几年前，万魂谷只是江湖上一派小的势力，做着妄图称霸武林的美梦，被归为邪教，其教主阎皇醉心武学，机缘巧合在天山古墓得到了‘武圣’叶成留下的《九霄剑谱》，修习之后，功力大增，一时无人匹敌。万魂谷日益壮大，武林盟主穆霸天联合各大门派商讨对策，却不料忽然传来了阎皇走火入魔的消息，阎皇性情愈加狠戾，嗜杀如命。”

“师……夫人，你在看什么？”沈璃跟在季慎后头，顺着他的视线看过去，茶楼里坐着一位老人，身上的青布长袍早洗得退成了蓝灰色，手拿着纸扇端着说书人的架势，周边围了几桌子的人，听得是津津有味。

顾子嫣回头，瞥见季慎面上闪过一丝异样，出声问道：“怎么了？”

季慎敛眸，咂了咂嘴，十分怅然道：“好几个月未沾酒了，这味道可想念得紧啊！”

顾子嫣似是想到什么，神色一变，立马拽过人，压低了声音警告道："你答应过的！"

后者摊手，表示顺从，继续往前走着。

站在顾子嫣身后的宋晴容忽然回头，只听那说书人接着说道："万魂谷被一夕攻破，有一个人功不可没，更有传言阎皇之所以会走火入魔，也是此人暗中做的手脚。只是阎皇死后，此人不知所终，无人知晓他的身份。有人说他是为了图谋阎皇手中的《九霄剑谱》，也有人说他是穆霸天安排在万魂谷的奸细……至于那本剑谱流落何人手中，你们猜……"

嘴角勾起一抹诡笑，宋晴容收回视线，快步追上了顾子嫣，故作不经意地说道："那说书人说得可真有意思，按他的话说，那本《九霄剑谱》岂不是在穆霸天手上？"

顾子嫣淡淡地开口："不一定，当时参与剿灭万魂谷的门派都有可能。"

师父曾说过《九霄剑谱》遗失时，所有人都怀疑穆霸天监守自盗，接着却传来恒山派掌门卢明狂性大发、爆体而亡的消息，有弟子证明曾在卢明房里看到过《九霄剑谱》，只是后来剑谱再度遗失了，这看似洗清了穆霸天的嫌疑，却连带扯上了几个门派，于是才不再有人贸然修习剑谱上的剑法。

没走多远就有一家客栈，几人便住了进去。方才一直未开口的季慎忽然凑到顾子嫣身侧，故作一脸娇羞道："相公，我们好久没有同床了……"

"夫人有孕在身，还是身体舒适比较重要啊。"顾子嫣瞅着作孽的师叔，手握成拳，皮笑肉不笑地道。

季慎察觉不妙，一个闪身，倚着栏杆嗔笑道："相公，你好不正经……"

知晓真相的人吐了。

店小二走上前，瞥了一眼楼梯口的女子，眼里闪过一抹惊艳，略带羡慕地冲着顾子嫣道："两位真是恩爱，几位来得巧了，这几日是花灯节，今晚还有庙会。运气好，还能碰上心仪的姑娘或是如意郎君呢！”

店小二说话时不小心瞥见亮起眸子的傅安，他蓦地提了一口气，然后移开了视线，目不斜视地领着人上了二楼的房间。

“夫人，能给个机会，让我去找心仪的姑娘吗？”傅安嗫嚅地开了口，一脸期待地问道。

店小二脚下一个踉跄，将人带到房间后飞快奔下了楼，抚着胸口如释重负道：“幸好那妖物喜欢的是姑娘啊。”

傅安怨念地探出脑袋，冲着那店小二道：“我听到了……”

店小二径直奔出了客栈。

顾子嫣用过晚膳，便被沈璃磨着去了街上，放眼望去一盏盏造型各异的花灯争相斗艳，煞是好看。沈璃还是孩子心性，不一会儿便松开了顾子嫣冲的手到摊子前，左摸右碰的，对于那些玩意儿很是觉得新奇。发觉街上的人都戴着面具后，她也买了两张，将其中一张递给了顾子嫣。

银白的面具，眼角处勾勒出一朵嫣红的花，平添妩媚，相比沈璃那张猪八戒的面具真是好上许多，顾子嫣便也入乡随俗地戴上，被沈璃继续拉扯着朝前走去。

“那是月神面具，女子……”摊贩的话还没说完，便被周边的嘈杂声淹没。

二人漫无目的地走在街上，顾子嫣忽然听到一阵悠扬的笛声，很是熟悉。片刻失神后，她蓦地发觉一直在身边叽叽喳喳的声音消失了，再看向不远处，围观着的人群里赫然有沈璃的身影，索性让她自个儿放开了玩，自己则沿着河堤，走到一处安静的地方，坐在凉亭里，看着这片繁华景象。

一道声音忽地从暗处冒了出来：“这条河叫无水，传说风神在这里遇见月神，一见钟情，后来二人两情相悦，天帝得知后大怒，将风神下放人界经历十世轮回。月神私自下凡与他相伴度过三世，却被天帝察觉，怒其不思悔改，抽了她的仙骨，将她流放到虚无幻境。风神因此叛入魔道，为救月神联合魔界攻上天庭，而幻境里的月神却得到了重返天界的机会，前去平定祸乱。”

顾子嫣抿唇，看着来人面上戴着的面具，与她相近的款式，却更像只美艳的狐狸。

“月神在风神死的那刻察觉真相，自剔仙骨坠落凡间，抱着风神沉入了这条河，永世相伴。天帝痛失爱女，后悔难当，传言只要对着无水河许愿，月神便能传递给天帝，天帝能听见女儿的声音，便会一道允了那人的心愿。”那人嘴角始终噙着一抹浅笑，在一片灯火的映衬下，流光溢彩。

顾子嫣微怔，恍惚间透过此人看到了一抹熟悉的身影：“师叔……”

来人嘴角的笑意扩散，慵懒道：“这样都被你认出来了。”

话音落下的片刻，颀长身影已然站定在顾子嫣面前，笼下一片阴影。对方低沉的声音越发暗哑：“花灯节还有一个习俗，那就是月神的祝福。”

“嗯？”顾子嫣抬眸，在他那双深沉的黑眸的注视下，心头莫名一紧，周身的喧哗仿佛刹那间退去，只能听到两人此起彼伏、暗暗相和的呼吸声。

一抹温热印在她的唇瓣上，如蜻蜓点水一般，略带眷恋地离去。季慎瞅着仍在愣怔中的女子，眸中的笑意更甚：“戴上月神的面具，便是希望得到心上人的吻，师叔怎好拂了你的心意？”

俗话说得好，常在河边走，哪有不湿鞋？烟火绽放的刹那，季慎被眼前的美色迷惑，正要伸出爪子继续吃点豆腐什么的，忽然被横冲出来的一个人撞入了河中。

“爹……”一道抽泣声响起，顾子嫣被人扑了个满怀。

季慎从河里走了上来，面色阴晴不定地看着抱着顾子嫣的人还十分恬不知耻地蹭了蹭连他都没碰过的顾子嫣的胸，顿时火冒三丈！

“夏公子？”顾子嫣有些不自在地想推开此人，却被他抱得更紧，显然这位公子又精神分裂了。

“爹……有坏人。”夏兴安身子仍在微微颤抖，小声呜咽着，睁着圆眸极为可怜地瞅着她，似乎是受了惊吓。

季慎蹙了蹙眉，抬手拎起某人，取下了面上的面具，努力展现善意的笑容，只是有一丝扭曲：“来，让娘来好好安抚你。”

夏兴安彻底惊呆了，一动不动地任由季慎蹂躏，睁着眸子一副受惊过度的模样。

顾子嫣看了一眼玩兴大起的某人，轻咳了一声：“先回客栈吧。”

季慎抬眸发觉顾子嫣的视线落在自己身上，忽地绽出一抹笑意，眼眸晶亮：“相公，你这是担心我受凉？”

“不。”顾子嫣瞥了一眼夏兴安身上，那上好的锦缎上被划了几道口子，她眉心微蹙，“有人在追杀他。”

季慎松开了手，一双狐狸眸闪了闪，龇牙笑得无良道：“反正不是亲生的，扔了吧，咱们再生一个！”

“娘……”夏兴安红了眼眶，无比伤心地瞅着季慎，嗫嚅着唤道，像极了兔子。

顾子嫣习惯性地嘴角抽搐，这厮绝对是在报复白日里受伤的“女性”尊严。空气中蓦地涌起一股让人不寒而栗的杀气，夏兴安瑟缩着，警觉地躲到了顾子嫣的身后。这一幕落在季慎眸中，兴起一丝玩味。

一声刺耳剑啸骤然响起，寒光破空，凌厉剑气便扑至面门。顾子嫣缓缓勾起嘴角，几乎在剑气触及皮肤的一瞬做出了反应，手中的长剑连剑带鞘划出优美弧度轻巧一挡，剑刃相击发出的清脆撞击声不绝于耳。

季慎看着缠斗中的二人微微眯起眼，那蒙面人的武功路数……他眸子暗了暗，转向了犹豫着该不该靠近自己的那只“兔子”身上，嘴角浮起一抹浅笑，略带高深莫测的意味。

夏兴安正被看得发毛，忽然一股强力逼近，身子不可抑制地腾空飞了出去：“啊啊啊——”看着前方不知何时多出的黑衣人，他绝望地闭上了眼。

“东方教主，祝您福如东海，万寿无疆啊！”一道调笑声响起，伴随着暗器没入肉体的闷声，随后来的黑衣人蓦地倒下。

顾子嫣不赞同地瞥了一眼季慎，却看到夏兴安以极其洒脱的姿势落定，踩在那不知死活的黑衣人身上，姿态猖獗道：“难得爱妃有这份心记着本尊的诞辰，重重有赏。”

顾子嫣一个不稳，差点让那蒙面人钻了空子，却发觉身后多了一抹助力。夏兴安气场全开，一个眼神示意她让位，便与那蒙面人交上了手。

季慎摸着下巴，狐狸眼中闪过一抹算计，兴致勃勃地关注着战局。

“师叔，这做法欠妥，万一没把他这个人格逼出来，岂不是害了他。”顾子嫣发觉没了自己什么事儿，便也一道加入了围观之列，瞅着由兔子进化成豹子的夏兴安，暗暗咋舌，这人到底是经历了什么啊……

“相公……我不是爱妃，我是他娘啊！”一道声音幽幽响起，含着几分纠结，顾子嫣想也没想地出手了，然后世界和谐了。

“哐当——”蒙面人的兵器脱手飞出之时，人也无力地单膝跪倒在地上，左手扶住已经麻木到丧失知觉的右手。对方这最后一击，那强劲的内力绝不是自己能匹敌的，这条胳膊怕是断了。

所有的攻势全部停止，即使那些人蒙着面，仍能察觉到其不稳的气息，以及双眼透出的惊恐。他们额头的汗珠不断地滴下，而夏兴安……在场中孑然而立，周身散发着“唯我独尊”的强势气魄，身姿孤傲，竟然连发丝都未凌乱半分。

“撤。”那断了手臂的蒙面人紧咬着牙根，一声令下，几名黑衣人以防备的姿态急速撤离了。

“东方教主”神色一凛，正要追上去之时被顾子嫣拦下，说道：“穷寇莫追。”

“你大……”“胆”字还未出口，夏兴安便被眼前这张雌雄莫辨的俊美面庞吸引，抿唇似是沉思，倏地转向季慎郑重道，“爱妃，本尊要立她为后！”

季慎闻言阴恻恻一笑，指缝间疾风一出，夏兴安便沉沉昏睡了过去。

“我们把他弃尸荒野吧？”季慎眨巴着眼，认真建议道。

“他……还没死。”顾子嫣嘴角抽搐着说道。

“那我去把那拨人再叫回来！”季慎亮起眸子，作势要去找人，却倏地顿住了。他狭长的眸子微微眯起，嘴角处勾起一抹极淡的浅笑，“收尸的来了。”

一抹身影跌出了草丛，摇摇晃晃地站起，手中擎着的剑在月色下发出银光，掺着血色。衣服上染着大片血污，面色惨白的陈赫出现在二人视线中，见到地上的夏兴安，陈赫蓦地变了脸色，紧张地上前查探着他的鼻息，唤了一声“公子”。

“只是精神分裂过度，体力不支昏过去了。”季慎近来睁眼说瞎话的本事见长，走上前拍了拍陈赫的肩，露出一排洁白的牙齿，笑得十分无害地道，“你家公子被人追杀，怎么会逃到了这儿？”

陈赫听他这么说倒是放了心，老实交代道：“是阿远看到你们在这儿，当时我俩应付突然冒出的杀手脱不开身，恰好公子醒来要找爹娘，阿远就让他……”

所以才导致了他湿身的悲剧？

没多时，陈远赶到，身上的伤势不见得比陈赫轻，见到昏迷着的夏兴安同样惊慌失措，后从陈赫口中得知其无碍。察觉身后一道灼热视线盯着自己，一转身便对上季慎意味不明的眸光，他讪笑着答谢道：“多谢二位出手相救。”

“好说好说，知恩图报，随便给点酬金就行了。”季慎抚着下巴，瞅着靠在陈赫肩上的夏兴安，犹如看着一头待宰的肥羊。

陈远愣了愣，感觉好像有哪里不对。

顾子嫣揉了揉隐隐抽搐的额角，颇为无奈地开了口：“不用理会此人。既然两位没事，就把夏公子带走吧，我们告辞了。”

待陈远、陈赫走出视线，顾子嫣忽地开口唤道：“师叔。”

季慎从远处收回视线，在她身侧站定，直勾勾地看着，似乎在等待下文。

“能吹一曲《梅花落》吗？”顾子嫣回眸，看着季慎腰间别着的玉笛笑意盈盈道。

季慎的面色陡然一滞，转瞬即逝。月光被乌云遮挡，笼下一片阴暗，两人看不清楚彼此的神情，空气里多了一股窒闷的感觉。

“师叔，你能现在演奏一曲吗？”顾子嫣似是呢喃低语，神情闪过一丝落寞，“我想师父了。”

风骤起，河畔树影婆娑，良久之后，顾子嫣听到身旁的人声音沉沉地应了一声“好”。季慎手持碧玉笛，微抿双唇，悠扬的笛声如流水般倾泻而出，弥漫在微湿的空气中。

顾子嫣有片刻恍惚，一幅幅画面清晰浮现：庭院中师父抚琴，笛声相和，而她这个音痴躲在一旁的吊床上，晒着太阳睡懒觉。阳光甚暖，她一头扎入了梦中，乐声远去，耳畔似乎有人在说话。

“师弟，看来你我技艺不够，居然能让我这徒儿睡着了。”

“是你的技术不好。”

“师弟，如果真要死，我希望能死在你手里。”

“你说真的？”某人挑眉亮剑。

“别啊，我现在还不想死。喂，你去哪儿啊？抱着我徒弟干吗啊，你该不会……不要啊……”

倏地一抹猩红蔓延开来，倾覆画面。此后，凤琴封尘，再无人弹奏。

“客官，您起来了，早点都给您备下了，是送您房里还是……”店小二站在楼梯口，热情洋溢地冲着刚推开房门的顾子嫣说道。

另一侧的房门也适时开了，傅安揉着眼睛从里头走了出来，打了个哈欠，一睁眼就看到了顾子嫣，他迷迷糊糊地说道：“师叔昨晚好像没回房，你们……”说着傅安便瞪大了眸子，看着从顾子嫣房里出来的另一个人，他差点咬下了自己的舌头，“师……师、师……”

季慎轻轻挑眉，身上白净的袍子是顾子嫣的，有些不合身。

未理会快惊掉下巴的傅安，他端着一抹餍足的表情悠然地下了楼梯：“店小二，弄点进补的粥品，要补气益血的！”

“没问题。”店小二混在客栈多年，早已是个人精，自然想到了昨儿个晚上发生了什么，识趣地去了厨房。

傅安此刻脑子里也是差不多的想法：师姐出来没几天就被禽兽师叔吃干抹净了，他如何向师叔祖们的交代啊！

一转身，他失魂落魄地磕在门柱上，呢喃着：“师父啊，我没守住师姐啊，我对不住您老人家啊……”

顾子嫣额头冒出几条黑线，一把揪住了傅安的后领，蹙着眉想要解释：“你……”

“呜呜呜，我苦命的师姐……”傅安含着泪，不待她说完便打断了她的话，一脸心酸地瞅着她，再挪向了底下安稳吃着早点的禽兽师叔，哭得越发伤心了。

顾子嫣被吵得一阵头疼，蹙了蹙眉，拍了拍他的肩，算是安抚道：“不是你想的那样，昨晚回来晚了，你把门反锁上了，所以师叔……”

傅安怔了怔，转身继续磕墙：“居然是我助纣为虐，葬送了师姐的清白之躯……”

木门发出“吱呀”的声响，沈璃面无表情地从三号房走到傅安面前，顶着黑眼圈，径直给了傅安一拐子，世界忽地清静了。她抬起怨念的眸子瞅着顾子嫣，幽幽开了口：“我蹲守了一夜，听了一夜傅安的诅咒，还有……”

傅安闻言顿时抬头，眨巴着水润的眸子，弱弱问道：“为什么我没有印象？”

沈璃眯起眸子，磨牙霍霍地看向他。傅安立刻老实了，蹲在墙角假装自己是一朵与世无争的蘑菇。

“娘，娘……”这时从客栈外头传来了呼声，声音有些耳熟。二楼的人往下探看，随即见一抹身影撞入了季慎怀里。季慎筷子上夹着的肉包子“啪”地掉落，那个人影立刻贴着季慎的胸口蹭了蹭，一脸满足道，“娘身上软乎乎的。”

沈璃嘴角抽搐。

顾子嫣木然。

似乎是察觉到二楼的视线，夏兴安仰起头，看到楼道口站着的顾子嫣，眸子瞬间亮起来，连忙招手道：“爹，快来吃包子！”

傅安揉着脆弱的小心肝，颤巍巍道：“你们的孩子都这么大了啊……”

季慎面上挂着和煦笑容，镇定自若地将身上的肉包子拿起来，搁在碟子边上，朝顾子嫣微微一笑，若无其事地继续用膳。显然，不管是傅安的表情还是说的话，都在一定程度上取悦了他，他便也没跟夏兴安计较什么。

冒着热气的鸡丝粥上了桌，顾子嫣坐到了季慎的左侧，瞅着门口的方向，不多时便看到两道熟悉身影，一前一后奔进了客栈。

季慎抿唇，吩咐店小二道：“店小二，再上壶茶。”

“原来是你们几位，这么巧又见面了，看来我们很有缘啊！”陈远搓着手，笑呵呵地打了声招呼。

陈远瞥了一眼黏在人家身上的自家公子，眸中精光乍现，目光灼灼地盯着眼前的人，语气急切地开口：“我家公子醒来又哭闹着要找爹娘，我们劝他也不愿听，还自己跑过来了。我家公子可能一时半会儿也好不了，不知道这位夫人能否看在我家公子纯良可爱的分儿上暂时收养他？等到了洛城，我家公子必当重谢！”

夏兴安似乎知道陈远在夸他，配合地露出一抹纯良笑意，只是效果相去甚远，表现出了十足的傻气。

“你家公子有洁癖，留下来难保他不会烧了我啊。”不知什么时候下了楼的傅安怨念地开了口，他抓起桌上的包子，边瞪着夏兴安边狠狠咬了一口。

陈远脸上的表情立刻转为愧疚：“那日都是小人一时失言，公子一看便气宇非凡，乃有大量之人，想必不会与小人计较。”

“气宇非凡？嗯，你果然独具慧眼。”傅安不咬包子泄愤了，反而闪着眸子热切地看着陈远，盼着他再多说些。

“咯咯。”陈远压下说违心话的不适感，看了一眼挂着黑眼圈正没精打采啃着包子的沈璃，从包袱里取出一只锦袋，搁在桌上，“这就当是这一路的辛苦钱，我家公子不让人省心，还请几位多多照顾。”

沈璃蓦地支起耳朵，这熟悉的清脆碰撞声，里头绝对是金子。她伸出手扒拉着锦袋，瞬时被里头的金光闪了眼，于是眯眼傻笑着应道：“好说好说，这位纯良可爱的公子我们必然会好好照顾的！”

顾子嫣蹙了蹙眉，看向季慎。后者并未露出反对表情，专心致志地喂他“儿子”吃饭。师叔，你会不会代入得太快了？

发觉除了季慎，所有人的视线都集中在自己身上，同时小腿肚上传来异样触感，像被人轻轻踢了一下，顾子嫣神色一僵，目光落在某个正在喂饭的人身上，敛下眸子道：“夏公子与我们算是有缘，应当互相照应。”

陈远似乎是松了一口气，手一招：“店小二，再来两笼包子！”

大家看似和和美美地用完了早膳，顾子嫣站在马车旁等着他们收拾好包袱启程，然后自顾自地陷入了沉思。有了昨晚的遭遇，可以想象他们带上夏兴安，绝对是带了一个大麻烦，到时候夏兴安若是不小心人格分裂成东方教主的话，那他绝对是麻烦中的麻烦。

可是师叔为何……

“师侄，可是在为那位夏公子烦恼？”季慎的声音自身后响起，带着七分风流笑意。他悠闲地坐在马车上，一副云淡风轻的模样，眸中却闪过一抹与气质不符的锐光，“陈远那是打定了主意让我们护送平阳王世子，这么大个人情，你说该拿什么还呢？”

顾子嫣霎时睁圆了眸子，她想过那位夏公子身份必定高贵，却没想到会是平阳王的儿子。说到陈远……

她突然想起客栈里，陈远不止认得出卸妆后的傅安，还知道对着沈璃的弱点下猛药，明明看出了季慎的性别还装傻充愣陪着他们演戏，看那架势显然是打算纠缠下去。只是为何会找上他们呢？

“追杀他的可是别苍门的人，你不是一直想要找他们吗？”季慎接着说道，瞅着顾子嫣的面色果不其然沉了下去，于是身子后仰靠在马车的门柱上感叹道，“多好的人肉靶子啊！”

顾子嫣默然，原来他那时候让她应下的原因是……

不远处正走出来的夏兴安身子忽地一颤，背脊处窜起一股寒意，瞥见了季慎，又欢欢喜喜奔了过去，腻味道：“娘……”

季慎揉了揉夏兴安柔软的青丝，勾起一抹高深莫测的笑意，这样一幅母慈子孝的画面，生生让顾子嫣起了鸡皮疙瘩。

怕自家公子醒来后性格又突然变成别人的，陈远让人又叫了一辆马车，跟在顾子嫣那辆的后头上了路。

一直沉默的陈赫瞅着前头的马车，忽然开了口：“为何要与他们同行？”

陈远摸了摸鼻子，心想：还不是因为以他俩的能力不足以保护公子安全。不过这话他不敢说出口，生怕这一根筋的大哥不服气直接找人干架，还未想到如何回话，便听得马车内传出一道清冷声音：“他身上有本王想要的东西，这药到了洛城后便让本王服下。”

帘子被掀起一角，里面递出一只白瓷瓶子。陈远郑重收下，应了声“是”。

马车疾驰在官道上，扬起一片尘土。

夏兴安搁下了帘子，颇为头疼地揉了揉额角，眼底掠过一抹幽光，苍寻剑的主人……若师父所言是真，那这武林大会倒有看头了。

衡山派最偏僻的院子里，一张吊床被风微微吹动，阳光透过树叶的缝隙洒下，投下斑驳树影，一片宁静而祥和。

刚换了乳牙的顾子嫣蹲在院子角落里假装自己是棵萝卜，等待师兄弟们找过来，然后换她做农夫。

只是这个过程漫长，顾子嫣歪着小脑袋看着快要落山的太阳，打了个哈欠，暗想着下回找个显眼的地方躲，腿都麻了。

“子嫣，快来看师父带回来什么好东西啦！”一道猥琐的声音大老远传来，一抹白色的身影一闪，身姿飘逸地落到院子里。而从门外走进来的少年踏进来后，便站在他的身侧，少年蹙了蹙眉。

少年沉默了。

蓦地听到师父的声音，顾子嫣噌的一声站起来，却因为腿麻，一个不稳从芭蕉叶后滚了出来。

白衣男子立马上前，心疼地将顾子嫣抱起来：“这又是哪个浑蛋骗你玩躲猫猫呢？吃午饭了吗？”

果不其然，回应他的是一声自家徒弟响亮的肚子咕噜叫声。

顾子嫣红着脸，小声咕哝道：“师父，饿……”

“走，师父给你做咕噜肉！”宋青山揉了揉自家徒儿软乎乎的脸蛋，像只白嫩包子似的让人爱不释手，然后带上身旁的少年朝着厨房走去，错过了少年若有所思的表情。

顾子嫣听闻有肉吃，露出了笑颜，忽地瞥到一抹藏青，她瞅着师父身侧的人好奇问道：“师父，这个小矮人是谁啊？”的确，从她这个角度看过去，少年还没师父腰高。

在宋青山凌乱的笑声中，“小矮人”抬起眸子，漂亮的容颜闪过一抹愠怒。顾子嫣呆了呆，口水顺势流下，她小声道：“师父，这姐姐好漂亮……”

宋青山一愣，倒是没想过自家徒弟能呆得认错性别，触及少年泛着寒光的眸子后，他憋住了笑，把小徒弟挪了挪，用身子挡住那吃人的视线，然后咳嗽了一声，道：“师父捡的，漂亮吧，以后跟子嫣玩好不好？”

顾子嫣的眸子亮了亮，抹了抹口水，一骨碌从师父身上滑了下来，过去扯住了漂亮姐姐的衣角，细看之下，漂亮姐姐竟是比晴容师姐还要生得好看。

于是，顾子嫣就这样一脸呆相地持续发着花痴。

宋青山有些诧异，这少年自带回来后就没说过一个字，漠然地接受他的安排，自己只要不要过分靠近他，便安然无恙。

现在看见顾子嫣大大咧咧地扯着人走，宋青山也想走过去发挥一下师父的慈爱，刚伸出手，刹那间一道凌厉眼光扫来，他只好默默地收回手。

果然，这家伙的态度是看人来着。

“子嫣啊，好好带着这位，呃……姐姐，师父去孟师伯那儿一趟。”宋青山对着顾子嫣说道，准备去给二人弄点吃的。说完，他眼中掠过一抹恶趣味：既然那小子不吭声，他自然也任由乖徒儿误会对方的性别了。

看着那小子吃瘪却又不肯说话的模样，宋青山心中暗爽不已。打定主意让小徒弟憋死浑小子后，宋青山愉快地走出了后院，朝着另一个方向走去。

顾子嫣填饱了肚子，瞅着“漂亮姐姐”身上有些脏了的衣裳，皱了皱眉头，肉乎乎的爪子搭上了人家的手，很是热情地说道：“后山有个温泉，师父常带我去泡澡。我去师姐那儿拿套衣裳，帮你把这身衣服换掉吧。”

少年目送着小女孩的身影离开，眼中忽地升起一抹兴味，抿唇浅笑。

到了后山的温泉池，水面正冒着腾腾的热气，顾子嫣见人还站在池子边上，以为“漂亮姐姐”是不好意思，说道：“这儿平日里是不会有人来的，姐姐不用担心。”说着，便好意去扒拉她的衣裳。

后者动了动身子，避开，他敛下了眸子，伸手解开上衣。

顾子嫣掬起一捧水，只觉得暖意游走，便也脱去衣裳下了池子。不小心扫见这一幕，少年正在解扣子的手一抖，差些把扣子生生扯下来。他干咳了一声，见顾子嫣兀自在不远处玩得开心，犹豫后，也入了水。

他感觉连日来的疲倦瞬间被热气蒸散，十分舒爽，便靠着岩石闭目享受。

突然传来的一股陌生的触感，猛地惊醒了闭眼的人。

“姐姐，你怎么还穿着衣服泡澡，这样怎么洗得干净？”顾子嫣不知什么时候游到了少年身旁，想帮他解开他的衣裳，就像平日里她和师姐玩闹一般。可就在布帛撕裂的刹那，万籁俱寂。

顾子嫣瞪着眼前的少年，呆滞半晌后，她叫出了声：“你……你不是姐姐……”

少年难得想要解释，却不知该如何开口了。

马车里，顾子嫣昏沉沉地醒来，才发觉自己竟梦到了与师叔第一次孽债般的相遇。

季慎察觉到有道视线盯着他，睁开了眸子，果不其然撞上了顾子嫣直勾勾的眼神，后者慌乱地移开了视线，耳根处飘起一抹可疑的红晕。

季慎无声勾起嘴角，噙着一抹戏谑道：“师侄，马上就到丰县了，看师叔的脸是解不了你肚中的馋虫的。”

顾子嫣脸上青红闪过，最后化为面无表情，在马车停下的那刻夺门而出。

“师叔，我想吃干煸鸡腿菇。”沈璃撑着下巴，弱弱地申请道。

“哪有油焖鸡腿菇丝好吃！”傅安吃了三天干馒头，一听到有吃的，立马搁下了手中的干馒头，眨巴着眸子垂涎道。

季慎被傅安如饥似渴的眼神深深刺激到了，他毫不犹豫地下了马车。

等到马车停在一座装修华贵的府宅门口时，陈远上前与守门的仆从说了几句，便有人出门相迎。

“夏公子，里面请。”上了些年纪的男子一身管家的打扮，弯着腰极为恭敬地说道。

陈远走到顾子嫣一行人跟前，解说道：“这座府邸是公子的别院，应该不会有人查到。这几日赶路，都没睡个安稳觉，不如就在此处多歇息两日。”

顾子嫣看了一眼无精打采的沈璃和傅安，便应下来。闲闲靠着马车，一派慵懒模样的季慎打量着府邸外围，被墙上的告示吸引。

察觉身后有一道视线投向自己，如芒在背，季慎转过身去看，却又一无所获。季慎微微蹙起眉头，收回视线跟着众人一道入了宅子。

这几日舟车劳顿，夏兴安“神医”的体质显然弱了些，说让他们自便后，便病恹恹地进了自己屋子休息去了。

顾子嫣等人跟着管家到了东厢，这儿离夏兴安住的地儿倒是不远。

“几位是公子的朋友，便是府上的贵客，有什么需要只管开口吩咐，老陈自当竭力满足。”老管家一脸和善地说道。忽然外头响起一阵萧索琴声，老管家脸色白了一瞬，神色转为郑重道，“有件事要提醒诸位，到了晚上还是莫要出去的好。丰县接连出了几桩怪事，一些大户人家的公子和小姐在夜里莫名其妙失了踪，到现在还没找着，总之不太平，诸位留在府里还安全些。”

傅安打了个哆嗦，忽然觉得背后阴风阵阵：“师……少爷，不如我们还是赶路吧，我怕鬼！”

“平日不做亏心事，夜半不怕鬼敲门。”季慎双臂环胸，嘴角勾起一抹笑，转向管家询问道，“听闻连貌可倾城的齐三小姐也丢了，可是真的？”

那管家先是一脸诧异，后想到门口张贴的告示，颇为惋惜地开口继续说道：“齐三小姐是齐太傅唯一的女儿，是大家公认的美人儿，她为母亲上五神庙祈福，回府的途中刮了一阵邪风，待丫鬟、随侍掀开帘子，轿子里面已经没人。齐太傅请了一众捉妖师、江湖术士，想着把女儿救回来，这都是第四日了，恐怕是凶多吉少。”陈管家瞅着眼前的几人，叹了一口气，“以几位的容貌，怕也会为你们惹来麻烦啊……”

“我们几个有功夫在身，老伯不必担心。”顾子嫣闻言说道，并睨了季慎一眼，后者的心思似乎还在齐三小姐的事儿上。

待老管家走后，傅安走上前，扯着顾子嫣的衣角，眨巴着眼故作可怜道：“师姐，让我打个地铺吧。我们师姐一身正气，能镇宅辟邪！”

顾子嫣忽然想到了供在衡山派祠堂里的貔貅塑像。

从方才就一直在沉思的季慎，眸底蓦地闪过一抹算计，悠悠说道：“那告示上说若是能救出齐三小姐，有一千两的赏金啊，都能将衡山派里里外外翻修个遍了。”

沈璃闻言亮起眸子，激动地拽着季慎的衣裳，豪情万丈道：“师叔，我为财，你为色，我们一起斩妖除魔去吧！”

顾子嫣沉默，不否认在听到能修葺衡山派时有丝丝心动。

季慎淡然地拂开沈璃的手，走到顾子嫣的身侧，笑得十分妖孽道：“我是个守夫道的男人，我家子嫣才是真绝色。”

被季慎的右臂微微环住的顾子嫣猛地打了个寒战，她木着一张脸退开了一步远，很是熟练地从包袱里掏出一张宽大的字条贴到了门上：季慎与妖孽不得入内。

随即她“嘭”的一声关上了门。沈璃急得在外头拍门：“师姐，师姐，还有我啊！”

门微微开了些，沈璃被拽了进去，一道惊呼声从屋子里传出：“师姐，你发烧了吗？怎么脸那么红啊？啊，师姐，你打我做什么？！”

季慎噙着一抹笑，眼底掠过一抹暖意。

旁边的人动了动，傅安抬起眸子看着他道：“师叔，我觉得您的危机似乎更大，万一那鬼直接冲进府来掳走师叔您了，该怎么办？”

“言之有理。”季慎莞尔，眼中隐隐有精光闪烁，忽地走上前拍门道，“相公啊，奴家怕鬼啊……”

所有人默然。

一缕斜阳，余晖如幕，一道帘幕落下，再过一会儿，一切便将被笼罩在一片静谧中。庭院中高大的槐树，枝繁叶茂，风拂过簌簌作响，投下一片阴影。

站在树下走神的宋晴容察觉到一抹异样，一股阴冷得仿佛要渗进骨子里的寒意席卷而来。

传说丰县郊外有一处义庄，是专门收留孤魂野鬼的地方，这几日来连连有人在附近撞“鬼”，此事惊动了官府，官府派出了衙役守夜，不过第二日，衙役都发现身上起了奇怪的疹子，继而高烧不退，撑不过三日便去见了阎王，十分邪乎。

入了夜里，星辰无光，独有孤月一轮笼着这方万籁俱寂的山林。偶有几声鸦叫，越发衬得夜色瘆人。

林间小道上忽地传来窸窸窣窣的声响，一道不甘愿的声音颤巍巍地响起：“为什么要来这地方，不会真有什么鬼怪吧？这两道符真的管用吗？我怎么看着这笔迹倒像是出自师叔呢？”

“乖，这东西是我从土地庙求的，绝对可靠。”说话的人赫然是沈璃，她一袭飘逸白衣，端的是俊美倜傥，此时，她压低了声音对着旁边的“秀丽女子”道，“师叔让我们在这儿转一圈就成，剩下的事儿他和师姐会搞定。这世上没有鬼，别自个儿吓自个儿，想想那赏银，都够你吃遍天下美食了！”

“女子”闻言眼中绽出精光，赫然是同样改变了容颜的傅安。他果然难改吃货本色，闻言抹了抹口水，小声道：“可我怎么都没看到师叔啊？”

“笨，师叔当然是隐于暗处伺机行事啊！”沈璃瞅着傅安一脸怯懦地扯着自己的衣角，撇嘴说道。

而此刻，他们口中的师叔正悠闲地坐在夏府别院里品着热茶，神色淡然，姿态优雅。

顾子嫣坐在一旁，几次欲开口，却都被他以一句“还没到时候”挡了回去。

沈璃和傅安已经出去了大半个时辰，若是出了事……思及此，顾子嫣便再也坐不住，蹙着眉道：“我还是去义庄看看，万一他们应付不来就糟了。”

季慎抬眸，正对着他们房间的房门在同一时刻开了。夏兴安睡了整整一个下午，显得精神饱满，他看见二人便主动地凑上来：“这位壮士，我看你面有郁结之色，恐是肾虚所致，不如让我来诊断诊断。”

顾子嫣面无表情地看着他，后者抓过她的手腕，拈着自己并不存在的胡子，沉吟道：“从脉象看，倒像是欲求不满啊。”说着，他转过头瞥了一眼季慎的肚子，若有所思道，“现在是头三个月，还需要注意，熬吧。”

顾子嫣默默地收回手，考虑着要不要让他变回乖巧听话的夏白兔。

季慎以拳掩唇，还是泄出一声轻笑，他起身岔开了话题道：“走吧，那边也差不多了。”

顾子嫣见他带上了夏兴安，显然刚才一直等的就是这个人，不禁质疑道：“他能诊断你有了、我肾虚，你真觉得他有所谓的医术？”指着他救死扶伤吗？

“若是用不了也能当个打手。”季慎瞅着夏兴安，闲闲说道。

正提笔写着药方的夏兴安忽然觉得脖颈处泛起丝丝缕缕的凉意，于是打了个寒战，伸手揉了揉鼻子。

夏兴安看向始终不发一语地站在他身侧的陈赫，觉得似乎不对称：“陈远呢？”

“去县衙门办点事。”陈赫将陈远的原话复述。

夏兴安没在意，继续埋头写药方。

季慎微微眯眼。不知何时乌云已遮住满月，光线顿敛，朗朗清辉立时变得灰蒙难辨。他轻蹙眉头看向单纯的夏兴安：“夏神医，听闻今夜在丰县郊外会有一场江湖人士的械斗，到时必然会有死伤，正是需要一名乐善好施、热血有为的大夫的时刻，若夏神医肯前去，那是救人于水火，绝对会成为江湖上的美谈。”

“那还不快去！”夏兴安被调动了满腔热血，一手拎起药箱子，一手拽过季慎，风风火火地朝着门口跑去。

顾子嫣默然：真好骗。

十里郊外，脚步声惊起林中栖息的鸟儿，呼啦啦的声响回荡在寂静的林中，显得空旷而诡异。夏兴安拉紧了衣裳，只觉得周边寒气逼人，便略带不安地开口道：“怎么走了这么久都没看到半个人影？”

季慎视线扫向不远处三间连在一起的宅子，中间那间悬着一块黑体金字的匾额，上头写着“义庄”两个大字，门前的两盏长明灯忽明忽灭，哪里还有沈璃与傅安的踪影。

顾子嫣顺着季慎的视线望去，瞬时变了脸色，再看他一副镇定自若的模样，想到了一个可能，她咬牙切齿地问道：“你早知道他们会被抓？”

“不然我们怎么能找到线索？”季慎回以一个安抚的眼神，耐心解释道，“沈璃的功夫不弱，临行前我给足了药，他们应当能够撑到被我们找到。”

顾子嫣深深地看了他一眼，闪过一抹复杂神色，却不再开口。若说只为了那一千两银子，她根本不信，师叔不缺银子，那些骚包的服饰皆出自他手，剩下的……便只能是为了人了。

义庄年久失修，显得破旧不堪，两扇木门在风中嘎吱嘎吱作响，摇摇欲坠。凄风微拂，带起几片枯叶在季慎的身边盘旋不休。

一道凌厉剑气划破长空，掠向夏兴安所在的方位。

“公子小心！”一声疾呼，伴随着一道如同水袋爆裂般的“扑哧”声音，银剑直直插入土中，地上溅开几缕墨绿色的黏液，一股子烧焦的味儿蔓延开来。

被长剑刺穿的东西是一只黝黑的虫子，这只黝黑的虫子尾端像蝎子长着一根尖刺，正以蓄势待发的姿势朝着夏兴安冲去。

“这是什么恶心的玩意儿？”夏兴安吓了一跳，揪着陈赫的衣服躲藏在他身后，心有余悸地问道。

顾子嫣蹙着眉，拿一旁的枝丫挑了挑虫子，看清虫子腹部的花纹后，沉吟道：“是西疆的蛊虫。”

看情形便知是这东西夜里袭人，让那些衙役丧命。

窸窸窣窣的声响复又响起，顾子嫣点了火折子，一扬手，火舌很快沿着地上的枯叶蔓延开去，其中夹杂着怪异的噼啪声。

夏兴安看着自燃的虫子，觉得惊奇，蓦地察觉身后一凉，回过头看却空无一物。咽了咽口水，他颤着手扯住了陈赫的袖子，惊惧道："我怎么觉得这儿阴风阵阵，有……有……有鬼啊……"

话音刚落，地上的火倏地熄灭，四周陷入一片漆黑之中。突然，一声凄厉惨叫自庄子里传出，惊得鸟儿窜高飞起，"扑棱棱"的声响回荡在林间。木门被劲风乍然吹开，露出一排排列整齐的棺木，冥纸翻飞，令人止不住胆寒。

夏兴安当下拽过陈赫要跑路，却被一道越发高亢的叫声惊住。

"相公，好可怕，好可怕……"季慎双手紧紧环住顾子嫣，一下把头埋在她胸前。他掩去眸中的精光，蹭了蹭，心中暗忖道：是不是该提醒师侄，有些束缚不利于身心健康？

顾子嫣身子一僵，眼眸倏地暗了下去，隐忍地凑在他耳畔警告道："师……叔。"

季慎愣怔了一瞬，随即恢复了自若神态，嘴角勾起一抹蛊惑人心的浅笑，表情自然地从腰间取出某物，他那双黑眸里染上一抹恶劣的戏谑："相公，这东西戳着你了吗？"

顾子嫣错愕地看着那支玉笛，俊秀的脸上腾起一片红晕，羞赧万分。

这难得的一幕让季慎看愣了，他正欲说些什么，却听到接连几声爆破声，与那惨叫声来自同一方位。他面色一沉，疾步走到义庄内，若没记错的话，沈璃身上还带着几枚炸药。

一阵烟雾过后，露出一处被炸得焦黑的土坑，有一只细白的手从土坑里伸了出来，扒着边缘，似乎极其费力地想要爬出来。

夏兴安又是一阵鬼叫，抓住了陈赫，显然被吓得不轻。

顾子嫣看着那双略显娇嫩的手起了疑心，快步走到土坑前，坑里爬出来的好像是一个活人。

爬出坑来的显然是个女子，发上的簪子斜斜插着，快要绾不住发丝，衣衫十分凌乱，看到顾子嫣后，便爬过来靠着她大喘粗气。

土坑下阶梯盘旋，显然是被人炸开了的口子里，正露出一抹黑色衣角。

缓过了气的女子直勾勾地瞪着那土坑，眼眸微眯，像是想起什么，露出一抹凶狠表情又回到了坑前，扯着某样东西往上提。

被女子拉出来的东西自然也是一个活人，那人身着的黑色长袍上绣着诡异图纹，面上和衣服上都落满了土灰，双目紧闭，似是昏了过去，一只手呈现诡异的扭曲状。

那女子抹了一把脸上的灰，露出倾城容貌，嘴角向上弯起，勾起一抹邪气的笑意，握起拳头冲着地上的人就招呼了上去："不让我跑是吧？喜欢我是吧？长成个猪头样还想亲我？要不是你，我早就跑掉了！浑蛋，看我怎么废了你！"

一时间，画面极其残暴，让人不忍直视。

顾子嫣呆愣地看着，久久不能回神。

收拾完地上的黑衣人后，女子回眸看着顾子嫣，那双漂亮的眸子亮起一抹精光，黛眉一蹙，十分柔弱地把身体靠向了她，变脸的速度堪称一绝："恩公，你是来救奴家的吗？这里好可怕。"

顾子嫣却看见了女子身上被扯掉一半的高领子下露出的不该有的生理特征，不由得嘴角抽搐着道："我再也不相信自称'奴家'的是女子了。"

土坑下又传来一道耳熟的声音："师姐！底下有好多被关着的人，快让衙门的人来，别让上头的那个跑了！"

沈璃奋力地爬了出来，见到师姐怀里的人，缓缓勾起一抹猥琐的笑容："一千两银子到手了！"

一千两银子，难道是……

"她是齐三小姐？"众人惊讶地脱口而出。

衙门里的人很快就到了义庄，为首的正是陈远。戴着官帽的人急匆匆地下了轿子，一手扶了扶倾斜了的帽子，见到门前站着的人，眸子里闪过一抹狂喜，极快地迎上前道："齐小姐受惊了，可有哪里受了伤？大夫，还不赶紧给看看。"

一名老者顺势走到灰头土脸的人面前，恭敬地说道："小姐……"

"我没事。"齐钰拢了拢身上的衣服，查看自己并无破绽后，露出一抹温婉的笑意，换了个人似的，对着刘县令说道，"下面倒是有几个伤得不轻的，你们快去救人吧。”

刘县令没有想到他一来，事就都解决了，急忙点头应下，吩咐手下去收拾残局。他自个儿站在齐小姐跟前，讨好说道：“本官为小姐备好了软轿，这就送小姐回府。”

“恩公，与我一道回府吧，让小女子好好答谢一番。”齐美人没看那轿子一眼，反是专注地望着顾子嫣，低声道。

一抹身影突兀地隔在中间，朝着齐美人凉凉开口道：“我家相公只是路过，若说救命之恩，应该是谢他俩才对。”

“一千两银子长得真是精致啊！”沈璃两眼冒星光，不晓得垂涎的是赏银还是面前的人儿。

“秀色可餐啊！”傅安亦抹了抹嘴角，一脸沉迷于美色的表情。

季慎揽着顾子嫣后退了一步，对于不明真相的他们抱着一丝看好戏的心态。

齐钰稍稍抬起下巴，目光直直地和季慎投过来的视线撞上，两股毫不退让的视线一交锋，周围空气的温度瞬时就降低了几度。

顾子嫣看着这一幕，不由得抚额，这跟当初的预想落差太大，而眼前这位“齐府小姐”看着自己笑得一脸含羞带怯是怎么回事？

“恩公，夜色已晚，还望公子能将小女子送回府上。”轻柔语调传入耳中，齐钰的声音中带有一丝让人难以抗拒的风情。

顾子嫣下意识地扫了一眼站在齐钰身后的一排衙差，心想，用不着吧？

“我大哥说了，衙门里的除了在喊‘威武’的时候能吓着人，关键时刻派不上用场。”齐钰说着扫向了身后的人，满面笑容的背后隐着一抹讥讽。

“为了安全起见，就由我们送小姐回府吧。”夏兴安不知什么时候站到了顾子嫣身侧，端的是一派谦和有礼的温润公子模样，只是周身弥漫着的清冷气息明显地昭示着生人勿近。

“世……”齐钰被夏兴安冷冽视线一扫，欲喊出口的话及时转了弯，“时候不早，刘县令，这剩下的事儿可都交给你了。地下炸晕了的那些不过是看守的人，真正主事的恐怕已经跑了，你可得仔细查案，早日捉拿真凶归案。”

刘县令闻言，连连称“是”。

齐钰对轿子有了惧意，说什么都不肯再坐，反是跟在顾子嫣身后不时地偷看上两眼，一副春心萌动的模样。

夏兴安恢复了本性，瞥了一眼空轿子，便一言不发地坐了进去。陈赫随侍在轿子一侧。

齐钰脚下的步子一顿，心下暗惊：这世子是平阳王独子，受尽万般宠爱，从未出过京城，便是上门求见也是难得能见上一面，怎么会突然出现在此地，还只带了一名侍从？

“你说夏公子这回是怎么变的？”傅安咋舌，对于有着威严气场的夏兴安他是又怕又好奇。

季慎闻言看向齐钰，眼神里掠过一丝狡诈，他绽出一抹笑容：“应该是齐小姐在采蘑菇的时候。”

“齐小姐家里这么穷吗？要自己出来采蘑菇？”傅安一脸单纯地问道。

季慎再度沉默，对方说得好有道理，他竟无言以对。

齐府的宅子比夏府的别院要宽敞好几倍，老太傅齐永绍伺候高宗皇帝多年，忠心不二，多有操劳，到了颐养天年的年纪，当今圣上便赐府赏地，让恩师安享富贵。齐太傅每日赏花逗鸟，不理世事，让两个儿子打理四宝斋，乐得清闲。

齐钰出生的时候一波三折，差点折腾掉齐夫人半条命，所幸母女都活了下来。齐太傅老来得女，宠得不得了。但齐夫人的身子调养了大半年都不见好，还落下了病根，最后连那咿咿呀呀逗得两老欢心的小齐钰，都没能熬过第二年冬天。

齐钰的大哥生怕二老受不了刺激，就从外头抱了个长得像的婴孩，却没想到性别有差，是个男孩，但事已至此，便只好连瞒带骗地过了十六年。

等到了齐府，季慎一路上也闲谈完了，不小心从季慎口中得知齐府不为人知的秘密的众人站在齐府门前，不由自主地将视线搁到了齐钰的两位大哥身上，心道：为一个谎言坚持了整整十六年，这也太厉害了！

齐怀远揽上松垮的衣袍，面无表情地将方才来不及系上的衣带系好，眼下一片青黑，显然是累极，喑哑着开了口：“小砚，告诉老爷，小姐找回来了。”

“大哥……”齐钰见着自家大哥憔悴的模样，想来是这阵子找他的缘故，心下一片感动，作势要冲上去，却被二哥齐怀宇拦下。后者打了个哈欠，一脸困顿地开口：“还好你回来了，这两天我跟大哥到处找跟你长得像的人，快累死我了，妹妹你没事长那么好看做什么？”

齐钰的一腔热情被悉数浇灭，蔫了。

“娘一听说你被掳走便晕了过去，到现在还没醒，爹这几日也寝食难安，你这副模样过去爹娘怕是会担心，你先把自己收拾干净了再出来吧。”齐怀远伸手摘掉了落在齐钰发丝间的枯叶，表情淡漠，动作中却透着一抹温情。他转向站在厅里的几人，嘴角挂着一丝略带疏离的笑意，“多谢几位救出舍妹，在下已经备好薄酒，如不介意，就请诸位赏脸，让我们聊表谢意。”

“齐公子客气了。”顾子嫣暗忖道：即使没有他们，以齐钰的能力也绝对能自己逃出来。

齐怀远的视线从众人脸上轻轻掠过，蓦地停在一处，他眸里闪过一抹诧异，但迅速掩饰下来，之后朝身侧的仆从吩咐道：“为几位准备上房，不得怠慢。”

“是。”那名仆从领了命退下。

顾子嫣有些诧异于身边人的过分安静，侧头看去，却见季慎盯着厅堂里一幅画出了神。那幅画极美，杏花三月烟雨江南，一笔一画都勾勒得细腻。

“风波不信菱枝弱，月露谁教桂叶香。直道相思了无益，未妨惆怅是轻狂。”一行小字，字迹娟秀，显然是出自女子手笔。顾子嫣看得恍了神。

“这便是救了钰儿的恩公吧？来来来，快坐。钰儿呢？”一道年迈的声音自厅堂内侧传出，老者一手掀开了帘子，一手拄着拐杖，目光到处搜寻着齐钰，“伤着哪儿了没？”

齐怀远上前搀住了人，安抚道：“爹，齐钰没事儿，衣服脏乱被我赶去屋子里梳洗了，一会儿就出来。您好几日都没吃东西，钰儿回来了，你也该安心用膳了。”

厅堂里那一张大圆桌子，不多时就被摆上了碗筷，丫鬟鱼贯而入，端着热菜上桌。

齐太傅顺手引顾子嫣落了座，他看着顾子嫣，语气热切地说道：“这位公子看着面生，不是本地人吧？家中长辈可还健在？可有娶妻，可有婚配？”

齐怀宇一听便蹙起眉头，视线扫过顾子嫣身旁坐着的季慎，开口说道：“爹，你又给小妹乱牵红线，这位公子身旁都有了个美娇娘，难道让小妹去做小吗？”

“若对象是恩公，那小女子做小也无妨。”一抹身影出现在门口，然后由远及近，梳洗完毕的齐钰笑意盈盈地走到圆桌旁。齐钰暗中轻踹了一脚顾子嫣右侧坐着的沈璃，后者很是识相地腾出了一个位子，捧着饭碗朝傅安挪了挪。

齐钰也不客气，从容入席，亲自倒酒斟满了酒杯，端起后冲着顾子嫣明媚笑道：“这一杯，齐钰敬恩公。”说着仰头一饮而尽。

顾子嫣瞅着面前的酒杯，陷入了沉思之中。她的酒量着实堪忧啊。发觉一桌子的人都看着，静待自己反应，她颇不好意思地干咳了一声，下意识地看向左侧的季慎。

后者眨了眨眸子，眼神分明在说：你求我啊，你求我啊。顾子嫣便默默举杯，咬着牙喝下了这杯酒。

沈璃知道顾子嫣是一杯倒的酒量，看着亦开始斟酒的齐家两位少爷，不由得为师姐担忧，只是这担忧里似乎夹杂着一抹兴奋。师姐喝醉后可是……

一轮敬酒过后，顾子嫣端庄地坐着，面色不改，连眼神都不带一丝迷离，只是在视线掠过季慎的一瞬，忽地闪烁了一下，勾起一抹深沉暗光，眨眼即逝。

“顾公子好酒量！”齐太傅眼里闪过一抹钦佩，笑着说道。

“哪里哪里。”顾子嫣抱拳谦虚道。

一旁的沈璃与傅安面面相觑，保持沉默，好像……师姐现在的状态已经不正常了！

顾子嫣左右的二人，一个夹菜，一个斟酒，有火花乍现，在外人看来倒像是争风吃醋。

沈璃看得欢腾，兴致颇高地扯过傅安小声道：“我赌一根小黄瓜，齐小姐对师姐没意思，看眼神就知道，你发现没，倒像是在逗着师叔玩，莫不是其实喜欢师叔吧？”

齐钰持着筷子的手顿了一下，搁在筷架上，一回头就对上沈璃古灵精怪的目光。齐钰倏地露出一抹阴恻恻的笑，薄唇轻启道：“你知道得太多了……”

沈璃蓦地一僵，连忙低下头去，低调做人。

齐府某处，一栋独立的房屋立于繁花修竹之间，给人颇为清幽的感觉。忽然从屋子里传出一阵细语声，沈璃蹲在雕窗下面，小心翼翼地偷听：“师姐和师叔到底在说什么？怎么听不清楚？”

一道蹲着的傅安蹙着眉头问道：“可是现在师姐羊入虎口，我们要见死不救吗？”

沈璃拍了拍师弟的肩，一副幸灾乐祸的表情：“依我的经验来看，谁是羊、谁是虎还说不准，师叔反而可能是有危险的那个……”

门在一瞬间被人拉开，一道充满森森冷气的视线投射过来，蹲在雕窗下面的两人恍若未察般继续交谈，直到隐隐感觉到自己脖颈处飕飕的凉意，沈璃这才蓦然回头，却对上季慎似笑非笑的视线，她止不住抖了抖，摸着口袋掏出一根发带，带着一脸讨好的表情道：“师叔，师姐的发带掉了，我们是来还东西的。”

季慎斜倚着门框，眼眸中含笑，他一脸意味深长地看着沈璃和傅安。沈璃害怕地颤了颤，立刻很是识相地道：“我们明天绝对不会乱说的。”

“可是师姐怎么办？”傅安诧异地问道。季慎瞬间眯着眼打量着傅安。

沈璃一见师叔面色不对，立马拽过小师弟，讪笑了两声道：“天色已晚，我们就不打扰师叔休息了，劳烦师叔照顾好我们师姐了！”说着，她就扯着傅安跑没影了。

季慎关上门，拿着发带走回屋内。原本应该醉到人事不知的顾子嫣忽然迷迷糊糊地从床榻上半坐起来，慢慢地睁开了眼，看到季慎之后，她面上闪过一丝茫然：“师叔？”

季慎闻言敛下眸子，忽明忽暗的烛火映衬下，让人看不清楚他此刻的表情。他似乎犹豫了片刻，起身倒了杯茶才再次来到顾子嫣身前，将手中的杯子递到她手中，说道：“醒醒酒。”

顾子嫣顺从接过，唇在杯子边轻轻地一碰，沾了水之后更显莹润。季慎忽然觉得一阵口干舌燥。

屋内一时静默，空气中似是有暗潮涌动，顾子嫣垂下眼，蓦地抬起眸子直直看着他，十分突兀地开了口：“师叔，你喜欢我吗？”

季慎一惊，正握着发带的手倏地僵住，没料到会是如此直白的开场白，他静静地凝视着顾子嫣，似想要看透她此刻的真实想法一般。

没有得到回应，顾子嫣蹙了蹙眉，她控制不住般伸出手搭上季慎的肩，纤细的手指抚上他的胸膛，低声呢喃道：“师叔，你的心跳得好快啊。”

季慎垂下眼眸望着眼前的人，觉得此刻还端着正直表情的顾子嫣有些可爱。师侄，原来你醉了是这般模样……

顾子嫣忽地蹙眉表示不满，对上季慎幽深的眸子后，她不自觉绽出一抹天真的笑容：“师叔，你先不要动。”

季慎只觉得心上被小猫爪子挠了一下，蹿起一股酥麻感。顾子嫣眨巴着眼看着他的动作，看到他手中的发带时，她晶亮的眼眸中闪过一抹光芒，歪着头看向季慎：“原来师叔也知道这个玩法？”

季慎愣了几秒，心里隐隐有一种不祥的预感。不想在他还未察觉之际，顾子嫣竟然十分灵活地拿着发带将他的手绑在床柱上，还系了死结。

季慎敛去初时的讶异表情，闲适地倚着床头侧身看着她，嘴角含笑："师侄，你这样绑着师叔，我等会儿该如何入睡？"

顾子嫣露出天真烂漫的笑容："没关系，师叔一直这样就可以了。"

长夜漫漫，屋内一直传出女子的笑声，似乎十分愉悦。

月影横斜，一抹黑影极快地掠过院子，闪入了还亮着烛火的书房。烛火拉长来人的身影，映在窗上格外显眼，正翻阅书籍的齐太傅蓦地抬眸看向他，面上倒没有一丝诧异。

"小世子别来无恙。"拨了拨油灯里的芯子，让屋子更亮堂了些，齐太傅这才悠悠开口，语气仿若在问候一位许久未见的老朋友。

"一别数年，看到齐太傅安好，小王也就放心了。想当初，小王为了一件西洋玩意儿与小皇叔争执不下，若非太傅调停，恐怕要让家族连累受难。说来惭愧，小王竟一直没有找到亲自向太傅道谢的机会。"夏兴安漫不经心地走到桌子前给自己斟了一杯茶，抿了一口，清冷的语调难得地透着一抹热络。

一身漆黑的袍子，金丝线勾勒的边缘，衣袂处绣着极为精致的繁复花纹，他身形修长俊逸，介于男人与少年之间，带着明显的危险气息。

齐太傅暗中打量着他，莫名在心底叹了一口气，这少年比之年幼时还要阴郁几分，更让人难以捉摸。他道："世子言重了，老夫做的只是分内之事，何须世子挂在心上。现如今老夫已辞了官，还能在临终之前见上世子一面，已是心满意足了。"

听懂了他的言下之意，夏兴安勾起嘴角，垂眸敛去墨瞳中的光芒，低笑着开口："齐三小姐美名远播，曾听小皇叔说寻个适当的时候要接三小姐入宫。老太傅这辈子的荣华还未享尽，此话不必再提。"

齐太傅握笔的手一顿，一点墨水迅速地在宣纸上晕染开去，成了污点，他面上闪过一抹惶恐。

夏兴安敛去嘴角的笑意，倏地拉下了脸，有些犹豫道：“小王深知太傅心性，必然不愿女儿入那是非之地，便也有心想帮太傅一把，抢在皇叔之前表了心意。等定了亲，两年后再来迎娶，到时任凭太傅做主。”

这话的意思相当明显，齐太傅搁下笔沉吟片刻，看向暗影中的人：“若世子愿意迎娶小女，是齐府的荣光，日后若有用得着老夫的地方，但说无妨。”

“小王只想要这府上一件东西。”夏兴安闻言扯了一下嘴角，露出一抹淡笑，遂一字一句道，“天心玦。”

齐太傅不由得愣住，双眸中绽出一抹惊骇，半晌后才找回声音。他陡然苍老了几分，神色黯然道：“那是阿羡最后留下的东西……罢了罢了，免得素英睹物思人。”

连最后一点都留不住了。阿羡，你可有后悔当初跟了那人？

三月的阳光如春水一般柔暖，透过菱格的窗子倾洒在木椅上的人儿身上。顾子嫣悠悠醒转，下意识地抬手遮了一下眼，挡这刺目的亮光。

浑身泛起不舒适的酸痛，好像她整个晚上都在站着睡一样。

顾子嫣一边揉捏着酸痛的地方，一边慢慢回过了神，脑海里只晃过零碎的片段，快得让人抓不着。宿醉后的头疼，使得她英气的眉宇蹙在一起，下一瞬便对上了床上半坐着的那人幽深的视线。

“师……”顾子嫣讷讷地唤出口，便看见了季慎身上一些暧昧的痕迹，她僵住了身子，眸子慢慢变圆，联想到自己的状况，便生气地指着他质问道，“你……你对我做了什么？！”

季慎眼睛下方一片青黑，闻言他的眼底蹿起一股幽幽火苗，不满地望着面前的女子，嗓音沙哑到近乎咬牙切齿道：“我都这样了，能把你怎么样？”

顾子嫣这才发现，季慎的两只手被分别绑在床柱子上，一条是发带，一条是……裤腰带？而那手腕处一道道红痕，显然是挣扎久了才留下的印记。她默默地回头瞥了一眼不容易伸展的木椅，莫名心虚起来，或许……可能……是她误会了？

“师叔，你……还好吧？”她的话音刚落，便收到对方投来的一抹极为复杂的目光。

顾子嫣越发心虚，依稀记得昨晚自己喝多了，精神振奋不已，好像一直让人陪自己玩什么游戏……顾子嫣面上闪过一抹惊疑，偏又想不起细节。

而季慎亦是在心底淌血泪，昨儿晚上师侄玩累了，就把他另一只手也绑在床柱子上，然后跑到椅子上蜷缩着身子睡了一夜，他双手被绑，身体不能移动半分，只能一直挺着腰，半坐在床榻上，坐到天明……

“还不过来解开……”见她又走了神，季慎忍着内心的郁闷唤道。

顾子嫣连忙上前替他解开了束缚，就见季慎揉揉手腕，便如风一般飞快地奔出了屋子。

早早就在门口蹲着的沈璃和傅安往屋内望去，傅安好奇地开口：“师叔这么火急火燎地是要做什么？”

“笨啊，肯定是很丢脸，怕被旁人发现。”一旁的沈璃淡定地说道。

“师叔到底怎么了？”傅安更加疑惑地问道。

沈璃注意到有一抹身穿粉色裙袂的身影接近了。察觉到师姐瞟过来的危险目光，她立马站起来，拍了拍身上并不存在的灰尘，露齿一笑道：“也许师叔是去如厕了。”

顾子嫣信步走到沈璃面前，看着那身极不适合她的衣裙，沉声问道：“我以为昨晚我喝多了，应该是你扶我回来。”

“呃……这不是师叔自告奋勇，盛情难却啊。”沈璃心虚地讪笑了两声，暗忖师叔到底还是连累了自己。

“那你去哪里睡了？”顾子嫣忽略了她的回答，继续问道。

沈璃心一颤，又听到顾子嫣十分严肃地继续说道：“你昨晚是不是与齐三小姐在一起？”

“啊……”傅安满是不可思议地看向沈璃。

师姐，这种没有来由的猜测，你怎么一猜就猜对了呢？沈璃在默默腹诽，她叹了口气，一巴掌把脑袋伸过来的傅安拍向了一边。

沈璃表情严肃地解释说："不是你们想的那样。事实是昨天我误以为那是我休息的客房，第二天醒来发现那个人躺在我的旁边，一切都是意外。"沈璃十分从容镇定地说道。

顾子嫣的面色一沉，正要说些什么，却被傅安打断。后者十分好奇地凑上来，眨巴着眸子问道："跟他睡与跟师姐睡有什么不同？"

沈璃闻言一愣，还真思考起来，她摩挲着下巴，一锤定音道："没什么不同，师姐胸前也跟他一样平。"

顾子嫣的脸色完全黑了下来，一手拎起一个，把两人齐齐扔出了屋子："罚你们抄写《玄衡经》一百遍！"

接着"砰"的一声，门被大力甩上了。

"我以为离开衡山派就不用再抄《玄衡经》了……"傅安揉了揉自己的头发，可怜兮兮地看向沈璃，寻求解决办法。

沈璃立刻扑到紧紧关闭的门上，道："师姐，我刚刚是没有睡醒乱说的，你要相信我啊！"

傅安小心地退后几步，装作什么都没看见的样子转身离开了院子。他心道：师姐们果然都不靠谱！

齐府里，唯有一处院子最为静谧，连东厢那边的喧哗声都传不过去。一堵围墙隔着外界，墙边的桃树枝节横生，枝头处绽出几朵娇嫩的花，迎风微微战栗，隐约夹杂着两人试图压低嗓音的争吵声。

季慎解决完洗漱问题，又躲在外面暗自纠结了一会儿，等恢复成他往日那副悠然自得的神情后，便打算回去找自家师侄。

不想如此不凑巧，他竟然听到了别人的对话。

季慎眉心微蹙，略微犹豫后，他退了几步，将自己藏身在阴影处。此时，那边的两人亦无察觉到有外人正在偷听他们的交谈。

"我不想留在四宝斋，大哥，你明知道我意不在此，我想去外面感受仗剑江湖的快意。大哥，从小到大，我都没有求过什么，我就只有这么一个要求，不会要太长的时间，我保证不会惹是生非，一年后我便会回到家中，安安分分做回齐三小姐……”齐钰低哑的嗓音里透着一丝委屈，像个孩子般哀求着身前的人。

一抹颀长的身影立在逆光中，投在地上的斜斜影子被拉得老长，似是和温暖的阳光格格不入，显得冷清。

“大哥……”齐钰发出乞求的声音。

良久，那身影动了动，伸手覆在齐钰的头顶，对上他不甘心的眸子，齐怀远无奈地开口道：“留在齐府过安稳日子不好吗？为什么你也向往那俗世红尘呢？”

“什么？”齐钰疑惑地问道，心中诧异大哥突然说出这样的话。

那覆在齐钰脑袋上的手蓦然收回，齐怀远又恢复了一贯清冷的表情，他淡淡地斜睨一眼齐钰：“即使我不同意，你最后也会偷偷跟着那些人走，对不对？”

没料到竟然被大哥一下就猜透了自己盘算已久的计划，齐钰面色一变，垂下脑袋，沮丧道：“大哥，我不是忘恩负义之徒，这么多年我早已把齐府当作自己的家，只是……”

“我没说不让你出去换回自己的身份，毕竟不能让你一直以女子的身份被束缚在这齐府里头。”齐怀远截住了他的话头，清冷的眸子里浮起一抹若有似无的宠溺，却很快隐匿。

“大哥！”齐钰不敢相信地抬起眸子，看向齐怀远的目光中闪过一丝不确定，他语气犹豫地问道，“那我现在就去跟爹说一声？”

“你……”齐怀远无奈地摇了摇头，然后颔首道，“你去吧。”

得到齐怀远的首肯后，齐钰欢喜地奔出了院落。

微风拂过，一片花瓣落在树下的人肩上。直到齐钰的身影消失在自己的视线中，齐怀远的嘴角才扬起一抹无奈的淡笑，他伸手摘下那花瓣，手心便多了一抹艳色。

“但愿不会步上羡姨的后尘。”一声低语跟着离开手心的花瓣一起落入尘埃，齐怀远脸上忽然勾起一抹轻笑，似在嘲笑他自己，“齐钰做了那么多年女子，我竟然差点忘了他是个男人，他又怎会和羡姨一般……我真是想太多了。”

隐在暗处的季慎听到那两个字，瞳孔蓦地微缩，笼在袖中的手捏成了拳头，神情有一瞬的悲恸，却极快消失了。

等拳头松开，面上的神色再次恢复如常时，季慎才缓缓从暗处走了出来。

“齐公子。”季慎走到齐怀远身后，喊道。

齐怀远诧异地转过身，看到来人是季慎时，他倏地愣住，不知为何竟有种曾在哪里见过这人的错觉。

齐怀远压下心底涌起的疑惑和惊讶，面上不动声色地道：“顾夫人？”

“你可知尹羡生前的东西去了哪儿？”季慎直白地开口。齐怀远神色霎时一变，并眼神戒备地看向对方。

季慎却毫不在意，只是嘴角噙着的轻笑里染上了一丝悲愤：“还是说，齐府当真绝情到连那些东西都不愿留下？”

齐怀远听出他语调中的嘲讽，神色更冷了几分，语气颇为冷硬道：“顾夫人您来者是客，又救过小妹，但请勿再胡言乱语。”

“当初你们不肯收留她，说她败坏门风，并无情无义地将她驱逐出府，看你们如今置身事外的模样，倒也不出所料，只是那些东西本就不属于齐府，我只是要拿走属于尹羡的东西。”季慎却步步紧逼，直视着齐怀远的眸子里，是化不开的深深寒意。

“你……到底是谁？”齐怀远再也端不住面上的沉稳神色，声音里染上了一丝慌张，微微拔高了音调。

他心中掠过几种可能，却被自己一一否认。

羡姨当初带着那人的孩子来到齐府，他爹处理得极为隐秘，事发和经过不该有外人知道，这突然冒出的女子又是怎么得知的呢？

季慎缓缓勾起嘴角，贴近了齐怀远，嘴里吐出的一字一句皆饱含杀意："记住，当初你们加诸在她身上的折磨，我会一点一点讨要回来的。"

"你……"齐怀远蓦地僵住，只觉得在这人的注视下如沉入万丈深渊，耳畔蓦地回响起一道童声——"你们会后悔的，迟早有一天我要你们百倍偿还这屈辱！"

几乎在认出对方的一瞬，齐怀远压下惊恐，眸色深沉道："竟是你……"

季慎迎上他的视线，悠然地勾起嘴角，显然对这反应颇为满意。

不远处忽然响起一声惊呼，打断了二人。沈璃站在长廊上，指着他们，声音颤抖着道："师……红……红杏出墙！"

季慎察觉自己与齐怀远的姿势颇为不妙，便急速敛去自己周身的阴郁气息，似是嫌恶地退开了一步远。

等他看见那长廊上出现了一抹熟悉的身影后，立刻抽出怀中的帕子一甩，疾步走过去，并扑到顾子嫣怀里，假假地摸着并不存在的眼泪道："相公，那人想要非礼我！"

齐怀远当场哑然无语，谁来告诉他刚才那不是真的？那个孩子怎么变成了女子？还变成了这样的呢？

顾子嫣沉默地看了一眼怀里的"高大女子"，忆起方才那一幕，一双眸子蓦地暗沉下来。师叔你……

对于紧环着自己腰的手，顾子嫣有一瞬间排斥，却忍住了没有推开。她冲着齐怀远低声赔礼道："我夫人生性开朗，爱开玩笑，如有得罪的地方，还请齐公子海涵。"

齐怀远与沈璃一致陷入了沉默。

前者是对季慎方才露出的一面产生了质疑；后者则侧重于师姐脱口而出的"夫人"二字，她觉得自家师姐也越来越入戏了。

"大……大少爷！"长廊上蓦然响起一声疾呼，一名青衣小厮突然匆匆忙忙地跑到了齐怀远面前，上气不接下气地喊道，"大少爷不好了，小姐……小姐和老爷争执起来了，都要用上家法了，您赶紧去劝劝吧！"

齐怀远闻言倏地变了脸色，匆匆离去。顾子嫣刚想说出口的话哽在喉咙里，她蹙了蹙眉，暗想：齐老爷既然醒了，那我们就当面告辞好了。

顾子嫣带着身边二人，跟在齐怀远的身后一道过去了。

西苑里，桃花始开，春意渐浓。路上，有一处大门敞开的空房，里面空无一物，死气沉沉。

季慎望着那间空房，脑海里慢慢浮现出一个温婉女子的身影，她拿着簪子轻轻将烛火拨亮，笑着对一旁打着瞌睡的他说："这件袄子很快就做好了，比你大哥身上那件还好看。"

只可惜还没到袄子做完的时候，他和娘却……季慎敛眸，下一刻抽身离去。

还未走进大厅，便听到不断传来乒乒乓乓的乱响声，还夹杂着瓷器的跌落声和隐隐的惨叫声，随后一道熟悉的声音决绝地说道："爹，我不会改变我的决定的，您就算今天打死我，我……还是要走的。"

顾子嫣一行人进了大厅，就看见齐钰正狼狈地跪在地上，他的神情坚定，只是嘴角似乎正因身上的疼痛而微微抽搐着。

等看见齐太傅手上的那柄子鸡毛掸子又朝着自己身上狠狠落下，齐钰忍不住叫道："爹，你不会真打算要打死我吧？"

沈璃见状乐了，小声咕哝了一句："打肿脸充胖子了吧。"

没想到沈璃的声音还是落到了齐钰的耳中。齐钰蓦地直起身体，目光炯炯地看向沈璃，眼中乍现一抹精光。

齐钰立刻指着沈璃，语气分外坚定地对齐太傅道："爹，因为无论如何，我都要跟她走。"

齐太傅顺着自家女儿的手指方向看过去，一见沈璃不仅不高大威猛，相反还很瘦小，他不由得蹙起眉头，沉声道："他有什么好？"

齐钰眼神闪烁，咬着牙一字一句道："她的心灵很美好！"

此时，刚迈入大厅的夏兴安倏地顿住了步子，他诧异地看向沈璃，其他人也纷纷眼含质疑地望向沈璃。从认识沈璃的第一日起，他们便从未发现这人有一点心灵美好的地方呀……

“而且，昨天晚上这人误入了我的房中，和我迷迷糊糊待了一宿。爹，你就让我们在一起吧！”齐钰不理会众人的反应继续说着，大有一副“你不答应我就去死”的架势。

齐太傅一脸气绝将要昏厥的模样，他抖着手接过齐怀远递上来的茶，复又蹙着眉头，将手里的茶重重地放在旁边的桌上。

齐太傅态度不善地看向顾子嫣等人，道：“好好好，老夫念在你们救小女一命，真心款待诸位，汝等却做出此等羞辱老夫小女之事，你们未免欺人太甚！”

“齐太傅息怒，小心气坏了身体。”在旁边寻到地方坐下看戏的夏兴安，此时悠然开口。

他一只手端着茶，一只手慢慢揭开茶杯盖子，然后呷了一口，道：“这一路来我看得仔细，这位小兄弟虽看着不靠谱了些，却是位有担当的，令千金从了他，大可不必担心会吃亏，衡山派也算是江湖上的大门派，不会做背信弃义的事。”

沈璃不禁抖了抖，嗫嚅着：“这样说来，齐三小姐看上了我……”后面的话，沈璃自己也觉得实在说不出口。

顾子嫣的视线停留在夏兴安身上，越发凝重。他们自一开始就未漏过底，这位世子是从哪里得知他们衡山派的身份呢？

“衡山派？”齐太傅闻言蓦地一顿，有些不自在地敛了敛宽大的袍袖，眼中闪过一抹复杂神色，问道，“那请问现在宋掌门可好？”

“齐太傅您难道与我师父是旧识？”顾子嫣一愣，颇为诧异，想起那个不靠谱的师父，她的神色微暗，“我师父几年前就已仙逝了。”

端着茶杯的手微微一抖，齐太傅面色有些灰败，看着顾子嫣，他张了张口，却又将话吞回肚内，之后才道：“这样啊……倒没想过他会赶在老夫的前头。我们当初在清平镇曾有过一面之缘，若非他出手相救，老夫恐怕要命丧匪徒之手。”

师父平生好管闲事，最爱行侠仗义这一套，只是顾子嫣一直觉得是师父本性鸡婆，什么都爱插一脚，没想到还曾因此结识过齐太傅。不过这也不是奇怪的事，毕竟师父跟她吹嘘了多次，还说他曾救过江湖第一美人，那美人更是差一点就成了她未来的师娘……只是师父说的次数多了，她反而认为师父在说谎话骗自己，江湖上的第一美人怎会那么巧就被师父救了呢？

“呵。”这一声虽然低不可闻，但顾子嫣与季慎靠得近，到底还是听到了。

季慎站在所有人身后的角落处，他的半边脸隐在暗处，垂着眸，看不出是什么表情。然而下一秒，季慎先前周身的阴郁气息转瞬消失不见，又变回往常般那副从容淡定的模样。

难道说，师叔与齐府有什么渊源？顾子嫣仔细回想师叔这几次的异样，却实在难以厘清头绪，反而越发疑惑。

忽然，一名小厮进来禀报：“老爷，衙门的李捕头说有要事求见，门口有一人自称是顾公子的师兄，小人还没来得及细问，那人就昏了过去……”

“啊，会不会是晴容师……师兄啊？”沈璃惊呼出声。

他们立刻快步奔向了门口，大红门槛上靠着一人，面色苍白，极为虚弱的模样。几名仆从在一旁窃窃私语。

顾子嫣从仆从手中接过宋晴容，瞬间就闻到了她身上传来的一股极淡的血腥气，不由得蹙起眉头。

齐钰赶到后，立刻吩咐下人去请大夫，并命人带顾子嫣送宋晴容去就近的客房躺下。处理完后，齐钰从容地迎上了李捕头，笑问道：“这才过了一日，李捕头，可是先前的调查有进展了，抓着凶手了？”

李捕头闻言面色一僵，有些阴郁道：“实不相瞒，我们抓回来的那些人在昨天一夜暴毙，他们齐齐咬碎藏于牙齿中的剧毒自尽而亡，更奇怪的是，他们死后不过一炷香时辰，尸体突然自燃，焚烧殆尽，没留下一丝线索。”

正背着宋晴容往前走的顾子嫣猛地一顿，回转过身，一双眼死死盯着李捕头，眸中掠过一抹寒光，似是极为艰难地开口问道：“尸体自燃？”

李捕头被顾子嫣眼底凌厉的气势骇到，愣怔了一下，下意识地答道：“是，连仵作都没来得及验尸，就已经烧了个干净，义庄一并被毁，找不到一点蛛丝马迹，故我前来，想问问齐小姐可有看清抓你那人有何特别之处，能不能为衙门提供些线索。”

顾子嫣只觉得自己眼前又出现了那天的景象，汹涌的火势蔓延，那个疼她教她武功的人静静地躺在火海里，最终化成一捧灰。还只看了一眼，那捧灰便被突如其来的狂风吹散，她来不及伸手，就看见师父消失在眼前，什么都没留下……

“唔……”趴在顾子嫣肩上的人溢出一声呻吟，一抹暗红自嘴角汩汩流出。她缓缓睁开了眼，侧头对走过来的季慎绽出一抹笑容，“上……上次追杀夏……夏公子的人追来了，这儿不能待了。”

说完，头一歪，她又昏了过去。

顾子嫣猛地回过神来，拧紧眉头，然后加快步子往客房走去。才将宋晴容放置榻上，一名小厮领着大夫匆匆赶到，大夫取出诊箱，坐在床畔给宋晴容把脉，室内安静无声。

良久大夫才开口，神色已没有进来时那般轻松：“这位姑娘是中了毒，如此虚弱，应该是与人交手导致毒性蔓延。这……老夫恐怕没有办法，几位还是另请高明吧。”

顾子嫣眸色一沉，正要拦住那名大夫，却被门外的声音打断：“解毒找本神医就对了。”

穿着一身儒雅长袍的夏兴安背着个小药箱，自信地走到床边，他从药箱里取出一个白色瓷瓶后，招了招手，等陈远端着茶水递上，他道：“来，把这个吃了，包治百病。”

说着，夏兴安伸手抬起宋晴容的下巴，动作利落地将那五颜六色的丸子搭配茶水灌进了她的肚子。

“你……”顾子嫣回过神，已经来不及制止他，正欲发作，却听到陈远低声说了一句：“我家公子手上的药丸的确是能保命的，如无意外，宋姑娘今晚就能醒过来。”

顾子嫣半信半疑地瞥了他一眼，见床上的人脸色不复刚才那般惨白，信了大半，但仍沉声警告道：“若是她有三长两短，我一定会让你家公子陪着！”

陈远不再应答，退至一旁，守在夏兴安身侧。后者却开始给宋晴容摸脉，他一脸肃然地说道：“中毒了。”

傅安心里担忧大师姐，听到这话便没好气地开口道：“我们都知道。”

“不，这毒是一点一点在他体内长年累月积累的，毒素已经蔓延五脏六腑，想是要彻底解了，怕是不容易。”夏兴安没有理会，自顾自研究着，忽然大惊道，“腹中似乎有异动，莫非男子也可以怀孕了？”

众人顿感懊悔，刚刚竟然把夏兴安的话当真了。

殊不知，夏兴安确实猜对了一半。

顾子嫣救下齐钰那日，宋晴容身上的云系毒性发作，便装病在客栈里休息。云系是从小种下的毒，每三月发作一回，而这回无人送解药来，因为义父惩罚她办事不力。屋漏偏逢连夜雨，她又不巧与前来刺杀夏兴安的黑衣人正面碰上，侥幸逃脱后撑着最后一口气去寻季慎，便有了之前倒在齐府门口的那一幕。

沉沉黑夜，万籁俱静，不时响起几声虫鸣，更显林间悠然恬静。两人围着篝火席地而坐，跳动的火光“哔啵”作响，在幽深宁静的夜色里摇曳出不安的光芒。

顾子嫣望向季慎被火光勾勒得或明或暗的侧脸，过分妖孽的脸稍显柔和，嘴角似扬非扬。突然一道清朗的声音响起，带着一丝慵懒轻浮：“师侄，我好看吗？”

后者诚实地点了点头，很是中肯道：“是比春风醉的头牌好看的。”

季慎一愣，半天才回道：“那天一会儿的光景，你还去看了春风醉里的头牌？”

“路过的时候顺道看了，都及不上师叔你的三分之一。”听到顾子嫣老实正经的回答，季慎眯了眯眼，很是满意，却听到她继续说道，“所以，师叔你何必花那冤枉钱呢。”师叔想去春风醉，在房里照照镜子看自己就可以了啊。

季慎沉默下来，果然师侄最在意的一直都只有银子吗？

不远处，停在树下的马车里传出傅安均匀的呼噜声，顾子嫣想起马车内的另一号麻烦人物，不由得蹙眉：“师叔为何那时要带着他上路？就算他是世子的身份，与我们何干？”

正拿着树杈拨弄火堆的手停下了动作，季慎闻言陷入了沉思，似在回想。

当季慎的视线落到马车上时，陈赫抱着剑倚着马车，谨慎地留意着周围的风吹草动，察觉到季慎的视线后，一道凌厉的视线顺着他的方向扫了过来，见是顾子嫣与季慎二人，陈赫又快速收回目光。

“那自然是因为坐马车比较舒服。”就在顾子嫣以为他不会回答时，季慎忽然开了口，笑着道，“况且，谁能保证日后没有交集呢？”

顾子嫣一愣，直觉告诉她，师叔话里有话，她正想接着问，却被另一辆马车里沈璃的呼声打断：“师姐快来，大师姐醒了！”

不再多作他想，顾子嫣立刻起身走向马车。

“水……”马车里，一道微弱的声音响起。顾子嫣走进去后，便将水壶递给了沈璃。沈璃扶着还很虚弱的宋晴容，一点一点喂她。

等宋晴容吞咽了几口水后，眼神渐渐恢复了一丝清明。她扫视一圈，没见着自己想的那人后，闭眸敛去心中的失落，然后低声问道：“这是哪儿？”

“厉城郊外。”顾子嫣回话，替她垫高了枕头，沉声道，“现在不知你身体状况，等天亮进城里找妙手看看，届时再做打算。”

“神医门的妙手？”宋晴容的语气十分讶异，她勉强撑起虚弱身子问道。

顾子嫣抿唇，点了点头，安抚她道："他们或许会卖师父一个人情，你别担心，好好休息。"

宋晴容不再作声，心中却不安，她身上的云系该如何瞒过神医门的人？

突然一阵肉香飘进了马车，沈璃的肚子很是应景地叫了一声，她讪笑道："师姐，我饿了，我先去填下肚子……"说着便要挽起帘子下马车。不料她忽然被猛力抓了回来，回头一看，是顾子嫣。

"师姐？"沈璃很是不解。

忽地"哗啦"一声，帘子被划成了两截，一道绯红的女子身影突兀地出现在马车之上。

沈璃瞪圆了眸子，说不出话来。

只差一毫，她就跟这帘子的下场一样……天哪，沈璃背后沁出冷汗，心有余悸地往顾子嫣身后躲去。

"识相的，滚。"那容颜清丽的红衣女子冷冷地望着马车里的她们，一字一顿地沉声道。

顾子嫣往外头扫了一眼，几名黑衣人围住了那边的马车，并与季慎等人交上了手。本以为不会武功的齐钰竟然持着软剑，游刃有余地穿行在黑衣人之间，竭力护着夏兴安。

来的有十余人，顾子嫣看到他们身上的服饰，莫名觉得有一丝眼熟。

这些人的功夫明显不弱，一轮过后，他们不约而同地开始围攻夏兴安，使得几人应对起来颇吃力。

顾子嫣收回视线，轻咳一声，暗中给沈璃递了个眼神。后者会意，搀扶着宋晴容下马车。

顾子嫣跟着一道下了马车，然后站在一侧，却不经意间注意到了红衣女子看向别处的幽冷视线，她脑海中倏地闪过一抹灵光。

枝繁叶茂的桐树下，隐约传出一阵压抑的咳嗽声，极轻，却让一直留意着四周情况的顾子嫣听个正着，她神色一凛，提剑直朝发声的方向刺去。

红衣女子一惊，飞身阻拦，却晚了顾子嫣一步。

一柄长剑架在暗处之人的脖颈之上，顾子嫣带着人慢慢走出阴影处，朗声道：“再动一下，我就杀了他。”

那些人闻言皆停下了动作，被季慎等人制服在地。

“尊上！”红衣女子一声惊呼，正欲上前，奈何看见顾子嫣的剑离那人的肌肤近了一寸，她便不敢再动。

顾子嫣便知道自己赌对了，她不敢动手是顾虑宋晴容，而这人种种举动早已让她起了疑心。

“这么多年还是头一回有人敢这么对本尊，后生可畏，后生可畏啊！”随着最后一个字音落下，顾子嫣手中的剑被一股无形的力道震飞出去，虎口一麻，她的胸口处也传来一阵剧痛，整个人被一股猛力推了出去，竟毫无招架之力。

“子嫣！”季慎的唤声近在耳畔，顾子嫣坠在地上却没有预想中的痛楚，睁开眼见身下压着一人，季慎正一脸担忧地看着她，声音紧张地问道，“你有没有事？”

顾子嫣摇了摇头，撑着身子从季慎身上起来。揉着隐隐作痛的胸口，她抬起头看向那个被唤作尊上的男人，月色下是一张略显苍白的脸，极为普通的五官却莫名透着一丝诡异。

方才她连对方的招式都未看清，就被他的掌力拍飞，到底是她一时大意还是那人的功夫深不可测到……顾子嫣心中有些忌惮。

那人掩唇咳嗽了几声，红衣女子见状上前扶住了他，却被他一把挥开，他浑身散发着骇人的气势，却在视线掠过顾子嫣时沉下眸色，敛去戾气道：“红练，这马车我不要了，走。”

红练有一瞬诧异，瞪了一眼顾子嫣等人，却还是顺从地扶着尊上离去。倒在地上的黑衣人亦快步跟上，很快，一行人没入夜色之中，如来时般悄无声息地走了。

几人心思各异，心情颇为复杂地目送他们离去，顾子嫣打了个寒战，刚才那股子的阴冷劲儿似乎还在。

“啊，怎么让那个病秧子走了？”夏兴安从陈远身后走了出来，望着几人消失的方向嚷道。

傅安歪头问："不走，难道让他们留下来让你看病？"

"救死扶伤乃每个大夫的本分，看他那样子，这么走了绝对撑不了多久的，你说那姑娘那么漂亮……"夏神医最后有些惋惜道。

傅安提了一口气，转头问陈远："你家公子是小时候磕着脑袋了吧？"

陈远大惊："你怎么知道？！"

傅安决定还是少说话比较好。

被这么一惊扰，众人已经没了睡意，除了宋晴容和夏兴安回马车里休息，其他几人都围着篝火坐下来。之前烤熟了的野鸡这会儿已经焦了，散发着一股难闻的煳味。

季慎将那层焦了的皮剥去，把鸡腿递到了顾子嫣面前，试图拨正她的注意力："相公，刚才辛苦半天，应该饿了吧？"

"唔……"顾子嫣接过鸡腿，被食物的香气诱惑，便也不在意之前那问题。傅安默默蹲在顾子嫣的身边，一脸求施舍的表情，死死盯着季慎手中的鸡翅。

齐钰突然重重咳了两声道："方才那人有古怪。"

众人不理，继续埋头吃。

"是真的有古怪，那个红衣女子似乎就是那天抓我的人。那天我被关在义庄地下的密室里，无意间听到那些守卫说什么活人血祭，他们的尊上须饮处子的血来压制什么东西，之后，一些被送进石室的人竟真的再也没出来。甚至后来衙门里的人也说，石室里不仅没有发现一人，连尸体骷髅都没有。"齐钰神色变得凝重，盯着季慎一脸认真地说道。

顾子嫣闻言想起来，那些黑衣人与那日他们找到齐钰时看到的黑衣人的打扮是一样的。

这样说来，这两批人是同一伙人？历城……是要转移地方？

"喂，你们倒是给个反应啊，那人很可能是凶手，我们就这么放虎归山吗？"齐钰心急如焚地继续说道。

大家不约而同地沉默下来，唯有傅安一直发出啃鸡翅的声音。

齐钰蹙了蹙眉，只好郁闷地过去啃鸡腿。

季慎敛下眸子，从方才那一眼他便猜出那人的身份，讶然之外却无多少感情，那人虽然得了秘籍又如何？最后，还不是落得如今这副人不人鬼不鬼的样子。

比起丰县的繁华富庶，厉城倒更像座遗世独立的谜城，这里充斥着各种传说，连名字也是因最初建城时有厉鬼横行的风言风语而来，是真是假无从考究，关于此地有鬼怪的谣言却多起来，也有不少江湖人士受不了打打杀杀的生活而躲入此城。因此这地方虽然受官府管辖，真正能说了算的却另有其人。

天空泛起鱼肚白的时候，厉城紧闭着的城门准时打开，顾子嫣一行人入了城，此刻天色还未大亮，街上人烟稀少，只有些菜贩子赶着早集，沿街吆喝着。

“跟普通的小镇没有区别啊，师叔，你之前是故意吓唬我们的吧？”傅安环视了周围一圈，凑到季慎身旁小声嘀咕道。

季慎没有作声，反倒掏出笛子。一声嘹亮的清啸传出，不多时街角便出现了一个胡须花白的老者，步履生风，快步走到他们面前。老者脸上带着一抹怪笑，打量着身着女装的季慎，不时发出啧啧声：“上次是男的，这回是女的，下回见到你该不是雌雄同体了吧？”

季慎沉默。

沈璃笑出声，说道：“前辈，你眼神着实犀利！”

顾子嫣以拳掩唇轻咳了一声，就见季慎视线移了过来。他一脸羞赧道：“相公，他一竿子打翻了我们一船人。”

沈璃险些被口水呛住，一眼扫视过去，他们这一行人男的扮了女装，女的扮了男装，确实是……

叶老头十分健谈，没多久就跟傅安、沈璃混得极熟。两人走在顾子嫣和季慎前头，不时面露猥琐表情地一道回头，并“嘿嘿”笑上两声。

顾子嫣抑制住想要逃离的冲动，不自在地挺直了腰板，将靠在自己身上如软骨动物的季慎往外推了推，低声唤了一声“师叔”，语气略含警告。

“妙手肯不肯帮你们，我不知道，但这里的规矩你是懂的，日落城门就关了，自己小心些。”叶老头将人领到了拐角处，指着前头不远处的医馆，跟季慎说道。

“多谢前辈。”季慎一拱手，眯着狐狸眼，犹豫了一瞬又开口道，“叶四娘在云岭寺剃度出家，江湖上已经传得沸沸扬扬，您老……”

“喀喀，都陈谷子烂芝麻的事儿了，提它做什么！好了，老夫还要去照料我那些花花草草，走了。”那老头不满地瞪了季慎一眼，随即朝着另一方向几个纵跃，转瞬就消失在众人视线内。

一旁的顾子嫣蹙了蹙眉，女侠叶四娘的事她只听说过一些，于是她问道：“叶四娘不是要嫁给大将军吗？怎么……”

“世事难料，谁又会想到曾名震江湖的叶云飞会隐居在这儿当个花草匠。”望着那道背影，季慎回过神，颇为感慨地说道。

“你说刚才那人是叶云飞？”傅安大惊，拽着师叔的袖子，不敢相信地问道，“千军万马从容过，直取对方将军首级的幽冥手？”

季慎点头，傅安却沉默了。

厉城是谜，住进来的人不愿离开，离开的人不愿回来，不过是个隐世的江湖罢了。来这里避难的人哪个没点背后的故事，大家也都有自己的脾气，有人恃才傲物，有人恃才而变态。

顾子嫣上前叩响了那扇木门，朗声问道：“有人在吗？”

不一会儿，就看到一块木板松动了些，被一双手拆下收进医馆里。一道娇俏身影走了出来，她打着哈欠，一见顾子嫣他们搀扶着的人，便眨了眨眼慢悠悠说道：“说了只救死人和活人，这半死不活的送来做什么？”

眼前少女身形单薄，不过十四五岁，一副笑意甜甜的无害模样，眼波流转，停留在顾子嫣身上的时候，笑意里染上了一抹意味深长。

然还未待她再开口，从侧边横冲出一道身影，是神医附体的夏兴安，若是他脸上有胡子，恐怕该吹起来了。他的表情悲痛，指着少女道："救死扶伤乃每个大夫应尽的本分，你无情你冷酷，你无理取闹！"

少女愣了愣，极快地回复了一句："你才冷血，你才冷酷，你才无理取闹！"

见夏兴安有与那人杠上的苗头，傅安立马上前拉开了夏兴安，道："现在不是添乱的时候！"

"哼，能说这话的不是庸医就是患者，他是哪边？"娇俏少女瞥了夏兴安一眼，斩钉截铁地问道。

傅安闻言瞅向了夏兴安，心中不由得对这神医门的人多了几分信服，好家伙，全中啊！

"小妹妹，请问妙手在吗？我们有要事找他，这是我师父交给我的信物，说见到这个，他一定会救人。"顾子嫣掏出一个细致小巧的锦盒道。

那少女盯着顾子嫣手中的锦盒蓦地变了脸色，面上一阵青红交加，最后咬牙切齿道："我就是你要找的妙手，大哥哥。"

顾子嫣默然，张了张口说不出话了。师父，你不是说妙手是个很讲义气的小兄弟吗？

这厢，妙手姑娘已经恢复了淡然神色，伸手取过锦盒藏到袖袍里，领着众人进了医馆，语气温和地道："你们好，我叫怜荀，叫我阿荀就成，你们喝茶，先告诉我是哪个人要看病吧。"她的视线从众人身上一一掠过，蹙起眉头，讶然道，"病人还挺多。"

等到她把视线移到夏兴安身上时，却多停顿了一瞬，之后眼里闪过一丝光芒，脸上也露出跃跃欲试的兴奋表情。

顾子嫣扶着宋晴容坐到了椅子上，开口道："是我师姐。"

怜荀从夏兴安身上有些依依不舍地收回目光，看着顾子嫣道："你那锦盒只有一次救人的机会，确定让我治这里面最没挑战的病人？"

宋晴容闻言眼里闪现一抹惊喜神色，心里却惴惴不安。她猛地咳嗽了两声，面色越发显得苍白。

见顾子嫣神色坚定，怜荀也不再说什么，转而唤来两名小厮，吩咐道：“你们把人扶上楼，打一桶热水上去，别让人打扰。”

“是。”小厮应下。

众人被拦在一楼大堂里，由小厮奉上热茶，静候结果。

傅安转着茶杯，觉得有些无聊，忽然想到什么，侧头问顾子嫣：“师姐，你知道那锦盒里装的是什么吗？”

顾子嫣摇了摇头，道：“师父说不能打开，而且说不到万不得已的时候不要用上。”她颇不解，“可师父明明说妙手是个男的，为何……”

这倒是个值得思考的问题，傅安被挑起好奇心，越发想知道那锦盒里是什么宝贝，脑海中一道灵光闪过，他一拍脑袋道：“可能师父遇到阿荀的时候，她还小，让人分不出性别呢？”

“唔……”顾子嫣仔细回想，这事儿发生在她十二岁时，怜荀当时八九岁，师父会认错也难免。

傅安继续分析道：“而且你看阿荀收到那东西时表情都变了，说明她是知道里面的东西的，也就是说，是师父从别人那里拿了什么东西，以此要挟！”

“那么四方的盒子里面的东西，会不会是兜肚？”傅安已经在脑海里描绘着师父盯着人家“小男孩”穿着的兜肚看，然后一伸手就把兜肚抢走了的画面。

嗯，这很像是傻师父能干出来的事啊！

“你似乎知道得太多了……”一道阴恻恻的声音在傅安耳畔响起，惊得他扔飞了手中的茶杯。

傅安回头一看，怜荀勾起嘴角，正似笑非笑地看着他，表情说不出的诡异。

傅安立刻识时务地服软，哭丧着脸道：“我其实一直喜欢胡说八道，我方才是乱说的，我什么都不知道。”

怜荀嘴角抽搐，坐到了椅子上，不再看傅安。

“毒已经解了，人估计要到明早才会醒，你们上去看看吧。”

怜荀为自己斟了杯茶，抿了一口后说。

“那我们先去看看师姐。”顾子嫣点头应道。

看着顾子嫣和季慎上楼，怜荀摸了摸鼓鼓的口袋，心情大好，这几日说不出口的秘密真是多啊……

待她的视线扫过傅安时，脸上忽地浮起一抹怪笑。

傅安腾地一下站起来，惊恐地看了怜荀一眼，慌张地奔向二楼向顾子嫣求救：“师姐，师叔！救命啊！”

悠然喝着茶的怜荀摇了摇头，道：“果然病得不轻啊。”

众人沉默不语。

翌日清晨，顾子嫣从房间里出来，迎面撞上了走路飘忽的傅安。若非她及时伸手，这像是没了魂的小师弟就摔下楼去了。

大家陆陆续续到齐后，一起下了楼。

一楼的大厅内只摆了一张桌子，小厮端着热腾腾的包子和粥上了桌，却不见怜荀的身影。

傅安嗅着那诱人的食物香气，肚子忍不住地咕噜叫唤，抓起包子啃起来。

“包子好吃吗？”一道幽幽的声音突兀地在傅安耳畔响起，而沉浸在美味中的傅安忙不迭地点头，含糊着说了声“好吃”。

一阵刺耳的刨墙声响起，傅安被惊了一下，手中的包子掉在地上，迅速被一团灰色烟雾卷走了。对上一双幽绿的猫咪双眸后，他呆了呆。

“这加了毒药的包子味道怎么样啊？”怜荀伸手，正冲着傅安摇尾巴的小灰猫身形一闪，爬上了她的臂弯，模样温顺。

“毒……药？”傅安瞬间瞪圆了双眸。

“你这什么表情？小灰都不害怕，还替你解决了一个包子。”怜荀顺了顺小灰的毛，后者一副很是享受的表情，颇为兴致勃勃地看着傅安，讨好似的“喵”了一声。

傅安倏地奔出医馆，扶着墙吐得昏天黑地。

“阿荀姑娘，你这么戏弄我们小师弟，不太好吧？”顾子嫣不知什么时候下了楼，站在怜荀身侧，蹙着眉，面上闪过一抹不认同。

怜荀闻言耸了耸肩，回过头扬起嘴角，道："小灰对毒物比较敏感，那位小兄弟怕是昨晚遇着了什么不干净的东西，还是吐出来好一点。"

是这样？顾子嫣半信半疑，却见那猫飞快地跑过桌子冲向了傅安，还将爪子下面的包子推了过去。

傅安吐得更厉害了。

顾子嫣侧头，正好看到怜荀眼中闪烁的恶趣味。

这时忽然响起一阵慌乱的脚步声，沈璃从楼上奔下来，神色慌张道："师姐，大师姐和夏公子都不见了，我方才想去喊他们起来，门没锁，可人不见了！"

顾子嫣下意识地瞥向了怜荀，她镇定自若地迎上几人的惊疑目光，坦然自若地说道："我这里又不是客栈，昨天也没收你们诊金，我只负责把人治好，剩下的就不关我的事了，几位请便吧。"

小灰被她抱回怀里，挣扎着似乎仍想去傅安身边，却被怜荀强制带走了。

坐在大厅里的几人皆表情凝重，想起叶老头之前说的话，内心越发不安。

"呃……"傅安抚了抚胸口，跌跌撞撞地跑了回来，抹了一下嘴角道，"我昨晚听到了一些动静，以为是闹鬼。可是，那边有陈远、陈赫在，怎么还会有人将夏兴安掳走了呢？"

顾子嫣眸色一沉，突然想起自己昨晚入睡极快，心下生疑，她又瞥了一眼桌上的粥和包子，眼底掠过一抹暗光。

"溜得那么快，肯定知道内情！"沈璃若有所思地望着怜荀离开的方向，喃喃道。

走廊最末端的房间，一道娇俏身影抱着一只灰色小猫冲进去带上了门，接着传出一阵翻箱倒柜的声响。从外头路过的伙计微微诧异，贴着房门问道："主子，你做什么呢？"

不一会儿，怜荀携着一个小包袱，一手抱着猫，一手比了个"噤声”的手势，压低了声音道：“别嚷嚷，前头那些人爱走走，爱留留，反正我是准备跑路了，这厉城银子多，疯子也多，那魔头都敢直接从我这儿掳人了，下回要是被掳走的是我可怎么办？！”

“呃……”小厮很是严肃地思考了会儿，义正词严道，“主子别怕，我一定会拿你私藏的那些宝贝罐子去换你的！”

怜荀手里的猫蓦地发出一声凄厉惨叫，是被怜荀掐着尾巴了。怜荀赶忙抚摸了它两下，咬牙切齿地开口：“谢谢你的忠心，但那些东西不准碰，你主子我好好的不需要你救，你给我把馆子看牢了就成。”

说完，她猫着身子要离开，又觉得不够似的回头阴恻恻地补充了一句：“上面都有剧毒，你可以试试自己有几条命。”

小厮一脸惧意地退后了几步。

看到小厮的反应，怜荀很是满意地点了点头，挎上包袱，大摇大摆地从后门走了。

小厮叹息着转过身，没想到原本该被迷药放倒的几人正站在自己的身前，心虚地讪笑道：“几位好巧，你们怎么会在这里？”

顾子嫣嘴角抽搐，二话不说直接抖开了剑鞘，将剑搁在他脖子上，冷声问道：“她人呢？”

小厮伸手轻轻碰了碰冰冷的剑身，打了个寒战。他咽了咽口水，很是果断地伸手一指：“往那条道走的，没走多久，还追得上！”

沈璃拿手指戳了戳小厮的包子脸，笑了一声，道：“你家主子这么走了，就没说点什么？比如哪儿藏着宝贝，让你好生看管着。”

小厮闻言瞪大了眸子，诧异地反问道：“你怎么知道？”

沈璃眯起眸子，笑容越发灿烂，十分和善地将人从顾子嫣剑下拉了出来，问道：“那你告诉我藏哪儿了，我就不告诉你家主子你把她卖了，这样她回来也不会惩罚你。”

小厮被她的话蛊惑，傻兮兮地点了点头，正要说出是哪儿，忽然想起主人的话，连忙摇头道：“不行，那上面都是毒药！”

沈璃一愣，心下好笑，继续掐着小厮柔软的包子脸说道：“放心，我们不怕。”反正不是她去拿。

“你这么不怕死？”小厮震惊，随即走到过道上掀起一幅壁画，“东西在这儿，你们可千万要保守秘密啊！”

“一定一定。”沈璃虚应着，然后一个眼神示意傅安去拿，后者畏畏缩缩。

接着她发现连师叔都向后靠了靠，颇为无语。这时一道高挑身影闪过，齐钰穿着一身花花绿绿的女装从医馆外头走进来，看到这一幕疑惑问道：“这一堆人围着做什么？有什么宝贝吗？”

说着，他便伸手从暗格里取出木盒子，打开一看里面满是瓶瓶罐罐，觉得无趣，就扔给了沈璃。

沈璃接过一看，知道怜荀说东西上面都涂有剧毒的话是假的。她小心翼翼地抚过里头的东西，暗喜不已。

这都是难得的解药及补品啊，值一个衡山派呢！

“拿上东西去追人。”顾子嫣出声提醒。而医馆外，季慎已经坐在马车上候着了。

十里坡人烟渐少，过了那竖着的石碑就算出了厉城。走了一路的怜荀抹了抹汗，期望能有马车路过载她一程。

从身后响起的马蹄声令她一喜，一回头看到马车前头坐着的季慎后，她蓦地变了脸色，四处打量着想找个地方躲，却发现荒郊野岭的，连个藏身的地方都没有。

“哎呀，最近上火了，都冒痘痘了，不晓得这个天山雪莲膏效果怎么样，试试先。”

“咦，这不是江湖上失传了的断魂散吗？听说能不费吹灰之力毒死一群武林高手呢，宝贝啊！”

“连十里春风都有，师侄，我们试试效果如何吧？”

一只手搭上了马车，面色惨白的怜荀死死咬着下唇，哭丧着脸道：“把东西还我，我带你们去救人。”当初就不该贪便宜，找个笨蛋小厮，怜荀的心在淌血。

第五章 师叔不厚道

一座废弃的庄园，年久失修，长满了荒草。一人影晃动，出现在庄园内，枯枝被扯动的“哗啦”细响声让人吓了一跳。

傅安连忙挪开了脚，小声冲着前头的人质问道：“带我们来这儿做什么？师姐怎么可能会在这儿？你可别想糊弄我们！”

怜荀撇了撇嘴没有搭理，缓步走向爬满苍苔的白石阶，一伸手就推开了那扇暗红色的木制大门。

一声沉闷的“吱呀”声过后，入目的是一条长长的甬道，墙壁上的微弱烛火似乎有被风随时吹熄的可能，甬道忽明忽暗。

“人应该就在下面。”怜荀面无表情地说道，一袭黑衣似乎恨不得把脸都包起来。

顾子嫣蹙了蹙眉，感到一股阴郁气息扑面而来，下意识地看向季慎，在看到后者也是一脸凝重的时候，心不由得一沉。

“艳娘喜好美人，尤其是病美人，估计是夏公子与宋姑娘体质柔弱恰好吸引了那人。”怜荀抿着嘴角，盯着那过道，停顿了一下后继续说道，“现在正是艳娘与她男宠修行的时候，我的迷魂香约莫能撑半个时辰，东西我都收拾好了，全部在外头的马车上，把人救出后我们就走。”

察觉她语调里的一丝紧张，顾子嫣多看了她一眼。对于艳娘这号人物，顾子嫣闻所未闻，看怜荀的样子似乎是在那人手上吃过亏，看来对方不好应付。

“你们安心去吧，我就在外头接应你们。”齐钰站在队末，见他们要进去，突然开口道。

沈璃顿住了脚步，蹙眉看着他：“你不是这么胆小吧？”

齐钰闻言做娇羞状，一甩锦帕道：“生得美本不是过错，奈何世人垂涎，红颜多薄命。我这么柔弱，若是被那女淫魔瞧见了，岂非清白不保，难以重见天日？”

沈璃打个寒战，忍不住磨牙霍霍：“说人话。”

“我是绝对不会跟你们下去的！”齐钰斩钉截铁道。

季慎有些不耐烦地回过头，说了一句：“你要是救了夏兴安，那些金银珠宝会对你以身相许的。”

齐钰倏地亮起眸子，一扯衣裾，摆出一派正人君子的模样：“救死扶伤本就是侠义之士的本分，你……庸俗！”

众人听着这耳熟的话，默默转身不再搭理他。

唯有顾子嫣多看了他一眼，看着他身侧嘴里念叨着“肥羊”的沈璃，嘴角抽搐，暗忖道：就本质上而言，这两人是极其相似的无耻之人。

怜荀递给每人一粒黑色丸子，看着众人服下后，将团在肩头的小灰放到地上，低声说了句什么。只见小灰的身形犹如一道灰色闪电，一闪而逝，极其灵活的身姿比那狩猎的豹子还要迅猛，让人惊诧。

不过一会儿的光景，小灰便回到了怜荀脚边，亲昵地蹭了蹭她的裙角。怜荀脸上浮起一抹夸赞的笑意，顺手扯下傅安衣摆上的一片布料，手法灵活地给小灰系了个漂亮的结。

小灰伸出爪子摸了摸，冲着呆滞的傅安低低“喵呜”了一声，显得十分高兴。

“唔，我想应该是发情期到了，它脾气才会变得狂躁。”怜荀似是刚想起来，眼底掠过一抹狡黠的笑意。突然，甬道里“咚”地响起一声轻响，怜荀敛去脸上的笑意，招了招手，示意众人跟上。

怜荀走在最前头，灵活地避开了那些机关暗器。一小段的漆黑过后，是让人睁不开眼的富丽堂皇。

装饰着白色大理石龙像的供顶上，悬吊着六盏沉重的镏金朱雀铜烛台，每盏烛台上同时点燃着十二支羊脂白烛。明媚的烛光，照亮了乳白色的雪花石膏大厅，绣满金色合欢花的巨大帷幕下，八个衣着华美的男女扭曲着身体以奇特而诡异的舞姿躺倒在暗红色的条纹玛瑙地板上，精致而没有生气。

帷幕后乐声依然流淌，顾子嫣窥探了一眼，是名模样清秀的少年轻抚着琴弦，蒙着眼睛的白布上渗着殷红血迹，琴弦上亦是血迹斑斑，而他却仿若毫无知觉般继续弹奏着。

“前些日子侍奉艳娘的时候惹了不痛快，就成了这副模样。”怜荀低声解惑道，语调中含着一丝惋惜，“若说阎皇乃魔教至尊、武林公敌，那在他之前，所有正义之士都想铲除的魔头便是艳娘。可惜的是那些打着正义旗号的正义之士，模样长得好的沦为男宠，供艳娘修行；长得差的……那下场不说也罢。再加上此人心思细腻阴狠，功夫难测，是大家都惹不起的人物。只是不知她后来为何隐退江湖，守着厉城这一小小的地方，过起隐居山林的日子。”

“你对这里很熟悉？”顾子嫣问出了方才便想问的，直直地看着她。

“当时年少，好奇心重了些。”怜荀勾起嘴角，泛起一抹自嘲，若非自己还有点用处，恐怕也是一堆白骨了。

知道她不想多说，顾子嫣也不再多问，小心留意着四周的情况，与季慎二人朝着更里面的地方寻了过去。

怜荀望着二人离去的方向，张了张口，最终没有制止。她的眼底掠过一抹复杂光芒，而正搜寻中的几人没有察觉她的异样。

一股暗香浮动，季慎有所察觉，蹙了蹙眉，却没有提醒身边的女子。

顾子嫣屏息靠近了传出笑声的房间。轻纱柔曼随风飘摇，门竟是敞着的。红烛摇曳，屋内几丈宽的大床上红色帷幔散着，身着喜服的身影若隐若现。

顾子嫣有一瞬傻眼，随即反应过来他们是在做什么，脸上腾起一片红云。一侧眸，便看到季慎似笑非笑的眼，她蓦地抿了一下嘴，不想被看扁似的继续看向那处。

室内充满了暧昧的气息。

顾子嫣久久不能回神，脖颈处传来的温热惊得她差些叫了出来。

抬起头来，却瞬间和季慎的视线对上，顾子嫣只觉得师叔的目光比往常更加灼热，还多了一丝道不明的东西，在发暗的光线下顿时有些暧昧。她心底一颤，不自在地别过了头。

季慎盯着她发红的耳垂，又笑了笑，越发靠近了些……这时，却听到里头传出一声冷喝："看清楚了吗？"

顾子嫣蓦地一愣，下意识地小退了一步，恰好抵上了季慎的胸膛，感受到加快的心跳声后，愈加紧张起来。

"还是不肯说这天心玦是哪儿来的吗？"艳娘罩着一袭红色轻纱从床上起身，居高临下地望着蜷在角落的少年。身后的男宠发出一声不满，艳娘脸上的表情转为不耐烦，神情一冷，随手一挥，只见那人的眉心处多了一点朱红，不断渗出血迹，然后直直地倒在床上。

外头的顾子嫣与季慎一道松了口气，稍稍侧了些身子后，他们看到那蜷缩在床边，苍白着一张脸的少年，正是夏兴安。

季慎的目光倏地落在艳娘手中持着的那块玉佩上，深沉的眸子里浮起一抹精光。

"娘……爹……快来救安儿啊。"夏兴安已经被吓坏了，身子止不住地轻颤，小声抽泣着，"我不知道，呜呜……不知道……"

艳娘凝视着夏兴安的脸，有一丝恍神，然后伸手缓缓抚上了他的脸颊，慢慢落在他的脖颈处，开始微微用力，嘴角的笑意里也染上了一抹狠戾，讥讽道："居然是个傻子，玉羡啊玉羡，你可曾有想过，你的孩子会有落在我手里的一天！哈哈哈……"

玉羡是谁？顾子嫣的脑海里掠过一抹灵光，只觉得有一丝熟悉，却抓不到什么实质的记忆，顺势瞥了一眼身侧的人，只见他一脸凝重的神色，正想开口询问，却被身后的细微动静打断。

不远处，小师弟正抱着玉柱一脸害怕地往上爬，玉柱底下有一只猫正伸着爪子冲着傅安的方向不停地挠着。

“师姐……救命……”傅安望着顾子嫣可怜巴巴地求救，也不知道为什么这只猫发疯一般要挠他。

站在一旁看好戏的怜荀自然知道是怎么回事，空气中弥漫着的淡淡药香，是作调情之用的，还是出自她的手。

“哐当”一声，那边傅安避过了小灰的偷袭，却不小心身子后倾，撞到了摆在高架上的瓷器，摔了一地碎片。

一时间，四周静止了一般。

顾子嫣率先感受到了一抹杀气，神色一凛，在红绫飞出的瞬间飞身出去，硬生生接下那凶猛的一击，还被震退了几步。

反应过来的沈璃一把拉过了还在发愣的傅安，退远了些，拔剑戒备地巡视四周。

怜荀下意识地想跑，却看见小灰趴在傅安的身上，喵喵直叫，正准备下爪挠人。她暗暗咬牙，却没办法扔下它不管。

“我道是谁，原来是阿荀啊。”被顾子嫣斩断了一截的红绫收回，一抹艳红身影缓缓步出房间，女子倚着门框拢了拢身上的轻纱，勾起一抹笑，使得眼梢处勾勒着的嫣红花蕊有了生气一般，摇曳生情，“还是阿荀懂我，你送的那些药我用不完，倒是很缺男人来试验试验。”

怜荀眯起眼，以一副十分无害的模样谄媚道：“哪里哪里，那就不打扰艳娘您享用了，请留步。”说着，她拎起小灰就向出口方向冲去。

红绫翩飞，卷住了她的身子，轻轻一扯，怜荀转了几个圈儿，便对上了艳娘别有深意的眼：“何必这么急着走呢，这么厚重的礼，本宫也该好好谢谢你，真的不打算留在本宫身边吗？”

傅安瞠圆了眸子，指着这一幕咽了咽口水，低声问沈璃：“这种情况是在求爱吗？”

两道凌厉的视线一同落在傅安身上，一道饶有兴味，一道杀气甚重。

傅安后知后觉地捂住了嘴巴，讪讪道："啊，我有病的，刚刚突然又开始不受控制地胡言乱语了！"

艳娘嘴角抽搐，看向怜荀："你在哪里认识这个笨蛋的？"

"不，我不认识他。"怜荀否认道。

这时，一直伺机而动的顾子嫣瞅准时机一剑劈向了艳娘，后者压低了身子轻松闪过，嘴角勾起一抹颇为玩味的笑意："这么迫不及待地投怀送抱，本宫倒是喜欢，只是这剑有些凶险，换成鞭子如何？"

话音落，凌空一声抽响，艳娘的手中顿时多了一条软鞭，鞭身勾勒着金色花纹，宛若灵蛇，划破空气时带着呲呲声响，莫名透着几分阴狠。

沈璃下意识地又退了两步，拿齐钰挡在身前，自顾自嘀咕着："她真把师姐当作男子了！"

"谁玩谁还不一定。"顾子嫣面色一沉，一只手提剑再度袭向艳娘，一道破空般的刺响后，她反手在身后挽了个剑花，将那红绫绞碎，随即飞身迎上那灵活软鞭，相碰之下，振聋发聩的声音回荡在空旷大堂内，更显诡异。

艳娘嘴角的笑意渐渐收敛，察觉出她的招式，眯起双眼，辨不清喜怒地问道："你是衡山派的？"

听出艳娘语调中暗含着的一丝轻蔑，顾子嫣眸色一沉，剑势忽地凌厉起来。她招式一变，剑刃拖起一道长虹，挟着锐啸之声向艳娘袭去，只见光芒一闪，剑锋已达对方咽喉："今日杀了你这魔头，也算是为武林除害了。"

仿若听到了笑话，艳娘狂笑出声，眉梢处那抹嫣红花蕊绽放一般，勾起一抹妖冶风情。

但就在那笑声戛然而止的瞬间，艳娘身姿忽地飘移，竟挪开了一丈远。她伏低了身子挥出手中的软鞭，一道杀气腾腾的银光扫向了顾子嫣。

“小心。”趁二人打斗的空当，季慎救出了夏兴安与宋晴容，一回身竟然就看到了如此惊险的一幕。

季慎纵身一跃，想也未想就挡在顾子嫣身前，挥舞长剑。几声轻响，是暗器跌落在地的脆响。

顾子嫣一愣，却极快地反应过来，加入了战局。

“叮”的一声，琴弦断裂之声响起，伴随着暗器没入身体的闷响声。顾子嫣一声轻哼，捂住了中了短箭的肩膀，鲜血急速在衣上晕染开来。

她眉头紧蹙，看向一旁袖手旁观的几人疾声道：“还不过来帮忙。”

沈璃与傅安见她受伤，变了神色，二人配合着出剑袭向了艳娘。艳娘却没了打斗的意图，她轻松化解了二人的剑招后，突然死死地盯着季慎的脸，颤声问道：“季川？”

季慎的视线落在顾子嫣被染红了的衣服上，暗下了眸子，剑身呼啸着转了一周，径直射向帷幕后抚琴之人。鲜血瞬时溅在帷幕上，那人重重落在古琴上，发出“铮”的声响。

季慎回眸，周身的温度降至极点，怒极反笑道：“真是不想脏了这把剑啊。”

最后一个字音落，他的剑再度出手，急速旋转着，带着划破长空的寒气逼至艳娘身前。而后者竟是连躲也未躲，生生受了这一剑，仍是深情凝望着季慎讷讷唤着“季川”二字，连腰腹处被划开了伤口都不在意。

忽地一阵地动山摇，怜荀一惊，大喊道：“不好，有人动了机关，这个地方马上就要塌了！”

顾子嫣靠着沈璃，面上渐渐失去血色，肩处的伤口泛起一抹黑色，显然是中了毒。她撑着身子虚弱地说道：“带上人走。”

正欲补上一剑的季慎作罢，却被艳娘拖住了身子。她竟不顾腰间被刺穿了，直挺挺地靠向了季慎，眼神中多了一抹可怖的执拗。她低声道：“季川……你与季川究竟是什么关系？”

季慎闻言温和一笑，却在下一秒封住了她的大穴，嘴角噙着一抹冷笑道："他跟我说，最后悔的是那一次竟救了你，恨不能从未相识。"

"我……噗——"艳娘嘴角涌出一口鲜血，容颜扭曲，面上多了几股黑气起伏，犹如黑色虫子蠕动，看着甚是骇人。

季慎在拿过天心玦的瞬间，拍掌推开了她，而那天心玦被他快速收入了怀中。他漠然转身，似是连多看这里一眼都觉得恶心，快步跟上了顾子嫣等人。

几人重新出现在庄园内，只听"轰隆"一声，脚下土地微微颤动，仿若塌下去一些。成功逃离地宫的众人松了一口气。

季慎面色凝重地看着顾子嫣的伤口，二话不说提剑搁在怜荀的脖子上，冷声道："怜荀姑娘好计谋，无论最后哪一方胜了，对你来说都少了一分威胁。按我说，你应该更希望我们都被留在地宫里是吗？"

"这位夫人说的哪里话，不是你们逼着我来救人的吗？现如今人也救了，大不了我再救一个，顾公子身上的毒不碍事。"怜荀看着那泛着寒光的剑刃，转了转眼睛，急忙从腰间的袋子里取出一粒药丸，"吃了这个，毒马上就能解了！"

季慎紧紧盯着怜荀，不放过她脸上一丝表情变化，听完后，他将信将疑道："若是有半点差池，你那些东西便会化为灰烬。"

拿捏人家死穴的人最讨厌啊！怜荀在心底默默腹诽，抬起头却是一副可怜模样，弱弱地说道："不过顾公子方才吸入了地宫里的香气，怕会……"

"这个你不必担心。"季慎就着水喂顾子嫣服下药丸，面不改色道。

怜荀点了点头，心下了然……

回医馆的途中，马车摇晃，季慎一直抱着顾子嫣，生怕颠着她。而顾子嫣似乎是因为药效，陷入了沉沉的昏睡之中。

这画面看着委实美好，以至于其他人"不忍打扰"，纷纷选择步行。马车内，丝毫不受季慎杀气影响的怜荀正百无聊赖地掰着手指头，暗暗地数数。

“你那药到底管不管用，怎么她到现在还没发作？”季慎蹙了蹙眉，一脸认真地问道。

“这个也要看人体质的。”怜荀没好气地答道，心里还惦念着她那些宝贝，以及回去后让那笨蛋小厮收拾包袱滚！

季慎默然。

怜荀瞥了一眼，恶趣味道：“你师侄看着体质挺好的，或许不会发作呢！”

“那就加量吧。”季慎抿唇，面不改色地说道。

回到医馆，空荡荡的屋子里已不见了那小厮的踪影，木桌上只留下了一封信，小厮称自己实力不够担此重任，决定另寻事做。

傅安笑了脸色青白的怜荀一阵子，眼角余光瞥见了正朝着二楼移动的某人，倏地移动截住了他们的去路，圆乎乎的眸子里满是警惕。

“师叔，师姐让沈师姐照顾就行了。你看你身上的衣裳都脏了，不如我们一起去洗洗，我帮你搓背！”

其他几人从艳娘那里逃离时都匆忙，衣衫早已沾染上不少灰土，稍显狼狈。齐钰因为保护夏世子的时候擦伤了右臂，想到自己一人沐浴极为不便，也插话道：“我也一起。那谁，这是一百两，去给我弄桶热水来，好好服侍小爷。”

傅安瞄了他一眼，撇嘴道：“我不是那种随便的人。”

“他中看不中用的！”沈璃却亮起眸子，一把推开了碍事的傅安，伸手飞快拽过那张一百两银票，谄媚着说道，“大爷，您用我吧，绝对让您物有所值，用得舒心！”

傅安被迫退远了两步，回过神来一看，却发现师叔不见了，连带着师姐也不见了！他眸子顿时瞠圆，紧张问道：“师叔他们人呢？”

“哦，刚刚上去了。”怜荀为自己倒了杯茶，悠闲说道。

傅安瞪着眼，忍不住龇牙道：“你能说具体一点吗？”

怜荀耸了耸肩，不再理他。她淡然地从腰间坠着的布袋中取出一粒药丸，将其溶于水中后，端着喂给了小灰。

看着傅安坐立不安，终于起身准备上楼找人后，怜荀摇摇头，忍不住在心中默默感叹道：你师叔把我剩下的药粉都带进去了，你能指望他手下留情吗？

二楼的过道里响起“啪”的关门声，底下的人一愣，却见一柄长剑斜着从再度拉开的门缝里飞出，直直插入了楼道口那块地板的正中央。从窗子外头洒落进来的阳光照着剑身，折射出一抹寒光。

见到剑柄上的“苍寻”二字，傅安只好退步不前。

二楼的某间厢房内，听到楼下那阵动静，季慎勾起嘴角，狐狸眸中闪过一抹算计，眼眸越发深沉。他暗哑着嗓音道：“师侄，你现在感觉怎么样？”

顾子嫣蓦地白了一张脸，使全力推开了身边的人，蜷缩起身子捂着腹部，一副疼痛难当的模样。

“子嫣，你怎么了？”

季慎一惊，伸手捡起地上的外袍穿好后，用被子卷起顾子嫣飞快冲下楼，怒喝道：“怜荀！”

被点名的某人正坐在大堂内悠闲地嗑着瓜子，瞅着这状况，露齿一笑道：“药效有些慢，见谅见谅。”

“什么意思？”季慎敛眸，脸色极差地问道。

“唔，清毒素，总要让它排出来。让她上一趟茅房就一块儿解了啊。”察觉到季慎似要杀人的视线，怜荀收敛了些情绪，道，“是你要求快点解决的，药效就是这样了。”

“你……”季慎正欲发作，顾子嫣扯着他的衣角又难受地哼了一声，他便也顾不得其他，抱着她奔着茅厕的方向而去。

在他转身离开的刹那，怜荀捶着桌子大笑起来，可算是出了口恶气了！她微眯起眸子，盈盈笑道：“我果然是个妙手仁心的大夫啊！”

正从厨房出来叼着萝卜糕的傅安犹如听到了什么可怕的事

情，抖了抖身子，默默又退回厨房。

一条无人的小道上，近乎重叠的两道身影缓缓移动着，两人的衣服上都有斑斑血迹，看着极为骇人。

一袭艳红薄纱的女子咳了几声，停住脚步，扶着路旁的大树，暗沉的眸子凝视着身边的人，神色复杂。

“为什么要救我？”艳娘停顿了一下，见他未作回答，又接着自讽道，“如果我死了，你的仇也报了。”

那人一直未说话。半晌，艳娘一声轻叹，敛下了眸子，低语道：“何必呢……”

她身上的蛊虫蠢蠢欲动，牵扯神经，一阵阵寒意窜起，游走四肢百骸，几乎要将人冻住。

艳娘变了神色，过度疼痛使得她表情渐渐扭曲，却硬撑着没有吭一声。那眼睛蒙着纱布的男子却忽地走向她，将她紧紧拥进怀里。

“我被你关了十年了，你每次心情不好的时候就会找我喝酒，喝醉了就喊着季川，又笑又哭的，哪里像江湖上传闻的那般。”用下巴抵着她的脑袋，燕宇停顿了一下，又低声道，“可你从不在清醒的时候碰我。我记得你最初强忍蛊毒发作时的模样，不愿与人亲近，是听到那人的死讯后，你才变成现在的模样吧……那个人对你来说，真的那么重要吗？”

艳娘的身子微不可察地一颤，嘴角浮起一抹幽笑：“无可取代。”

燕宇愣怔，缓缓松开了手，被剑刺伤的胸口不断渗出殷红的鲜血。他凝视了她半晌，开口道：“既然不相信他死了，那就去找吧。”

十年朝夕相对，最初的怨恨消退后，唯有空旷的失落，这个人……爱的只有他这张脸。

燕宇慢慢背靠上树，白衣上的殷红，犹如盛放的花朵，妖冶多情。他闭上眼，一声轻叹，似是告别道：“只能陪你到这里了，林嫣。”话落，捂着胸口的手陡然失力地滑落，不再有生息。

艳娘站在他对面，眸中的暖色消失殆尽，染上了薄霜，低喃着:“林嫣……”是啊，她已经太久没有听到过这个名字了，久到她都快忘了，那人曾站在桃树下轻轻唤着的名，林嫣……

一声轻笑溢出，到最后变为狂笑，却扯动了伤口，她吸了一口冷气停下来，走近了两步，对着燕宇，情人之间的呢喃般道：“你不该爱上我的，燕宇。不过你说得对，既然我相信季川没有死，我就该去找他。”眸色倏地一冷，她又道，“顺道找些人算算当年那笔账！”

语毕，她毫不犹豫地转过身，再未看身后闭眼的男子一眼。红衣落寞的背影，慢慢地往前走着……

“怎么可能会没有尸体？都仔细找了吗？她还受了那么重的伤！”一间医馆内，傅安在听完捕快说的话后，立马惊诧地问道。

捕快没有理会他的大呼小叫，反而对顾子嫣、季慎二人问道:“你们是怎么发现此处的？”

“是我带他们去的。”怜荀回答道，心中惊惶不已。没死……艳娘居然会没死！那等艳娘回来后，死的不就是她了？

“以艳娘的行事风格，想必她可能会找你秋后算账，三十六计，走为上计，姑娘你先走为妙。”那捕快颇为同情地看了她一眼，说完后，便带着一众手下离开了医馆。

怜荀暗自懊恼，心想这身脏水看来是怎么都甩不干净了！

“看来帷幔后头的人还没死透。”季慎拧着眉，对着顾子嫣开口说道，“艳娘身上有万情蛊，而唯一能抑制毒性的知更草只有厉城有，想必这便是她多年来隐居此处的原因。如果你是艳娘，此刻你最想做什么？”

顾子嫣瞥了一眼越发紧张的怜荀，斩钉截铁道：“把罪魁祸首宰了。”

怜荀咬了咬牙，暗自思虑半晌后，可怜兮兮地说道：“求大侠收留，鄙人会医术，会暖床，绝对是居家出行必备之人！”

“暖别人的就行，师侄的就不用了。”季慎悠悠开了口，看向顾子嫣，蹙眉问道，“你真不记得昨天发生的事了？”

“记得啊，我和师叔不是去救大师姐和夏公子了吗？”顾子嫣愣愣地回答道，她的记忆停留在救出二人后回医馆的路上，因为中毒，后面都不记得了。

“还有呢？”季慎犹不死心地问。

“睡觉。”

“和谁？”某人循循善诱，抱以期待的眼神。

“床。”顾子嫣一脸呆样，犹豫着说道。

“噗——”怜荀正喝着茶，一口就喷了出来，这解药真厉害啊！看着季慎那张郁闷的脸，以及顾子嫣呆滞的表情，她想，跟着这么有趣的人应该会很有意思吧？

突然，有一辆马车行来，停在医馆的门前。

陈远从前头跳下来，走进医馆后，对着众人抱拳道：“几位，路上时间有些耽搁，宋公子身上的毒也解了，还是及早出发去洛城的好。”

顾子嫣闻言点头，顺道关心地问了一句：“夏公子还好吧？”

陈远笑笑，回答道：“公子的人格是独立的，不会串了记忆。不过兴许这次的刺激比较大，保持本尊会久一些。”

傅安正要往夏兴安的那辆马车走去，听到陈远的话后，他立马停住了脚步，讪讪回身往另一辆马车走去。

傅安显然对世子本来的性格颇有惧意。

最后傅安、季慎、顾子嫣坐一辆马车，夏兴安、沈璃、齐钰坐另一辆马车。其中一辆马车的帘子被撩起一截，露出夏兴安苍白的脸庞，他掩唇咳嗽了两声说道：“此处不宜久留，早些走吧。”

话音落后，夏兴安的目光恰好与季慎的目光对上，凝视着对方的眼神，他的眼中多了一抹探究。

季慎只是勾了勾唇，便移开视线，跟着顾子嫣上了马车。

夏兴安这才转头收回视线，却无意之间对上了对面沈璃的灼灼目光，他冷静自持的模样倏地有了一丝裂痕。

轻咳了一声，夏兴安兀自转开了视线。

“世子您真的一点印象都没有？要知道，我们再晚点进去的话，你就要沦为女魔头的玩物了，这种大恩难道你不应该……喀喀……”沈璃重重咳嗽了一声，拼命向对面的人挤眉弄眼。

“当然是要涌泉相报，重金相酬。”坐在沈璃旁边的齐钰也快速接话道，然后跟沈璃一起用眼神不停地暗示着夏兴安。

夏兴安沉默了良久，妥协般叹了口气，他身体向后头的软垫靠了靠，寻了个闲适的姿势，淡淡开口道：“你们找陈远要就行了。”

“哈哈，太好了！”

“又有进账了，不错不错！”

沈璃和齐钰对视一眼，立刻兴奋地去找正在前头驾车的陈远。

夏兴安坐在后头，侧眸看着前面那辆已经超过了他们的马车，嘴角扬起一抹意味不明的笑。

果然如他所料，季慎是那人的孩子，那衡山派的宋掌门还真是大人有大量，将他抚养长大了。眼眸一暗，夏兴安嘴角的笑意扩散，他的人格虽然独立，可昨日出现的并非是那个傻儿，而是他本尊……

从厉城绕道去洛城，花的时间比原先多了一天。马车疾驰，四日后众人抵达了洛城，一入城门，大家便被这满城的花海迷了眼。

一直男扮女装的季慎与傅安二人为了不失衡山派的面子，还是换回装束。他们刚入城，便发出了几声惊呼。

“果然是春城，真是漂亮，师叔你来过这里吗？”傅安看着眼前美景感慨道，随即问出重点，“这里可有什么好吃的？”

季慎嘴角抽搐，看了一眼外头涌动的人潮，蹙了蹙眉道：“有得是吃的，但现在最重要的是找个落脚的地方，如今正逢武林大会，说不准客栈内不会有空房。”

夏兴安的马车停在路边，顾子嫣随即下了马车，便朝那边走了过去。

大老远就听到了沈璃兴奋的声音，她不由得蹙了蹙眉，怎么师妹她与那世子相处得竟然如此融洽？

“师姐，你看，这是我赢的！”从窗子看到顾子嫣后，沈璃立刻伸手撩起帘子，兴奋地对走过来的顾子嫣晃了晃手中的钱袋，高兴地说道，“那两只肥羊一点都不会玩啊！”

夏兴安与齐钰默契地保持沉默，也不知道是谁无耻地将玩法都改了的……

顾子嫣闻言有些歉然地看向马车里的两人，道：“都是我师妹不懂事，诸位见谅。”

“对了师姐，我要送夏公子去退亲！”沈璃一摸脑袋，忽然想起刚才玩的时候应下的事儿，看着顾子嫣说道。

“嗯？”顾子嫣讶异，看着沈璃手中的钱袋子，很快想到应该是师妹被钱财诱惑了，她不由得担心起来。

“听说对方是大户，万一一言不合动起手来，夏公子会吃亏。”沈璃接着说道，“武林大会还有两日，到时我们就在比武场见！一天就是一百两，两天就是两百两，师姐啊，回衡山派的时候，我就是最富有的了！”

敢情你都打算好了，顾子嫣扯了扯嘴角，随即看向一直闭目休憩的夏兴安。后者悠悠睁开了眼，对上了顾子嫣颇为警戒的视线，浮起一声轻笑。

“我不吃人，顾公子不必这么看着我，齐钰也是要参加武林大会的，届时比武场上见。”

沈璃怕顾子嫣不放心，就跳下了马车，朝着正从远处走来的师叔匆匆跑了过去。她附到季慎耳边道：“有块方方的牌子上面刻着‘盟主令’，是那个能号令天下同盟的东西吗？”

季慎一愣，点了点头。

沈璃面上浮上一抹喜色：“那东西在夏兴安身上，如果我弄到了手，是不是可以卖一大笔钱？”

季慎看着沈璃异常兴奋的小脸，失语了片刻才正色道：“那东西虽无价，但若不是上一任武林盟主亲自颁发的便是无效的。不过，它要是丢了，会让穆霸天苦恼，说不定会发悬赏令什么的，到那时就有钱拿了。”

沈璃原本失望的眸子里燃起希望，她很是认同地点了点头，低声道：“师姐那边你搞定，我有要事要做，先走了。”

正要走的刹那，手里忽然被塞了一包东西，沈璃有些诧异地回头，却看到了季慎凝重的神色。她有些明白师叔的意思，朝师叔挥了挥手，快速地跃上了马车，一抽鞭子，驾着马车，扬长而去。

顾子嫣反应过来后，只能望着那扬起的尘土睁圆了眸子：“师妹她……”

季慎站到了她身旁，摩挲着下巴断定：“夏世子会带走沈璃，不是她身上有他所图的东西，那就是我们身上有，他想用沈璃来牵制我们。”

顾子嫣闻言蹙起眉头，直言道：“那我现在去把师妹追回来。”

季慎伸手拦下了她，眼眸中带着一抹算计的笑意，道：“以沈璃的聪明机敏，说不准谁才是上当的那个人，师侄你大可放心。”

因着即将召开的武林大会，聚集在洛城的江湖人士比平日里多了许多，各门各派都一窝蜂似的提前赶来探风声，使得这里的生意异常兴隆，满城物价飞涨，东西都贵得离谱，酒楼客栈皆客满，已经到了一房难求的地步。

巷尾的同福客栈里。

“客官，您是来吃饭的吗？”忙得一头汗的店小二一看门口伫立的几人，面上挂着职业笑容说道，“如果吃饭就里边请，如果投宿的话，还是请另找他家吧，小店已经满了！”

傅安哀叹了一声，忍不住猜测道：“你说师姐是不是早就预料到了这情况才跟着夏公子走的？我们已经询问了好几家，都客满，总不能露宿街头吧？”

顾子嫣抿唇，望着周边来往的人蹙了蹙眉，她亦没想到会是这般盛况。倒是在旁边的季慎，从容地从口袋里掏出一片金叶子，对店小二道：“两间上房。”

一直站在柜台后算着账的掌柜一看，忙堆起笑从里头走了出来，迎上前作揖道：“几位，实在是不好意思，再过两日就是武林大会了，你们这会儿来肯定是很难找到住的地方了，我这儿还能腾出一间上房，不过这几位就……”

掌柜的看着顾子嫣身后站着的那三人，犹豫了片刻后说道：“三位少侠要是不介意的话，后院还有两间房，就是简陋了点，不如几位委屈些？”

“可以。”季慎应下来，侧头对着傅安低声道，“这客栈里龙蛇混杂的，你大师姐和阿荀姑娘虽然作男装打扮，可也得有个武功高强、英武不凡的人护着，以防万一。师叔想过了，唯有你能担此大任，你大师姐和阿荀姑娘的安危就系在你一人身上了。”

傅安因一堆毫无边际的夸赞晕了头，迷迷糊糊地点了点头，拍着胸脯道：“师叔且放心吧！”

离傅安最近的宋晴容听得清楚，她眨了眨眼，觉得好像有哪里不对劲……

她正要开口说话，就被怜荀搀住了。怜荀扶着她往后院走去，还提醒她当心脚下，这一打岔，她便错过了开口的时机。

傅安一脸崇拜地望向了季慎：“师叔你真是太厉害了！总算是有落脚的地儿了！”

“哪里哪里。”季慎客气地应承，脸上却掠过一抹不怀好意的笑。而站在他身侧的顾子嫣莫名感觉到背脊窜起一抹寒意，打了个寒战。

掌柜的收了金叶子，办事效率极快，很快将屋子收拾了出来，还吩咐店小二上了一桌好酒好菜，让他们慢用。傅安与怜荀从后门走了进来，见着食物，傅安二话不说就兴奋地扫荡起来。

“宋师姐呢？”顾子嫣没见着宋晴容的身影，蹙着眉头问傅安。

“宋姑娘身子还未痊愈，说想在房里用膳，我就让店小二另外煮了点药膳粥，待会儿和汤药一块儿送过去。”怜荀在旁边解释道。

顾子嫣这才松开了筷子，放任傅安饿虎扑食。一阵风卷残云后，傅安拍着圆滚滚的肚子往后一躺，十分懒散地说道：“爱妾，给小爷捶个腿。”

怜荀沉默一会儿，随即伸手指了指自己问道：“我？”

傅安瞅了她一会儿后，放弃地说道：“算了，这日子会过不下去的。”

怜荀磨着牙，阴恻恻道：“我也会想谋杀亲夫的。”

顾子嫣暗暗扯了扯季慎的衣角，凑过脑袋低声问道：“他们什么时候关系变成了夫妇？”

季慎抿唇，但笑不语。

或许是察觉气氛有些怪异，傅安眼珠子骨碌碌一转，转到了师叔与师姐身上，特意大声说道：“师叔，今天晚上我会记得给你留门的。”

季慎嘴角的笑意一僵，端起茶杯抿了一口，悠悠开口道：“好歹我也是一派掌门，住后院小厮的屋子，岂不有失身份。”

“嗯。”顾子嫣附和着点头，她可没忘了师叔祖们临行前的交代，师叔虽不靠谱，却也是衡山派的掌门，住在小厮屋里一事若被外人知晓，难免惹人议论纷纷，既然如此，就绝对不能有差池。

傅安点点头，然后皱了皱眉头道：“那师姐同大师姐她们住，会不会太挤了？”

“咯咯，”季慎故作咳嗽了一声，眼眸一暗，反驳道，“你宋师姐身子未好，有阿荀姑娘照料正好，让你师姐过去挤着怎么成？”

“也对。”傅安一时脑子没转过弯来，又点了点头，道，“那师姐不是只能跟师叔住一间了？”

季慎斟茶的手一顿，视线一转，看向外头，听着那热闹的乐声，似是无意地说道：“洛城最有名的春日宴，正是这个时候开始的，去晚了就尝不到了，下回就得等一个月了。”

说完，有一道青墨色的身影快速离开了客栈。

怜荀在季慎意味深长的目光中磨磨蹭蹭地起身，跟着青墨色身影离开的方向离开：“我也去凑个热闹，呵呵，你们慢用、慢用。”

“师叔，我去师姐屋里打个地铺就可以的。”顾子嫣起先以为师叔会与小师弟一间房，如今成了这样，她总不能真和师叔睡一间房吧？

季慎摩挲着茶杯的杯沿，勾起唇道："你有早起练剑的习惯，在我那里打地铺，不会扰你师姐，岂不更好？"

顾子嫣闻言一顿，稍犹豫后，便点了点头。

从小师父教她许多功夫，却没嘱咐过孤男寡女切勿共处一室这些常识，更何况因为师叔的床是全衡山派最舒适的，顾子嫣小时候没少去师叔那边蹭床睡。

季慎敛眸，隐去眸中那抹得逞后的笑意，端起茶杯慢饮，一派端庄的模样。

一阵急促的马蹄声响起，有人大声吼道："让开，快让开！"

伴随着阵阵惊呼声，顾子嫣视线往外头移去，一下就看到一名孩童正站在街上，疾驰的骏马显然没有任何要停下来的迹象，围观的路人皆倒吸一口凉气，有些甚至捂住双眼，不敢看接下来的一幕。

顾子嫣纵身一跃，飞身冲出客栈，在马蹄要踩上那小孩之时，伸手揽住小孩，并抱着小孩滚到了一边，险险地避过了马车。

她在众人的吸气声中又再次跃起，朝马背上的人掠去，足尖一点，将人从马上安然带下来。

却见顾子嫣揽着的竟是一个身材娇小的少年，两人如落叶般翩然地落到了平地之上，而不远处，季慎牵着现已冷静下来的骏马走了过来。在季慎的示意下，两人便看见了马脖子上多出的一枚银针。

"多……多谢少侠相救。"惊魂未定的少年颤着声音道，看到顾子嫣的脸后，他蓦地红了脸颊。

"这马不好驯服，还是找师傅好好驯化下，贸然上街会伤及无辜。"顾子嫣蹙了蹙眉，神色肃然道。

那少年闻言，面色又红了几分，十分难为情地应了一声。

季慎站到了顾子嫣身旁，视线掠过少年光滑的脖颈，再看那少年失落的神色，心中暗自叹气。

他的师侄啊，真是桃花不断……

“还未请教少侠尊姓大名。”那少年鼓足了勇气再度开口，一副十分腼腆的模样。

“顾子嫣。”

“衡山派弟子？”那少年惊呼了一声。

顾子嫣停顿了一下，看向他的目光多了一抹深意。那少年马上意识到自己似乎引起误会了，紧张地一把抓住了顾子嫣的手腕，焦急解释道：“不是，我打听过你们门派，因为这里即将召开武林大会，灵雾山庄便贴出了受邀请的门派名单，名单上面，公子您师承的衡山派名列前位，所以我才……”

季慎瞥过那只抓住了师侄的手，走过去不着痕迹地将顾子嫣的手腕解救了出来，他作势替顾子嫣拍了拍方才染上了尘土的肩膀，和善地说道：“原来如此，是我们误会了，不过我们还未请教小兄弟大名，不知小兄弟……”

“穆……穆晋！”少年报出名字时停顿了一下，羞赧地垂眸，似乎还想继续和顾子嫣一起走，却在听到后头传来的呼喊后变了脸色。

“小……小少爷啊……”几名侍卫大老远地跑了过来，气喘吁吁的模样，焦急地说道，“你这么偷着跑出来，老爷发了脾气，您可早些回去吧！”

穆晋咬了咬下唇，面上闪过一抹为难的神色，最终还是妥协了，冲着顾子嫣二人抱拳道：“今日实在多谢两位了，我们还会再见的！”

季慎看着那个气冲冲的任性小少爷的背影，眼神不禁暗下来。如果没看错的话，那剑柄上刻着的正是“华山”二字。

一间颇为简陋的屋子里，一个纤细的女子正坐在桌边，她细白的手指慵懒地拨动着桌上摆放着的紫金香炉。

一缕细烟袅袅飘着，空气里隐隐漫着一股清幽淡雅的檀木香。旁边还搁着店小二刚送来的粥，冒着热气。

宋晴容敛了敛神，端起空碗正要去盛粥，却发觉了贴在碗底的冥火标记，她露出慌张的神色，差点将手里的碗扔了出去。

“啧啧，怎么见了本门印记是这个反应？”一抹邪妄的声音冷冷地响起，嘲讽之意溢于言表。暗紫色身形一闪，突兀地出现在房间内，轻纱覆面，一双狭长美目迸出清冷诡异的微芒。

宋晴容注视着大开着的窗子，问道：“你怎么会来？”

掩月深深地看了她一眼，继而勾唇溢出一声轻笑，声音淡淡地说道：“自然是为了买卖，袭月，你莫不是以为我是为了你吧？”

“未免也太高看你自己了。”接着掩月续上一句，目光一冷，眼里是不加掩饰的轻蔑。

宋晴容抚上茶杯的手一顿，倏地捏紧，面上一阵青白交加，不怒反笑道：“实在是太久没有见到姐姐接买卖了，还以为上回出了错，义父不会……呵呵，看我嘴笨的，怎么哪壶不开提哪壶呢，姐姐可别生气。”

“你……”掩月反被将了一军，面色顿时变得难看，被她气得哑口无言。

蓦地，掩月瞥见了桌上搁着的汤药，她眯起眼眸，笑道：“瞧我这记性，义父出门时让我带上解药，又说你这会儿估计派不上用场，果然如他所料啊。”

宋晴容伸手按住了正要起身的掩月，咬牙道：“义父知道了？”

掩月嫌恶地拂开了她的手，掸了掸身上并不存在的尘土，冷冷地开口道：“妹妹是义父多年用心栽培的棋子，还未到收盘的时候，切不能出乱子。何况你若真想要叛出血煞宫，即使解了身上的毒，恐怕也未必能受得住血煞令，届时落得正邪两道都无处容身，妹妹不会那么蠢吧？”

宋晴容垂下的右手忍不住攥紧了长裾，她微微松了口气，扬起一抹虚假的笑，道：“袭月定然不会辜负义父期望。”

“对了，这是义父让我转交给你的，找个时机让他们服下，今年的武林大会……不可有衡山派出席。”掩月悠然起身，从腰间取出一个小巧的纸包搁到了桌上，笑盈盈道，“还有，剑谱要尽快，义父已经没多少耐心了。”

话音落，一阵说话声从院落里传来，掩月不再多言，之后一道暗紫色身形飞身从窗子跃出，眨眼间就不见了踪迹。

“师姐，你身体好些了吗？”顾子嫣叩了叩门，问道，“我们准备出去，师姐是否要与我们一同去逛逛？”

宋晴容忙收起纸包藏在袖下，稳了稳声音答道：“不了，刚喝了药有些困意，你们去吧，我想睡会儿。”

“好，那师姐你好好休息。”顾子嫣在外头应了一声，转身就要离开，却看到季慎停住了脚步，顺着他的视线看去，她疑惑着开口道，“师叔，你在看什么？”

院子里一棵粗大的槐树挨着宋晴容的屋子，枝繁叶茂，正午的阳光充足，从绿叶间隙中折射出几缕银光，一只雀儿扑棱着翅膀掠过，那抹银光一闪即逝。

季慎收回视线，魅惑的狐狸眼闪过一抹精光，他伸手摘下落在顾子嫣发梢上的叶子，嘴角噙着的浅笑里带着宠溺：“让你师姐好好休息，我们不是还要去拜访嵩山派掌门吗？”

“也是。”顾子嫣点头，被季慎带着出了后院。

隔着一堵围墙，院子里外的二人皆松了口气，掩月捏紧了手中半月形的玉佩，纵身离开。

宋晴容靠着墙壁，望着窗外那棵几丈高的大树，紧抿着唇，心底浮出一丝惶惑：师叔刚才难道看到掩月了？

最负盛名的姑苏河整条河道贯穿洛城，犹如一个太极八卦，将洛城分成南北两边，两边各有各的繁华与妙处。

河畔杨柳依依，微风徐徐，已然带着一丝暖意，顾子嫣二人沿着河畔悠然走着，俨然成了河畔另一道风景。

一道整齐划一的呼喝声响起，顾子嫣回眸，发现街上蓦然多了几路军队，士兵们身着重甲，神色肃穆，来往于道路上。

顾子嫣看得惊奇，出声问道：“怎么还有重兵驻守？武林大会怎有如此大的阵仗？”

季慎垂眸，亦心生诧异，这显然是朝廷的人马，而朝廷向来不管江湖之事，这么多年来守着最初延续下来的规矩，双方相安无事，如今是……

“或许是夏世子的人，我们静观其变即可。”季慎神色一凛，低声说道。

临近姑苏河，河面上漂着几艘画舫，从中不断传来莺声燕语，顾子嫣下意识地蹙了蹙眉：嵩山派的掌门怎会住在画舫上？

“师叔，你不会找错了吧？”

“信上是这么写的。”季慎取出信件，再次核对过后，找到了刻着“嵩山”二字的画舫。精致的船头上趴着几名穿着统一服饰的男子，他们小心翼翼地张望着，满脸都写着紧张和腼腆。

顾子嫣看着这一幕，有点犹豫地说道：“师叔，为什么我一直有一种见面不如闻名的感觉？”

季慎忍下眼中的笑意，敛了敛神色，一派严肃正经地走上前，朗声道：“衡山派代理掌门人季慎，带门下弟子顾子嫣求见。”

“哐当”一声，画舫内好像有什么重物打翻了，一道气急败坏的声音传出：“哎哟，你们可算来了！”

只见从画舫内冲出来一个老者，他率先给船头的几人一人一脚，极为恨铁不成钢地说道：“别看了，别看了，衡山派的人有什么好看的，有点高尚追求、远大理想行吗？”

“师父……”嵩山派的弟子纷纷揉着屁股。有人小声反驳道：“师父有柳儿姑娘陪着，当然比我们有追求了！我们门派里都几年没有女子出现过了……”

“你个浑小子！”

老者，也就是萧宏生作势又要开揍，那少年一溜烟儿跑进了画舫，吹胡子瞪眼的老者瞟了一眼另一个较为年长的弟子。

后者立刻露齿一笑，道：“是，我这就去好好教育师弟。”

随后他循着那少年的方向离开了。

顾子嫣眨了一下眼，有些不明所以，季慎附在她耳边解释道：

“因嵩山派建在五岳最高的那座山上，上下山不方便，日子过得清苦。又和少林寺挨得近，没有女眷，这次来武林大会，萧掌门才会为弟子们租了一艘画舫。”

“季兄弟，顾贤侄，快上来，老夫这儿有好茶！”那边萧宏生却忽然极为热情地招呼道，再一看，他那双透着精光的圆眸几乎眯成了一条缝，里面闪烁着算计。

顾子嫣打了个寒战，有种被人当成肥羊的错觉。

“几年不见，季兄弟愈加俊朗了，这是子嫣吧？都长这么大了！”萧宏生的目光落在顾子嫣身上，又转头看向季慎。

季慎笑着点了点头。

萧宏生的目光在二人之间来回打转，半晌后叹了口气道：“一晃都十多年了，你小子还挺执着，看来我那帮兔崽子是没机会了。”

执着？顾子嫣看着二人一头雾水，总觉得这话与自己有关，可又不敢贸然插话。

季慎眯了眯眼，嘴角勾起，似笑非笑，领着顾子嫣坐到了自己身旁。

萧宏生爽朗一笑，随后入座，还殷勤地为季慎斟满了茶，然后，他朝帘子后面一个若隐若现的身影道：“季兄弟喜欢听琴，你便弹一首曲调欢快的吧。”

几声昂扬的曲音从后面传来，似是回应。隔着帘子望去，隐约能见到是个女子，顾子嫣觉得对方这身形有一丝眼熟，却想不起来是在哪儿见过。

那女子垂着脑袋，安静认真地抚着琴弦，一时间乐声淙淙。

“那个……这么急找小老弟过来，是有一事相求。”萧宏生搓了搓手，咬牙豁出去道，“老哥最近手头有点紧，快要供不起画舫的开销了，能不能向你先借些银子使使？”

顾子嫣默默地从季慎手中取过信件，打开一看：江湖救急，否则一尸数命啊。

萧宏生瞧见了她的动作，面上一红，讪然道：“这可关乎一艘画舫上我们门派的数条性命。俗话说输人不输阵，我们嵩山派也不能在人家地盘上失了面子，只要撑过武林大会那日就好！”

季慎轻抚着茶盅边缘，悠然道：“我道是什么大事，还以为萧掌门老来得子，正打算上门恭贺呢！”

萧宏生内心小人儿狂跳脚，面上却呵呵赔笑着，这年头有钱的才是大爷，一分钱难死英雄汉啊！

“没钱还请得起歌姬，萧老哥是在同我开玩笑？”季慎的视线落在帘子后，眸色渐深，察觉琴声里错了一拍，越发生疑。

“柳儿不是歌姬，是我从强盗手里救下的，身子不好，受不得风，我就挂了个帘子。”萧宏生急忙解释道，后来也是急了，语调里多了一抹急躁，“借还是不借，给句话吧！”

季慎自顾自地端茶轻啜一口，隐去眸中乍起的精光，安抚道：“哪能是借，以我们两派的交情，自然不会给您记账。”

萧宏生面露喜色，却听季慎话锋一转道：“只是小弟有一事不明，能否借一步说话？”

画舫内布置得精巧别致，几张梨木座椅，一张紫檀桌案，案上文房四宝俱全，除了桌子边坐的汉子有些粗犷格格不入，其他倒也无可挑剔，想来租价不菲。

萧宏生自听到“不会记账”四字就乐呵起来，他给自己斟了杯茶，挤眉弄眼地问道：“季老弟真是客气，让老哥我说什么好……”

“阎皇还活着。”季慎嘴角噙着抹笑看着萧宏生，扔下一句话后，他身子向后靠了靠，闭上了嘴。

萧宏生刚入口的一口茶悉数喷出，大惊失色道：“阎阎……阎皇？”

季慎淡笑着点头，修长的手指轻抚着手上的玉戒指，道：“不会有错。”

阎皇身边最得力的几名护法在当年一战中死的死、废的废，唯有红练自出事之前就不知所终，如今出现了一个带着红练出没在历城附近的人，除了他……季慎无法不这样猜想。

“他……认出你了？”萧宏生抹了一把脸，极为严肃地问道，模样倒是有了几分正派人士的端庄，只是这语调里的兴奋之意难以掩饰。

“失散多年的亲人重逢，投身正派的小侄子被大魔头勾起熊熊的复仇之火，誓要与大魔头一道铲平武林，报仇雪恨！那可真是金风玉露一相逢，便胜却人间无数啊！”

季慎无力地嘴角抽搐，那诗是这么用的吗？他摆弄着茶杯，似是漫不经心道：“你很想我为祸武林吗？”

萧宏生摇晃了一下脑袋，不由得叹了口气感慨道：“穆霸天掌权的这几年，每年都折腾些无聊的玩意儿，江湖上又没什么能让人热血的事情，这人生委实无趣啊！”

季慎拨弄着茶杯的手一顿，他倒是忘了一点，比起师兄的好管闲事，这人可是唯恐天下不乱，故此二人总能凑在一块儿兴风作浪。

“不过话说回来，那魔头命也太大了，当年被我们联手逼落悬崖还大难不死，如今是要卷土重来吗？”萧宏生不由得回想起玉落峰上，阎皇被击落下悬崖时的神色，对方带着恨意却又别有深意的眼神让人记忆深刻，禁不住脱口而出问道。

季慎敛眸轻啜了一口茶，俊眸懒洋洋地望向画舫外，河面上风平浪静，水天一色，美不胜收。

一人看着风景，一人则蹙眉琢磨着他的态度，画舫内一时静默无声。

就在萧宏生快要沉不住气时，季慎忽然道：“若要卷土重来，依照他的个性不会拖那么久。他应当是在落崖时受了伤，又或许是……为了剑谱。”

“咯咯咯。”萧宏生被他骤然凌厉的视线一扫，险些呛着了，半晌才缓过气来，顺着胸口，神情茫然道，“剑谱？那玩意儿不是在你身上吗？”

“这不是几年前，几位掌门联合想出的一个借口吗？我当时年幼，背了这黑锅，现如今……”季慎嘴角缓缓勾起一抹弧度，脸上明明有着笑意，却未达眼底，两片薄唇轻启，他逐字逐句道，

“总该给我个说法吧？”

萧宏生愣怔地望着季慎，倏地明白了过来，自己这把老骨头还是招了小狼崽惦记，惹火烧身了。他只能附着几声干笑，脑子却快速运转着如何糊弄过去。

“若我猜得没错，《九霄剑谱》是在……”“砰”的一声巨响，画舫剧烈地晃动，底下传来了一片慌乱声。瞥了一眼明显松了口气的萧宏生，季慎暗下了眸子，闭口不言。

顾子嫣手里捏着空了的茶杯，看着自己胸前一摊晕染开的茶渍，蹙起眉。她起身走出画舫，便听到一道气急败坏的吼声，倒有几分耳熟。

“说了往左你还一个劲儿地往右，你左手长右边啊？！”

“就是你瞎指挥弄成这样的！”沈璃回吼了一声，随即看了一眼撞坏了的船头，顿时蔫了，双手扒拉着船沿，惴惴不安道，“这画舫看着就很贵，要是夏公子让我们赔怎么办？”

“如果说风太大自个儿撞的，你猜夏公子会不会信？”齐钰舔了舔干燥的唇，故作镇定道。

顾子嫣实在看不下去了，只好出声道：“风太大，怎么没把你们两个带下河去？”

“师姐！”沈璃的嘴巴张成了圆形，看到顾子嫣后，双眼燃起一道亮光，激动地说道，“你怎么会突然出现？”

“我一直在这儿。”顾子嫣暗暗咬牙，颇有种恨不能不相识的感觉。

沈璃被那道凉飕飕的视线注视得发毛，弱弱地移开了视线，顺着顾子嫣精致的袍子往下看，惊呼道：“师姐，你的衣服！”当看见顾子嫣身后出现的那抹熟悉的颀长身影后，沈璃又急着补充一句，“师叔，这可不是我干的！”

“你也没那个本事。”季慎自然地接上一句，将身上的外袍脱下替顾子嫣穿上，表情里有着说不出的温柔宠溺。

所有人默然。

顾子嫣略有些不自在地侧了侧身子，身后却猛地响起一片吸气声，她疑惑地转过头，乍然看见一排绿幽幽的眸子，被吓了一跳。

“师兄，这么近看美人我还是头一回，我……我有点紧张。”是之前反驳萧宏生的少年，此刻，他正扯着他师兄的衣袖，羞赧地说道。

那位师兄一脸的正经神色，咳嗽了一声，脸上蓦地浮起一抹可疑红晕，半晌后，吞吞吐吐道：“我……我也是第一次。”

正准备追随沈璃步伐翻过来的齐钰打了个寒战，一抬眸，看到集中在自己身上的目光，突然放下了裙摆，笑不露齿道：“各位少侠好。”

沈璃对于某人习惯性的做作很是不齿，忽地对着他的右侧方向故作惊慌地喊了一声：“夏公子！”

齐钰立刻极快地跳了过来，然后十分顺手地挪了挪放在衣服里面已经移位严重的两个包子，结果一回头哪有夏兴安的影子，怒道：“沈璃，你又骗我！”

话一出口，齐钰就愣住了，他刚刚在愤怒中不自觉恢复了声音本色。

嵩山派的一众弟子全身僵住了。

“给不给活路了？！”一名嵩山派弟子受不了刺激跑到了船尾，伤心欲绝地喊道，“到了武林大会，竟然连女子都是男人假扮的！”

萧宏生亦受了不小的震撼，再看一眼毫无形象哀号着的徒弟们，也没了说教的心思。

唉，都是为师的错，当初为了高人一等就选了最高的那座山，结果害得没有女弟子肯上山拜师……

萧掌门想到以后一众弟子年逾中年，带着一群丑妇回门派的画面，不由得抹了抹汗，开口道：“这只是意外，世间还是有很多美好的女子，毕竟，喜欢颠倒性别这种不正常的事儿不是正常人干得出来的！”

顾子嫣和沈璃顿时目光幽幽地看向萧宏生。自知失言的萧掌门赔笑着，岔开话题道：“哈哈，仔细想来，还没好好介绍过我这几个徒儿，两日后的武林大会，他们说不准会是你们的对手，我的弟子都是元字辈的，这是元一，元二，元三……”

就这样，一直说到了元十三。

顾子嫣听得颇为惊奇，正欲开口，就听到整齐划一的声音：“这不是我们的法号！”

沈璃没忍住笑了出来，只是在看到撞在一块儿的船头时就笑不出来了，她扯了扯顾子嫣的衣角，凑到她耳边小声问道：“这嵩山派掌门看起来也蛮有钱的样子，你说他会不会看在衡山派的面子上不跟我们计较呢？”

“这艘船是萧掌门租的，租金还得问师叔借。”顾子嫣亦低声回答道。

沈璃哀叹一声，怨声道：“都是夏兴安，有行馆不住，非得弄艘画舫，一点都不安全。”

顾子嫣只觉得无话可说。一直没出声的季慎拧眉望着画舫上方，又看了一眼正教育着门下弟子的萧宏生，心中莫名闪过一个念头。

他们几人误打误撞，突然相遇，这只是凑巧吗？

“师叔，你在想什么？”顾子嫣看着正注视着画舫出神的季慎，有些不解地问道。

季慎回过神，勾起嘴角说道：“或许我可以搭把手。”

“啊？”

“把夏兴安沉了。”

对于未知的危险，防患于未然最好。过了一会儿，琴声复又响起，换了一曲《十面埋伏》，琴声夹杂在众人的吵闹声中，被掩去不少，耳力极好的季慎却听得分明，他眯起眸子，暗道：真是符合此刻的意境。

混乱的场面，在陈远来到画舫掏出一锭金子，并说大家都是自己人后，终于得以控制。

沈璃和齐钰二人见钱眼开，二话不说扔下了众人，跃到了对面画舫，乐颠颠地奔着金主而去。

解决了金钱危机，萧宏生终于不用受制于人，自然是眉开眼笑，对着季慎笑得那叫一个开怀。

他随后想起画舫里还有个需要照顾的美人，急忙掀开了帘子柔声问道：“柳儿，你没事吧？”

落入众人眼中的是一袭黑斗篷的女子，娇俏的脸蛋，似乎有一种羞于见人的感觉，她躲到了萧宏生身后，紧紧拽着他的衣服，摇了摇头。

顾子嫣瞧见这幕，倒是放下了心。看来是自己多想了，这副柔弱的模样，与厉城地宫里嗜血狂傲的女魔头相差太远了。

“柳儿天生不能言，你们吓着她了，出去出去。”萧宏生察觉到那扯着自己衣袖的人儿在微微颤抖，想起她之前的遭遇，不由得心生爱怜，遂毫不客气地赶人。

季慎替顾子嫣掀起帘子，正想同萧宏生道别，回眸的刹那对上了柳儿姑娘的视线，分明见到对方的眸子里闪过一丝异样光芒，嘴角还有一丝未来得及收起的古怪笑意。

“萧掌门，不送。”季慎抿唇，嘴角的笑意毫无温度，他加重语气，暗含提醒道，“保重。”

帘子被搁下，两人在萧宏生疑惑不解的目光中离开画舫时，还能听到身后传来的嘀咕声。

也不知萧宏生说了什么，逗得柳儿姑娘抿唇浅笑。只是柳儿姑娘的目光再也没离开过季慎的背影，弄得萧宏生挺不是滋味。

季慎等人回到客栈，时间已经到了傍晚。

店小二见着二人，从身上摸出一封信函递上，说是受一位锦衣公子所托，务必让顾公子亲启。

顾子嫣诧异地接过信，一看便明了，落款的二字是“穆晋”，字迹清秀，洋洋洒洒写了一张纸，大致意思是为了答谢今日救命之恩，约他们在尚春园一叙。

“这少年郎倒是有趣。师叔，去吗？”顾子嫣浏览完抬眸看向季慎，询问他的意见。

“尚春园可是洛城最有意思的地方，哪有不去的道理？”季慎勾唇笑了笑，眼眸中闪过一抹玩味。

刚从外头回来的傅安只听到几个词，腾地跑到二人身边，好奇地说道：“去哪儿？师叔师姐带我一同前去吧。”

“尚春园。”季慎又说了一遍。后脚刚迈进客栈的怜荀顿了一下，抬眸看向季慎，发现他也正在看她。

怜荀缩了缩脖子，摸了摸腰带上系着的布袋，回以一个肯定的眼神。

各种药……存货尚足，百两起卖。

成交。

两道目光在空中噼里啪啦地交缠，火花乍现，二人面上皆露出满意笑容。

“一听名字就觉得是个有名的酒楼啊，肯定有好多吃的！”傅安因为一下午玩乐，现在又觉得饿了，听到这名字不禁浮想联翩。

顾子嫣附和地点了点头，毕竟到了该用晚膳的时刻了。

知道真相的怜荀在心底默默摇头，腹诽道：没出来混过江湖的孩子啊，真是太单纯了，那地方不止能填饱人的肚子，还能……

尚春园，乃洛城最负盛名的歌舞坊，并非是寻常人去得起的地方。

一行四人很快就到了尚春园的门前，红灯笼高悬檐角，折射出来的明黄灯光映着每个锦衣而来的人，淡淡脂粉香弥漫在夜色中。

顾子嫣等人站在不远处，看着那些人都被门口站着的华衣妇人赔着笑打发了，心下诧异。

傅安本就饿了，也没顾忌许多，走上前去。那妇人一见他忙拦住了，高声道：“这位爷，对不住，今儿个尚春园让人包了，你要是想寻乐子请明日再来，到时候让春香好好给您舞一段。”

“包了？”傅安瞪圆了兔子眼，看向顾子嫣，撇着嘴道，“那不是吃不上饭了，顾师……师兄，那人也太不厚道了，下回别救了。”

看着顾子嫣那一身男装，傅安到嘴边的一声“顾师姐”转了弯儿，却让一直杵在门口的妇人亮起眸子，追问道：“敢问是衡山派的顾子嫣吗？”

“正是。”莫名被点了名，顾子嫣有些反应不过来，看着热情迎上来的妇人，她下意识地退了一步。

“可算是等着了，穆小……公子等了老半天了，快请进请进。”妇人自称刘妈妈，亲热地招呼着几人进了楼，一进门就让几名丫鬟去备酒菜，自己则领着几人坐在了大厅正中央的桌子旁。

“几位先用些茶，这些个果子都是外邦运来的，外面都没有，今日特意拿给几位尝鲜，可见穆公子对几位很上心啊。”刘妈妈笑呵呵地说完，便退下了。

季慎看向顾子嫣碟子中满当当的红果，不由得失笑。这场答谢宴，醉翁之意怕是不在酒啊，上心也只对一人吧。

不远处的圆形红色台上，平地撑起几根栏杆，并在外面用一层纱缦遮掩着，此刻望去，倒像是当地哪个大户人家的千金小姐准备抛绣球选如意郎君的高台。

二楼的阁楼敞着窗子，铜镜前一名女子轻抿薄纸，点绛朱唇，一身嫣红缦纱舞衣配以上好丝缎束腰，姿态婀娜，娇艳动人。她螓首勾勒的花钿如莲花绽放，更显风华绝代。

傅安正吃得欢快，瞥见这一幕，红果“啪”的一声掉在地上，喃喃道：“这儿还有助兴的节目，天仙下凡？”

旁边的那人却还在欢快地吃着果子。

傅安难以忍受地看向已经啃光了一盘果子的怜荀，鄙视道：“真是没有一点可比性！”

后者耸了耸肩，一脸无所谓的表情，然后又啃刚才从傅安那儿抢过来的一盘，只是表情多了一抹咬牙切齿的意味。

钟鼓乐响起，现场突然变得静寂一片，众人皆屏息望向骤然漆黑的舞台。

数盏红莲花灯倏然亮起，暗香隐隐浮动，仿佛宫廷水榭的舞台中央，一袭殷红裙裾轻扬，翩然落在舞台中央，隔着纱幔，身姿若隐若现。女子舞姿轻盈曼妙，罗衫纱袖随着丝竹乐声划过空中，目中秋波盈盈，红唇微翘，一举一动间柔媚入骨。忽见她红袖微动，菱纱缠绕上二楼栏杆，带起遮盖在栏杆外的薄纱，将自己完全暴露在众人的视线中，惹得顾子嫣一声惊呼。

这不是……不是今日救的那个少年吗？

舞毕，那女子盈盈走下圆台，来到顾子嫣身旁，福了福身子，脸上腾起一抹红云："穆晚瑾见过顾少侠。"

"不必那么拘礼，姑娘唤我子嫣就是。"顾子嫣敛去讶异之色，却毫不掩饰眸中的惊艳。

初时就觉得那少年有一丝女气，如今这么看着，倒是越发好看，难怪刚开始她没有认出来。

许是被顾子嫣这么直白地看着，穆晚瑾红了一张俏脸低下头，低低唤了一声："顾大哥。"

顾子嫣一愣，低头看了一眼自己身上的男装，笑了笑，没解释什么。

"顾大哥身手好，功夫厉害，我想与你们结交，却又怕唐突。这是二叔给我出的主意，想要成为朋友，必然要坦诚。这支舞既是用来答谢，也是赔礼，还望见谅。"穆晚瑾绽出一抹羞涩的笑，晶亮的眸子直直地看向顾子嫣。

"顾某很愿意结交你这个朋友，其实我也是……"女的。最后二字未出口，便让季慎打翻的酒杯打断了，酒水洒在顾子嫣下面的衣服上。

穆晚瑾拿着绣帕想要去擦，却脸红地望着顾子嫣，不敢上前。

"师侄对不住啊，我好些年没碰酒了，有些激动。"季慎淡然自若地从怀里掏出帕子，给顾子嫣擦拭着衣服。

在穆晚瑾看来这是很和谐的一幕，但落入傅安眼中是师叔在占师姐的便宜。正欲说什么，他就被怜荀眼疾手快塞了个果子：

“唔……”

“这是怎么了？”一道温润的声音响起，正俯身为顾子嫣擦拭的季慎身体不自觉地一僵。

“顾大哥的衣裳刚被酒洒到了。”穆晚瑾起身答道。

“小事，待会儿就让人送一套新衣过来。方才庄主有事找我回去，就不能陪你了，我留了马车在外头，别玩得太晚。”那人接着说道，又看了一眼顾子嫣，眸中闪过一抹满意，“二叔教你的，可别忘了，楼上的房间都空着，待会儿带人上去换。”

“知道了，二叔。”穆晚瑾嗔怪地看了他一眼，神态里染上了一丝小女儿家的娇羞。

那人笑着摇了摇头，转身朝着门外走去。季慎抬眸，注视着那道背影离去，眸中一片寒意。

是这个人没错，连背影都与当日离开时的如出一辙……

饭桌上有傅安在，场面也不显冷清，因为他一直吃个不停！怜荀嫌弃地瞥了他一眼，把位子挪远了些，继续斯文地抢食。

穆晚瑾倒是没什么小姐架子，反而觉得傅安这样子是种江湖豪气，冲着候在旁边的丫鬟点头示意了一下，便有人端着酒上来了。

“这是洛城有名的桑落酒，口感清醇，不容易醉。”穆晚瑾腼腆地笑了笑，拿了其中一壶替顾子嫣斟上，只是斟酒的手有一点颤，险些洒了出来。她禁不住面上一红，眼中闪过一抹慌乱。

这一细微变化没能逃过季慎的眼，他别有深意地看了一眼放在顾子嫣面前的酒杯，嘴角牵起一抹意味不明的慵懒弧度。

“穆姑娘，我师兄不吃人，你不用紧张。”傅安叼着鸡腿，打趣她道，化解了一些尴尬。

穆晚瑾闻言越发羞红了脸，重新坐回椅子上，有一丝不知所措。

“吃你的。”顾子嫣凉凉地瞥了傅安一眼，然后瞅着酒杯发了愁，她那点酒量……

一只修长的手突然伸了过来，拿走了她的酒杯。季慎淡然地说道："我家师侄酒量尚浅，这杯就由我这个长辈代劳了。"说完，他在众人反应不一的注视下一饮而尽，笑得妖孽味十足。

可是那酒……

穆晚瑾伸到半空的手已经来不及制止，只能眼睁睁地看着季慎全部喝完，不由得傻愣在原地。

顾子嫣亦是一愣，随即想起某人不堪的酒品，连忙将酒杯夺下了，正尴尬得不知说什么好时，她听到外头传来一阵动静，是几名仆从奉二爷的命送来了衣物。

穆晚瑾敛了敛神，收下衣物后强作镇定地开了口："我带顾大哥去换衣服吧。"

季慎悠然地掏出帕子擦了擦嘴角，起身，面向穆晚瑾问道："可是特意准备了房间？"

穆晚瑾一惊，这才想起什么似的解释道："楼上的房间都空着，你们要是累了，可以上去休息一会儿。"

发觉她的视线一直有意无意地瞥向靠近楼梯的那间，季慎抿唇笑了笑，打断道："只是换件衣服，不麻烦穆姑娘了，我陪师侄即可，很快就下来。"

穆晚瑾张着嘴儿还想说点什么，但只能眼睁睁地看着季慎带着顾子嫣朝楼上走去。

顾子嫣跟着季慎上了楼，总觉得有哪里不对劲。师叔你笑得这么狡诈干吗？只是换个衣服，你为什么要跟上来？

"酒里有毒。"似乎是知道她所想，在拐角处，季慎贴近她的耳畔低语道，与此同时，一股淡淡酒香萦绕周围。

顾子嫣抬眸看向他，那墨黑的眸子里不见一丝玩笑之意，不由得心下一紧，顺着他的视线看到了正朝他们方向望着的穆晚瑾，她的表情透着一丝古怪。

偎向自己的身子带着一丝滚烫，连面色都染上了不同寻常的潮红，顾子嫣果断推开了房门，扶着季慎入内，沉声道："我去找怜荀上来。"

“先别打草惊蛇。”季慎拉住了她，特意把大半的身体靠在她身上，开口道，“我们才到洛城就让人盯上了，难道你不想知道是什么人？”

顾子嫣眼眸中闪过一抹犹豫之色，道：“上回从怜荀那儿拿的药，应该能撑一会儿。”

随后顾子嫣看着季慎服下药丸，心思微动，先扶着他朝着房内的床榻走去。

房间内的布置显然是花了心思的，说是王公贵族的寝室都不为过，金丝软垫，青瓷摆件，处处透着精致。软榻旁，一张紫檀木小几上精雕的银质香熏炉内散发出袅袅薄烟，带来了温暖暧昧的香氛。

外头蓦然响起细微动静，顾子嫣警觉地起身，重新回到了门边，果然发现几名丫鬟鬼鬼祟祟地靠近了。

顾子嫣微微眯起眸子，几枚铜钱在她抬手之时飞速扫了过去，几人未来得及呼救就已经倒下。

季慎轻咳一声，视线落在门口横七竖八躺着的人身上。顾子嫣立马会意，将人弄到了隔壁的屋子，这一趟下来倒是出了不少汗。

“去那儿洗洗，顺道把衣服换了。”待她回来，季慎指了指不远处的浴桶开了口，又很是正人君子地补充了一句，“把屏风拉好。”

顾子嫣看了一眼摊在床上的季慎，一抿唇，抱着衣物去了。

大厅内。

“我师兄换衣服有点慢，姑娘不用急。”傅安看着有些坐立不安的穆晚瑾安抚道，并想着，师姐去得好像有点久。

穆晚瑾轻轻应了一声，脸上的忧色却不见退去，时不时望向二楼。而那几个被派上去的丫鬟也不见下来，头一回做坏事的穆晚瑾有些慌了神。

忽然，怜荀皱了皱鼻子，察觉空气里多了一抹极细微的药香。

那不是……

她蓦地看向穆晚瑾，神色讶异，没想到这位小姐如此大胆，竟会想用药强迫别人……

不过她原本想要强迫的对象在中途换成了季慎，这算不算是替他人做嫁衣裳？怜荀不由得向这位可怜的姑娘投去一抹同情的目光。

“我脸上有什么东西吗？”穆晚瑾一回眸看到怜荀怪异的眼神，不由得伸手抚上了脸颊，小心地问道。

怜荀摇了摇头，瞥向正大快朵颐的傅安，托着腮帮子道：“孤男寡女共处一室，你就不担心……”

傅安还在往嘴里塞着东西，听到这话顿了一下，咽下了食物后，他信誓旦旦地说道：“师叔虽然很无耻，但师姐正常状态下很少有人能……喀喀，暗算她，所以，有什么好担心的？”

“师姐？”穆晚瑾一愣，突然疑惑地问道。

“唔。”傅安见自己说漏了嘴，摸着脖子不好意思道，“其实……你口中的顾大哥是女扮男装的。”

“什么？！”穆晚瑾猛地站起来，双手紧紧拽住桌子，一脸不敢相信地瞪向了傅安。

怜荀见状一抬手，轻轻吹了一口气，只见白色粉末向穆晚瑾洋洋洒洒地落下。后者不甘心地瘫软了身子，瞬间昏倒在地上。

傅安心惊胆战地看着这一幕，为自己捏了一把冷汗，道：“呃……要是我不小心得罪了你，你会不会也这么给我来一下？”

怜荀歪着脑袋看向他，嘴角悠悠勾起一抹笑道：“不会。”在傅安松了一口气时，怜荀又道，“你得罪我的次数多了，我准备最后来个猛的，让你直接见阎王。”

傅安抖了一下身子，连忙跳起来，挪步到离怜荀远点的地方：“我什么都听不懂，呵呵呵……”

怜荀听着那声干笑，回眸看向地上倒着的穆晚瑾，难得动了恻隐之心，决定还是将人送到二楼的房间里比较好。

她上前搀起穆晚瑾时，有个东西突然从穆晚瑾身上掉了出来，落在地上发出“啪”的一声闷响。

傅安一见地上的沉木牌子，先怜荀一步捡起来，逐字念道：“华山派？”

“穆晚瑾！她姓穆，难道……”怜荀看向自己扶着的人，蹙了蹙眉，“华山派姓穆的，可就只有……”

“穆霸天！”傅安抢着答道，随即愣了愣，瞪圆了眸子，声音暗哑地说道，“我们刚刚在人家的地盘上把他的女儿迷昏了，况且我们衡山派还是华山派的死对头，看来我们真是冤家路窄……”

怜荀扯了扯嘴角勾起一抹笑，二话不说就把穆晚瑾放在旁边的椅子上，然后推了推旁边呆滞的傅安道：“还愣着干什么？在她醒来之前赶紧撤吧。”

“那我去叫师叔和师姐……”傅安回过了神，突然想到楼上还有两人，作势要上楼。

怜荀连忙拽住了人，语气嫌弃地说道：“一般出了事儿被抓的总是小喽啰，比如你我这样的！他们是主角，主角知道吗？就是掉下悬崖也不会死，还能发现绝世秘籍，接着回来称霸武林的那种，懂吗？”

傅安点了点头，又摇了摇头，已然被绕晕了。怜荀一咬牙，索性拽着他一道跑路了。

她心道：季大爷，我仁至义尽了，您慢用！

冒着氤氲热气的水桶里，水面上还有些花瓣。混着酒味的香甜气息窜入鼻中，顾子嫣看着脏了的袍子，素白的双手利落地抽掉了腰间的佩带，片刻便已衣衫尽褪。

屋里安静得可以听到空气的流动声，隔着帘幕屏风，人影绰约，顾子嫣将脱下的衣衫挂到了屏风上头，随后响起“哗啦”一声的入水声。斜倚着床的季慎不由得勾起嘴角，起身端起香炉，朝着屏风的方向走去。

“师叔？”顾子嫣警觉地停下了拂水的动作，唤了一声。

“没事，”季慎把香炉搁在桌上，顺手取下架子上的一本书，笑道，“只是拿本书看。”

顾子嫣应了一声，水声复又响起，只是担心着外头的情况，她洗得潦草。空气中有暗香浮动，一丝一缕萦绕鼻端，季慎悠然地拿着书扇动着，细烟袅袅，散开了去。

水声入耳，季慎微微低着头，长长的睫毛垂下，微微遮住眼眸，他嘴角勾起一抹不明的笑容，像是耐心等着鱼儿上钩的狡诈狐狸。

木桶内，顾子嫣掬着水往自己身上浇，热气氤氲，她面颊慢慢染上绯红，额上沁出细密的汗珠，意识莫名有了一丝混沌，虽然她又极快恢复了清明，却察觉到了这个房间里不对劲。

顾子嫣挣扎着想要站起来，身子晃了一下，体内泛起一阵酥麻，她的脸上渐渐浮现出一抹媚态来。

浑身似乎使不上劲了，顾子嫣暗叫了声糟糕，还是中计了。想要警告季慎，她的声音里却不自觉地染上了一丝妩媚：“师叔，这房间有问题……”

话音一落，她就无力地跌向了屏风，突然一抹黑影闪过，她的身体落入一个温暖厚实的怀抱中。

视线相对，季慎那双漆黑的眸子里面涌动着难以言说的暗潮，一瞬间，顾子嫣心跳如雷，面上闪过一抹慌乱。

顾子嫣红了脸，恼羞成怒地挥出了拳头。季慎轻松化解了她绵软的招式，身子微微前倾，将那春色尽收眼底后，眸色渐深，暗哑着嗓音道：“师侄，你可还好？”

灼热的呼吸喷薄在颈上的感觉，如此清晰，让那一侧的肌肤敏感地发出酥麻的信号。顾子嫣有一瞬恍神，几欲贴上那人滚烫的身子，渴求更多，却在神智回笼时羞红了一张脸。她死死咬着下唇，见他神色认真，才点头回他。

这令人失控的感觉太过惊心，亦是头一回让顾子嫣有了不知所措的感觉。不过有师叔在，应该不会太糟吧？

全然不知某人的险恶用心，顾子嫣兀自宽慰着自己。

顾子嫣忽地想到什么，连忙扯着季慎的衣袖挣扎着问道：“师叔，解……解药呢？”

“没有了，”季慎因突然贴近的娇躯呼吸一窒，喉咙一阵干涩，于是舔了舔下唇道，“我们都中了毒。”

顾子嫣愣了愣，对于这名词她自然不陌生，不由得疑惑道：“那不是师叔你当饭吃的东西吗？你应该还有解毒的法子吧？”

季慎沉默了，心道：师侄，我不是没事闲着就嗑药的变态，要不是你这么不解风情，我至于之前还找怜荀买药给你下毒吗……

看着季慎也无可奈何的模样，顾子嫣以为真的没有解毒的法子，便颓然地松了手，奈何体内涌起的热潮一波一波地席卷上来，冲击着她的神智。

顾子嫣理智上想要离开，身体却还牢牢地贴着季慎，这种强烈反差让她快要崩溃，面上更是一副无所适从的模样。

殊不知这般模样落入季慎眼中是另一番风情。她双颊染上红晕，俏颜轻垂，露出一抹鲜少流露的脆弱神色。

就在他准备攻城略地一刹那，楼道里蓦然响起一阵脚步声，季慎垂下了眸子，伸手一撩，一套长衫裹住了顾子嫣的身子。在对方破门的那一刻，他系好衣服极快地抱着顾子嫣从窗子纵身离开了。

“来人啊，给我一间一间地搜，势必要把那个纵火犯给我找出来！”身后一道声音散入风中，隐约能听到“画舫”“嵩山”等字样，却不大清晰了……

第七章 风云突变

清晨，一缕阳光透过窗子，不偏不差地洒在顾子嫣低垂的睫毛上。她翻了一下身，觉得有些不对劲，浑身犹如被碾压过一般。惊醒过来后，她双眼直愣愣地望着近在咫尺的俊逸脸庞，呼吸骤停。

“一定是我醒来的方式不对。”顾子嫣呢喃着，又闭上眼躺了回去。

一声低哑轻笑后，一道漫不经心的声音在她耳畔响起：“嗯，我们再多睡会儿。”

顾子嫣的心陡然一颤，缓缓睁开了眼，看着眼前含笑望着自己的季慎，颤巍巍道：“师……师叔？”她看见季慎裸着上半身。

“我们……昨晚……”

“是真的。”

顾子嫣脑海中掠过零星片段，寻回丢失的记忆后，她沉默下来。

她身上穿着的亵衣略显宽大，隐隐有下滑的趋势，察觉他深邃的眸子直勾勾地望着自己，顾子嫣心底一颤，咽了咽口水，往上扯着衣服的双手由于紧张而有些发抖。

季慎眼眸一暗，伸手一捞将人重新抱进了怀里，隔着单薄衣料仍有那温软触感，彼此的呼吸都重了。

眸子里闪过一抹慌乱，顾子嫣垂下脑袋兀自陷入沉思，季慎心生不解，却见她又忽地抬眸看了过来。

季慎心底的不解越发浓重，她的神色看着怎么有点不对劲呢？

顾子嫣恢复了神色后下了床，站在一旁居高临下地看着他，正色道："一切都因中毒而起，既然这是一场意外，我们就当作什么都没有发生过吧。"

季慎在心底暗叹了一口气，在床上滚了一下，忍不住又滚了一下。这厢顾子嫣穿戴整齐，回头看了一眼在床上纠结打滚的师叔，不由得一脸无奈地说道："师叔别玩了，下去用早膳吧。"

看见顾子嫣朝着门口走去，季慎立马从床上起来，往身上套了件衣服后，便追了上去。他万般风情地说道："官人，你去哪儿，等等奴家啊……"

顾子嫣的身子一僵，越发加快了脚步。

一楼的大厅里，两个正啃着包子的人不约而同地被噎着了，抢着茶壶倒水喝。待顾子嫣入了座，傅安才抚着胸口缓了过来，看着随后赶到的师叔，开口道："师叔你的眼神好妖孽……"

"不是一直都这样吗？"怜荀来回瞅了两人几眼，再看季慎春风得意的模样，自然知道是得手了。作为同党，她有些愧疚啊。

傅安点了点头，又摇摇头，开口解释道："是比往日还要妖孽。"

"是吗？"季慎挑了挑眉，在顾子嫣身侧入了座，脸上绽出一抹灿烂笑容，直勾勾地盯着顾子嫣，惹得她不自在地退了退，埋头啃包子。

傅安说不出这二人哪里古怪，但就是觉得不对劲儿，就多看了两眼，随后他突然想起昨晚听到的动静，凑近了顾子嫣，低声道："师姐，这客栈不能住了，大晚上老是有老鼠吱吱叫，还有猫儿叫春的声音，动静也太大了。"

“喀喀……”顾子嫣猛地呛到，喷了傅安一脸包子屑，不停地咳嗽着。没记错的话，傅安的屋子是在后院临近他们那间房的……

季慎眯起眸子，嘴角笑意越发深厚，淡然道：“人在江湖走，就要适应江湖的环境，环境不好，就要去习惯。”

顾子嫣眼疾手快拿起个包子立马堵住傅安的嘴巴，岔开话题，道：“对了，你们今天有何打算？”

“唔唔唔。”傅安嘴里塞着包子，挣扎着开口道。

怜荀颇为嫌弃地看了他一眼，将桌子上的包子挪了位，免得殃及池鱼。她视线一转，落在外头又一次巡逻而过的几个士兵身上，叹了口气道：“听说昨天有一艘画舫突然着火，整艘画舫都被烧成了灰烬。那艘画舫上都是嵩山派的人，连骸骨都找不着了。现在全城戒备，其他门派的掌门想来都收到了风声，昨天放火烧船的事情无疑是有预谋的，现在人人自危。”

季慎与顾子嫣皆神色一变。季慎思索到底是谁下的毒手，他在尚春园听到了零星字眼，可追缉凶手的人怎么会到那儿去？

“我去看看。”顾子嫣沉不住气，提剑就要往外走，却被季慎一把拉住。

“照怜荀所说，画舫都烧没了，你过去看也于事无补。依我对萧掌门的了解，他武功高强，绝对不会那么容易就死了。而且，目前伤得了他的人可以说是屈指可数，画舫被烧了但没有寻到尸体，所以也说不定是他们都逃出来了。”祸害遗千年，季慎心底暗忖着那老家伙不会这么快就被折腾死了吧。

忽然，一个衣衫褴褛的乞儿跌跌撞撞地冲进了客栈，店小二高声嚷嚷着要赶人，却被他灵巧闪过，他径直到了顾子嫣那桌前，抓起桌上的包子就啃起来。

“啊，你这人……”傅安看着那一盘子包子都沾上了黑乎乎的爪印，一下子跳起来，准备上前去拦住他。

季慎倏地按住了傅安，细细打量着这人，眼中掠过一抹暗光，并在店小二再次赶人前出声阻止了：“这位小兄弟只是饿了，就让他吃吧。”

“可是这……太影响我们的生意了。”店小二不满地嘀咕着，狠狠地瞪了那乞儿一眼。

一屉热腾腾的包子从厨房里端了出来，那乞儿马上跳起来，伸手夺过厨娘手中的笼屉后，便冲着外头跑掉了。季慎起身，在店小二的叫骂声中朝着乞儿的方向追了出去。

顾子嫣察觉到那人的身形有一丝眼熟后，也一道追了上去。

那乞儿身法灵活，七弯八拐入了巷子，尽挑没人的地方跑，没多久逃到了一处荒废的庙宇前，却突然停下了脚步。乞儿转过身来，然后把手里的包子递向一路追着他而来的季慎和顾子嫣。

一把抹去脸上的污灰，乞儿那模糊难辨的面容不见了，露出元一沉稳的脸孔，他抱拳对两人道：“季掌门见谅，出于无奈，在下只能用这法子引你们来，如今外界都当我们是死人，我们也想借此机会暗中调查找出昨日行凶之人，还望两位能助我们一臂之力。”

顾子嫣扫了一眼庙宇里慢慢走出来的几个同样灰头土脸的少年，眼中闪过一抹诧异，疑惑地问道：“你们怎么少了几个人？”

正蜷缩在角落啃包子的一个人突然哭起来，呜咽着：“师兄……师父……呜呜……”

元一面上也染上悲痛之色，咬了咬牙，艰难地开口道：“昨天入了夜，我们几个晕船，就到底舱去休息，却忽然听到上头传来一阵打斗声，待我们出去看时，师父正与陌生人搏斗，几位师兄弟身上也受了伤。对方人多，且蒙着面，不知道来路，最后师父为保我们几个，打翻了烛火，浇了酒，才算截断了追兵。

“为保护我们，师父将我们直接踹进了水里，我们只能眼睁睁地看着师父被那几名黑衣人劫走。但我们都认为，那些人是冲着我们嵩山派来的，对方招式狠戾，动手都是直取性命，唯独活擒了师父。我们上岸后就换了衣服，扮作乞儿，在洛城里打探消息。”

季慎对元一投去欣赏的眼光，这人倒是头脑灵光，随后道：

“那你们引我们过来，是想让我们做什么？”

元一一咬牙，沉声道：“我们散尽了身上的银两，让城里的乞儿四处打听，却没有得到一点线索，能做到如此的……想必唯有华山派。师父说过穆霸天野心太大，迟早会为了当年的事对几大门派下手，我怀疑这次武林大会是契机，是鸿门宴，我们师父很有可能就在他的手里！”

“当年之事？”顾子嫣拧眉，问出心中疑问。

元一停顿了一下，解释道：“我也不知是什么事，只是听师父偶然提起过。”

季慎挑眉道：“你可是想让我们替你们去一趟华山派？”

元一眼中闪过一抹精光，一副大喜过望的模样道：“如此再好不过，一看季掌门就是侠义之士，朋友有难自然不会袖手旁观，还望季掌门速去速回，好安了众位师兄弟的心。”

季慎扭过头问顾子嫣：“我刚才说了我要去华山派吗？”

顾子嫣摇了摇头。

季慎露齿一笑，幽幽道：“与萧掌门情同兄弟的是我派前任掌门宋青山，而我……我怎么记得自己身上还有萧掌门的凌霄掌印呢？”

顾子嫣闻言蹙起眉头，回想起季慎胸前似乎是有些奇怪的印子。师叔来衡山派之前到底经历了什么，恐怕除了师父没人知道，她也无从得知了。

“怎么会……”元一不敢相信地睁圆了眸子。

“不过，让我找也不是不可以。”季慎眼神一沉，忽地转了话锋，元一殷勤地点头，季慎缓缓说道，“承了我的人情，自然要让你们掌门还，如何？”

元一毫不犹豫地点头应了，只要有机会救出掌门，怎样都行，反正还人情的也是师父他自己！

季慎颔首浅笑，突然想到了一个人，脱口问道：“之前与你们一道的那位柳儿姑娘呢？”

“唔，她和师父一道被抓走了。

脚步声在幽深曲折的地牢里回荡，过隙的微风带动烛火摇曳。走在侍从身后的人眼里浮出的笑意味深长，闪烁的烛火融进他幽深的眸子里，明灭不定。

“二爷，人就在里头了。这老头子嘴巴硬得很，什么都不肯说。”领路的侍从弯着腰，极为恭谨地说道。

来人一袭白色绣纹长袍，绲着金线织成的边，脸上带着如同春风般的淡笑，只是这笑意未达眼底。

他伸出一根长指撩起门上沉重的枷锁，哗啦啦的响声回荡在走道里，余音绕耳。

“行了，你们下去吧。”那人挥退了身后随行的人，温润的眸子里闪过一抹精光，又在转身的刹那隐去。

“是。”窸窸窣窣的声音响起，一会儿走道上便空了，人都退到了门口把守着。

轻轻一用力，那锁就“铿”的一声碎裂了，落下几缕尘屑，男子蹙了蹙眉，伸手掸了掸长袍，随后步入阴寒湿冷的牢房。牢房里面的木架上用铁链拴着一个人，那人面容隐在阴影里，看不清楚表情。

“萧掌门对不住，门下的弟子不懂规矩，你们怎么能如此待我请来的贵客呢？”男子蹙着眉说道，却丝毫没有上前放开他的意思，而是缓步走到那人面前。

蓬头垢面的男子动了动，微微抬起头，看着来人，眼中闪过一抹诧异，随即扯起一抹嘲讽笑意道：“我当是谁，当年的阴险小人如今摇身一变成了慕华山庄的二爷，果然是穆霸天养的狗，提高了身份也还是当人家奴才的命。”

穆彦林闻言长睫微颤，嘴角的笑意不减，置若罔闻道：“一别多年，萧掌门嘴上的功夫有增无减，看来还是学不会识时务者为俊杰。”

话音落下的一瞬间，穆彦林轻扯了一下木桩边上的绳索，勒在萧宏生身上的铁链再度收紧，一声闷哼响起，伴随着隐忍的粗喘。

“如今落到了我的手里，何必逞一时口舌之快，受这份皮肉苦？”穆彦林勾起一抹轻笑，持着绳索的手一松，紧缠着萧宏生的铁链松开了些许，却露出他身上一道一道触目惊心的红痕，湿冷的空气中弥漫着淡淡的血腥气。

萧宏生竭力仰起头咳嗽了两声，突然笑出声，而后渐渐转为了狂笑，直到他嘴里咳出一口血，才止了笑声，眼神肃然道：“难怪世人常说咬人的狗不叫，会叫的狗不咬人。当初是穆霸天派你潜入万魂谷去阎皇身边做内应。那天就是你中途跟着阎君离开了万魂谷，故意误导我们杀了阎君。”

“要不怎么说武林中人都是头脑简单、有勇无谋的粗人？仅凭我的一句话，你们就认定阎君便是阎皇，不分青红皂白的人是你们啊……”唇边勾起一抹轻嘲的笑容，穆彦林冷冷地说道，“快说吧，我只想知道当年那个小孩的下落。”

萧宏生一愣，随即咧开了嘴角，却因牵扯到伤口疼得皱起眉头：“喀喀，怎么，穆二爷也有怕的人吗？当年你出卖阎君的时候，就该想到有一天他的后人会来找你复仇，因果循环，报应不爽啊。”

话说到一半却戛然而止，萧宏生被穆彦林猛地扼住了喉咙，他困难地张嘴呼吸，身体也渐生寒意。穆彦林露出一抹冷笑，扼住喉咙的手向上一抬，一粒暗红色的药丸顺势落入了萧宏生微张的嘴里。

穆彦林松开手，满意地笑望着那颗药丸顺着萧宏生喉结的滚动落入肚中。他眼含得意，凝视着萧宏生，道：“你不说我也知道，那孩子现在衡山派，依宋青山对林玉羡的旧情，宋青山必然会把那个孩子当成自己的亲生儿子对待，你说我说得对不对？”

萧宏生不停地咳嗽，想把喉咙里的药丸吐出来，听到对方的话后，他目光闪烁了一下，放弃了挣扎，咧着嘴，笑得十分欠揍地对着穆彦林说道：“你猜。”

“你……”穆彦林敛下眉眼，眸子里凝聚起一抹深沉，深深地吸了一口气后，再次抬眼的时候，眼中已经不见狠戾之色，笑言道，“萧掌门果真还是当初只会耍嘴皮的高手，不如我们打一个赌，看究竟谁能笑着到最后吧。”

“能笑到最后的就只有老天爷。哦，不对，还有乌龟王八能活个千把年，你是想当乌龟还是王八？”萧宏生笑呵呵地说道，心里暗忖着既然我如今虎落平阳被犬欺，那就努力气死你好了。

穆彦林垂下眸子，让人看不清情绪，唯有微微起伏的胸膛透露出他此时内心的不平静，他将手中的令牌折成了两半，清脆声响回荡在牢房内。

“暂且先留着你这条命，到时候你等着和顾子嫣一道上路吧。”穆彦林抬眸，阴恻恻地盯着萧宏生，冷冷地说道，犀利的眸子如毒蛇一般冰冷寒凉，一扬手，折断了的令牌落地，。

萧宏生却露出一脸惊诧的表情，仿佛被定住了。穆彦林只当他震惊过度，头也不回地离开了牢房。

“我和那个黄毛丫头上路，那姓季的小子不得找我拼命啊？喂，你把话说清楚再走啊——”萧宏生望着穆彦林离去的背影，一时间摸不清头绪，突然间，他想到了什么，于是忍不住小声嘀咕道，“他该不会是把顾子嫣当成当年的……他不会那么蠢吧？”

出了地牢后，穆彦林从袖中取出一封信，是手下搜集回来的情报，上面说宋青山捧在手心里疼爱的徒弟从未涉足江湖，自小便被保护得很好。如今宋青山不在了，再也无人护他，既然如此，自己不妨做个好人，提前送他去阴曹地府与爹娘及宋青山相见好了。

“二爷，二爷？”迎面走来的小厮走向穆彦林的身侧，看着他嘴角勾起的笑容，心中有些心惊肉跳的感觉，小厮立马低下头，道，“二爷，掌门在文竹苑见客，让小的来请二爷劝劝大小姐，见小姐未来夫婿一面。”

穆彦林颔首，拧起眉问道：“大小姐还没出过房门吗？”

小厮点头，语气紧张地说道：“厨房做的吃食送进去都被扔了出来，连掌门都不让进去。为了让大小姐消气，大家使尽了法子，没半点用处，掌门说平日里她比较听您的话，兴许您劝得动。”

穆彦林摆了摆手，让人退下。他看向那个被红花绿柳簇拥着的亭台楼阁，眯起眸子，随后转身朝厨房走去。

“都说了不吃，不要来烦我！”瓷器“啪”的一声摔在门板上，碎裂的声响从屋子里传出，夹杂着穆晚瑾怒火四溅的吼声。

穆彦林站在门外，声音温和地开口道：“是二叔，我带了你最爱吃的豆面饽饽，凉了可就不好吃了。”

屋子里突然没了声响，就在穆彦林以为她不会开门时，门“吱呀”一声开了。穆晚瑾抽了两下鼻子，十分委屈地唤了一声：“二叔……”

穆彦林伸手安抚似的摸了摸她的脑袋，进了屋，便将豆面饽饽放在桌上的碟子里，然后将其推至她面前：“听下人说你一天都没吃东西，这不是让你爹和二叔都担心吗？”

穆晚瑾撇了撇嘴，鼻尖泛酸，带着哭腔道：“二叔，我没脸见人了。”

“没人会说我们家瑾儿的闲话，更何况尚春园事先就被我们包下了，没人知道在里面的是你，这事不会影响你的名声。”穆彦林宽慰道。穆晚瑾被人迷昏送回慕华山庄的事，他也是后来才知道的，但之前忙着处理萧宏生的事儿，现在才有工夫过问。

穆晚瑾闻言总算是稍稍松了口气，可是一想起自己表错了情，就不由得咬紧了牙根，脸上一阵青白交错，恨声道：“可是我咽不下这口气，二叔，他们居然敢明目张胆地欺负我，事情要是传出去，要让我和我爹，还有华山派的面子往哪里放？！那个顾子嫣跟她师叔……她……”

顾子嫣……与季慎？

穆彦林眸子里闪过一抹诧异之色，看着穆晚瑾憋红了一张脸，猜测到她话里的意思，亦是大惊，疾声问道：“你说的可是真的？”

穆晚瑾点了点头，想起今日早上派出去的手下来回报时，可是连那张床单都带了回来。那房间里现在还有药香的余味，那天顾子嫣的师叔又喝下了动过手脚的酒，偏生这一切都是她策划的。这不是甩了自己一耳光吗？叫她怎么咽得下这口气！

“这倒是衡山派的一桩丑闻。”穆彦林沉吟道，眯起的细长眸子里闪过一丝嫌恶，对穆晚瑾说道，“瑾儿放心，二叔一定让你好好出这口恶气。”

穆晚瑾抿着唇，抽了抽鼻子，有了穆彦林的保证，她总算平复了情绪，也有了些食欲。

伸手慢慢拈起碟子里的糕点，她小口地吃起来。穆彦林拿着帕子替她拭去嘴角的碎屑，眼神慈爱。

“啊……”门口突然传来“咚”的一声，只见一名女子站在柱子后面，捂着脑袋惊慌失措地看着屋子里的二人，支支吾吾道，“那个……我什么都没看到，你们继续……继续。”

身后一道劲风袭来，沈璃咬牙踩着栏杆堪堪避过，一时间只能手脚慌乱地应对。眼见穆彦林招式越发凌厉，她才急忙解释道：“我是夏世子的人，你打狗也要看主人啊！”说完，女子立马转身想要顺着原路跑回去。

穆彦林倏地收势，一双寒眸冷冷地扫视着她，接着视线忽地一转，看到她腰间佩戴着的信物时，他面上浮起笑意，恢复成平日的温和表象，轻声开口道：“原来如此，看来是个误会，若方才无意中伤到了姑娘，还请见谅。”

沈璃心有余悸地抚着胸口，若没看错，他刚才分明是想取了自己的性命，都怪自己一时好奇，跑来看金主未来的夫人长什么样，却撞破了未来夫人和别人的奸情，好奇心害死猫啊！

“咯咯，下次……偷情的时候麻烦把门关上，这种事还是低调些好。”想了想，沈璃忍不住建议。

一道身影疾疾掠过，闪到了假山后头，借着假山树木遮掩进入了隐蔽的院墙处，那人才轻轻松了口气。

“呼……还好还好。”沈璃轻抚着胸口，一脸惊魂未定的模样。方才她的话一脱口，就感觉到那人周身散发出浓重的杀气，若非她机灵……一思及此，沈璃就小心翼翼地探出了脑袋，发现没人追上来才彻底松了口气，背靠在假山上，喃喃道，“难怪公子要请人帮忙了，看来退掉武林盟主女儿的亲事后，我们能不能活着走出慕华山庄还是个问题！”

忽地，她脸色又变了变，颇为不解道：“怎么都好叔侄这口，世风日下，人心不古，忒不要脸了！”

“你说什么不要脸？”一道低沉的声音蓦然响起。沈璃僵着脖子缓缓侧头望了过去，看到自家师叔那张妖孽似的脸正似笑非笑地看着她。

“请不要自行代入。”沈璃咽了咽口水，嘴角抽搐，弱弱地说道。

季慎觑了她一眼，倒也没再追问，拧着眉又看了她一会儿后说道：“夏兴安也在山庄里吗？”

沈璃点了点头，身子微微凑近了季慎，低声说道：“虽说夏公子是来退亲的，可穆霸天似乎很忌惮他，反正那两人有种说不上来的奇怪感觉。刚刚他们两个神神秘秘地进了议事厅，我就是闲着无聊才想出来看看穆霸天女儿长什么样，唉……结果差点丢了小命！”

“嗯？”

“方才有个男人在穆小姐的房间里，被我撞个正着，两人之间那氛围我看着直起鸡皮疙瘩，还说没奸情，打死我也不信。”沈璃揉了揉起鸡皮疙瘩的胳膊，嗤之以鼻地说道。

季慎突然想到一人，于是沉声问道：“可是身着白衣，面相阴柔的男子？”

“唔。”沈璃有些诧异季慎是怎么得知男子的面容的，不过她还是点了点头，补充道，“我好像还听到他们提到师姐的名字了，对了，师姐呢？”

“她在前厅，估计还得待上一阵子。昨天夜里画舫起了火，嵩山派掌门不知所终，当时你们在哪儿？”

“起火？”沈璃惊呼了一声，又连忙捂住了嘴，压低了声线道，“怎么会？我们离开的时候还好好的，萧掌门还同夏公子约好了等武林大会结束后，邀请他去嵩山玩一趟！”

“你说夏兴安要去嵩山？”季慎眼里闪过一抹惊疑之色。

“嗯，夏公子似乎和萧掌门很投缘，两人还一起喝酒，萧掌门喜欢讲江湖轶事，很有意思呢。”沈璃抿了抿唇，想到那个老顽童似的萧掌门，心底不由得一阵惆怅。

“嵩山派几名弟子不幸遭了毒手，这件事定是有人策划预谋的，只是不知幕后之人是谁，不过可以肯定的是，应该是萧掌门身上有他们想要或者想知道的东西。据萧宏生的大徒弟说，唯一没有办法进来搜索的地方就是这里，所以我让你师姐去前面拖住穆霸天，我来看看有什么线索。”

“我也可以帮忙，听穆霸天的意思，夏公子届时会和穆霸天一道主持武林大会，其间就住在慕华山庄里，我能帮忙打探一下。”

季慎敛眸，心知山庄里戒备森严，要想在不惊动穆霸天的情况下搜查着实困难，便点了点头，小声嘱咐道：“记得要小心行事，不可冲动，有什么情况通知我们。”

沈璃点点头，就看到季慎取出一张面具覆在面上。看着他的衣服那有些熟悉的样式，她忽然想起好像不久前在顾子嫣那里也看到过这样一件，视线顺着往下看，她突然睁圆了眸子，指着季慎的衣服，惊讶得合不拢嘴：“师叔你……”

“如果我说跟你师姐做了套一样的，你信吗？”季慎嘴角勾起一抹高深莫测的笑，半眯着狐狸眼道。

沈璃打了个寒战，在心底腹诽道：你当我看不到内搭上头绣着的小字吗？那“顾子嫣”三个字还是我绣的，女扮男装的时候，她们怕无意中拿错衣服，才特意都绣上了名字，师叔你这分明就是显摆来的！

脑海中浮起一些不太好的画面，沈璃深呼一口气，缓了缓后，说道：“师叔你好，师叔再见。”

说完，她率先离开了假山，朝着前厅奔去，临到入门时又回头看一眼，恰好看见季慎纵身一跃上了墙头，于是脑海里冒出一个词，用于形容师叔应当十分贴切——

飞禽走兽！

依山而建的慕华山庄几乎占了华山山脚方圆几十里的地盘，位置得天独厚。这些年因为穆霸天，从各地慕名前来拜师的弟子数之不尽，华山派也成了名副其实的天下第一门派。

季慎抬头看了一眼写着“至一无上道”的牌匾，嘴角勾起讥诮的弧度，正要转身离开，忽地听到一阵交谈声，他神色一凛，转身将自己隐在树后。

“这台子我们费了不少时间才搭好的，现在又说要改，那之前的工夫不白费了？”一名身着华山派服饰的弟子面上挂着不甘愿的神情，开口抱怨道。

“好了，反正掌门怎么说咱们就怎么做，这武林大会可关系着我们华山派的荣誉，不能出岔子。况且只是小小改动，费不了多少工夫。”另一侧的弟子拿出了工具，已然准备着手改动。

先前抱怨的弟子叹了一口气，认命地蹲到了他身旁，拿起工具摆弄着，突然不解地问道：“你说加这几个暗格是用来做什么的？”

“你管这么多做什么？掌门肯定有他的用意，快点做吧，早点做完了我还想去跟大师兄学昨天的招式呢。”

“好好好，知道了，你就是掌门的应声虫，一切按着掌门的话执行就对了是吧？！”

从回廊处慢慢走近的男子看了一眼台子边上的两名弟子，几不可察地蹙了蹙眉，眼里掠过一道暗光，踱步到了他们身旁。

发现来者，那二人立马搁下了手头的工具，唤道：“二爷！”

“明天就是武林大会了，这儿准备得怎么样了？”穆彦林扫了一眼台子，神色肃然地问道。

“禀告二爷，这活儿收尾了，保证明天万无一失！”年纪较轻的那个人抢着开口答道，脸上露出一抹小得意，似乎等着二爷夸奖。

“嗯，不错。”穆彦林点了点头，接着说道，“果然是手脚利落的，难怪掌门肯放心你们来做，不过……”

“不过什么？”那弟子一听，身子凑前了些，立马被扼住了咽喉，在二爷和善的笑意下，那弟子面容呈现了青紫色，一声骨裂，殷红液体顺着他的嘴角流下来。

“不过你们知道得太多了，总要封了口才行。”

旁边那名弟子睁大了眼睛，不敢相信信地看着这一幕，待反应过来要逃跑时已来不及了，背后生生受了一掌，身体轰然倒地。

穆彦林掏出帕子拭了拭手心，面上的笑意丝毫不减，迎上了从不远处赶过来的暗卫。

“剩下的事就让属下来做，脏了二爷的手，属下愿意领罚。”为首的暗卫跪在地上，虽面无表情，态度却十分恭敬。

“行了，别浪费时间，快些处理干净。”穆彦林说着颇为惋惜地看了一眼地上躺着的高个子，这人是众弟子中最听话的，可惜知道得太多了。

“是。”几人领命，火速扛着尸体抄着暗道离开。

地上没有留下丝毫血迹，微风拂过，吹走了残留的一丝淡淡血腥气。一名小厮匆匆路过，见着穆彦林后，行了个礼，神情焦急地说道：“二爷，可找着您了。衡山派的首席弟子顾子嫣求见，就在前厅候着。掌门同夏世子商谈要事，抽不开身，让我来找二爷您先拖一会儿。”

穆彦林不由得笑了，正想着用什么借口见他们，人家就自己送上门来了……嘴角的笑意扩散，他冲小厮点了点头。

季慎拧起眉头，纵身一跃落在墙外头，拿了几枚铜板给了一个小孩，让他进山庄里给顾子嫣传话去了。

顾子嫣一出山庄就看到隐在拐角处的人，匆匆跑了过去，却在看到季慎面上的面具时陡然失语，美目中燃起一丝带着怒气的星火。

“咯咯……这是必要的伪装。”季慎轻咳了一声，瞥了一眼她脸上的神色，忽地兴起恶趣味，贴近她耳畔道，“我绝对不是故意让你想起那天晚上的画面的，师侄，你的脸怎么那么红？发烧了吗？”

顾子嫣盯着某人嘴角那抹不怀好意的笑，沉默了一会儿，开口道："师叔，我记得夏公子好像也很喜欢这张面具，这儿这儿，还有那儿都被他亲过，有口水的痕迹。"

季慎忽然感觉到一阵恶寒，立马取下面具扔在一旁。

"师叔，你这么急着叫我出来，可是查到了什么？"顾子嫣想到正事，一本正经地问道。

"要想在不惊动穆霸天的情况下查探，实属不易。不过我刚才遇到了沈璃，有她在里面暗中查探会稳妥点。夏兴安要退的原来是和穆晚瑾的婚事，只是说来有些奇怪，即使被他人退婚，穆霸天对夏兴安的态度也毫无变化，甚至留他在自己的府上住到武林大会结束后，我想这其中必有猫腻。"

顾子嫣深思着点了点头："那我们……"

"先回客栈等消息。"季慎瞥了一眼门楣上华山派的匾额，心底疑惑重重，一时理不清头绪。

那暗格……究竟有何用途？

方才还晴空万里，现在却乍然起风，天上的乌云遮蔽了太阳，耳边隐隐能听到从远处传来的沉闷雷鸣，隐隐有种风雨欲来之势，天色霎时暗了下去。

几道沉闷的雷声响起，一道闪电倏地掠过长空，电蛇四散，照亮整个天际。雨疏风骤，连绵的暴雨不停地冲刷着天地万物，雨滴打在院落里的芭蕉叶上，发出一阵阵噼噼啪啪的声音。

又是一道闪电划破上空，慕华山庄里隐约可见一个人影撑着伞缓缓走着，雨水沿着廊檐坠下，形成一道细密的幕帘。来人在清风阁前停住了脚步，面上似乎闪过一抹犹豫之色，门自己开了，屋子里烛火通明，晃动的灯影衬着半旧不新的花梨木家具，显得有些狰狞。

"是二弟啊。正巧我这儿刚温了一壶酒，正愁找不到人陪我喝，你就来了，快进来坐。"站在门口的男子约莫四十岁的模样，颊下五绺长须，面如冠玉，一身的凛然正气。此人正是慕华山庄的主人，华山派掌门穆霸天是也。他看上去十分儒雅，却隐隐露着一股威严。

“这场雨来得突然，明日……”穆彦林收了伞摆在墙角，眼角余光瞥见小矮桌上摆着的一双酒杯，心中若有所思起来。

穆霸天温笑一声，打断了穆彦林的话，抚着胡须笑道：“这个贤弟莫要担心，我已经让人搭了棚顶，明日武林大会如期举行。”

“今日见了平阳王世子，感觉如何？可是个好归宿？”穆彦林替他斟满了酒，岔开话题道，眉眼间染上一丝笑意。

“的确是个翩翩少年郎，就是身子弱了些，若是能联姻，自然是一桩美事。不过……”

“不过什么？”

“我几次提及瑾儿，都让他岔开了话去，我总觉得他似乎不想结这门亲。之前还怀疑他与同行的那位沈姑娘有染，可看着又不像。我本想着趁着这次武林大会宣布喜事，如今却……唉。”穆霸天叹了口气，端起酒杯一饮而尽，颇为无奈。

“其实大哥不必烦恼，只要人在咱们慕华山庄，就好办。”穆彦林抿了一口酒，挑了挑眉，一声轻笑显得意味深长。

“你是说……”穆霸天闻言一顿，搁下了酒杯，脸上露出迟疑的神色。

“自然也要瑾儿愿意才行。”穆彦林敛眸，正色道，“瑾儿若是嫁入王府，有慕华山庄做靠山，不会受什么委屈，而我们与平阳王之间的约定……最后受益的自然还是他儿子，瑾儿也能自此荣华富贵，享受不尽。你说呢……大哥？”

“怕只怕这小世子没有他爹那么好掌控，盟主令还在他手上，说是待结束那日亲手交给下一任武林盟主，若是中间出了差错……难道，你要我真看着盟主之位给别人吗？”

“呵呵，大哥不是已经有了万全之策吗？更何况论武功，江湖上谁人能与您过上十招？这届的武林盟主自然是大哥的。”穆彦林笑道。说完，他眯了眯眼，端起酒杯敬穆霸天。

穆霸天端着酒杯，忽然面色郁郁道：“哼，要是那本剑谱没有遗失，我早就练成了上面的绝世功夫，还用得着看一个黄毛小儿的脸色吗？如今洛城里多了那么多官兵，说是保护世子，实则是这小世子想要压我的势头，这心机可是比他老爹还要深沉几分，不得不防啊。”

“萧宏生还关在地牢里，拷问了他一天，还是什么都不肯说。恒山派前掌门卢明偷了剑谱暗中修习走火入魔后，就没有人再见过剑谱。我听说宋青山收养了旧情人的孩子做徒弟，这事极少有人知道，当初曾传出过真的剑谱就在那孩子身上的消息，所以我猜……”

“你是说今日来的那个宋青山的首席弟子？”穆霸天闻言眸子里闪过一抹精光，端着酒杯的手指因兴奋而微微颤抖。

穆彦林点了点头，再次为穆霸天添满了酒，浅笑道：“若是能趁此机会将当年的余孽斩草除根，顺道拿到剑谱，可不就是一举两得？”

“知道当年事情真相的只有五位掌门人，除了已故的恒山、衡山二派的掌门，嵩山派已被我们的人控制，唯独剩下泰山派掌门玉钟子。听闻此人处事冷静，极有见识，然而他寡言少语，唯独对《九霄剑谱》的执念颇深，这些年透过血煞宫，一直在寻找剑谱的踪迹，”穆彦林拧着眉头，将自己收到的消息一一告知，“若是不除，怕也是个隐患。”

穆霸天沉吟着，一时无话，自顾自地端起酒杯仰头饮尽，似乎对他的话不甚在意。穆彦林是个识趣的人，见着穆霸天的模样，便寻了一个有趣的话题聊了开去。

屋外雨疏风骤，丝毫不影响屋里正喝到兴头上的二人，穆彦林隐约察觉背后有道视线，故作不经意地扫了过去，窗子上的落影只停顿了片刻就消失了。

这么晚了会是谁呢？而另一侧，穆霸天因喝多已然睡着了。

同福客栈内，睡在软榻上的顾子嫣倏地睁开了眼，一侧头就能看到打地铺睡着的季慎，半明半暗的烛火映照着他的侧脸，勾出柔和的光影，她不由得看恍了神。

师叔安静的模样，让顾子嫣心中涌起一抹悸动，怎么会……有生得那么好看的人？

一头墨发散在枕上，季慎睡得似乎有些不安分，一个侧身，便将被子扯落了，连带内襟都松开了些，露出精壮的胸膛，平添一分诱惑。

顾子嫣蓦地想起曾与这人有过鱼水之欢，一抹红晕爬上了俏脸，感觉屋子里升温了。忽然袭来一道冷风，原来是窗子被狂风吹开了一条缝隙，有雨丝飘了进来，吹散顾子嫣脑海中的一片旖旎。

顾子嫣披上衣服轻手轻脚地下了床，关紧了窗后，却被这雨声吵得没了睡意。她瞥了一眼熟睡中的季慎，出了屋子。

她没有察觉的是，在门合上的刹那，本应熟睡的季慎突然睁开眼，他揉了揉被寒意侵袭的胸口，颇委屈地喃喃道："早知道尺度再放大一点了，都没有让师侄兴起扑上来的欲望，唉……"

正走到一楼大厅里的顾子嫣忽然打了个喷嚏，莫名觉得有些凉，便又裹紧了衣衫。大厅里黑漆漆一片，顾子嫣从柜台上拿了烛火点燃，搁在桌子上，自己坐到了边上，听着外面的"哗啦啦"的雨声走了神。

那是一个雷雨交加的夜里，被吓得睡不着的小顾子嫣惊慌地跑到师父的房间里，却见师父坐在书桌前作画。她满是好奇地爬上椅子，趴到桌子上看，指着画纸上黑乎乎的一团东西问道："师父，你在画钟馗吗？"

"这是人。"宋青山嘴角抽搐，一把抱过她，沉声问道，"可是睡不着？"

小顾子嫣点了点头，仍是端详着画道："钟馗不是人吗？"

"生前是人，死后就不是了。"

"这团东西怎么可能是生前？！"瞅着轮廓，隐约能看出是个人形，小子嫣感叹：师父的画工实在是惨不忍睹啊！

宋青山将画收起来，放进抽屉里，转移话题道："师父也睡不着，不如子嫣来陪师父说说话吧。”

“我要听故事。”小顾子嫣竖起耳朵，提议道。

“好，师父就讲个英雄难过美人关的故事。”

“英雄是师父吗？”

宋青山眸子里燃起一抹亮光，兴奋地说道：“子嫣喜欢听师父说师父是个英雄的故事，是吗？”

小顾子嫣马上摇了摇头，软糯的声音透着正经严肃，道：“师叔说了，如果故事的主角是师父一定会很‘坑爹’的。师父，‘坑爹’是什么意思啊？”

后来师父还是讲了那个故事，只是主角换成了一名英俊潇洒、风流倜傥的有为少侠。每次师父说到这位少侠的时候，总会不厌其烦地夸赞一番。这位少侠游历江湖，遇上不平事总喜欢插上一手，劫富济贫，行的是侠义之道。有一日遇见了一位正被恶霸欺凌的美人儿，少侠上前三两下解决了恶霸，结果回头发现美人儿跟着别人跑了。再后来，他们又一次相遇，美人儿记得少侠，二人成了无话不谈的好友，时常一起抚琴作画，度过了一段美好的时光。却不想美人儿再度遇险，这一次少侠晚了一步，让人捷足先登了，原来那个救她的正是当日带着她逃跑之人。少侠因急事被召回了门派，待再去寻她时，她已和那人私奔成婚，嫁为他人妇。这一错过了，便是一辈子。

顾子嫣安静地回想着当年师父的话，忍不住暗暗揣测，其实那美人儿是把师父当闺密了吧，毕竟以师父这种鸡婆的性格，可是深受厨房大妈喜爱的。

肩上忽然一重，顾子嫣身子一颤，回过了神，抬眸发现是季慎走了出来。他手里拎着件外衣，随后他把外衣搭在她的身上。

季慎有些不悦地说道：“怎么不好好休息？明日就是武林大会了，该养精蓄锐。”

“睡不着。”顾子嫣老实地回答，忽然兴起一股冲动，冲着季慎说道，“师叔，你给我讲故事吧。”

季慎倏地皱起眉头，也想起了宋青山，他轻咳了一声道：“我不会讲故事，不过我能做很多消磨时间的事。”

“例如？”

正说着，大厅一侧忽然响起门帘相撞的声响，傅安打着哈欠走了出来，嘟囔道：“明明就很困，可是一想到明天就要上台比武，就不知怎的睡不着了。”

“看到这儿有光亮，想也是你们，我在厨房里熬了点粥，还有几个小菜做夜宵。”宋晴容端着一锅粥跟在傅安的身后，走进了大厅，她含笑道，“算是为明日的武林大会打气，祝我们旗开得胜！”

傅安咽了咽口水，脸上堆起谄媚的笑，道：“大师姐，原来你偷偷藏着一手，光是闻味道就知道好吃！”说着，便迅速给自己盛了一碗来吃。

没有错漏宋晴容嘴角勾起的诡异笑容，季慎不动声色地接过她递上的碗，跟着顾子嫣等人一道享用起来。

还真是……不出所料啊！

夜风如一把凌厉的快刀，吹得木门“嘎吱嘎吱”作响，微弱的烛火飘忽地一下熄灭，整个大厅陷入了一片黑暗之中。

桌上倒着几人，皆昏迷了过去。风声猎猎，平添了几分肃杀之意。

看着这个结果，宋晴容嘴角勾起一抹得逞的笑，她拿着汤勺一下一下地搅着锅里的粥。

当视线扫过整张脸都栽到粥碗里的傅安时，她幽幽喟叹了一声：“不知师弟有没有听过一句话？‘祸从口出，病从嘴入’，你可真该管管你这张嘴了。本门的毒药乌衣初时只会让人昏迷不醒，醒来后不会记得中毒之事，二十四个时辰内若没有解药，功力便会渐渐流失，变成一个废人。”宋晴容站起来，走到顾子嫣身旁，手指轻轻划过她的脸，眼中却闪过一抹怨毒，“啊，真是不巧，那支迷魂香至少能让怜荀睡个一天一夜。顾子嫣，看你届时还有什么本事同我来争！衡山派的首席弟子，出席武林大会只会让你成为一个笑话，而师叔……到最后还是我的。”

只要拿到了剑谱，师叔……宋晴容的视线落到了季慎身上，忍不住莞尔，眼中闪过一抹志在必得之色。

一个纵身跃到了二楼，她径自走向了天字一号房。

昏迷中的季慎长睫轻颤，然后在黑暗中缓缓睁开了眼，视线扫过身旁的顾子嫣时，眸中掠过一丝温柔。

“我明明记得他带上了，怎么会没有？”房间内一片狼藉，一通翻箱倒柜地寻找后，宋晴容稳超胜券的表情有了一丝裂痕，开始焦躁起来。

忽然，她的视线落在唯一没有翻过的地铺上，眼底掠过淡淡的欣喜，原来他们之间没有那么亲密……在扯开被子的一瞬间，宋晴容眼尖地发现枕头底下露出一本册子的一角，瞳孔蓦然收缩了一下，她激动万分地伸出手去拿，册子却被身后突然伸过来的一只修长的手夺走。

“晴容师侄，你深夜出现在我房内，是为了这本书吗？”季慎拿着册子直起身子，嘴角噙着一抹浅笑。

他晃了晃手中的册子，微眯着狐狸眼玩味地看着宋晴容，深邃的眸中闪过一丝不知名的情绪，瞬间又掩去。

宋晴容被这一变故弄蒙了，骤然慌了神，不敢相信地瞪着他道:“你……你没有中毒？”

“季慎知道你这两天会有所动作，就让我看紧了你。你以为就凭你那什么迷魂香真能迷昏我？也太小看我妙手了吧！”房间里蓦然出现另一道声音，手捧香炉的怜荀慢慢走了过来，露出一抹轻蔑的笑，道，“我早就把乌衣换成了普通迷药，不然怎么引得你上钩呢？”

“你……”宋晴容想到自己的精心策划全被这人破坏，眼中迸出一抹强烈的恨意。

宋晴容似是突然想到了什么，侧过头看向季慎，眼含暗示地说道：“师叔，你确定要把我交出去吗？”

季慎不动声色地翻阅着手中的书籍，对于她的暗示充耳不闻。

怜荀察觉到了什么，轻咳了一声，很是识趣地离开了屋子，再留着，她保不准会听到什么不该听的……

宋晴容看怜荀的身影消失，敛了敛神，开口道：“师叔是聪明人，自然知道我这么说的原因，不如和我做笔交易，只要你把剑谱给我，当年的事，我决不会向第二个人提起。”说着，她倏地停顿了一下，笑着逐字说道，“尤其是顾师妹。”

“你这是在……要挟我？”季慎扯了一下嘴角，勾起一抹意味不明的浅笑，幽深的目光别有深意地在她身上打转，周身的空气陡然冷了几分。

宋晴容被他的气势所迫，嘴角的笑意僵住。她稳了稳心神，竭力维持面上的镇定，暗中戒备起来。

“给你最后一个机会，说出幕后指使你的人，念在多年同门的情分上，我可以放你一条生路。”合上书收入怀中，季慎淡漠地开了口，“识时务者为俊杰，这个道理你应该懂。”

宋晴容心思一动，面上流露出一抹犹豫之色，似乎是极难抉择的模样，低声呢喃着：“可是拿不到剑谱，义父不会放过我的，以义父的手段，不管我躲去哪里都会被找到，下场一定是死。”

她说着，求助似的靠向季慎，走至他跟前时，倏地出手袭向他的命门，身法奇快，招式阴狠，眨眼间逼至季慎眼前。

季慎神色一凛，提臂一挡，化解了她的大招，堪堪避过袭来的劲风，身前的衣服却被抓破，接着身形一晃，连着退远了几步，那本册子已让宋晴容得手。

这不是衡山派的功夫……季慎心中想着，眼神显得越发深沉。

“师叔，承让了。”一招得手的宋晴容姣好的面容上闪过一抹得意，扬了扬到手的册子，攀着竹窗就要从窗口跳出逃走。

季慎隐去眸中的精光，双手环胸，嘴角噙着一抹淡笑道：“难道你不该先确认一下手上的东西是不是你想要的？”

宋晴容闻言一愣，看了一眼扉页上的字，喃喃念出口：“《圈叉宝典》？”心底蓦地涌起一抹怪异的感觉，她快速地翻阅着，一张脸倏地涨得通红，咬牙恼羞成怒道，“这不是剑谱！”

"昨天刚入手，晴容师侄要是喜欢，自己去街角的书铺买一本就是了。"季慎笑容不变，语气泰然自若地说道。

"剑谱到底藏在哪里了？"宋晴容气极后反而冷静下来，她手按在剑柄上，却因为摸不准季慎的态度而不敢贸然出手。

"是谁告诉你剑谱在我身上？"季慎倏地沉下了面色，手中晃过一抹银光，苍寻剑出鞘，"你还知道什么？背后指使你的又是哪一派的势力？"

宋晴容忽然看了一眼楼道口，抿唇道："过了这么久都不见有动静，看来师叔是不想让师妹师弟们知道些什么。若是我不说，师叔打算如何处置我？"

季慎漆黑的眸子扫过全身戒备的宋晴容，嘴角扬起一抹森冷的笑意，云淡风轻地撂下了狠话："自然是永除后患。"

话音落，季慎手腕一抖，剑气就破空直直斩向宋晴容。后者凝神提剑格挡，电光石火间硬挡下了他的攻势，虎口却一阵发麻，早已失了逃跑的先机，受制于人。不同于她的阴狠，季慎的苍寻剑乃天下第一名剑，所用的招式亦是宋青山亲自传授的，他尽得绝学，招招出神入化，对付她自然是游刃有余，从容不迫。

宋晴容狠狠咬牙，左手化成一道劲风，右手紧握剑柄，挥动锋利的长软剑，不退反进地迎着那凌厉的攻势，招式越发鬼魅起来。季慎用剑一挡，"嘭"的一声，二人皆被这余波所震，各自后退了几步。

师叔是真的要在这儿取了她的性命……这一念头闪过，宋晴容眸中一片黯然，她视线紧紧地禁锢在爱慕了多年的人身上，心下恻然。论武功，她绝不是他的对手，难道今日就要……

一道寒光掠过，冰冷的触感从左肩传遍了全身，宋晴容猛然后退了几步，鲜血顺着左肩处划开的伤口在衣服上晕染开去。

"啊……"忍不住发出一声闷哼，宋晴容快速捂住了肩头，调整自己紊乱的气息，越发谨慎地提防着季慎。她心知若继续僵持下去，必然撑不了多久，自己难逃一死。沉沉吸了一口气，她讥讽地开口道，"果然对同门狠下杀手这种事还是师叔做得顺手，怎么说我都比师父幸运一些，没有死得不明不白。”

“你说什么？”季慎身形一顿，持剑的手几不可察地颤抖了一下，锐利的黑眸直直地望进她的眼底。

宋晴容轻笑了一声，暗中观察他的神色，继续说道：“你明明因你爹娘的事情对宋青山恨之入骨，却因为他救过你一命而心生犹豫。当初长老们说师父是在路上遇袭的，可我亲眼看到横插入师父胸口的短刃，正是被你握在手中的。师叔，手刃仇人后你可有感到一丝愉悦……”

刻意放缓了语速，宋晴容藏在袖中的手暗暗捏住了银针，趁其不备，陡然出手。季慎蓦地回神，只觉一股麻意游走四肢百骸，握着苍寻剑的手微微颤抖，却硬撑着扫向了企图从窗户逃走的人，但还是错失良机。

赶至窗口，漆黑夜色中，宋晴容白衣上的血迹触目惊心。她回头与他对视，面上的神色说不出的诡异：“师叔，我不会放弃剑谱的，不过下回见面，我可就管不住我这张嘴了，师叔保重啊！”

尖细的笑声回荡在窄小的胡同里，宋晴容身形一闪，极快没入了夜色之中。风声渐止，雨势小了，淅淅沥沥，扰人心绪。

“我自知欠你的，还有阿羡的，无法偿还，即使到了下面我也无颜面对她。咯咯……答应她的事好像只做到了一件，衡山派虽然算不上什么好地方，但至少能为你遮风避雨，直到你不需要为止。

“当年的事是我听信他人在先，让……让阿羡命丧奸险之辈手中，都是我的错……就让我来……来偿命，对准这儿，不要犹豫地刺下去吧。

“莫要背负着仇恨而活，你爹娘脱离魔教也是希望能让你过上平凡人的生活，莫要辜负了你娘的期望……”

过往一幕幕浮现在眼前，季慎倏地捏紧了窗棂，身上戾气尽现，再次睁开眼时，眼底又恢复一片清明。

天稍稍放晴，后院传来一丝响动，顾子嫣揉着酸疼的脖子起身推开窗户，经过一夜狂风暴雨肆虐，满园的梨花落下大半。一眼能望到底，最里间的屋子大门敞着，被风吹着晃动，撞到门框时砰砰作响。

那不是大师姐的屋子吗？难道人不在吗？

顾子嫣微微蹙眉，伸手揉了揉额头，竟一点都想不起昨晚后来发生的事，只能看着窗子外的景色慢慢走了神。

梨花白，是师父最钟爱的颜色，他的寝居天青阁门前便种着一株梨树，落花时节，梨花总能落满她的吊床。待天晴了，把花瓣晾干还能酿一坛子梨花白酒，加入几味药材，便有强筋壮骨、补血益气的功效。

“师父，这片脏了。”蹲在师父身旁的顾萝卜头从簸箩里挑出了一片沾了泥的梨花花瓣，皱着眉头道。

宋青山拿过她手里的花瓣浸在水里，花瓣一下子恢复了净白，他把花瓣搁在旁边的大碗中，笑道：“梨花纯白，就跟人出生时一般，有些只是染了泥，洗一洗就能去掉了，而像这种已经被虫子蛀坏了的，哪怕入了酒，也只能坏了味道，不如趁早舍弃。”

年纪尚幼的顾萝卜头似懂非懂地点了点头，继续没心没肺地给师父帮倒忙，就像跟师妹师弟们玩乐似的，偷着往师父的酒里面加料，然后看着师父手忙脚乱地补救，这一幕真是分外温馨啊。

师父一脸苦恼，咳嗽了两声，转移某人注意力道："子嫣，你师叔呢？"

"去后山了。"顾萝卜头想也没想就答道。

"嗯？"这么用功练武？

"去后山泡澡了。"

宋青山嘴角抽搐，从腰间解下一块玉佩塞到她手中，眼底掠过一抹不舍，用自己听得见的声音嘀咕道："好歹你是我爱的另一个，也算不亏。"

"师父，这个真好看！"顾萝卜头摸着玉佩上头雕着的梨花花纹，做工精细，质地温润，她忍不住咬了咬，然后咧嘴笑道，"是真的呢！"

你师父像是那种拿假货蒙你的人吗？宋青山瞅着自家爱徒默默想着，刚刚酝酿出来的一丝丝伤感氛围顿时烟消云散了。

"嗯，师叔说了，趁着师父还在多攒点家当，日后闯荡江湖不怕没东西当！"顾萝卜头谨记某人教诲，笑容憨厚地说道。

"你师叔不是好人。"宋青山闻言磨着牙狠狠地说道，心底默默流着辛酸泪，为什么他的徒弟会跟那家伙那么亲近呢？还有……他为什么已经有了一种看着女儿要出嫁的心情呢？

"哦。"顾萝卜头点了点头，好人是什么，能玩吗？

"他说的话都不能信。"

"唔。"

"不如，师父替子嫣来保管这玉佩吧？"宋青山讪笑着伸出手。

顾萝卜头一下子起身，将玉佩收进了怀里，挥手道："师父，我去看师叔了！"

"你给我回来！"

宋青山凌乱了……

一滴水珠顺着廊檐滴在手背上，蓦地冰凉，顾子嫣从回忆里抽回思绪，下意识地摸上了腰间垂着的玉佩，这块玉佩应是师父想送给师娘的定情信物吧？

“你师叔性格冷漠少言，肯放在心上的人或事少之又少，我一直担心日后若没什么牵绊，他会做出一些连自己都无法控制的事情来，照如今看来，我算是做对了。”

“生死有命，别难过。子嫣，听师父的话，好好顾着你师叔，不要让他走了歪道。他是衡山派未来的掌门，不能有一点差池。

“必要时……可以牺牲色相……”

师父临终前的交代，字字在耳，当然最后一句让顾子嫣选择性忽视掉了。一直以来她都参不透那番话的含义，师叔同他们一道长大，难道还会成为祸害武林的大魔头吗？师父到底是为什么这么担忧师叔呢？

响起敲门声，怜荀站在门口，笑着提醒道：“他们都在楼下用膳，就等你一人了，我们稍后要去慕华山庄。”

“嗯。”顾子嫣点了点头，带上了佩剑，就在与怜荀擦肩而过时，她忽然开了口，“看好你那箱子宝贝，别用在我们身上，若是再有下次，我一定把你洗干净打包送给艳娘。”

随即，她踏出门，下了楼梯。

怜荀嘴角的笑意僵住了，一脸欲哭无泪道：“我招谁惹谁了……”

大堂内，气氛一片紧张肃穆。

“师叔，我的脸真的没事吗？”傅安怀疑地摸了摸自己的脸，再次跟某个不靠谱的师叔确认道。

“没事。”季慎想了想，接着说道，“挺俊的。”

傅安面上一喜，却又觉得脸部隐隐作痛，不像是没事儿的样子，刚好顾子嫣在旁边的位子坐下来，他连忙伸手拽住她的衣角，眨巴眨巴眼问道：“师姐，我脸俊吧？啊，不对，我脸没事吧？”

顾子嫣坐下来后饥肠辘辘，听到傅安的话后，正要去拿汤碗的手不由得一抖。季慎于是忍不住笑喷了粥，被顾子嫣嫌弃的眼神一盯，他又迅速掏出手帕慢条斯理地擦拭掉嘴角的脏东西，然后继续优雅地用餐。

等把视线放到傅安的脸上，顾子嫣指着他脸上那一圈红印子，惊讶地说道："傅师弟，你昨晚扣着粥碗睡的吧？"

"是吗……是吧！难怪我觉得鼻子一直有股子香菇鸡肉味儿，大师姐昨晚做的就是那个。"傅安揉了揉面庞，可怜兮兮地指控道，"我睡着了，你们居然就这么将我丢在那里不管，师叔、师姐，你们太没有同门情谊了！"他随即又问道，"明显吗？是很快会消下去的那种吗？"

"不明显，应该过会儿就没了。"顾子嫣眯起眸子，瞥了他一眼说道。

傅安闻言安了心，也就不再理会周边的目光，放心享用早膳了。

季慎颇为诧异地看了一眼顾子嫣，压低了声音凑在她耳畔道："你……确定不告诉他实情？"

"反正我们没有同门情谊这种东西。"顾子嫣拿起一个包子悠闲吃着，耸了耸肩，无所谓地说道。

师侄，你真的不是在报复小师弟抢光了你爱吃的肉包子吗？

顾子嫣环视了一圈，忽然开口问道："大师姐怎么还没过来？莫不是还没起床？"

正埋头喝粥的傅安连忙抢着答道："大师姐回衡山派了，大长老和二长老说要替她安排青年才俊，相中了就成亲，给我们衡山派延续香火。"

顾子嫣听着慢慢睁圆了眸子，不敢相信地喃喃道："是长老闭关的时候被山洞里的石头压了还是大师姐疯了？她怎么能相信那些从不靠谱的长老的话？"

傅安似乎料到她会那么说，从怀里掏出一封信笺，搁在桌上："不信你自己看哪。"

信上的确是宋师姐的笔迹，信中也写明了是长老们有事将她召回，却没交代是什么事。

“我去叫大师姐吃饭的时候在书桌上看到的，阿荀说咱们衡山派快要办喜事了，我就想着是不是要大师姐回去成亲。”傅安轻轻“啧”了一声，感慨道，“不过，我们衡山派的确很久没办喜事了呢！”

正从楼上下来的怜荀恰好听到他说的这番话，差点踏空。她之前说的是这码子的事吗？她明明说的是他们师叔和师姐的喜事，关那个疯婆娘啥事儿啊？！

“赶紧吃你的，吃完了好上路！”怜荀暗暗咬牙，走到桌前，立刻拿着包子堵了他的嘴，惹得傅安一阵猛咳，像是被噎着了。

顾子嫣别有深意地瞥了怜荀一眼，嘴角的笑意蓦然让她打了个寒战，意识到自己是在靠山面前欺负人家师弟，她连忙转了态度倒了杯水，就着傅安的嘴喂着，温柔地说道：“呵呵呵……慢点吃，姐姐一定会好好照顾你的。”

傅安缓过气来，盯着怜荀的脸半晌，语气肯定地说道：“果然，这年头当神医的没几个脑子好使的，跟夏公子一个病的吧……啊……”

一声凄厉惨叫回荡在客栈内，不过对于这种人，有更适合的几个字来形容：自作孽，不可活。

街道上人来人往，热闹非凡，如今洛城里聚集了不少武林人士。有名门正派的高手，有真心想要武林盟主这个位置的，也有来凑个热闹的，毕竟上了擂台就签了生死状，能不能保住性命难说。

慕华山庄门前已然站了一堆人，顾子嫣等人走近，便听到有人说道：“穆盟主为了公平起见，可是把盟主令都交出来了，让平阳王世子亲自颁给下一任盟主。你说说，多大的胸襟，再说这些年盟主为江湖做的贡献还不够大吗？我支持穆盟主连任！”

“小声点，就你那名不见经传的小门派，自然没机会沾这个边儿。现在五岳仅剩下华山与泰山还能与穆盟主一争高下。前阵子听闻玉钟子悟了道，功力精进，到最后谁是赢家还说不准呢！

要是泰山派真赢了，你看穆霸天舍不舍得让出这个位置。”

一些人七嘴八舌地议论着，连夏世子与穆晚瑾的婚事都有人爆了料，可见江湖八卦的威力。突然，人群中传来一道清亮雅致的声音：“各位壮士，借个道。”

出现在视野中的是个秀气的青年，拱手和气说道，身上却散发着“生人勿近”的冷漠气息，暗中带起一道劲风，让人不由自主地让出了一条道。那少年笑了笑，迎着身后的轿子入了慕华山庄。

轿子上的门帘被风吹起一角，露出了里面坐着的男子。只见一袭黑色的锦衣包裹着他健硕魁梧的身体，带着隐隐的窒息感。而其身侧一名妖娆女子一手端着茶杯，一手拿着茶壶倒茶，不见茶水洒出分毫，倒好后，她便将杯子递到了男子嘴边。

似乎察觉到季慎的视线，黑衣男子勾起一抹笑，直直向季慎看了过来，视线交会的一刹那，黑衣男子的眼里多了一抹挑衅的意味。

马车消失在众人眼前，而大家都被轿子里的美人儿震住了。有人抹了抹口水咂着嘴道：“这轿子里坐的就是玉钟子，他身边的那个美人儿可真是绝色！”

日上中天时分，各路江湖门派到齐，人头攒动。比武场占地半数，以圆形为基，外围是供人休憩的简单房舍，内置桌椅茶点果品，再往里去就是方形擂台了，黑色的木架上摆满了各类兵器，其中不乏名剑，看得出慕华山庄对这次武林大会的看重。

“今日吾等有幸一睹武林盟主的过人风采，真是三生有幸。穆盟主果然是大家之范，此等为人为己的大义之举实在令吾等倾倒，只是站得如此近观赏盟主万丈光华着实折煞了小人，若是有一个既能保持适当距离，又能欣赏盟主俊挺身姿的地方，那是极好的。”傅安忽然一本正经地说道，说完，还眨巴着眼看向顾子嫣。

顾子嫣一头黑线，额角有青筋隐隐跳动：“说人话。”

“师姐，我想去那边用茶点。”傅安指向不远的一处，一脸垂涎地说道。

果然傅安眼里除了吃就没有其他的东西了，他竟然从头到尾都没注意到有位身材非常彪悍结实的对手看他的眼神，跟他看茶点的眼神一样……

“去吧。”顾子嫣挥了挥手。

入场的时候每个人都被安排去抽了签，顾子嫣抽到的是第三场，对手是符山派的大弟子陆展。相较之下傅安就没那么好运了，第一场就与江湖中早有声名的青黎派弟子对上，前景堪忧。只是傅安压根没有意识到这点，勾着对手的肩膀，一副哥俩好模样，美其名曰交流感情，一块去吃茶点了。

“我还没下药，那少侠怎么跟中了迷药似的？”怜荀注视着二人离去的背影，疑惑地说道。

季慎侧头看去，会心一笑，淡然说道：“可能他使的就是美人计迷惑对手呢？”

怜荀打了个寒战，喃喃道：“那位少侠可能需要找我看一下眼疾……”

两人插科打诨了一会儿，便看到华山派掌门穆霸天在一群弟子的簇拥下出现在擂台左侧，各大门派的主要人物也三三两两地陆续而来，都是在同穆霸天客套几句之后各安其位。不到半刻钟的时间，上位座无虚席，明争暗斗也初见端倪。

擂台正上方长宽约三丈的高台，以圆弧扇行散开，放着两张铺着狐裘的华丽大椅。穆霸天见时间差不多了，便踏上红毯，站到了高台的中央，清了清嗓子开口道：“三年一届的武林大会，也是历届武林盟主换位之时，老夫承蒙各位厚爱连任了三届，这一届啊，可就指着哪一派的年轻人来接我的位了。后生可畏，老夫可是很期待这一届的武林大会能让后生大展拳脚！”

“穆盟主哪里的话！”

“穆盟主您太谦虚了，按我说这届您还是连任！”

“年轻人气盛，还是您最合适！”

八方势力，分别盘踞一方，如火如荼的议论声若潮水一般，一波压过一波。一些小门派显然打定主意支持穆霸天，像符山派这样的大门派听了穆霸天这番话，自恃身份没有开口，嘴角却不由自主地绽出一抹嘲讽的笑意。

穆霸天这只老狐狸真打算退位让贤吗？展拳脚是真，最后一日的决选才是重头戏，试问哪个弟子能过得了他十招？到最后还不是要他们这些人比上一场。只是这届不同以往，武林大会前夕，穆霸天为公平起见，承诺不会使用名剑“天刹”，没有了“天刹”助阵，穆霸天就是只被拔了牙的老虎，威胁就小了不少，也让他们多了几分胜算。

“你觉得穆霸天是个怎样的人？”季慎勾了勾嘴角，露出一抹意味不明的笑，忽然压低了声音问身旁的顾子嫣，饶有兴味地看向她。

顾子嫣看了一眼戴着帷帽的季慎，沉吟道：“他在江湖中声望颇高，听说一直都行侠仗义，为武林除害，更做了不少善事，是个正人君子。”

正说着，她突然停下来，迟疑了一会儿后，又开口道：“只是太过完美，显得有些虚假，直觉来说，不是好人。”

季慎哑口无言，表情因过于震惊而僵住，过了一会儿说道：“师侄，你还真是直白。”

“师叔，你要一直戴着这个东西吗？”顾子嫣轻蹙眉头，忍不住问道。

“江湖上觊觎你师叔我美貌的人太多了，自然是要防着些了。”季慎嘚瑟地说道，视线与另一侧望过来的玉钟子相对，他忽地扯动了一下嘴角，似笑非笑。

这时有人上前来打招呼，多看了季慎两眼后，疑惑地说道：“这位是……”

“师叔路上染了风疹，不宜见人。”顾子嫣话刚落，本想一探究竟的人立马抱拳离开了，之后再无人上前，倒是落了个清净。

季慎颇为无奈地看着她，委屈地说道：“师侄，你败坏我名声。”

顾子嫣轻咳了一声，神色认真道：“师叔，贞操比名声更重要！”

季慎忽然做娇羞状，低声道：“死相。”

顾子嫣哭笑不得。

怜荀看向远处。

忽然，身后几声惊呼声响起，夹杂着低低的吸气声。顾子嫣顺着众人的视线望去，高台上多了一人，一身靛青色长袍，银冠束发，面色有一丝苍白，这般羸弱精致的少年让底下一干粗汉子看直了眼，心中纷纷腾起一抹怜惜之意。

“众位，这便是平阳王世子，此次武林大会由世子与老夫一道主持，最终的胜出者将由夏世子亲自颁发盟主令。夏世子为此还特意准备了一份贺礼，让老夫都有点眼馋，各位可要全力以赴，好好把握这次机会。”穆霸天捋着胡须，笑盈盈地说道，只是视线扫过一旁夏兴安时微微一僵，他再次朗声道，“好了，话就说到这里，比试正式开始吧！”

“好！”底下爆出一阵应和声，众人皆被燃起激情，各个摩拳擦掌跃跃欲试。

穆霸天落了座，便听到身侧一道清冷的嗓音道：“穆盟主，本王的这份贺礼不是一般人能承受的，况且本王心中早就有了合适人选，只看……那人怎么做了。”

“呵呵，老夫只能希望这位未来的盟主能合世子的心意，也不枉费世子的一片心了。”穆霸天双目微眯，嘴边仍挂着温和恭谨的笑，环视了一周都不见那人踪影后，他蹙了蹙眉，伸手招来了一名弟子，低声吩咐了几句后就让人退下了。

第一场，衡山派傅安对青黎派吴越。

台上两位翩翩少年郎，对峙而立，风乍起，带起一股肃然氛围，之前群情激昂的围观群众渐渐安静下来，屏住了呼吸，被这高手过招的气势震慑住了，都莫名紧张起来。

“武林大会的规则，离开这个擂台便是输了。”傅安一脸正色地开口道，摆出了一个“请”的手势，蓄势待发。

后者敛神，神色微微有了异样，拧着眉回道：“是。不过，我不会手下留情的。”

“彼此彼此。”傅安倏地提气，再呼气，调整气息正要出招的时刻，身体陡然一僵。

对面的吴越察觉到自己的肚子似乎有些异样，忍不住双手捂着肚子，支支吾吾了半天，最后转身奔下了擂台，朝着茅厕而去。

傅安看着那跑远了的身影，似乎肚子也开始隐隐发作，有些不对劲了，他急忙喊道：“等等我，我也要上茅厕，别占左边的位置。”

不远处的身影脚步踉跄，却还是一溜烟儿没影了。

一片叶子被风卷起，飘落在擂台上，四周皆寂静无声。候在一侧的华山派弟子抹了抹汗，一脸尴尬地报幕道：“这……这一场，衡山派傅安胜！”

顾子嫣嘴角抽搐，深感丢人地抬手遮脸。

“师姐，师姐！”一道声音蓦然响起，顾子嫣转头一看，惊喜地发现沈璃不知何时到了他们的身边。

“不是说了门口会面吗？刚刚没瞧见你，还以为你出了什么事情，正想着找机会寻你，你倒是出现了。”顾子嫣忽地面色一沉，不悦地开口道。

沈璃吐了吐舌头，立马认错道：“师姐别生气，我不是故意的。”她瞥了一眼两侧才凑到顾子嫣耳畔，小声说道，“我是办正事去了，昨天一天都没抽出身，不过终于让我发现了慕华山庄的秘密！今天早上的时候，我偷偷跟在穆彦林后面，发现山庄的后院有条密道直通地宫，跟进去后，我隐约听到里面的声音像是萧掌门的。”

“你确定？”顾子嫣压低了声音，神色凝重道，她看了看擂台，又看了看沈璃，忽然又道，“不过你既然来了，不如也替我们衡山派出一分力，傅安刚才胜之不武，你若上场比试，必须全力以赴了。”

沈璃顿时哭丧着脸道：“师姐，其实昨天庄子里晚上闹鬼，而且是女鬼，哭声可凄惨了，扰得我一宿没合眼。你看我眼圈黑得……我一个柔弱女子就不上去比了吧……”

“看，擂台上有人掉了一串铜板！”顾子嫣忽然出声道。

“哪里？”沈璃眼前一亮，飞身跃上了擂台，因木板的颜色与铜钱相近，她还没来得及把铜钱找出来，就感觉身后一道劲风袭来，掉入钱眼里的沈璃立时狂性大发，三两下就将魁梧大汉摔下了擂台，然后又折回去继续找铜板，“到底在哪里呢？”

这时，站在旁边报幕的弟子颤巍巍地靠近她，弱弱地提醒道：“这位女侠，我们的场地经过了清扫，绝对没什么脏东西。”

“什么都没有？”沈璃问道。

那人害怕地退了一步，坚定地摇头。

沈璃哭丧着脸看向在台下悠然喝茶的顾子嫣，抽抽搭搭地说道：“师姐，你欺骗了一个柔弱女子的感情。”

顾子嫣端着茶碗的手一抖，水差点泼了出去。

“第二场，衡山派沈璃胜！”报幕员很是尽职地朗声道，心想，衡山派的……都是奇人吧！

另一侧的阵营内，身段妖娆的女子十分怡然地剥着葡萄，一颗一颗摆在碟子里，待凑满一盘后，递给了身旁的锦衣男子。女子的视线移向季慎所在的方位后，勾起一抹笑：“玉掌门放心，您要的东西，掩月一定会帮您拿到，连同……这武林盟主的位置。”

慕华山庄内回廊曲折，曲径通幽，翠竹掩映下几条青石铺成的小道都是一个模样，让傅安一下子犯了难，忘了来时走的是哪一条。这时一道琴声传入了他耳中，仿若只是随着主人的心情在演奏，低婉轻缓，如泣如诉。

透过窗子的雕花镂空处望过去，薄光散落在女子瘦削的肩头，她素手一扬，琴声陡转，蓦然激荡出一股磅礴的气势，夹杂着令人生寒的杀气。

“来都来了，何必躲躲藏藏？！”突然一声冷喝，傅安正惊心于自己被发现时，蓦地看见两条白练从那女子袖中迅疾飞出，直冲着院中回廊里的柱子袭去。

一柄折扇抵住白练的攻势，状似轻巧地避过，却在收势时出其不意地以扇面截断了那白练。一道身影自檐柱后缓步而出，轻笑着说道："多年不见，飘素使功夫大不如从前了，莫不是万情蛊……"

"我道是何方宵小鼠辈，原来是你，这下三烂的嗜好还是一点没变！"不等对方说完，白衣女子嘴角勾起一抹嘲弄，眼底涌起一股深沉得几乎化不开的恨意，周身戾气暴涨，似要活生生撕裂了眼前之人。

穆彦林嘴角噙着一丝淡笑，随意拣了张石凳坐下，不甚在意地说道："不觉得这里熟悉吗？这里的一草一木都是我让人仿着你的澜春苑来建的，如何？"

"你们把我囚禁在这里，是为了看我的落魄相，还是想要昭告武林你们又除了一害？"女子垂眸，声音沉沉地开口道。

"囚禁？这绝对是个误会，我手下的人没分寸，误以为您是嵩山派的人才会多有不敬，之后我已命人教训过他们。我是诚心诚意地请艳娘你到庄里做客的。前阵子收到消息，听闻厉城的地宫被几个江湖小辈毁于一旦，我就想着帮一把老朋友，谁知歪打正着……我们还是见上了。"穆彦林抬手提盏，掀白瓷青盖撇了撇茶叶末子，叶片沉浮，茶香氤氲。

这女子居然是艳娘？正躲在暗处偷听的傅安惊诧地瞪圆了眸子，那容貌分明就是另一人，只是眉宇间的阴狠与当初如出一辙。

"我同你没什么好聊的，成王败寇，如今落在你们手里，要杀要剐悉听尊便。"艳娘轻哼出声，嘴角勾起一抹冷笑，直勾勾地看着他，似是看透他的心思一般，半眯着眸子讥讽道，"暮烟，在这里跟我兜圈子，不如去好好侍奉你的大哥，狗仗人势，人若是倒了，你猜这狗的下场会如何？"

穆彦林眸子一冷，连带嘴角的笑意里都染上了几分寒意，他视线落在她微颤的手上，开口道："其实我一直都很羡慕季川，从小有一个那么疼他的哥哥，随心所欲地过活，后来遇到了林玉羡，愿意为他抛却富贵荣华，与他携手白头。呵……连你都想为他从良，这人究竟是有着何种好运，能让世间的人都绕着他转，所有的好事都让他一个人独占着？”

“我真后悔当初没有一剑杀了你。”艳娘冷冷凝视着他，这句话似是从牙缝里挤出来的。

“季川也一定后悔当初救了你。”穆彦林露齿一笑，把玩着手中的折扇，似是漫不经心道，“他能为了林玉羡叛出魔教，背叛他哥哥，就表明这女人在他心中的地位不可撼动。你从我手中拿走的万情蛊，是阎皇交给我的，让我用来暗中解决掉林玉羡。

“季川深知以他大哥的脾性，必然会找玉羡下手，便一直留意，你的那些小动作没能逃过他的眼，谁想你会自己让人掉换了酒都不知。”

“你说什么？”艳娘忽地拔高了音调，死死盯着他，指尖深陷在手心而不自知，喃喃重复道，“当年掉换了酒的不是林玉羡？”

“即使在江湖上待了几年，她一个大家闺秀，怎么会是你的对手？自始至终都不过是你自欺欺人而已。”穆彦林毫不留情地戳穿，又带了一丝怜悯道，“现在季川的孩子又毁了你最后的栖身之地，如今蛊毒发作，你也只能硬生生受着，可你还能撑多久？”

一句一字，如钝刀在心尖上划过，勾起一阵沉闷的痛，让人叫不出声，却疼进骨子里。艳娘垂下眸子，隐去眼底的晦涩，愣怔地望着自己的指尖，曾有人一点一点拭去上面的蔻丹，说颜色艳俗，说喜欢这样子的素净，喜欢啊……

“解药我留了一份，想要就同我合作。”穆彦林出言诱哄，却见艳娘没有丝毫反应，心下有了一丝不确定，又道，“自然该留给你考虑的时间，不过我等不起，武林大会只有五日，最后一日便是期限。”

当痛苦积聚到极限，才是人最脆弱的时刻。穆彦林看着艳娘，露出一抹意味深长的笑容，拂袖离去。

院落里倏地静下来，一双蝶儿盘绕着轻巧落在琴头，扇动着翅膀，似是在琴弦上嬉闹。这一幕落入艳娘眼中，陡然与记忆重叠。

“林嫣，这是我给相公绣的荷包，是不是稍嫌女气了些？”宛若从画上走下的女子轻蹙黛眉，柔声问道。

荷包绣得精致，上头两只蝶儿绕着芳丛，缠绵而飞，不显得女气，反而……让人生羡。

“林嫣，嫣儿？”女子本想拿过荷包，却被她拽得紧紧的，女子失笑，然后轻声说道，“你要是喜欢，我再绣一个便是。不过这下面不该是一朵花儿了，绣上一对并蒂莲，你说可好？”

“铮”的一声响，琴弦硬生生绷断，艳娘蓦地仰头发出一声凄厉的长啸：“啊——”古琴被拂到了地上，断成两截。

傅安忙收回视线，捂住耳朵快速逃离这危险之地。艳娘在慕华山庄这事得快点去告诉师姐！

脚边触到一件东西，心下没来由一慌，傅安伸出的手已然救不及，瓷盆“嘭”的一声落地，发出一阵响动。

“谁……”院落里的人被惊动，夹杂着铁链哗啦作响声，傅安头也不回地飞奔而逃。

来到墙边的艳娘微眯起眼，瞅着那道背影，莫名觉得一丝眼熟。是那日在地宫里……她眸中精光乍现，已然想起是谁。

原来，人都已经到了。

“季川，你说我该不该帮暮烟？如果时光能停留在最初该多好……”艳娘敛眸，陡然失神地呢喃着，嘴角渐渐浮起的笑意里透着一丝古怪。

烟花三月，长河畔，杨柳青。

“公子，这杏花酒楼不是什么好地方，走了走了。”街上一名小厮死死拽着身着华服的公子哥儿，想着把人往另一方向带。

“胡说，我都闻见酒味儿了，今儿个再拦着我，我就把你许给谷里的如花，她一定会替我好好疼爱、管教你的！”华服公子磨着牙，暗暗威胁道。

“公子不要啊……你一喝酒就脱衣服，还不喜欢脱自己的，每次倒霉的人都是我！”那小厮哭丧着脸，瞥了一眼公子越发认真的神色，撇着嘴妥协道，“实在不行……我去打酒，咱们回谷里……”

“那怎会一样？！好不容易出来，自然是要欣赏着外头的景色，喝酒听曲，那才是享受。行了，别啰唆了，一块儿去喝个痛快。”那名公子揽着小厮踏入了酒楼，招呼店小二，“给我来两坛杏花酒，再来几个小菜。”

“客官，楼上有雅座，请！”店小二应声，领着人往二楼走。

忽然一道刀剑撞击声传来，一抹红色身影疾疾掠过，在酒楼一层的廊檐上稍作停顿，蓦然回眸，恰好对上了一双看热闹的眸子，那张略显苍白的脸上闪过一丝不悦。身后的追兵很快就追来了，几名身形彪悍的大汉提刀而上，与红色身影交锋，又是一番刀光剑影。

她的行踪被人泄露，从九州到沧县，这些人一路追着她，而且想要置她于死地。红衣女子暗自咬牙，若有命活下来，她一定要让内奸不得好死。

“啧啧，光天化日、朗朗乾坤，竟有人如此肆无忌惮地欺负一名弱女子，真是不堪入目。”华服公子摇头说道，领着他的店小二早已吓得晕倒在原地。

“公子，你在看什么？让一点位置给我。”小厮的脑袋硬是挤着缝隙探了出来，一看这场面立马吓了一跳，扯着公子的衣服，道，“公子，这里果然危险，咱们还是把酒菜打包，回谷里吧。”

“没出息！”一柄折扇敲在小厮的脑门上，那公子一撩袍子，飞身跃出，一只手揽过被击飞的女子，安抚道，“女侠莫怕，这是疗伤圣药，吃了包治百病。继续上，灭了这些个登徒子。”

“疗伤药？”红衣女子便是林嫣，她一愣，本以为这个人是出来英雄救美的，怎么会是……

“我只是出来助威的。”俊俏公子在她的注视下微微红了脸。

最后还是林嫣以一人之力击退了追杀者，而华服公子也没喝上酒，被醒来后奉命讨债的店小二一路追着回了万魂谷，一个没察觉，连同她一块儿带回去了。

“多谢这位公子收留，让我暂避几日就好。”林嫣抱拳，倏地开口道。

“呃……”怎么带了个人回来，顺手捞的不是那坛子杏花酒吗？华服公子顿时觉得心痛！

“公子。”小厮扯了扯他的衣角，提醒他万魂谷不能随便让陌生人进去。谁知华服公子看了小厮一眼后，就转而对林嫣问道：“会做饭吗？”

“会一点。”

“那好，让暮烟带着你去厨房，给我弄顿吃的，饿死了。”华服公子说完，二话不说回了自己的院子，留下二人面面相觑。

日渐西沉，万里苍穹之上，彤霞密布，千重百叠，犹如翻腾的火海，煞是壮丽。余晖洒在擂台上，将对峙中的二人投射在地上的影子拉长。

台下围观的众人饶有兴趣地打量着台上二人，低声与身边人交谈：“他就是衡山派的首席弟子，我看也没什么实力的模样，长得倒是挺漂亮，跟个小白脸似的。”

“啧，你说衡山派前两局初赛是侥幸获胜，这回可是动真格的了，不会丢了面子吧？符山派的陆展年纪轻轻就在江湖上崭露头角，前不久刚取了恶贼首级，声名大噪，实力不可小觑。”

“没错，衡山派那小子虽也是首席弟子，但看着就弱不禁风的，多是靠外貌担的名头吧，我赌他连十招都撑不过！”

被议论着的顾子嫣面上不见一丝恼意，反而轻轻勾起嘴角，打量对面站着的男子。后者带着温和疏离的笑回视她，似乎也不甚在意流言，待一声“开始”令下后，伸手抱了抱拳，朗声道：“符山派弟子陆展，请赐教！”

话音落，长剑争鸣出鞘，寒光大盛，陆展面上神色虽然平淡，但一剑在手，气势凛然。双足借力一点，陆展身子凌空腾起，长剑递出，一招“烟云锁身”迎面向顾子嫣攻去。顾子嫣神色一凛，身形向后飘退，抽出了佩剑青鸾，旋身转至陆展右侧，挥剑横扫，同时左掌从右臂下推出，击向他的腕处。陆展察觉后长剑顺势下劈，顾子嫣提起青鸾硬接，两剑相击，发出清脆的铮铮响声。

相交即分，两人各自向后飘退一步，互相赞许地对望一眼。

“师叔，我怎么觉得师姐是跟人对上眼了，这不打干看是个什么意思？”傅安瞅着台上的局势，疑惑地开口道，却没得到半点回应，疑惑地侧头看去，他顿时惊呼道，“师叔！你从哪儿弄来的火药……要要……要干什么！”

季慎磨了磨牙，目光阴沉沉地盯着擂台，笑了笑道：“自然是给师侄助威了，白日里烟花不显眼，就让阿荀做了火药。”

怜荀一早就躲到了角落，委屈地反驳道：“没人告诉我是要把火药当烟花放啊，我是无辜的。”

傅安忍不住嘴角一阵抽搐，师叔助威的方式好别致……

顾子嫣察觉了那边的动静，瞥了一眼某人手中圆球状的物体，瞬间意识到了什么，她手中剑招忽然变得凌厉起来，似是倾尽全力，想要与对方一分胜负。两人剑势交错，连过数个回合，竟势均力敌。

陆展凝身不动，手挥长剑，一一化解招式，暗中凝神仔细观察着顾子嫣的招式，捕捉到一丝破绽后，陆展身形一晃，欺近她身前，提剑直刺要害。顾子嫣惊骇之下慌忙举剑格挡，“当”的一声，火花四溅，震得她虎口发麻，当下急退数步，一下子退到擂台边缘，身子一个后仰，最后以剑尖点地才堪堪稳住。

低垂的视线无意中扫到了擂台下的暗格，隐隐有一丝缝隙闪过了一抹银光，顾子嫣微微眯眼，直起身子，这时才察觉右脚踩着的地方似乎有一点凸起，心下疑惑，稍稍抬起脚跟，耳边便听到一声细微的动静自台下传出。

只是此时陆展已逼到身前，顾子嫣便再也顾不得其他，脚尖轻点，纵身一跃而起，同时长剑自上而下舞出剑花罩向陆展，陡然主导了局势。几道细芒以肉眼看不见的速度射向她的后背，顾子嫣深吸一口气弯腰避过，细芒堪堪掠过脸颊，挟带着森冷寒气没入对角的柱子里。

被压制在下的陆展看着近在眼前的俊颜，彼此呼吸交缠，莫名心跳错了一拍，他脸上闪过一丝狼狈，却听得后方传来师父的一声轻咳，急忙收敛了心神，提剑一晃，剑身直扫向顾子嫣。

刚躲过暗器的顾子嫣暗中舒了一口气，却不敢大意，迎上陆展的攻势，眼角余光扫见季慎，隔着帷帽都能感觉到他的视线，不由得勾起嘴角露出一抹安抚的浅笑，却不知这一幕晃了陆展的眼，让他露出了致命的破绽。

失神的片刻，就见剑锋竟硬生生凝滞在自己脖颈左侧半寸之处，陆展身体僵住，一时惊愣，但随即含笑道：“我输了。”他松开握剑的手，退开一步。

顾子嫣蹙眉，闪过一丝诧异，就见那人飞身跃下了擂台离开。

“师姐你发什么呆，赢了不高兴吗？”一只爪子在顾子嫣眼前晃了晃，傅安满是好奇地凑近了她，咂着嘴道，“师姐这回一展身手，可给衡山派长了面子，看那些嚼舌根的还敢不敢乱说话，听说一帮子人赌输了，脸色可都不好看。”

“没错，我就押了五两银子，你看赢回来这么多！”沈璃偷偷扒拉了一下袋子口，露出里面明晃晃的银锭，乐不可支道。

“五两？”

“万一输了，也不心疼嘛！”沈璃想也没想，话一出口立马蹲到怜荀身边，捂住了钱袋子，心虚地解释道，“我是说，赌场有风险，投资须谨慎。”

“恭喜顾少侠获胜，让我也赚了个满盆钵。”一道声音自外头传入，齐钰的俊逸身影蓦然出现在阵营内。看了一眼蹲在角落里的沈璃，他嘴角绽出一抹别有深意的笑，道，“好久不见啊。”

沈璃却忽然沉默下来，耳根处染上一抹红晕，努力摆出一副不认识对方的样子。

齐钰见状，笑着从腰间抽出了某物说道：“爷，您的裤腰带。”

沈璃面上一哂，猛地冲上前拽过，却被齐钰揪住了后领，逃跑未遂，只能辩解道：“昨晚我喝多了……我真一点都不记得了！”

齐钰露齿一笑，开口道：“没关系，我记得就可以了。两条路，给个万把两银子，或者钱债肉偿。”

“万两银子？难道你是金子打造的吗？”沈璃惊呼，却在后者威慑的目光下咽了咽口水，一咬牙道，“要钱没有，要人有一个。”

“成交。”齐钰却满意地点头，“唰”的一声掏出了一纸契约，露出一抹神似大尾巴狼的笑，声音温柔地说道，“来，签字吧。”

顾子嫣想制止却已经来不及，沈璃签完字后就跑了。

“行了，别玩了，早点回客栈吃顿热乎的，早些休息养精蓄锐。”顾子嫣敛眸，对方才暗器之事耿耿于怀，却顾忌着外人在，只好借口先回客栈再同师叔商量。

齐钰闻言皱了一下眉，恍然想起什么似的说道：“瞧我这记性，差点把正事忘了。我是受夏世子之托来请几位到水榭一聚，夏世子备了点薄酒，当是庆祝诸位今日旗开得胜，顺道感谢这一路来几位对他的照顾。之前因为身份不便，有所隐瞒，夏世子觉得有些过意不去，特意诚心请几位吃顿饭。”

季慎半眯眸子，暗中按住顾子嫣欲抱拳回绝的手，不动声色道：“可是天色已晚……”

“世子早就让人安排好了客房，几位大可以留宿一夜，不必在小客栈里挤着。”齐钰似是知道他的顾虑，笑着截断了他的话。

“既然如此，那就恭敬不如从命了。”季慎抱拳，目光扫过不远处正巧起身的夏兴安，两两相望，他嘴角的笑意越发灿烂。

见齐钰离去复命了，顾子嫣拧眉不悦地看向季慎：“为何要拦着我？”

“答应了嵩山派要救他们的掌门，这不是就有机会了？”季慎抿唇，缓缓道出原因，“更何况傅师侄还发现了山庄里囚禁了一位故人。”

顾子嫣拧眉，瞥见角落里的怜荀缩了缩身子一副畏惧模样，不由得道：“不会是艳娘吧？”

季慎但笑不语，点了一下头。

怎么会这么巧？以穆霸天好大喜功的个性，真的抓到了艳娘绝不会这么悄无动静的，囚禁？怕是另有所谋吧……

顾子嫣下意识地看向高台，见一人匆匆跑到了穆霸天身旁，附耳说话。她视线一转，落在不远处的木柱上，上面看不到一丝暗器的痕迹，她却清楚地记得刚才暗器打到的位置。这机关……若不是陆展当时有一丝犹豫，她未必能躲过去。

穆霸天，究竟想做什么……

高台之上，穆霸天伸手整了整衣衫，视线扫过顾子嫣的时候稍作停顿，眸子深处闪过一抹冰冷杀机，冲着暗卫吩咐道：“斩草要除根，做得利落些。”

“是。”

入夜，华灯初上，慕华山庄西南处的水榭里悬着几盏琉璃灯，映得灯火通明。湖面上漂散着数十盏金缕莲花灯，上下交错，交相辉映。

清风撩动门口那层薄薄的轻纱，露出一桌山珍海味，让人看着忍不住食指大动。

“果真好吃！师叔，师姐，你们也尝尝！”傅安声音模糊地说着，眼眸晶亮。

主位上身着华服的少年气质高贵，容貌俊朗，淡淡地扫了一眼下方坐着的人，嘴角勾起的笑意一僵，眼角抽搐道：“戴着这个吃饭不方便吧？”

玄衣男子伸手撩起帷帽一角，然后夹了一筷子鱼肉送进嘴里，举止优雅，半晌后才吐出两个字：“无碍。”

夏兴安一愣，随即敛眸轻咳一声，意有所指道：“水榭四周有我的护卫队守着，无人敢来打搅。更何况有阿荀姑娘在，季公子实在不必介意食物的问题。”

“食物有问题？”正要去夹鸡腿的傅安一顿，纳闷地说道，“最近好像没听说有动物瘟疫啊！”

季慎暗中扫视了一圈，发现的确如夏兴安所说，水榭四周都有人把守，遂取下了帷帽，看了一眼傅安，道：“继续吃，不要多问。”

傅安噤了声，老老实实啃他的鸡腿。

顾子嫣坐在季慎右侧，一身飒爽男装衬得容颜越发俊美，看着陈远端上来的酒，唇瓣微微抿成一条直线。

“如此良辰美景，自然要有美酒相配，这屠苏酒是公子从京城带过来的，诸位可以尽情畅饮。”陈远放下了几壶酒，恭谨地说完便退了出去。

倒是季慎闻着那馥郁酒香，眼眸转深，听到旁边的一声低咳后，不由得勾起嘴角，道：“的确是酒中圣品。世子如此盛情款待，让我等受宠若惊，只是大家都是酒力浅薄之人，醉了怕是不好。”

夏兴安侧目凝视着水榭外的湖景，目光清冷，闻言将视线转向了季慎，嘴角噙着抹若有似无的笑，却带着一丝不可违抗的威严：“哦，到底是你们酒力浅薄，还是不愿与本王同饮？”

此话一出，水榭内静了片刻。两人互相凝视，一个目光清冷，一个瞳孔幽深如潭，四目相对，隐隐有火花乍现。沈璃察觉到不对劲，轻轻扯了扯师弟，然后捂着自己肚子叫了一声“肚子疼”，便拽着傅安退出了水榭。

怜荀临走前带上了整只香酥鸡，被拖着走的傅安立刻吼道：“禽兽，放开我的鸡！”

齐钰犹豫了片刻，却见夏兴安微微颔首，遂识趣地跟着沈璃出去了。

之前还热闹非凡的水榭再次恢复了寂静，瞬间只余下三人。季慎勾起嘴角，面上似乎染上一丝懊恼神色，开口道：“世子胸襟宽大，又仁慈宽厚，怎么会与我们这些江湖上的人计较？我自罚一杯。”

“师……”顾子嫣正欲开口，却被季慎扫过来的眼神制止，看他一饮而尽后，不禁哑了声音。师叔撑死就三杯酒量，这种成竹在胸、千杯不醉的表情也太不对劲了。

“本王就是喜欢江湖人豪爽……”

“喜欢我是没有好结果的。”季慎倏地端正了态度，并与某人保持了一点距离，一本正经道。

夏世子沉默了。

顾子嫣赶紧解释道："我师叔已经醉了。"

夏兴安倏地想到了什么，眼底掠过一抹精光，举起酒杯道："在齐府就听闻顾公子的酒量，不如……"

"你有了我一个还不够，还想染指我师侄？"一道阴恻恻的声音响起，季慎一脸怨妇相地瞪着夏世子，神色幽怨。

"我师叔是真的醉了！"顾子嫣一看夏兴安青白的脸色急忙解释道，"方才就说了会唐突吓到世子，世子大人有大量，别同一个醉鬼计较。"

接下来的场面有些混乱，季慎入了戏，一个劲儿地想去揍负心人，顾子嫣哪敢松手，几乎整个抱住了他，一番折腾后，水榭内已是一片狼藉。

季慎倏地静下来，直勾勾地瞅着顾子嫣，调笑道："这位爷，你摸人家哪里呢？"

顾子嫣立时收回搁在某人胸前的手，抬头望天。

"死鬼，摸了奴家就是你的人了，走，回我那屋去。"

夏兴安欣赏了一出闹剧，重重咳嗽了两声，才止住真的要离开的二人，额角青筋隐隐跳动，视线瞥见季慎胸前露出的玉佩一角，又暗下了眸子，敞开了说道："实不相瞒，邀请二位是为了确认一件事。"

顾子嫣扶着季慎落了座，看着夏兴安脸上的凝重神色，心下涌起一丝紧张。

"多年以前，祖上为了体察民情微服出巡，游历江南时与一采茶女子相恋，以玉佩定情，殊不知正是这枚玉佩为这女子引来了杀身之祸。她奄奄一息时被一名药师所救，十月后诞下两名男婴，从此不知所终。"夏兴安摩挲着酒杯，缓缓说道，"祖上对那女子一直念念不忘，暗中命人查找，其中有一幅女子的画像落到了我父亲手中，为我治病的大夫认出正是其当日救过的女子，只是线索已断，无从查起。"

季慎的手下意识地覆上胸口，垂下眸子，看不清楚在想什么。

"这块玉叫天心玦，不知两位可有听过？"夏兴安收敛思绪，凝神看向季慎。

季慎倏地抬眸，嘴角勾着一抹浅笑：“那世子是想要找人，还是找玉？”

“玉。”夏兴安断然说道。

“因为值钱吗？”

“算是。”

季慎敛眸，是玉值钱，还是与玉相关的东西值钱？答案呼之欲出。两相对视，季慎忽然取出一枚暗器，正中夏兴安的脖颈处。

一声闷哼响起，夏兴安气势大变，嘴角的笑意变得邪佞，仰天笑道：“果然是本尊的爱宠，知道本尊最爱这屠苏酒，很有心，本尊决定今晚就宠幸你俩，去沐浴更衣吧。”

顾子嫣回过神，对上夏兴安邪魅的笑，嘴角一阵抽搐。

“禀教主，我们现在是在正派的地盘上，正是一举攻破他们的好时机，灭了武林盟主穆霸天，教主一统江湖，千秋万代！”季慎恭谨地抱拳，意气风发地说道。

“原来如此，太久没出现，很多都不知晓了，”“东方教主”指腹摩挲着下巴，嘀咕了一句，随后霸气气场全开，一声喝道，“本尊这就去灭了穆霸天那老儿！”

“教主威武！”季慎退到了一旁，笑盈盈。

顾子嫣沉默。

随后，水榭外响起陈远的疾呼声：“公子，你要去做什么？别乱来啊……”

“请叫我教主！”

“好的，教主！别伤了教主啊……”

亥时已过，夜幕低垂，明月洒下一片清朗的光辉，幽深的长廊看不见底，隐约模糊。

水榭外的人都跟着夏兴安走了，顾子嫣回眸，看到师叔裸着上半身正欲去解裤腰带。

“师叔，天冷，小心着凉。”顾子嫣颤巍巍地拿起椅子上的长袍遮住了他，指尖触到温热处，蓦地一惊。

季慎却抱起顾子嫣直奔水榭边的屋子而去。临到屋前，他忽然转了弯，拐进了对面空置的房间。

对面的屋子里忽地传来几声刺破声，季慎一扬手，接连掷出几枚暗器，去势迅猛凌厉，透过窗子的缝隙，能看到几抹黑影应声倒下。

“你又骗我！”顾子嫣沉下眸子，语调里却有了一丝连自己都没有察觉到的无奈，似乎已经习惯了。

季慎俊逸清雅的面容始终噙着一抹浅笑，陡然伸出手抚上她微蹙着的眉心，开口道：“可你为什么每次都会信呢？”

“你……”顾子嫣气闷，拒绝与他对话。

“十一岁那年，我家遭逢巨变，在林子里躲了好几天，下山的时候有个好心人看我饿坏了就给了我两个馒头，结果吃了那两个馒头后，我却落入了贩卖孩童的老大手里。如果不是……宋青山及时出现，我的下场大概也好不过先前被他们卖去小倌楼的孩子。”说到这里，尽管他还是在笑，眼睛也依然眯得弯弯的，那深眸中原本闪耀着的光芒却瞬间暗淡下来，“那些接近你，对你好的人，往往都抱着不可告人的目的，或是想要从你身上得到他们想要的东西，表面上与你亲近，背地里却是另一套。所以，即使是他……我也未曾信过。”低沉的声音带着一丝惘然，男人的头失落地垂下，墨色的发丝也跟着他的动作流泻到了顾子嫣的身上。

顾子嫣抬眸向上一望，方才的不悦与愤怒，一下子就被季慎脸上看上去比死更难过的哀伤冲得一干二净。

他说的应该是师父吧……顾子嫣愣怔地看着他，心下茫然：是因为被至亲的人背叛过吗？

看着他脸上一闪而逝的脆弱，顾子嫣无意识地伸手抚上他的脸颊，带着一丝安抚之意，待意识过来自己在做什么时，一张俏脸已在季慎深邃眼眸的注视下逐渐升温，她顿时不知所措。

季慎突然伸手将她死死抱住。顾子嫣手足无措，只能本能地用手轻拍他的背给他温暖，试图令他好过一些。

就在这时，季慎忽然变得扭捏起来，低喃道：“只有你……是不一样的。”

“啊？”顾子嫣一愣。

“从你第一次跟我说话那刻起，我就知道我是你的人了。”季慎蓦地抬眸，直勾勾地盯着她，神色无比郑重地说道。

“师叔……”顾子嫣瞠目结舌，被突如其来的告白震住了。

“子嫣，你和他们不一样。”季慎明显压抑过的声音，带着浓重的鼻音与颤抖，低低的，分外撩人。

方才还带着深深忧伤的黑眸突然之间染上绯色，灼热的呼吸喷洒在顾子嫣小巧的耳垂上，他几乎是咬着她的耳朵，声音暗哑地说道：“为什么明明知道我是故意的，却还是一而再地选择相信我？只是因为我是你的师叔吗？”

“唰”的一声，季慎摇摇火折子，点燃了屋里那盏镂空雕画的烛灯，温润的火光暖洋洋地将四周照亮，也映照出了彼此各怀心事的表情。

捕捉到她眼中来不及敛去的情愫，狭长的狐狸眸越发暗沉，他笑起来，带着几分宠溺、几分揶揄，但更多的是满心喜悦。

趁她手足无措的空当，季慎倏地俯下身子，吻上她抿起的嘴，她好不容易拼凑起的思维又被硬生生地折断了。

第九章 与虎谋皮

翌日清晨，五岳几位掌门收到穆霸天的通知聚集在慕华山庄的议事厅内，唯有衡山派代理掌门季慎及门下弟子姗姗来迟。泰山派掌门玉钟子看着沉默不语的穆霸天，嘴角勾起一抹淡笑，招呼道：“穆盟主，昨夜睡得可好？”

穆霸天闻言面色一僵，眼里闪过一抹异样，借着端茶杯的动作，避过了玉钟子探寻的视线，面上端着笑说道：“这话当我问你们才是，我这慕华山庄的主人若是有招待不周的地方，还请各位海涵。”

“穆盟主哪里的话……”一番客套话，引得另几人附和。

玉钟子抿唇，垂下眸子，嘴角微微翘起，露出一抹耐人寻味的笑容。他住的清风苑离穆霸天的寝居不远，对昨天夜里的动静那是听得一清二楚，没想到平阳王世子会是这样的人……

穆霸天吃了哑巴亏，这会儿还有闲心思召集人在这儿商量事，他倒是有点好奇所为何事了。

“不知穆盟主这个时候找我们是为了……”恒山派邱掌门耐不住性子先开了口。

穆霸天用杯盖轻轻撇了撇茶叶，喝了一口，再将茶盏放回原处，正欲开口，察觉门口的光线一暗，看着来人，他眼底闪过一抹暗色，嘴角笑意不减道："这位小兄弟看起来脸色不大好，可要请大夫看看？"

季慎回头看向跟在身后的顾子嫣，帷帽下轻掩的狐狸眼闪过一抹精光，随即对上穆霸天试探的目光回道："只是小小风寒，不碍事。"

视线扫过坐在穆霸天右下的玉钟子，他挑了一下眉，问道："昨天夜里听到屋子外头有打斗的声音，不过等我追出去看的时候却什么都没有，玉掌门可有听到什么动静？"

玉钟子闻言略迟疑，声音中半带轻笑道："屋子里燃了宁神的熏香，就睡得沉了些。这期间慕华山庄内戒备森严，又有那么多高手坐镇，谁会选在这个时候来送死？也有可能……是有人练武，季掌门听岔了。"

季慎若有所思地点了点头，抬眸看向穆霸天时，不出意外地看到他走了神，便越发肯定夜里的那些人与他有关。

只是昨天后来他去查看时，本该昏迷着的人全部不知所终，不知是被人暗中处理了，还是……

"咯咯，其实今日请诸位来，是为了这个。"穆霸天轻咳了一声，从怀里取出一枚飞刺搁在桌上，"玉掌门应当认得此物。"

"是……六星飞刺？"玉钟子凝神一看，脸色微变，向来淡然的表情有了一丝裂痕。

"没错。"穆霸天点头，神色略为凝重地说道，"今天一早我徒儿被人抬回来，这枚飞刺就锁在他的咽喉处。六星飞刺是阎皇最善使的暗器，他……还活着。"

"你是说这是个信号，阎皇回来要向我们五大门派寻仇？"玉钟子修长的手指摩挲着茶盏上的青花，微微垂眸的模样里看不出任何情绪。

"阎皇得到《九霄剑谱》后一心想要灭了正道，称霸武林，为达目的他必不择手段。当初你说阎君会是他的弱点，让我们从阎君下手，遭到其他三派的反对不了了之。没承想最终还是因为阎君的容貌酷似阎皇，而我们将他的妻子也误认成妖女红练，造下了杀孽。所幸最后阎皇走火入魔，被我们逼落悬崖，算是为武林除了一大害。”

“阎皇没死，第一个会被上门寻仇的必然是我们华山派，还有几位。”穆霸天目光闪动，视线若有似无地扫过季慎身后站着的顾子嫣，察觉对方无动于衷，心下讶异。

季慎旋着手上的扳指，没有错过这一幕，眼里闪过一丝玩味，浮起了然之色。那二人竟把子嫣错当成他，难怪……

“仅凭一枚飞刺不能证明是阎皇，也有可能是有人蓄意这么做，让我们心生误会，好从中挑拨。”玉钟子身后的女子微微扬起嘴角，蛾眉淡扫，一双漆黑的眼瞳深邃如渊，却透着丝丝细小如针的锋芒，扎得人心里一慌。

听着她的话，穆霸天微微点头，沉吟道：“也不排除这个可能。只是前阵子嵩山派刚出了事儿，萧掌门下落不明，遂多想了。还是给几位提个醒，防患于未然。”

“穆盟主不必担忧，眼下武林大会汇聚了这么多高手，谅那魔头也不敢轻举妄动。过了这么多年，他或许只剩下一口气了，我们当年能联手除害，如今照样可以。”恒山派邱掌门不甚在意，一番话说得豪气冲天。

有小厮前来请穆霸天，这话题便到此为止。

临出门前穆霸天忽然止住了步子，侧身看向玉钟子，神色颇为愧疚地说道：“阎君为了林玉羡叛出魔教，他们一家三口本该过着安定日子，却因为我们……唉……也难怪青山会四处寻他们的孩子来弥补罪过。若是真找到了，那孩子恐怕会要了他的命吧。”

顾子嫣身形一顿，眼前突然浮现起师父遇害的一幕，略微失了神。

穆霸天随意拢了一下身上宽大的袍子，仿若无意一般向后瞥了一眼，与玉钟子一道步出了屋子。

一直未作声的季慎起身，踱步到顾子嫣身侧，似是未察觉她的异样，道：“我们也该走了。”

“师叔，若你就是那孩子，你会原谅师父吗？”顾子嫣倏地抬眸，眼神清冽地直视眼前之人，散发出无形的压力。

季慎眉心微动，很快抿嘴一笑："恩怨相抵，或许会不恨吧。"

"或许？"顾子嫣愣怔地望着他，重复了一遍。

季慎抬手揉乱了她前额的刘海，嘴角勾起一抹戏谑的弧度，笑着开口道："更何况我早就被你迷得神魂颠倒，怎么会做让你伤心的事？"

顾子嫣语塞。

"或者，你是他特意派来迷惑我的吧？"

顾子嫣哭笑不得。

"这辈子就迷惑我一个人吧。"

顾子嫣步伐加快，耳根处撩起一片火热。看着周围围聚过来的视线，她心底不由得哀号：师叔，你要点脸吧！

"师侄，好歹也吱一声给个回应啊。"季慎瞅着那抹僵硬的背影，嘴角的笑意越发扩散，扯了扯她的衣角不依不饶地说道。

顾子嫣忍无可忍，蓦地回头龇牙道："吱。"季慎随即不可抑制地笑出声来。

面上似是被火烧着，顾子嫣狠狠瞪了一眼始作俑者，却没注意自己脚下被绊住了，身形不稳地晃了晃，幸好被一名路过的婢女扶住了，避免了出糗。

"公子，没事吧？"

顾子嫣刚松了一口气，顿觉手腕处宛若被针刺了一般，想也没想一掌挥开了那人，果然看到手腕处被扎上一枚银针。

季慎疾步上前，看到她的手腕，立刻点了她腕内的一处穴位，将银针拔出。只见针头在阳光下泛着诡异的青黑色光芒。

一扬手，暗器飞出，欲逃走的婢女被定在原地。季慎沉下了眸子，狠狠扼住了她的咽喉，冷声说道："解药。"

"黛眉……没有解药，季掌门就算杀了我也没用。"那婢女露出一抹狞笑，嘶哑着声音说道。

"是何人在此吵闹？"一道清越的声音自长廊拐角响起，穆彦林颀长的身影出现在众人视线中，看到季慎怀里渐渐失去意识的人后，他快步走到跟前，“季掌门，发生了什么事？”

一道轻笑声响起，婢女眼中闪过一抹狠绝之色，乌黑的血丝顺着嘴角淌下来，脸上呈现出一片青紫之色，看来濒临死亡。

季慎神色一凛，抱着顾子嫣退后了一步，神色戒备地看向靠近的穆彦林，冷声道：“这人是你们慕华山庄的，稍后我自会跟穆掌门要个解释。”

话音刚落，他便抱起陷入昏迷的顾子嫣赶去水榭。

“二爷，这不是……”另一名端着茶水的婢女看了一眼地上的尸体，神色闪过一抹慌张，却在穆彦林的注视下把后面的话咽了下去，身体微微发颤。

“这人不是我们慕华山庄的，有人乔装混入山庄，意图不轨。你们该做什么做什么去，剩下的事我会处理。”穆彦林掩唇咳嗽了一声，换上平日里笑意浅浅的温润神色，疏散了众人。

不多时，便有暗卫出现将尸体抬走，穆彦林漠然地注视着婢女最后不甘心的神色，慢慢敛去笑容，眼底覆上一层阴鸷。

瑟瑟罗裙金缕腰，黛眉偎破未重描。当初留下的毒药，却没想到还是用在你的后人身上，枉你季川聪明一世，可曾想过会有这一日，可曾后悔……收留了我。

瑶阁水榭内。

季慎急匆匆地冲了进来，大声喊着怜荀的名字，一脚踹开了怜荀那屋子的大门，却看到里头空空如也，脸上顿时变了神色。

“师叔？”傅安揉着眼一副还未睡醒的模样站在隔壁屋子的门口，打着哈欠道，“大清早的就有人找上了门，好像还是他们神医门出了什么事，急急忙忙地就把怜荀带走了。”

季慎倏地捏紧了拳头，回想起穆彦林最后笃定的笑意，低咒了一声，他分明是故意找人支走了怜荀。

傅安此时才注意到顾子嫣面色青白，涌起不祥的预感，开口问道：“师姐怎么了？”

“中了毒。怜荀不在，恐怕没有人解得了。”

夜凉如水，月华如纱，风骤起，镜子般的水面縠纹不断泛开，水月影影绰绰。水榭内人影攒动，几名背着药箱的大夫被逐出了房间，边叹着气边交头接耳，大抵说的是里面的人便是华佗再世也难救了，劝求医者早作打算。

“就不信这洛城里没人能解毒，我再去找！”站在屋子里的傅安红着眼眶，倏地捏紧了拳头咬牙说道。

季慎独跪床前，凝望着躺在床上毫无生气的女子，心中空茫无边。修长的手指轻轻摩挲着她苍白的脸庞，他忽觉心中一紧，发现自己竟如此害怕她会离去。

“出去吧。”季慎突然开了口，嗓音低沉喑哑，却连一刻都舍不得让她离开视线。

“师叔……”傅安张了张口，却不知接下去该说什么，顺从他的意思走到门边。

外头传来一阵响动，一道瘦小身影背着大药箱不小心撞上立在门边的傅安。傅安猛地抬头，看见了对方的两撇小胡子。对方手忙脚乱地捂住了嘴，作势咳嗽了两声，低哑着声音道：“这告示上说的可是真的？要是老夫治好病就能拿这个数？”

老大夫伸出了五指在空中比了比，笑容里带了一抹深意。

傅安瞅着那身形，莫名觉得有一丝怪异，不过现在这情况容不得他多想，他带着那大夫和其身后的药童进了房：“师叔，还有一个大夫。”

“喀喀，这位公子让让。”老大夫一手托着药箱挤开了季慎，一屁股坐在床边，执起顾子嫣的手腕做起了诊断。

季慎眼里腾起一抹希望，不由得屏住了呼吸，房内一时寂静无声。

良久，那大夫皱着眉头搁下了顾子嫣的手，摇头无奈地说道：“神仙难救。”

“你说什么？！”季慎眸色一沉，身上的戾气再也抑制不住，扫向那大夫的目光里寒意更甚，凌厉得似要噬人，却终是忍住没有发作。

老大夫打了个寒战，连药箱都忘了拿，逃一般离开了屋子：“都已经断了气了，再多诊金都救不活，还是早些准备后事吧！”

傅安不敢相信地喃喃着，忽地疾步上前，跪在床榻前咬着唇神色惊慌道：“不可能的，师姐不会死的，师叔一定还有办法的是不是？”

凉薄月色笼下，直挺挺伫立房中的季慎面色沉寂，目光悲凉。

屋檐顶上月光笼下的阴影处，着一袭夜行服的人如夜鸦静伏着，目不转睛窥视着那边的一举一动，直到傅安那一声恸哭传出，那人才微微扬起嘴角，转身没入了夜色之中。

“中毒的人是顾子嫣？”一道清冷的声音在门合上的刹那响起，幽幽烛火映着他清冷的面庞，他脸上没有任何表情。

抵着门背的掩月一手撤了黑巾，青丝垂落，嘴角勾起一抹妖娆笑意，缓步走到在床上打坐的玉钟子面前，低声嘲讽道：“洛城里的大夫怎么可能解得了黛眉，不过是在浪费时间罢了。支走怜荀的是穆彦林的人，他为何要这么做？”

“或许认错人了呢？”玉钟子垂眸，淡淡说道。

掩月一愣，随即眼中掠过一抹了然，轻笑出声：“难怪季慎不肯露出真面目，原来是让自己的师侄当了替死鬼。不过穆彦林敢在慕华山庄下手，必然还有后招，总之这下可有好戏看了。”

“形势越乱对我们就越有利，当年能逼疯一个阎皇，如今他的侄子步他的后尘又有何稀奇？”如今新仇旧恨，如何忍得下去。穆霸天这回搬起石头砸的是自己的脚，怕是不好收场了。

“鹬蚌相争，渔翁得利，我们待到那时候再出手即可。”掩月禁不住弯了弯嘴角，眼底闪过算计的精光，又现出一丝媚态，抚上玉钟子沉静的面庞，低低呵了一口气道，“义父派我来服侍玉掌门，若是不周到，义父可是会责罚于我的，玉掌门可忍心……”

在触及他衣裳前襟时，忽然一道掌风挥出，掩月捂着胸口退后了几步，心口处隐隐作痛，她瞪大了圆眸不敢相信地看着他，眼中隐隐含着一丝不甘。

“我说过不喜有人靠得太近，夜煞的好意我心领了，你退下吧。”玉钟子清冷的语调没有起伏，目光直直地看着地上的掩月，眸中的暗光转瞬即逝。

“是。”掩月恭谨地应声退了出去。

桌上的烛火被门缝夹带着的冷风吹熄，四周瞬间陷入了一片黑暗之中。玉钟子无声地勾唇笑了笑，他一心只为《九霄剑谱》，自然将其研究得透彻，恒山派前任掌门被穆霸天利用，习了剑谱后却惨死，其中缘由他自是清楚。

夜煞送掩月到他身边的用意，怕不只是帮他得到剑谱那么简单，破了他的修行，他便会是第二个惨死在《九霄剑谱》下的冤魂。

水榭那边传来的动静扰人清梦，想要探视的人被拦在屋外头，只余下季慎一人留在屋内。衡山派的弟子守在门外，哭声断断续续，持续到第二日。

“小兄弟，人死不能复生，还请节哀顺变。”穆霸天面色沉重地开了口，安抚蹲在地上的傅安。

听到声音的傅安猛地站起来，拽住了穆霸天。一夜未眠的他血丝布满眼眶，死死盯着穆霸天，沙哑着嗓音道：“凶手呢，找出来了吗？”

穆霸天蹙了蹙眉，在手下欲上前时抬手制止，视线落在傅安身上时，他面上神色似是愧疚，道：“下毒之人是乔装成丫鬟混入我慕华山庄的，见事情败露，她就咬破藏于口中的毒药自杀了，如今官府的人已经介入，相信不久后就能水落石出。”

“水落石出……”傅安喃喃说了一句，然后，陡然大吼道，“那能换回一条命吗？”

一直沉默不语立在门前的沈璃忽然转过身，直直迎上穆霸天的视线，稍带理智地开口道：“那人混入山庄内，偏生对衡山派的人下手，是与我派有怨。我们衡山派素来与人无争，偏偏这届的武林大会是穆盟主您下了挑战书让我们衡山派不得不来的。若说与我派有怨的，穆盟主您也在其中，真是不得不让人怀疑。”

“放肆！你胆敢污蔑盟主！”穆霸天身侧的弟子立刻大喝一声。

傅安立刻护在沈璃身前，拔剑相向，神情戒备地看向穆霸天。

穆霸天连忙喝退弟子，轻咳了一声，转而一派正色凛然地说道：“当年老夫落败，总想着有朝一日再领教衡山派的剑法，这成了我未尽的心愿。只是几封邀请函都被贵派的长老婉拒，老夫不得已才用了挑战书这一下策，竟让你们误会，实在非我所愿。”

沈璃敛眸，这话先让他说了，若她拿不出任何证据还继续说下去，怕只会显得衡山派无理取闹，正犹豫，却听到身后的木门“吱呀”一声作响。

一抹颀长身影缓缓步出，脚下微微踉跄，略显憔悴。沈璃匆匆上前，握住了他的手腕，紧张地说道：“师叔，师……”

“今日是角逐武林盟主的最后一日，我衡山派既然接了挑战书，就不会食言。”帷帽下传出一道暗哑的嗓音，打断了沈璃的话，略作停顿后，又沉吟道，“傅安、沈璃，你们留下照看你们的顾师兄……待我回来，我们便一块回衡山。”

季慎拂开沈璃的手，站在穆霸天身旁，郑重地说道：“我衡山派会以大局为重，相信到时候穆盟主必然会给我们衡山派一个交代。”

“师叔……”沈璃闻言愣了片刻，看着季慎的眸子里闪过一丝疑惑。

穆霸天敛去眼底的诧异，点头附和：“此事老夫定会追查到底，竭尽所能，为贵派查出幕后之人，并交由你们发落。”

帷帽下的季慎，让人看不清楚他此刻的表情。微微颔首后，他做出了“请”的动作让穆霸天先行，众人退出了水榭，连剩下的几个丫鬟都被沈璃驱逐了出去，只留下了沈璃和傅安二人。

擂台周边各大阵营的人看到季慎出现，神色各异，有同情的，也有鄙夷的，一时间议论纷纷。

“师侄惨遭毒手，还有闲心思比武，衡山派的代理掌门不过是沽名钓誉之徒。”

“就是，还戴着顶帷帽，是得了什么见不得人的毛病吧？太不磊落了。”

“这时候还惦记着盟主之位，真是冷血之人。”

季慎便在这片一边倒的议论声中穿行而过，坐在自己的位子上。他一副对他人的话置若罔闻的模样，对面的玉钟子也不由得多看了他两眼。

“诸位，昨日衡山派弟子顾子嫣在我慕华山庄内遇害，此事正在调查，我必然会给衡山派一个交代。凶手服毒自尽，我们搜查一夜，没有发现同党，现下山庄内加强了戒备，还请诸位安心。”

话音落，各大阵营前后皆有身着华山派服饰的弟子出现，站定，形成绝佳的防护阵仗。穆霸天此举惹来一片称赞声，人群中唯有玉钟子眼中掠过一抹戒备谨慎的神色。

“这届的武林大会破除旧规，头一回合由各大门派的掌门比试切磋，能在擂台上站到最后的五人，便会与复赛中取胜的五名弟子再战。最终胜者，便能夺得盟主之位。”

此话一出，全场哗然。

混战，可比一对一有风险多了，惊诧之余，所有人露出了跃跃欲试的神色，纷纷飞身上了擂台，欲大展拳脚。

“呜呜呜，我不要师姐死，我不要回衡山，师姐性命丢了，我不要活了……”傅安扑在顾子嫣身上，一顿鬼哭狼嚎。

沈璃神情黯然地站在一旁，忽地扫见角落里有一个药箱，觉得有一丝眼熟，她忍不住过去打开了。

“师姐，我应该一步不离地守着你的，不该去厨房偷吃。我发誓只要你醒过来，我这辈子就吃馒头，再也不贪嘴了！”傅安觉得自己有负长老们的重托，不禁越发伤心，抽搭着说道。

“你说真的……”一道虚弱的声音响起，立时惊呆了房内的两个人。

“师姐你……诈尸了！”傅安僵硬地抽走了手，踉跄着退了两步，万分惊恐地瞪着角落里的沈璃，吓得不敢回头看。

“咯咯，只吃馒头的话能替衡山派省不少的银子。”那个声音继续说道。

沈璃眯了眯眼，拿起药箱里的信函，扳过傅安的脑袋对上床上睁开眼的顾子嫣，道：“尸你个头，顾师姐活得好好的，瞎咒什么呢！”

“可师姐不是已经……”傅安瞪大了红通通的兔子眼，狠狠掐了自己一把后痛得叫了一声，才惊觉这一切原来是真的，师姐真的没有死。

傅安又是哭又是笑地扑到顾子嫣身上，带着一丝哭腔说道：“我之前明明摸到师姐你没气了的，怎么会……”

半晌后，傅安稳住了情绪，脸上是难得的认真神色，开口道：“师姐，你安心上路吧，我会把师叔烧给你的。”

沈璃沉默。

顾子嫣手一滑，差点掐死这熊师弟。

门外响起一阵叩门声，房内顾子嫣与沈璃对视一眼，又闭上眼睛躺了回去。沈璃掐着傅安的大腿狠狠转了一圈，后者立马发出一阵凄惨的哭号声。

“谁啊？”沈璃走到门边，防备地说道。

“掌门吩咐我来给两位送午膳的，还让两位节哀顺变，保重身体。”门外的人答道。

沈璃拉开了门，看到门外站着的丫鬟，拧着眉说道：“谢谢你们掌门的好意，但我和师弟都没胃口，拿走吧。”

傅安闻言，哭得更凄惨了。

那丫鬟没有马上离开，反而掀开了食盒，接着说道：“你看这熏鱼腌制得刚刚好，多少吃一点吧。”

沈璃的视线落在那盘熏鱼上，心里明白这人是谁了，她暗暗环视了四周一圈后，让人进了屋。

“穆霸天在水榭周围安插了暗卫，我刚才进来的时候撒了迷魂粉，估计这会儿他们都已倒下了。”那名丫鬟说着扯掉了脸上的人皮面具，正是怜荀，“有人扮作神医门的人引我离开，我就想着应该是想对你们下毒。那幕后之人不知道神医门只想我死在外面，怎么会突然找我回去议事？不过为了不打草惊蛇，我就跟着他们走了。本想暗中迷昏他们，谁想嵩山派的弟子抢先了一步，把我救了。现在要混进山庄不容易，我就让他们候在外头接应，看季慎作何打算。”怜荀顺势搭上顾子嫣的脉，察觉无碍后，微微松了一口气。

“你是昨夜那个老大夫？”傅安看了她半晌后，恍然大悟道。

怜荀瞥了他一眼，似是怜悯：“还好，你的脑袋还有救。”

傅安沉默，他有一种被人深深鄙视了的感觉。

“也多亏他迟钝，没他那真情流露的哭号声，穆霸天他们也不会那么容易相信。”沈璃安抚他道。

傅安哭丧着脸，一点都不觉得安慰。

“那日我假装大夫前来，在解药中添了一味药，让你们师姐陷入假死状态，后来替她诊断的人都只能确诊人已经死了，借以消除幕后之人的疑心。下毒之人是冲着她来的，在这洛城唯一算是跟她结了怨的似乎只有穆霸天的女儿穆晚瑾，你说他是不是为了替女儿出一口气，所以才……”怜荀拧眉推测道。

顾子嫣迟疑地摇了摇头，她总觉得事情没那么简单，却又说不出个所以然来。

顾子嫣半撑起身子，一想到师叔离去时的神色，心底不由得涌起一股不祥的预感，还有那天在擂台比试时看到的暗格，她一直都想不通是作何用途，却隐隐觉得是穆霸天设下的一个陷阱，不由得一阵不安。

“嵩山派掌门被关在慕华山庄里，现在多数护卫应该在比武场，沈璃你和傅安带着怜荀去地牢救萧掌门。怜荀帮我易容成别派弟子，我去擂台那边看看情况。救出人后，跟着嵩山派的弟子去他们的落脚处等，我和师叔会来找你们。”

“好。”沈璃应声，着手准备，从外头拎了个昏迷的暗卫进来，封住他的穴道后扔到床上，“把他弄成师姐的模样，免得让人发现。”

一番折腾后，他们兵分两路，离开了水榭。

顾子嫣绕道到了比武场，身上穿着的是符山派的服饰，混在人群中观看战局。那边擂台上的人都是两两交手，却也不乏有人暗中耍诈专拣负了伤的人下手，眼见台上的人越来越少，五岳中的四派掌门仿若置身事外，凝神不动。

穆霸天周身气场全开，胜出的几人欲单独上前挑战却被震退了几步，遂联手一道攻向了那一角。穆霸天淡定自若地勾起嘴角浅笑，在有人将触及他衣袂时动了动身子。其余人亦同时迎上对手，仿若约定好了一般，各自捉对解决。

另几位掌门一惊，想要联手已然来不及，只好各个击破，最初的凌厉气势渐消，渐渐有些左支右绌，力不从心，被逐个击下了擂台。

一番车轮战，很快决出了胜负。五岳的四大门派赫然在列。符山派掌门亦占了一个名额，立在那四人中很是得意。接下来的一对一比试中，复赛胜出的弟子不出意外纷纷落败，唯有符山派掌门肩上受了一剑，险胜泰山派大弟子。

“今日的比试我期待已久，只可惜时间太短了。”穆霸天似是感怀道。

“新旧交替本就是常理，天地万物每日在变，更何况是人呢。你说是不是……穆盟主？”符山派的掌门慢悠悠开口道，利落地包扎了一下伤口，嘴角噙着意味不明的笑。

“叶老弟说得有理。”穆霸天玩味地看了他片刻，拱手道，“承让了。”

面上最后一丝笑意隐去，空气中多了一抹肃杀之意，顷刻之间，杀机掀起。顾子嫣站在擂台边缘，屏息凝神注视着季慎的身影，暗暗压住了别在腰间的青鸾，欲伺机而动。

恒山派邱掌门双剑精湛绝妙，攻防双绝，杀机重重令人防不胜防。玉钟子内力深厚，出手阴狠绝伦，凌厉异常。两者旗鼓相当，厮杀大半天工夫，到底因功力有差距，玉钟子几次掌风险险掠过邱掌门身侧，后者虽然躲过，但变攻为守已趋于下风。符山派叶掌门见状趁机袭向玉钟子，却不料他早有防备，用尽余下七成功力一掌将其击落擂台。

叶掌门气结，体内一股真气逆转，喉中忽地一阵腥甜，鲜血突破咬紧的牙关，缓缓流过干裂的嘴唇，染出一抹血色。

季慎察觉到人群中的一道视线，狭长的狐狸眼眯起。他目光扫视而过，紧紧蹙起眉头，愣神的片刻，感觉到扑面而来的杀气，于是身体不由自主地闪避，只听到迅疾的风声从耳边掠过。

穆霸天笑意不明地站在他对面，开口道："比武切忌分心，老夫可不会手下留情了。"

季慎神色一凛，然后莞尔，道："受教了。"一旋身，衣袂翻飞，遮住脸庞的衣袖随着招式变换拂开，几次避过了对方的攻势，死死防守。

穆霸天的短剑泛起点点寒芒，袭向季慎上方，招式凌厉狠辣，直取要害，逼得季慎步步后退，快要到擂台边缘处时，季慎忽地腾空跃起，攀着旗杆挽了个剑花削向穆霸天的手腕，带出清越的嗡鸣声。

恒山派邱掌门不敌玉钟子，几个回合后，手中的长剑被击飞，一柄寒刃横亘在脖颈处，输得心服口服。

步下擂台时，他一个踉跄，误触了机关。穆霸天察觉后配合地出掌袭向了玉钟子，极细的寒风扫过，玉钟子顿觉有变，为了避过银针，受了穆霸天一掌跌下了擂台。

玉钟子面色一沉，暗暗咬牙道：穆霸天，你竟使这种阴招！

季慎记着顾子嫣之前的提醒，瞬间便明白了过来，手握苍寻，不敢有一丝怠慢。偌大的擂台上只剩下二人，高手对峙，气势压人，底下围观的众人纷纷提气，静观其变。

一道猖狂的笑声骤然响起，身着墨色长衫的男子从空中翩然飘落，空中陡然闪过几道寒光，那些寒光直奔在一处疗伤的各派掌门而去，几声闷哼，被击中的人抽搐着倒在椅子上，不再有生机。

“六星飞刺，是阎皇，阎皇啊！”人群中爆出惊慌的喊声，霎时引起一片慌乱。

“竟还有人识得本尊。”墨衣男子拂袖一手背到身后，落在擂台正中央。他嘴角勾起轻蔑笑意，眸中是目空一切的孤傲，“本尊今日血洗武林，明年的今日便是你穆霸天的忌辰！”

阴沉的笑声再度响起，伴随众多的刀剑争鸣声，比武场四周陡然出现的黑衣蒙面死士与华山派弟子陷入了厮杀，各大门派掌门接连被刺杀，大家乱了阵脚，现场一片混乱，武林大会变成了一场腥风血雨。

季慎冷冷地凝视着台上伫立的身影，眼底掠过一抹诧异之色。这声音绝对不是当日林中之人……再回头看穆霸天面上异常镇定的神色，心下闪过一抹了然。

“你果然没死。”穆霸天微微挑眉，直直看向擂台中央站着的那人，嘴角划过一丝意味不明的冷笑。

身着华服的男子理了理袖口，视线落在他身上，面上的冷意凝成微微嘲讽的表情：“阎王连你的贱命都不收，又怎么会轮到我？”

“你……”穆霸天眼里闪过一丝阴狠，似要发作却生生压下了，冷喝一声道，“想见阎王，我这就成全你！”

话音未落，穆霸天便挑剑出招，以迅雷不及掩耳之势对上阎皇，直攻他的命门。后者扬起轻蔑笑意，纵身跃起，身形如鬼魅飘忽不定，并不直面相迎，反而耍弄般让穆霸天扑了几回空，令其面色越发深沉。

季慎略皱着眉毛，双唇抿成直线，目光扫过台下一角时，眸中涌起一片杀意。只一眼，他便认出被魔教二人夹击的正是顾子嫣。

顾子嫣却对季慎微微摇头，腿向后一扫，身后之人被掀翻在地。她微微弓着的身体猛然向后一扑，手中的青鸾准确无误地扎入了偷袭者的胸口，就着那人倒地之势，顾子嫣脚尖斜飞扬起，重重踹在提剑刺上来的那人喉咙上。

显然是游刃有余。

季慎眼底掠过一抹无奈之色，放下心来重新提剑加入了战局。原本该出现的夏世子一直未现身，连带那些护卫都没有一丝动静，反倒是这次攻入的魔教教众数量颇多，双方僵持不下。

一道黑色的诡异身影在无数刀剑下穿梭，那人披着巨大的黑色披风，身形挺拔，从侧面看去，一个奇特的面具将其脸部遮住了大半。他突然出掌击在一人背后，眨眼又至另一人后方，引得两名高手同时回身迎战，招式却均招呼在对方身上。

那人步法快如鬼魅，出手更是疾如闪电，叫人难以捉摸。几位掌门与人交战间，猝不及防被刺中了要害，一招毙命。

季慎很快注意到这一幕，却见那人已经到了玉钟子身后，银光一闪，对准他的要害直直刺了下去。玉钟子回身一招快剑，一时击退攻势。他陡然提气，下盘极稳地扎在地上，对方十足内力灌入刀中，玉钟子只能抡起右臂硬生生接下这一刀。只听刀剑相击迸出刺耳声音，玉钟子的剑没断，那人手中的弯刀却四分五裂，飞旋着扎入身后擂台的梁柱间。

惊险万分。

略微停顿，那人一个飞身取下了木架上的一柄细剑，施展剑招，突然一剑刺出。玉钟子下意识拔剑来挡，二人交手数招，竟不分上下。那人信手拈来的剑法，看似随意，实则每一招都和后面的有联系。玉钟子被逼着倒退了两步，趋于下风，脸色正铁青着，嘴里像是在询问着什么。

那人覆着面具，招式越发狠戾，直取玉钟子的命门。

季慎蹙眉，细看那人的身形，竟看出了一丝异样，他倏地提气，内力化作巧劲，竟似有一条无形绳索将苍寻黏在了掌心。剑虽离身，他却疾速窜入台下交缠的二人之中，一道激烈电光乍起，转瞬间又飞旋回来，稳稳落入他手中。

蒙面人被震退一步，侧头看向季慎，细剑挽起弧度，横在胸前。四目相对，季慎脑海中浮现出那面具下的容颜来，倏地全身僵住。

恒山派邱掌门欲上前助穆霸天一臂之力，谁知一踏上擂台边缘就直直向后倒了下去。几道细芒没入他身体中，竟无人察觉，大家只道他是着了魔教的阴招，正派中人同仇敌忾，各个都杀红了眼，大有不死不休的意味。

有一人却看破了布局。

原来如此，先是故布疑阵，现又借刀杀人，调来这么多“教众”，穆霸天这盘棋下得可真大！

“你究竟是谁？”玉钟子愣愣地死盯着来人，面上浮现骇然神色，还隐隐有一丝痴狂。

“将死之人何须知道那么多。”那人冷哼一声，手轻轻抚过剑刃，动作带着一丝阴柔，低语道，“你不是一直想得到它吗？如今死在此剑下，也该瞑目。”

最后一个音节落下，那人轻抖剑身，陡然寒气大盛，白光乍现，剑气势如破竹劈向了玉钟子。后者显然还沉浸在打击中，迟缓了一拍。在细剑落下的一瞬，季慎骤然出手，“叮叮”两声，挡住蒙面人的细剑。他明明处在守势，却在对方回剑收势的瞬间，以极刁钻的角度刺了出去，一剑刺向对方的手腕。

那人倏地收势敛息，侧身滑过，左手出其不意扬起，一掌拍向季慎的胸口。季慎有所察觉，飞身急退，避过那致命的一击，却还是被掌风扫到，帷帽扬起并被掷飞了几步远。

季慎眯起狐狸眼，明显听到了紊乱的呼吸声，他缓缓勾起嘴角，手指捏了一个剑诀，苍寻剑如有意识般脱手而出，发出阵阵铮鸣，剑身极速旋转刺向了蒙面人。

因躲避不及而被划破手臂的蒙面人倏地开口道：“季川是你什么人？！”

“《九霄剑谱》在你手中。”

两道声音几乎同时响起，却都戛然而止。

季慎深邃的黑眸微闪，薄唇微抿，对上蒙面人惊疑不定的目光，轻笑了一声。苍寻剑回到手中，下一瞬季慎再度出招，只是这次每一招都布满杀机，煞气凛然。

而擂台上与穆霸天对峙的阎皇余光瞥见了这一幕，身形一滞，露了破绽让穆霸天有机可乘，阎皇被划伤了腰腹，鲜血一下子在衣上晕染了开来。

“果然解了万情蛊就是不一样，我都快制不住你了。”穆霸天噙着抹冷笑，低声提醒道，“我替你除了林玉羡的孽种，又解了你身上的蛊，合作可要讲诚信。”

“诚信？这不能当饭吃的东西要来做什么？”阎皇低笑出声，声音不复刚才的低沉，更贴合一个女子低柔的声音。

“所谓是药三分毒，解蛊毒的药可是我亲自熬的，老夫待你可不薄啊。”穆霸天似乎早有所料，不急不缓地暗示道。

艳娘眼底涌起隐晦的怨恨，与他剑刃相交，铮然有声。

“何须动气，接下来的事，沉不下心来的话，该怎么听呢？”穆霸天暗中使劲制住了剑刃，让两人间留有一丝说话的空隙，“想知道季川是如何死的吗？”

艳娘呼吸急促，直直看着他。

“是我跟他说你出卖了他的行踪，他妻子死在我剑下的那刻，他就失去了理智，导致负伤惨重。你猜他有多恨你？恨到最终只剩一口气抱着他心爱的女人跳下悬崖，也要让我们带句话给你……”穆霸天稍作停顿，看艳娘微微屏息的模样，嘴角浮起笑意，逐字逐句道，“他说早该在龙凤酒楼那日一剑杀了你。”

“唔……”一声闷哼，艳娘胸口赫然插着一柄短刃，却偏差了一寸，她凤眸里燃起怒火，一掌挥出，狠狠地说道，“你卑鄙。”

穆霸天拔出短刃，收入袖中，眼神带着怜悯：“这出戏……到了你该谢幕的时候了，这是说好了的。”

艳娘眸子里泛着冷光，方才的预感成真，穆霸天的确没有放过她的意思。她身形一闪，急急退到了离季慎不远处，便听得一道略带嘲讽的声音：“季川这辈子最倒霉的是遇到了两个人，一个是我，一个……是林嫣。林嫣一心想除了你娘，便与我合作，我才能如此顺利得到剑谱，又不被阎君怀疑，因为他只会怀疑是艳娘。可怜那个女人一心爱慕着他，最后却落得如此下场。”

九霄剑法招式狠绝，被捅破了秘密的穆彦林不再有所顾忌，使出了全力，狭长的细剑如同一抹霞光，剑气凌人，毒蛇一般袭向季慎的咽喉。

从被季慎救下的那刻起就未动过的玉钟子倏地拧起眉头，想到剑谱，他略微迟疑，忽地转过身去，剑尖一指，方向却与蒙面人一致。

局势陡然生变，季慎闪避不及，却感觉有道人影冲了过来，电光石火，一股巨力陡然推开了他。季慎踉跄着后退，以剑点地稳住了脚步，一抬眸便看见一抹瘦削身影被两把利刃同时穿透，阎皇闷哼一声，手中长剑的剑尖已然没入了穆彦林的胸口。

艳娘脸上带着决绝的笑意，推送剑刃，而胸前被同时贯穿了的伤口不断渗出鲜血，沿着剑身不断滴落。

穆彦林瞪大了眸子猛然后退，捂住了腹部，不敢相信地喃喃道：“你疯了吗？”

玉钟子蹙眉抽回剑，感觉到这人不是阎皇，准备静观其变时，背后倏地起风，胸前蓦地一痛，撕心裂肺的感觉传遍全身。一低头，他看见胸前血流如注，露出了一抹剑尖，原来是被人用长剑贯穿了胸口。

身后，一道清婉女声响起：“玉掌门，您不要掩月，掩月只好另寻靠山。穆盟主给了比义父更优厚的条件，对不住了。”

虽是极为恭谨的话，语气却轻快愉悦，声音的主人旋着剑身将其拔出。玉钟子竟连一句话也没说就轰然倒地，至死都睁圆了眼，透着愤怒及不甘。

顾子嫣杀出重围来到季慎身侧，扫过这一幕，拧起秀眉，为了季慎而死的阎皇……有些古怪！

穆霸天这才看清楚季慎的容貌，他想明白后，顿时变了脸色，先发制人道：“这人是阎君的儿子，魔教余孽，定是阎皇同谋，杀了他们，为我们死去的武林同道中人报仇！”

魔教众人早已在“阎皇”被刺的那瞬四处逃散，那些余下的各门派弟子大吼一声，响应穆霸天的高呼，纷纷上前来。

第十章 各自为谋

剑刃入鞘，掩月漠然地看了一眼地上的人，嘴角勾起似笑非笑的弧度。视线触及穆霸天时，她微微颔首，然后带着受了伤的穆彦林纵身一跃，跳过墙头离开了。

“杀了他为掌门报仇！”

“铲除魔教余孽，杀啊……”

此时比武场的四周杀声震天，众人誓要为死去的同道中人报仇。

顾子嫣捏紧了手中的青鸾，察觉身后有道劲风袭来，蓦地闪身提剑一挡，右腿扫过，趁着身后的人错愕，连武器带人一道踢飞了一丈远。那人重重跌落在地。

她抬眸恰巧瞥见穆霸天嘴角扬起的诡笑，拧眉说道：“我师叔与魔教无关！”

“无关？你看这二人的长相，说没有血缘谁信！”当即有人反驳，指着地上奄奄一息的阎皇愤愤说道。

顾子嫣握剑到胸前，目光冷冽地扫过众人，声音沉稳地说道：“我只信我师叔不会与魔教同流合污，他是我顾子嫣誓死追随的衡山派掌门！”

随即，她身子一转，将还在呆愣中的季慎护在身后，右腕一振长剑急点而出，正面应对众人围攻。素剑雪芒闪闪，刹那间漫空冷光如带，纵横交错。

“当当当……”

剑身交鸣，一干人等又被她一招逼退。她真的不想伤人，但是这些人以维护武林大义为名，对他们步步紧逼。围攻上来的众人各持长剑，将二人围在中心，一人突然剑锋一转，剑势轻灵，偏锋侧进，顾子嫣一时不察，被剑刃擦过了臂弯，上面顿时拖出一道狭长的伤口。

顾子嫣正欲还击，突然被一双修长的手按住了肩膀，诧异抬眸，便望见季慎双眸里几欲喷出的怒火。

她一时弄不清这怒火究竟是冲着谁的，干脆细细看他的脸，紧绷的下巴刻画出锐利的寒意，双目中的火焰却像连冰霜都能融化，她如今才知，冰火相映，收敛到极致，竟也成了耀眼的张扬。

季慎冷笑，眼见对面的剑尖再度刺来，食指扣在拇指之下，对准剑尖弹出，“嗡”一声，那剑士把持不住，长剑直飞上半空，不等那剑落下，又“铮铮铮”地连弹三下。“嗡嗡嗡”三声过后，余下三人同时手腕一震，长剑把持不住，脱手飞起。

几名剑士同时大惊失色，却见空中飞舞的四剑倏地一转，竟像被人舞动般，转而又刺向他们。

待他们想要侧身避开，却身如灌铅难以移动分毫。那先前进攻的剑士忽地倒在地上，勉强作了滚地葫芦才堪堪躲过这一剑，但听得连声惨呼，其余人都受伤倒退。

“师叔？”顾子嫣被季慎揽在怀里，颇不自在地开口唤了一声。

“多说无益，走。”季慎话音刚落，长剑就在空中一挥，剑气斩风，“嗡嗡”的声音长久不绝。众人各挥长剑，数十柄剑刃披荡往来，顿时激起一阵疾风，剑光组成了一片光网，绚光爆舞，寒气迫人。

季慎足尖一点，身子掠空而起，借力掠向场外。

“哪里逃！”众人施展轻功，或纵或跃或跳，纷纷追上来。

季慎带着顾子嫣从偏僻的小道逃离，迅疾如风，不多时，便穿过竹林来到一处简陋木屋，接着闪身入内。外头的追兵被季慎放出的暗器干扰，未作怀疑，继续向前追去。

动静一过，顾子嫣挣脱开了季慎的怀抱。触动伤口，她俊秀的面上掠过痛楚的神色。季慎低头看了看她，目中怒意尽数消散，化作一声叹息：“师侄，你这么做可是把整个衡山派都拉下了水，你不后悔吗？”

季慎的手始终覆在顾子嫣的手上，带着些许凉意。顾子嫣翻过掌心，与他僵硬的手十指交握，定定地看着他开了口：“师父把掌门之位传给你并非是为了困住你，而是像今日这样的情况下，在你所需之时，衡山派能够成为你的依靠。不论如何，我一定会站在你……”

顾子嫣的声音戛然而止，季慎忽然俯身吻住了她。顾子嫣瞪圆了双目，那只手在季慎掌中乱挣，却始终被牢牢按住。

季慎浅尝辄止，松开顾子嫣下巴，轻轻抚着她的脸颊，凝视她，喃喃道：“我以为……你会顾全大局。”

没想到却是……真是意外之喜。

顾子嫣猛然一缩脖子，她本就被他揽住，一时整个人躺在他臂间，面孔上方季慎的脸慢慢贴近，昏暗中，他目如寒星，眼眸中似有微光流转。

空气仿佛一瞬间静止了，胸腔里的跳动声在不断扩大，最后，她感觉心脏好像要蹦出胸腔，霎时慌乱了手脚。她猛地后退，却不小心撞到了墙上，疼得闷哼一声。

一声闷笑自头顶上方响起，顾子嫣抬眸便看到某人嘴角噙着的促狭笑意，他细长的眸子带着几分慵懒，道：“师侄，我不过检查你的伤势，这般紧张做什么？”

顾子嫣沉默了，她受伤的是胳膊，他搂着她的腰有用吗？

一把将他从身上推开，顾子嫣敛神正色道：“师叔不要再戏弄我了。你看今日之事，穆霸天先是让人假扮阎皇，借由这次武林大会除掉了玉钟子、邱掌门等人，又陷害你，武林盟主之位毫无疑问归了他，可谓是一石三鸟。”

季慎轻哼了一声，眼底闪过一丝嘲讽：“能指证他的都被灭了口，死无对证，接下来就该是通缉我给武林同道中人一个交代了。”

顾子嫣闻言蹙眉，蓦地想到了一个人，舒展了眉头道：“不，还有一人可以证明师叔的清白。”

二人对视一眼，异口同声道：“萧宏生。”

“我让傅安和沈璃去救萧掌门，比武场那边那么大的动静，外头还有嵩山派的弟子接应，应该得手了，我们这就去破庙与他们会合吧。”顾子嫣一边急忙起身，一边催促道。

温香软玉突然离开了怀抱，季慎顿时有种失落的空虚感，却清楚地知道现在不是静心交流的好时机，遂起身与她一道离开。

他们商议过后，决定稍作乔装打扮。

顾子嫣看着身侧的人，一身粗布麻衣也掩盖不住他的风华，那双狭长的眸子一眨不眨地盯着她，眸子里映出了她失神的模样。

“对上这样的妖孽……怪不得师父会追求失败。”顾子嫣突然故作心生感慨地说道，借此掩饰内心的悸动。

季慎微微发愣，嘴角漾开的笑意倏地僵住了，原来师侄透过自己看到的是……他的生父。

“师叔，小时候师父有因为你和你爹酷似的容貌，报复过你吗？”顾子嫣猜想以师父那小肚鸡肠的个性，不做点什么就不是她师父了。

季慎望天，头疼地回想起当初那些饭里被下巴豆，还有他不小心打翻了水落在床单上，那床单却被当作尿床的证据晒在衡山派门口的种种糟糕遭遇。

说话间，二人已经到了先前嵩山派弟子避难的破庙，四周一片寂静，只有脚底下踩着枯叶的声音在沙沙作响。

身后一道劲风袭来，季慎拽过顾子嫣避过，拔剑挡住来人下一招攻势。顾子嫣看到那人的正面，倏地扯下了帷帽，出声制止道：“元一，是我们。”

后者身形一顿，及时收回剑，面上闪过惊喜之色：“可有了我们掌门的下落？”

“方才没有衡山派弟子来过吗？”顾子嫣心底浮起不祥的预感，蹙眉问道。

元一摇了摇头，看到他们身后并无一人，暗下了眸子，开口道：“之前救的一个神医门的姑娘说你们有危险，十三他们就送她去了慕华山庄，我留在这里方便联系你们。”

顾子嫣听完心一沉，正欲开口，便听得外头突然传来细微的动静，似是有人疾步而来。围墙内的三人俱是凝神戒备的姿态，接着便看到一人冲到了破庙，神色慌乱地被门槛绊倒，跌了进来。

“怜荀？”顾子嫣一声惊呼，快步上前，将人带进了破庙。

季慎看着她血迹斑斑的衣裳，却没发现伤口，沉下眸子，问：“怎么回事？”

怜荀瞪大了惊恐的眸子，当视线渐渐聚焦扫过顾子嫣、季慎二人时，眼中闪过一抹狂喜，她紧紧地抓住顾子嫣的衣袖，喘了两口粗气后说道：“我们还没靠近地牢就中了埋伏，那里是陷阱，有人故意设计，引我们去的。”

“那我师弟他们人呢？”顾子嫣呼吸一窒，反握住她的手，急忙问道。

怜荀垂下眸子，声音嘶哑地说道：“被抓了。”

神医门的人，活下去是本能，医者必先自救再谈救人，故此在察觉不对时，她第一个反应就是跑。可是有个人在危难时刻护住了她，刀光剑影中，那人衣袂翩飞，她意识混沌了，只记得隐约听到一个声音说：“跑，跑得越远越好……”

血液温热，却晕染在心头。

夜深人静，月挂枝头，慕华山庄里一片寂静，时不时地有巡逻的华山派弟子走过，隐藏在墙上的黑影伏低了身子，静待时机，欲潜入山庄内。

“等下你们都给我打起精神，白日里抓了两个人，晚上肯定会有人来救走他们，你们把眼睛都放亮些，要是出了差错，盟主那儿可不好交代！”站在最前头较为年长的弟子开口训着，身后众人齐声应和。

忽地一道黑影窜过矮丛，惹得那人一声大喝：“什么人？”

草丛里的动静忽然止住了，闪出一只黑猫，两只眸子泛着绿幽幽的光，扫了那些人一眼后“咻”的一声窜走了。

“是二爷养的猫。大师兄你不必这么紧张，就算真有同伙来，咱们不正等着他们自投罗网吗？”其中一人宽慰道，脸上闪过一抹算计的神色。

为首的大师兄点了点头，继续巡视。

那些人走远后，一抹黑影从墙头悄然跃下，贴着墙潜行。随后另一人跃下，紧紧跟随。不远处有人提着灯笼，一团昏黄的光亮渐渐地移了过来，夹杂着几道细弱的女声。

“听下人们说二爷只是轻伤，不碍事，小姐这么紧张，老爷那儿又得打翻醋坛子了。”有丫鬟打趣道。

“只是炖了点滋补汤就惹得你们那么多闲话，爹那里，我早就让鸢儿送去了，武林大会出了这么大的事情，我爹这会儿估计忙着呢，我去了反而添乱。二叔是为了救爹才受伤的，我自然要去瞧瞧了。”穆晚瑾拢了拢披肩，嗔怪地瞪了自己的两个丫鬟一眼。

“是是是，小姐打小就与二爷亲，二爷前两天还说要给小姐寻门好亲事，最佳人选就住在西苑。我和鸢儿偷着去看了一眼，比二爷年轻的时候还要俊上几分，气度非凡，与小姐那是郎才女貌、天造地设的一双。”那丫鬟暗中扯了扯身旁另一名丫鬟的袖子，使了个眼色说道。

看上去有些呆的丫鬟用力地点了点头，附和道：“嗯，采儿说得对，夏世子长得好，人也好。不过听说昨天夜里受了凉，病了一天了，小姐，咱们要不要也去看看？”

这个提议立时被名叫采儿的丫鬟否决了，她点着呆丫鬟的脑袋说道：“夏世子身边伺候的人多了去了，小姐哪能这时候名不正言不顺地去啊！”

“你们肯定收了我爹的好处，这么替那世子说好话，我才不上当，待会儿我自己问二叔。”穆晚瑾轻轻哼了一声，眼眸里却透着一丝期待。

主仆三人说说笑笑穿过了回廊，朝着穆彦林的别院走去。跟在最后的丫鬟陡然转过了身子，望着身后黑漆漆的廊道嘀咕道：“我怎么感觉有人在跟着我们呢？”

“我胆子小，大晚上的你别吓我！”采儿像被踩到尾巴的猫，拔高了音调。

那丫鬟又往后看了一眼，咬着下唇，迟疑地小声说道：“是真的……”

“小姐你看她……”采儿一下挨在穆晚瑾身侧，咬牙愤愤地说道。

“好了，别闹了，再耽搁下去汤都要凉了。”穆晚瑾微微动怒道。那两名丫鬟也不敢再逾矩，提着灯笼加快了步子朝前头走去。

暗影中的顾子嫣松了口气，那丫鬟看起来呆呆的，却很敏锐，方才望过来时，她差点以为被发现了。

“继续跟着。”顾子嫣忽觉耳根一热，有道压得极低的声音在耳畔响起，惊得她险些跌了出去，幸好被季慎及时扶住。

顾子嫣狠狠瞪了他一眼，暗中尾随着穆晚瑾入了穆彦林的别院。门“吱呀”一声开了，一名女子从屋子里退出来，与门口处的穆晚瑾打了个照面。女子鼻子轻轻嗅了嗅，勾起嘴角说道：“这么一碗黄鱼汤喝下去，二爷那伤口怕是好不了了。”

“你说什么？！”采儿一愣，随即反应过来怒视道。

那女子笑笑，并未理会，反而淡淡地扫了穆晚瑾一眼，脸上扬起一抹意味不明的笑，悠然离开。

穆晚瑾握紧了拳头，听到里头传出的声音，又松了开来。

“二叔，伤口还疼吗？”穆晚瑾入了屋子，给身边的采儿递了个眼神，后者不甘心地把食盒藏在身后。

“只是皮外伤，养两天就没事了，别担心。”穆彦林面色略显苍白，但一双眸子在夜色的掩护下清亮夺人，烛火跳跃柔和了他的脸部轮廓，他虚弱地笑了笑，似是在宽慰她。

一抹食物香气混在药香中，穆彦林瞥向在桌子边上干站着的两名婢女，再回头看了一眼有些委屈的穆晚瑾，轻咳了一声，似是失落地说道："唉，我这一天都没吃东西，还以为有人会给我送点吃的，竟是空手来的啊。"

"不是的，我熬了鱼汤，不过……"穆晚瑾想起那女子的话，再傻都听出那话里的意思了，她的确没想到需要忌口。

"哪有那么多讲究，你二叔身体好着呢。采儿，盛一碗过来。"穆彦林眯起的眸子里掠过一道暗色，"刚才那人是你爹的客人，今天也多亏了她，我才保住性命。"

穆晚瑾愣了愣，二叔是在向她解释，心中一暖，她绽出一抹笑说道："这东西填不了肚子，我让采儿再去熬点粥。"

"嗯。"穆彦林喝了几口后搁在桌上，靠着床头，显然是有话要对她说。

穆晚瑾随即挥退了两名丫鬟，自己着手替他垫高了枕头，让他靠得更舒服些，又开口道："幸好只是小伤，你和爹都不让我去看，害得我担惊受怕。"

"打打杀杀的有什么好看的，我和你爹当初不赞同你学武就是想让你安安稳稳过一辈子，嫁个良人，相夫教子就够了。"穆彦林目光祥和地看着她，这是他手中最重要的一步棋，也是唯一能制衡穆霸天的底牌，他必然要善待。

"顾子嫣中了'黛眉'，不过还是让她逃了，她师叔季慎乃魔教余孽，二人现在潜逃，迟早会落到正道手中，届时下场更惨。这样，瑾儿心里可消气了些？"

穆晚瑾摇了摇头，反而沉默下来。

她当日说的不过是气话，得到顾子嫣死了的消息时她就不恨了，现如今听着也没什么感觉，反而心里记挂着另一人。

"二叔，听鸢儿说……我爹想把我许配给夏世子，可是真的？"扭捏了半晌，穆晚瑾还是问出了口。

穆彦林一愣，倒是没想过她会主动提及，心里掠过一丝了悟，笑着问道：“若是真的，瑾儿打算如何？”

穆晚瑾错愕的表情定格在脸上，低声喃喃道：“爹会为了权势，强迫我嫁给不喜欢的人吗？”

穆彦林闷声笑起来，却因扯动了伤口而皱起眉头，他忍下痛楚，咳嗽着掩饰道：“你爹舍得，二叔也不舍得，瑾儿未来的幸福自然是要自己选择，夏世子人挺不错，等有机会见见，你就知道这庄子里的传言不虚了。”

屋里叔侄女对话温馨，屋外顾子嫣却拧眉看着季慎，不明白他为何非要跟着穆晚瑾来这里，不仅冒着被穆彦林发现的危险，还耽搁了救人的时间。

季慎看着不远处走来的两名婢女，带着顾子嫣往阴影中躲了躲，递了个眼神，示意她继续听下去。

“接下来几日，你爹要忙着收拾这次武林大会的残局，安抚各大门派，你若没事就别去烦扰了。你喜爱下棋，夏世子精通棋艺，不妨找他讨教讨教，也免得说我们慕华山庄怠慢了客人。”穆彦林交代道。

采儿叩了叩门，得到同意后入了屋子，将手里的食盒交给了穆彦林身边的随侍，对穆晚瑾说道：“小姐，天色已晚，我们该回去了，先让二爷好好休息养伤吧。”

穆晚瑾点了点头，福身行了礼后，退出了屋子。

刚走出几步，她们便被躲在暗处的顾子嫣、季慎二人点住了穴道。顾子嫣换上采儿的服饰，将那两名婢女安置在矮木丛中，手持着短刃贴上穆晚瑾的脸庞，低声威吓道：“要想活命，最好按照我说的做，若敢轻举妄动，我就划花你的脸。听到没？”

穆晚瑾点了点头，神色惊慌至极。

季慎随即解开了她的穴道，仍不放心地看了顾子嫣一眼，提醒道：“我就在暗处，一有不对就给我打个暗号，别冲动。”

“嗯。”顾子嫣应了一声，解开了穆晚瑾的哑穴。短刃抵在腰间，穆晚瑾刚想喊出口的呼救被迫吞回喉咙里，身子瑟瑟发抖。

“帮我问到今日抓的那两人被关在哪里，就说是穆彦林托你有要事询问。”顾子嫣一边驱使着她前行，一边在她耳畔低声说道。

“嗯……”穆晚瑾僵硬地点了点头，声音染上一丝颤意，双脚不自然地朝前走着。

忽然有人走了过来，正是之前巡逻的头领，那位年纪稍长的弟子看到是穆晚瑾，行礼道：“穆小姐，今天这么晚还在外面，可是有事？”

“救——”穆晚瑾刚想呼救，便感觉腰间的匕首近了一寸，顿时吓得转了话头，道，“就是去了趟二叔那儿聊得晚了些，这几日连着巡视你们辛苦了。”

“不能让有心人有机可乘嘛……小姐，你脸色怎么不大好？”那人看着穆晚瑾月色下略显苍白的面色，疑惑地说道。

“可能是吹夜风受凉了，无碍。”穆晚瑾干笑了一声，察觉身后那把没了耐心的匕首，立刻切入主题道，“听二叔说白日里抓了两个人，还有问题没问，不过他受了伤，便让我代劳，你们带我去关押的地方。”

“这……”那人有些迟疑。

穆晚瑾竭力稳住声线：“怎么？我的话没有用，还要我二叔亲自来知会你不成？”

那弟子一看穆晚身后的路线，知道她的确是从穆彦林房内出来的，虽有一丝疑虑，却还是遵从她的意思走在前面为她引路。

“阴暗潮湿的地牢意外闯入一个少年，被铁链禁锢的老头身怀绝世武功，而他这辈子耗尽在这地牢内，出去无望，遂将一身武功传给了这个根骨奇佳的少年，并嘱咐他将来要是遇到姓穆的，一定要用这绝学狠狠地打败他……”一道絮絮叨叨的声音说着，说到最后，颇有咬牙切齿的意味。

忽然一道干咳声响起，打断了说话声，萧宏生张了张嘴，道：“呃，身怀绝世武功这点我不否认，可什么叫耗尽了这辈子，你从哪里看出我出去无望了？”

傅安抬了抬眼皮，视线凉飕飕地扫了过去：“有本事就先把自己弄下来。”

“你继续编。”萧宏生被噎了一下，默默垂泪。

他不就是在醒来发现地牢里多了两个人，表达了一下欢迎之意，但这热情实在叫人招架不住啊！

傅安捡起地上的一根干稻草，拿在手里把玩，叹了口气：“现在只能等师姐来救了。不过话说回来，要是师叔最后一场赢了穆霸天，当了武林盟主，咱们出去是不是就容易多了？”

“已经要决出盟主之位了吗？”萧宏生蹙眉，眼里闪过一丝异样的神色，喃喃道。

沈璃闻言，若有所思地看着他说道：“萧掌门可是知道什么？”

萧宏生一反常态地嚷嚷起来：“穆霸天你个龟孙子，你把老子关在这里就以为没人知道你那点破事了吗？五岳少了我嵩山，还有恒山、泰山，你那武林盟主之位不会坐安稳的！识相的就快放老子出去！”

过道上响起钥匙相撞的清脆响声，一名华山派弟子走进牢房，站在他们的跟前，不耐烦地踢了一下困着他们的铁栏，喝道：“吵什么吵，你口中的那几人都不是掌门的对手，早就败下阵来了，不过他们时运不济，让魔教的宵小暗害了。这么说来你还算躲过了一劫。”

傅安一听猛地站起来，跑到他跟前急急地问道：“那我师叔呢？你知道衡山派掌门怎么样了吗？”

那名弟子冷哼了一声，道：“衡山派勾结魔教残害武林同道中人，季慎便是魔教的人，眼下正被正道同盟追杀，相信用不了多久你们就能在这里团聚了。现在……都给我老实点待着。”

不远处有人叫他，那名弟子应了一声，警告似的瞥了一眼萧宏生，便匆匆走了。牢房内出奇地安静，萧宏生颓然地靠在木架上，无意间牵动了锁链，顿时哗啦啦作响，极为刺耳。

“师姐，刚那人说什么？”傅安愣了半晌才回过神，下意识看向沈璃，忽地端正了神色道，“我们师叔是魔教的人这事，肯定是他们编来诬陷我们的，我们衡山派怎么可能和魔教扯上关系？师叔一定是被穆霸天那奸人陷害了！”

沈璃抿了抿唇，因萧宏生的反应心下有了一丝不确定，觉得似乎有什么不对的地方。

萧宏生忽然笑起来，半张脸隐在暗处，叫人看不清神色，虽说是笑，但这笑声透着一股苍凉悲伤之感。他忍不住咳嗽起来：“喀喀喀，还是走到了这一步。早该料到的……卢明死的时候就该料到的……”

“卢明？”沈璃莫名觉得这名字耳熟，脱口道，“二疯子？”

听到这个称呼，萧宏生一愣，定定地看着沈璃良久，溢出一声苦笑，道：“叫二傻子更贴切，那人说什么他都信，到最后却落了个偷剑谱自食其果的恶名。”

沈璃愕然，他说的是恒山派的前任掌门吗？

“当年围剿阎皇，我得到《九霄剑谱》后发现此剑法邪气太甚，不应存于世，便提议将其毁去，剑谱却在那时候失踪了。等查到是卢明拿走了剑谱时，他已走火入魔暴毙了，而那本《九霄剑谱》再度下落不明。”萧宏生似是陷入了回忆之中，蹙着眉接着说道，“当时青山便怀疑剑谱又回到了穆霸天手中，只是没有证据，便放出谣言，说剑法的第九式需要极大的内功心法支撑。心法乃我嵩山强项，我们想借此诈一下穆霸天，谁知这一等，就等到了现在。”

“穆霸天可真沉得住气。”傅安听完，咋舌道，遂又愤愤不平地开了口，“他这次还想栽赃我们衡山派，实在是阴险！”

萧宏生轻咳了一声，面上闪过一抹犹豫：“青山顾念旧情，又因为错杀了阎君而十分愧疚，于是下山找到了玉羡和阎君的孩子，将他带回衡山。”

“你是说师叔……”沈璃倏地睁大了眸子，诧异地望着萧宏生，却见后者点了点头。

“穆霸天想从我这里得到心法，故此才留着我这条老命。虽然当初是诓他的，但……”萧宏生话未说完，过道上复又响起一阵脚步声，听上去来人颇多。

沈璃正想走到萧宏生身边，却因地牢外站着的人停下了动作。她颇为诧异地看着穆晚瑾身后的侍女，觉得对方有些眼熟。

“我就站在这里问他们几个问题，你们去外面守着，没有我的命令，谁都不许进来。”穆晚瑾沉声吩咐道。

“可是……”那人始终有些不放心，犹犹豫豫地开了口。

“人在里面关着还能怎么样不成？再说二爷不喜外人知道太多。”穆晚瑾眉宇间闪过一丝不耐烦，目光扫过身后跟过来的那些华山弟子，加重了语气。

“是。”那人无奈，只好应声退出了地牢，远远地，传来一声厚重的“吱呀”声，是外头那扇大门被关起来的声响。

穆晚瑾脸上的笑意随之消失，冷冷地看着身后的侍女，嘴角勾起讥诮的弧度：“这间牢房早就布下了机关，就算知道了人在这儿，你也带不走他们。”

一抹身影自暗处慢慢走了出来，身着华山派的服饰，顾子嫣一惊，立时把匕首架在穆晚瑾的脖子上，却在看清楚来人的面孔时松了一口气。

“带不带得走，那就看请穆大小姐帮不帮忙了。”季慎走到顾子嫣身侧立定，嘴角依旧噙着那抹惯常的狐狸笑，眼底掠过一抹精光。

穆晚瑾心下一凛，莫名觉得危险，不由得紧张地问道：“你想让我做什么？”

季慎飞扬的剑眉下眼眸深邃，晃了晃手指上勾着的钥匙，递到了她眼前，眼神传递着明显的意图。

穆晚瑾暗暗咬牙，感觉到脖颈处那抹冰凉贴近了一分后，不得不接过了钥匙。她屏住呼吸，拿着钥匙的手微微颤着，几次都从钥匙孔旁划过。

最终，“咔嗒”一声，门开了，没有一丝意外发生。傅安微微迟疑了一下后，率先出了牢房，随后季慎拿着苍寻剑砍断铁链，救出了萧宏生。

顾子嫣很快就察觉到了沈璃的异样，不由分说上前查看，在发现她右腿上一道很深的伤口后，顿时眸子暗下了。

身体瘫软倚在铁栅栏上的穆晚瑾倏地拼尽了力气奔向大门，那扇大门倏地打开了，拥进一大批华山派弟子，堵住了季慎一行人的去路。

“大胆狂徒，竟敢擅闯我慕华山庄，受死吧！”一声暴喝后，便有银光挥舞，直刺他们而来。

季慎手按长剑，身子一侧，避过来人，随即苍寻出鞘，瞬间便发出尖锐到了极点的破空之声，掠过对方刚才站立的地方。剑与剑相撞，那人只觉得虎口震裂，长剑脱手后远远飞出。“锵”的一声，脱手的剑插在远处的地上，剑身还在嗡嗡地震动。

顾子嫣的视线落在那垂下的锁上，发现这里头藏有玄机，他们方才因为碰到锁，所以才惊动了外头的人。

她沉默片刻，随即敛眸，将沈璃交给了傅安照看，然后提剑上前与季慎并肩而战，意欲杀出重围。

怎奈双方人数悬殊，又要护着身后受了伤的人，时间一长，顾子嫣与季慎二人应付起来便有些吃力。

“哼，不过是些华山派的兔崽子，都是花拳绣腿，就让老夫来对付。”萧宏生休憩了半晌，恢复了些许精力，徒手解决了挥剑向他的华山派弟子，然后夺过那人手中的剑，纵身跃到季慎二人前头，冲着二人疾喝道，“带着他们走。”

季慎拧眉，稍犹豫便做出了取舍，与顾子嫣二人配合萧宏生直直杀出了一条血路。逼近门口时，萧宏生手中的长剑倏地闪起一道青芒，陡然暴长，怒射而出，凝成一抹冲天的气，气剑相撞，刹那间人剑合一，威力无比。

此招一出，顿时震飞了周围一圈华山派弟子。

“快走！”萧宏生运气将正困难前行的傅安一下推到了顾子嫣身旁，然后剑气全开，一人迎上。他借着身后的拱门，浴血奋战，阻断了华山派弟子围攻的去路。

可仍旧有越来越多的华山派弟子往这边追来，顾子嫣护着沈璃、傅安二人寻找出路，却发现路都被断了，周围都有人，一道道利剑在月光下闪烁着寒光，顾子嫣一行人顿时进退维谷。

一道黑影蓦地出现，扬手长剑划过，化解了沈璃左侧的危机，那人操着低沉的嗓音道："跟我走。"

沈璃听到声音微微愣神，迅速拽紧了傅安的袖子，附和了一声道："走。"

有了黑衣人引路，他们很快冲出重围，逃出了慕华山庄。一声清啸声自身后响起，顾子嫣回头望去，萧宏生一身衣衫染成血衣，被十几柄剑刃直直逼退数步后，他借力震开，只是清瘦的身子猛地一晃，咯血不止。他陡然跪倒在地，下一瞬，便被数把刀剑贯穿身体。

月光凉薄，涌起彻骨寒意。

宽大奢华的寝殿里，端坐着一名华服少年，少年面目精致，修长的手指无意识地沿着杯沿来回地滑动。他似乎走了神，低垂着的眼睫在脸上落下两道扇形阴影，一室茶香萦绕，意外地宁静祥和。

少年身后站着一名侍卫打扮的男子，浑身散发着冷峻的气息。听着那断断续续的咳嗽声，侍卫不由得蹙起眉头。

进了洛城后一直靠药物压制病情，公子的身体却似乎越来越……

倏然一道墨影闪入房内，陈远垂首半跪于华服少年跟前，抱拳沉声说道："公子，属下跟踪一路，今天有一群人夜闯慕华山庄的地牢，救走了沈璃和傅安。"

夏兴安似是没听到一般，将杯子里的茶倒了，重新注入了水。许久，他轻轻一哼，算是回答。

陈远微愣，继续说道："那群人虽救出了牢房里的人，但华山派派出的追捕之人过多，萧宏生为了保护他们死了，若不是最后出现了一个蒙面人，或许季慎他们现在都已命丧黄泉。"

夏兴安似是一愣，而后眼神微动，但片刻便了无踪迹。半晌，他勾唇一笑，意味不明地问道：“哦……那齐钰还没回来吗？”

“没。”陈远话语稍作停顿，一时摸不着头脑，眸光一转，他回想起方才那黑衣人的身形与路数，眼底立刻浮现出明了的神色。

又一阵低低的咳嗽声从少年唇间溢出，长长的睫毛微颤，衬得他脸色越发苍白，他将泡好的茶推至一边，敛眸道：“等他回来后，就带他来见我。”

“是。”陈远应声，望着他欲言又止，最终似是下定决心开口道，“公子，既然穆霸天已经知道公子有疾，不如……”

后面的话，却在夏兴安冰冷的注视下自动消了音，他慢慢低下头，僵在原地，不敢再多言。

“老虎病久了都会被人当成猫，更何况是人。”良久，夏兴安眼底浮起一丝冷意，冷声道，“若是有人求见，便说我不舒服，不见客。”

“属下明白。”陈远恭敬地跪安，与一直守在夏兴安身边的侍卫陈赫一道退了出去。

西苑外，远远地多了一道身影，正是这慕华山庄的主人穆霸天，带着一脸隐忍不发的怒意，疾步而来。

陈远看了一眼门口伫立着的侍卫，神情恢复成漠然，他走快了两步过去，拱手道：“穆盟主深夜造访，不知有何要事。”

“老夫有事与世子相商，还请通禀一声。”穆霸天见是夏兴安身边的随侍，立刻收敛起方才外露的情绪，语气谦和地说道。

陈远眼中闪过一丝错愕，这才想起公子最后那句话，原来如此……他随即歉意地望向穆霸天，颇为难地说道：“穆盟主见谅，实在不巧，我家公子那日夜里染了风寒后，一直卧病在床，这几天恐怕不方便见客，若是事情紧急，小人可代为转达。”

穆霸天蹙眉看了他半晌，一时摸不准夏世子的态度，权衡左右，只好说改日再来拜访。

眼下盟主令还在夏兴安的手中，他这盟主之位坐得多多少少有些不便，只是这时候还不能同夏兴安彻底撕破脸，他们说是合作，却更是互相忌惮。

屋内，夏兴安有些倦怠地合上眼，纤长的十指舒展着却又一下子紧紧攥住，似要抓紧什么，再次睁开眼时，他眼中的神色已是一片清明，无喜无悲。

没多少时间了，皇叔他……

夜风飒飒作响，吹得巷子里宅户门口悬着的灯笼摇摇晃晃，映得两边暗影如巨兽一般，颇可怖。几道人影疾疾掠过，隐入巷子内，不一会儿便消失在这片夜色中。

怜荀伫立在破庙门口观望，一见来人，便迎了上去。看到顾子嫣身后安然无恙的傅安等人，她微微松了口气。

元一察觉十三他们难看的面色，再看后面没有萧宏生的身影，声音一紧，哑声问道：“师父呢？”

顾子嫣身形一僵，对上他幽亮的眸子，倏地失了声。

“师兄，师……师父他死了……”元十三略带哭腔的声音响起，紧紧咬住牙，打着战说道，“师父就死在门口，差一步就可以出来……但还是死在那群人的剑下！”

季慎嘴唇抿得更紧，眸色溢满沉痛，喑哑着嗓音说道：“是季某有负所托。”

破庙内是死一般的沉寂。

蒙面人叹息一声，打破僵局道：“先别顾着哭鼻子了，那穆霸天不会这么轻易放过你们的，明日一早定会在整个洛城搜查你们的踪迹，这里不是久留之地，你们还是及早离开为妙。”

听到他说话，沈璃倏地抬起头，看向他道：“你这回救我们，也是夏世子授意的？”

黑衣人苦笑了一声，扯下黑巾，露出一张棱角分明的俊脸，不是齐钰是谁？他故意用往日矫揉造作的语气说道：“死鬼，我就不能为了你吗？”

沈璃却定定地看着他，心中掠过复杂情绪，道不明，索性撇开了视线，不理会齐钰。

另一侧的元一却沉下了眸子，喉头几次哽咽，又勉强压抑着悲痛的情绪说道：“我去把师父的尸体带回来。”

话音刚落，他便要冲出去。齐钰急忙出招制住了他，将他拦在门口，拧眉道：“你现在去是送死，也不能替你师父报仇。萧掌门的死，穆霸天必然会隐蔽处理，不会留下证据，你去了也不过多死一个，枉然。”

“师兄……”元十三低低唤了一声，扯住了他的袖子，亦认同了齐钰的话，“泰山、恒山的两位掌门此次都未能幸免于难，穆霸天这卑鄙小人肯定早早便想要破了五岳鼎立的局面，好一家独大。”

元一沉默不语，想起师父那日的玩笑话，却不想一语成谶。

“眼下穆霸天士气正旺，我们不宜与他们正面交锋。”齐钰蹙了一下眉，看向季慎说道，“穆霸天发了赤杀令，一口咬定你与魔教有染，他煽动了武林同道与你们为敌，你如果回衡山，怕是会挑起更大的纷争。”

顾子嫣抿唇，亦想到了这点，神色稍显凝重。而从萧宏生口中知道真相的沈璃、傅安二人，看着垂眸不语的师叔，不知如何开口。

良久，元一走至顾子嫣跟前，拱手正色道：“这位兄台说得对，不如季掌门你们几位与我们一道回嵩山暂避风头，到时候再商量对策。”

顾子嫣咬唇，心中犹豫，却听得耳畔一抹低沉声音道：“那就多谢元兄。能否让我和师侄单独说两句话？”

几人腾出地方，怜荀一手提着药箱，一手扶着傅安朝后面的空屋走去。

庙里只余下二人，月色透过屋顶残破的砖瓦倾洒而下，一缕缕细微的光束下，顾子嫣那张如玉静好的容颜看上去是那么不真切，对面的季慎的狐狸眸子正直勾勾地看着她，然后渐渐暗了下去。

顾子嫣心底莫名闪过一丝不安，低低唤了一声“师叔”。

季慎敛眸，依依不舍地收回视线，从怀里取出一样东西递到了她眼前，是衡山派历任掌门的信物。

在顾子嫣错愕的目光中，季慎缓缓说道：“师侄，这东西以后便由你收着。”

顾子嫣脸色倏地一变，眼睛猛地睁大，并看向他。季慎接着掏出一块玉佩，勾起嘴角道：“那日在水榭，夏兴安说的都是真的，如有必要，天心玦你可以……”

话还未说完，递出的信物和玉佩就被一道甩了回来。顾子嫣瞪着季慎，美眸中浮现一层薄怒，咬着牙道：“你这是在临终托孤吗？师叔！”

季慎看了一眼手里的东西，有些哭笑不得：“师侄啊，‘临终托孤’不是这么用的……”余下的话，等他被顾子嫣一个眼刀剜过后，自动消了音。

半晌，顾子嫣似是无奈，嘴角却弯起一丝弧度，道：“师叔，你若想留下，我可以陪你一块留下，反正帮你收拾了那么多回烂摊子，也不差这一回。”

殊不知这抹极淡的笑，轻易勾起季慎心中最深的悸动，他再也忍不住伸手将她拥入怀中，那一句折尽他所有离愁与纵容的“好”字，湮没在唇与唇里。

先是浅尝，随后便是深情的掠夺。

深情而绵长的细吻，像是饱含永生永世的爱恋，汹涌澎湃的情愫溢满了顾子嫣的胸腔，只不过一瞬的失神，她便彻底沉沦。

季慎的手指骨节慢慢地收紧，用力搂紧她纤细的腰身，力气之大，像要将她揉入自己的身体里一般，与她骨血相依。

“这下我再也不会放手了。”把下巴窝在顾子嫣的肩膀上，季慎声音暗哑地咕哝了一句。就算是地狱，也与他一起下吧！

“什么？”顾子嫣没有听清，反问道。

季慎放开她，深邃的双眸里尽是柔情笑意。他执起她的手，再度将天心玦放在她手心里，让她握紧：“师侄，你可知道，这个东西不只是宝藏，也是我爹给我娘的定情信物。不论我爹是阎君还是季川，在我娘眼里他只是她的夫君，入万魂谷也好，离开也罢，她只想跟着这个人白头到老。而我爹为了我娘脱离魔教，隐居山林，也只是想许她平淡幸福的一生。我一直很羡慕那种感情，也期望……这辈子能有一人与我不离不弃。”

光影落在他幽深的眸中，明灭回转，让人不由得看得痴了。手心里的玉佩似乎有了热度，顾子嫣直觉想要退后，身体却像被施了法术，动弹不得。

他微微俯下身，薄唇几乎贴着她的耳际，低声诱哄道：“喜欢吗？”

顾子嫣呆滞地看着眼前妖孽倍增的男子，那微微裸露的精致锁骨，似乎视线稍稍往下便能窥见更多的风情，不由得声音细若蚊蚋地回道：“喜……欢。”

季慎满意地看着她眼中的那抹痴迷之色，心底却陡然涌起一个疑问，遂钳住了她的肩膀极为认真地问道：“师侄，你是喜欢我的脸，还是喜欢我的人？”

顾子嫣回过神来，满头黑线。

站在屋外的沈璃忽然感觉肩上一重，被强迫着扭转了身子，不期对上齐钰深沉莫测的眸子。

齐钰在她诧异的注视下，蹲下身，半跪着替她解开了染血的布条，又扯下自己干净的衣衫一角，温柔地给她包扎伤口。

他表情看似漫不经心，手上动作却极其小心。俊秀的侧脸被月光染上淡淡的光晕，认真的眼神看上去格外蛊惑人心。不知不觉间，他们的气氛陷入微妙的寂静中，而空气里似乎也弥漫开暧昧的味道。

沈璃心里打着小鼓，因着对方的这份温柔有了一丝恍惚。半晌，她清亮的眸子里闪着什么，看向齐钰，故作自然地说道：“嗯，没想到……你还挺温柔的。”

齐钰一愣，缓缓直起身，一双俊眉轻挑。

看他明显不愿意让她糊弄过去的神色，沈璃只好挤出几声干笑，讪讪道："其实，我那天喝多了，你也喝多了，我们才会不小心睡到了一起，那……只是一个误会。可是现下你冒这么大的风险救我们，放……放心，我一定会对你负责的！"

齐钰眼中掠过一抹好笑的神色，脸上的表情却丝毫未变，他紧抿着唇，目光一直未离开沈璃，眼神幽深，不知道在想什么。

"不过现在这情形，你跟着我只会吃苦。"沈璃幽幽地叹了一口气，眼神飘远，她忽地又望着他，继续说道，"不如你继续留在夏世子身边，依齐老爷和夏世子的交情，夏兴安一定会护你周全的。"

齐钰直直看着她，凤眼倏然眯起，闪过一丝不悦，他表情陡然一变，冷若寒霜，嘴角虽然依旧保持着上扬的弧度，可周身渐渐泛起令人害怕的压迫感。

沈璃咽了咽口水，不自觉地后退了两步。

齐钰陡然动了身子，欺身上前，将她困在自己的臂弯中，俯下身，鼻尖相碰，一刹那，他几乎就要凑上前吻住那看似极为柔软的唇，却又狠狠压制住欲望。一时间，只剩下灼热的气息在彼此唇间蒸腾。

一双黑眸紧紧地凝视着她，涌动着陌生的情愫。

沈璃纤细的腰身被他牢牢圈住，感受到齐钰的呼吸近在咫尺，灼热温度顺着薄薄的面料传到她皮肤上，她的心跳和呼吸都不禁快了一拍。

正不知所措时，她听到耳畔一道似是压抑的低哑嗓音："我想你似乎搞错了，我并非需要人保护的弱者，相反，该小心的是你才对。"

下一刻，他退开两步，从她身边抽离。

仿若所有温存都不存在过一般，齐钰松开了手，漠然地看了她一眼，纵身离开了破庙。

沈璃错愕的表情定格在脸上，待反应过来时，几乎咬碎一口银牙："他……他竟然占完便宜就跑了，一两银子都没给！"

墙上的身影一个踉跄，差点跌落。齐钰隐在暗处，看着院中仍愤愤不平的女子，不由得发出一声苦笑，暗叹道：明明挺聪明的一人，怎么在这方面这么迟钝呢！

他摇了摇头，转身没入夜色之中。

夜风夹杂着些许凉意吹过面颊，沈璃打了个寒战，拖着身子慢慢往落脚休憩的地方走去，脑海里浮现出齐钰离开时的神色，不由得嘀咕了一句："身在福中不知福，有金主的大腿抱还要脾气，难不成真要跟我们一起与武林为敌，傻啊……"

慕华山庄，一片寂静。

齐钰刚靠近西苑，便察觉到有一股强劲的剑气向他袭来，他倏地抽刀在手，凝神戒备。

对方的剑气已然劈至跟前，却又猛地转身收起。齐钰蹙眉不解，那人转过身来，只见噙着笑意的陈远出现在他面前，拱手道："原来是齐公子，差点误伤了自己人。"

"陈侍卫可真是尽忠职守。"齐钰这才收起剑，抿唇说道。

陈远不置可否，低头说道："是我家公子特意吩咐我在此等候齐公子，齐公子，请。"

齐钰不禁诧异，面上却不动声色，试探地问道："你可知所为何事？"

陈远仍笑了笑："公子只说让属下请齐公子过去。"说着，陈远带着他朝着夏兴安的寝殿走去。

月色皎洁，齐钰心底涌起阵阵凉意。

陈远禀报了一声后便退下了。齐钰听着房里传出的咳嗽声，蹙了蹙眉，这位世子的身体每况愈下，不知道他在坚持什么，看起来并未打算离开慕华山庄，难不成他真要掺和武林的事？

"进来吧。"寝殿里传来低沉的声音。

齐钰进了寝殿，见夏兴安静静地站在窗前，一身青衣，颀长玉立，清隽消瘦的背影看上去有些萧瑟孤寂。

窗子开着，有寒风吹进来，便又传来一阵短促的咳嗽声。

"人都已经安顿好了？"夏兴安转过身，似是漫不经心地问道，"本王还以为你不会回来了……"

齐钰神色一凛，直直地跪在地上，垂头不语。

夏兴安慢慢地踱到他身旁，伸出右手虚扶了他一把，温和地笑道："本王没有别的意思，这些事情本就无关紧要，你肯回来，本王很高兴。"

齐钰顺势起身，见他面上并无怒意后，稍稍宽下了心，拱手道："多谢世子。"

"本王什么都未做，谢我做什么？"夏兴安撩起袍子坐下来，为自己斟了杯茶，淡淡笑道，"齐公子文韬武略，是个不可多得的人才，本王身边正缺帮手，不知齐公子意下如何？"

"世子谬赞，齐某一介武夫，不过是个粗人，怕担不起重任，辜负了世子的厚望。"齐钰心里咯噔跳了一下，停顿了一下后，婉拒道，"齐某早先离开齐府，为的是游历大江南北，开阔眼界，增长见识。齐某原想等到武林大会结束，寻个机会同世子辞行……还望世子成全。"

夏兴安蹙起眉头，脸上的表情仿佛藏在氤氲雾气之后，看不真切，唯有那双黑眸，似没有星子的夜幕深沉浩渺。

他沉默半晌后才缓缓开口道："当初在齐府，本王与太傅做了个交易，我得到我想要的东西，而他保全他想要留的人。齐公子不妨猜一猜，齐太傅最想护着的人会是谁。"

齐钰神色一凛，视线骤然锁紧在夏兴安身上，倏地沉下了眸子。

"本王不过想要拿回属于皇家的东西，不管这东西在谁手里。"夏兴安嘴角微扬，虽然在笑，却让人不寒而栗，"如果当初不是你执意要离开齐府，那么或许交易就完成了，可惜……是你自己选择的。"

齐钰垂眸掩去所有浮动的情绪，藏在袖中的手掌暗暗捏成拳头，极力隐忍后才抬眸，淡漠地用陈述的语气说道："世子是想让我取回那个东西？"

夏兴安眼里浮起一丝笑意，抿了口茶才低声说道："因为你是最合适的人选。"

不知为何，齐钰下意识地想到了沈璃，脑海中浮现出刚刚与她分别时的模样，他眼里掠过一抹复杂的光芒，定了定神才接着说道："若我不同意，世子打算如何？"

"那本王就多了个得力帮手，回京城后，便让你加官晋爵。齐太傅教出来的'女儿'必然不会让大家失望。"

齐钰这才彻底放弃，低声问道："那个东西，现在在谁手里？"

山庄内，穆霸天的书房里燃着灯，亮如白昼。书案上摊着一本书，翻开的那页夹了一张字条，穆霸天凝视着字条上的内容，脸上的神色一点一点地沉了下去。

有人叩响了木门。穆霸天迅速将字条放在火烛上燃尽。看着字条最后化成了几缕黑色的灰烬，他这才扬声道："进来。"

"大哥。"穆彦林拎着两壶酒进了屋子，敏锐地嗅到空气里留有纸张燃过后的气味，心中暗自沉思。

"你怎么下床了？你身上的伤可不是闹着玩的，我送你回去歇着。"穆霸天起身扶住了他，不满地说道。

"躺着也睡不着，就想着过来找大哥聊聊天。听下人说你一夜未睡，可是有什么棘手的事情不好处理？"穆彦林在他的搀扶下落了座，看了一眼摊在一侧高高摞起的簿子，疑惑地问道。

穆霸天略为无奈地叹了口气，目光扫过他带来的酒，眸色微变，开口道："眼下事情繁多，偏偏你又受了伤，我一个人忙得焦头烂额了。不过也就这阵子，你好好养伤，待好了后咱哥俩再好好喝庆功酒。"

穆彦林勾起嘴角，余光瞧见那边烛台下的黑色灰烬，眼中闪过一丝疑虑之色，他以拳掩唇咳嗽了两声，便同穆霸天告辞。

出了书房后，穆彦林紧紧皱起眉头。

隐在闹市里的小面馆门可罗雀，里面只坐了一桌人，倒是斜对面的公告栏前人满为患，好不热闹。

“难怪这几天城里不太平，原来出了这么多个采花贼，别说，长得还挺俊的。”一位挎着菜篮子的大婶瞅着公告栏上张贴的几张画像半晌，突然略带娇羞地说道。

站在她旁边的小胡子青年嘴角抽搐，开口解释：“大娘，这是在武林大会上闹了事的，不是什么采花……”

“什么？采的是武林盟主家的花？这胆儿也太大了。你看看右下角这人，说不是采花贼我都不信呢……喂，小伙子你去哪儿啊？”那位大婶嘀咕个不停，一回头发现那个小胡子青年耷拉着脑袋往外走，不由得多看了两眼，突然说道，“好像有一点面熟啊！”

那人闻言走得越快，一溜烟儿地跑到面馆里头，咬牙切齿地说道：“老板，再给我来两碗牛肉面！”

此刻唯有食物才能安抚他那受创的幼小心灵……

“老板别听他的，我们就点那么多，麻烦快一点上。”坐在最左边的女子立马出声制止，同时手掌大力地拍向他。

“好！客官您稍等！”老板的声音从厨房里传了出来。

那女子手忙脚乱按住了小胡子青年，青年立刻一脸幽怨地看着她，低低唤了一声：“师姐。”

坐在面馆里吃饭的五个人，正是公告栏上被通缉悬赏的那五人。他们乔装打扮混在城中，至今无人察觉。顾子嫣仍是一身飒爽男装，蹙了蹙眉，问傅安：“公告栏上怎么说？”

傅安敛去嬉笑神色，压低了声音道：“要抓的只是我们几人，并未牵连衡山派。”

这时热腾腾的面端上来，话题中断。

突然一群人风风火火地走了进来，小小的面馆一下子满座，符山派的掌门一脸阴郁地坐在主位上。

说来也是运气好，那日与魔教混战，他因负伤被门下弟子抬走疗伤，阴差阳错躲过了一劫。只是，他虽知道那天事发另有内情，可在无凭无据的情况下，他实在拿不出站得住脚的证据去指证穆霸天在擂台上设了机关，暗害恒山派邱掌门。

怕只怕到时候不仅没人相信他，他可能还会被穆霸天反咬一口，最后落个小人的名声。

“师父，气坏了自己的身子可得不偿失。咱们回符山好好修行，终有一日会得偿所愿的。”大弟子陆展劝慰他道。

“哼，穆霸天这老狐狸一早就算计好了，我看最可能跟魔教勾结的就是他了，不然你说怎么会那么巧，不早不晚，偏在要决出武林盟主的节骨眼上出了事。”叶掌门捏紧了拳头砸在桌上，发出一阵闷响。

老板吓了一跳，急急忙忙端上面后就躲回了厨房。

陆展下意识地环视了一眼四周，看到角落的那一桌时，他眼角微跳，那道身影与记忆中的某人重合，他不由得怔忡，丝丝柔情在心底泛起。

“我就是咽不下这口气，不然我们能沦落在路边摊吃面吗？”叶掌门嫌弃地扫了一眼搁在面前的碗，压根没有动筷的意思。

“穆霸天为了冲喜办婚宴，把这洛城大大小小的酒楼客栈都包了，供武林人士休憩。咱们既然已经推拒掉了，就在这儿将就着吃点东西回去吧。”陆展将视线从顾子嫣身上收回，敛下眸子说道。

叶掌门抬眸一瞧，望着公告栏上的画像，嘴角忽地勾起一抹邪笑，目光也幽深诡异起来：“让方淮带着一部分人回去吧。我找了那么多年的人终于出现，有了那本剑谱，还怕扳不倒那只老狐狸吗？呵呵呵……”

陆展看着师父有些癫狂的异样神色，涌起一丝不安。

角落里沈璃“哧溜哧溜”地吸完了面条，立马招手道：“老板，结账。”

“七十文钱，搁桌上就好。”老板仍不敢出来，隔老远站着喊道。

沈璃从身上摸了好一会儿才凑够了铜板摆在桌上，一副市井小民的模样，率先走出了面馆。

季慎一早就察觉到有道视线一直暗中打量着顾子嫣，故在临出门前，陡然拽过顾子嫣的手贴在自己的肚子上，惊喜万分道：“相公，孩子踢了我一脚，你快来摸摸。”

顾子嫣一头黑线地领着人出去了。

陆展下意识地起身，惹得叶掌门疑惑地看向他：“怎么了？”

“没……没事。”陆展恢复了如常神色，埋下头继续吃面，低下头的一瞬间，却蹙紧了眉头，心中莫名为方才那两人的亲昵姿态而泛起酸意。

叶掌门没深究，犹豫片刻后，还是端起碗慢慢吃起来。当然，他怎么也想不到方才经过的一行人里就有他要找的那人，他们竟错过了。

顾子嫣出门一转身，不小心撞上一位白发苍苍的大娘，使得对方手里满筐的土豆撒了一地。顾子嫣眼疾手快稳住了大娘的身子，随即蹲下替她把土豆捡起来。

将筐子递给老大娘，她极为抱歉地说道：“对不住大娘，没事吧？”

老妇人接过筐子，摆了摆手示意无碍，道：“老身年纪大了，老是看不清东西，一没顾着就撞了人。”

季慎目光微微闪烁了一下，伸手搭在筐子上，嘴角上扬道：“这筐子沉，还是让我们送您一程吧。”

大娘一愣，看着这位美貌少妇半晌，应声道：“好好，就在前头不远。”情绪陡然显得低落起来。

顾子嫣一只手拎着筐，跟在老妇人身后，不解地看向季慎。季慎则搀着大娘一副婆媳和谐的模样。

婆媳？顾子嫣沉默了一下，自己这是哪里来的错觉？

一圈竹篱笆围着一座两进青砖大瓦房，院子一角开垦出一小块菜圃，里头种了些菜，绿意盎然。他们走进屋子，按大娘的指示把筐子搁下。顾子嫣瞥见桌上只有一双碗筷，疑惑地问道：“大娘，只有您一个人住吗？”

老妇人正从缸里舀水，闻言手上的动作一顿，遂又继续，回道：“我那不成器的儿子，娶了个媳妇都没能让他安下心，就喜欢江湖那些打打杀杀的。前几日武林大会他就背着我带着媳妇去看，结果……唉，让我这白发人送了黑发人。”

顾子嫣一愣，想安慰老妇人，却一时想不到该说些什么。

“不说这个了，你们洗把脸坐会儿吧。”老妇人拿袖子抹了抹眼角，露出一抹笑，道，“这土豆卖了一早上都没几个人买，我去给你们炒几个菜，就在这儿吃顿便饭吧。”

顾子嫣刚想说“用过饭了”却被季慎拦住了，看着大娘已经开始忙前忙后的身影，她有些明白了他的用意，开口道：“多谢大娘。”

“不用跟我客气，听你们口音不像是本地人啊。”大娘一边忙着淘米，一边回头问道。

“嗯，从丰县来的，来洛城投奔亲戚。不过他们好像搬家了，我们就想着先找个落脚的地方，再慢慢找人。”季慎长长地叹了口气，脸上扬起一抹苦笑。

老妇人闻言似有所悟，在围裙上擦了擦手走过来：“现在要找个客栈落脚不容易，都让人包了，你们要是不嫌弃就住我这儿。”

“这样子打扰……”顾子嫣略显犹豫。

“不会，能多点人气，我高兴还来不及呢！就这么定了，你们喊我李大娘就好了。”李大娘乐呵呵地拍了拍她的肩，又回去忙活。

看着李大娘那高兴的模样，顾了嫣拒绝的话怎么都说不出口了。忽然外头一阵骚动，争执的声音传了进来。顾子嫣拧眉戒备起来，按住了隐藏在腰侧的青鸾。

季慎转着茶杯玩的动作停滞了一会儿，眸底有冷冷的寒光闪过。

门被大力推开，一位官差打扮的人闯了进来，拿出画像冷喝道：“有没有见过这几个人？”

李大娘吓了一跳，急忙迎上前，瞅着那画像半晌摇了摇头：“没见过。”

“这两位是……”那位官爷瞥了一眼桌边坐着的二人，回头问李大娘，“你儿子儿媳前两天刚死，这两人又是从哪里冒出来的？”

李大娘身子一顿，暗下了眸子，扯着袖子抹眼泪：“是我那短命鬼姐姐的孩子，知道出事了，他们特意过来看我的。”

顾子嫣硬着头皮走上前，扶住李大娘，低声说道：“姑母，别伤心了，当心身子。”

“大哥，别疑神疑鬼的了，画像上有五个人呢，这两个长得也不像，这里没什么可疑的，我们赶紧查了下一户就完事吧。”另一名长相尖嘴猴腮的衙役不耐烦地出声道。

领头的官差犹豫了片刻后，收起画像，带着人走了出去。

顾子嫣的手陡然被李大娘牢牢反握住，冰凉的触感蔓延开去，令她僵在原地。屋里的气氛陡变，之前躲起来的沈璃等人走了出来，一时都不知作何反应。

“都愣着做什么？我这个老婆子都没被吓着，你们怎么都这副表情？”李大娘拍了拍顾子嫣的手背，露出一抹笑道，“再坐会儿，饭菜很快就好。”

顾子嫣一愣，欲坦白道："大娘，其实我们……"

李大娘摆了摆手打断了她，开口道："老婆子我看人准得很，不会随随便便带坏人回家。"停顿了一下后，她陡然看向季慎，嘴角的笑意变得苦涩，"我媳妇也喜欢穿这么件袄子……"

气氛陡然静默凝滞起来，季慎起身走到李大娘身边，低哑着嗓音道："在寻到亲戚之前，我们住这儿的几日里，您就当我们是您的儿子儿媳，来好好侍奉您的。"

傅安更是忍不住找来了工具，敲敲打打，把这屋子破漏的地方补起来。

李大娘红着眼眶，一脸慈爱地拉过顾子嫣的手与季慎的叠在一起，哽咽道："好好好，你们早日生个大胖儿子更好！"

一桌子土豆宴让傅安一人消灭了大半。吃完饭后，怜荀背着药箱出去了一趟，直到用晚膳的时候才回来。

她递给婆婆一包碎银，说是给她贴补家用，让大家意外了一把。待婆婆推辞不过收下回房后，她才向顾子嫣汇报道："下午我就在街边摆了个摊子卖雪花膏，顺便从那些名门小姐妇人那儿打听了一些消息。

"夏世子与穆晚瑾要成亲了，虽说是因为先前武林大会的事情，想要冲冲喜，实际却是夏世子醉酒玷污了穆小姐的清白，这才不得已要负责。据说此事还惊动了当今圣上，三日后他们二人就要举行成亲大典，听说届时圣上还会亲自来主持婚礼，消息是真是假还有待确定，但慕华山庄的人的确开始筹备婚宴了。"

季慎懒洋洋的神色逐渐凝重起来，眸子微微眯起，闪烁着凌厉的精光，轻笑了一声道："他倒是挺会挑时候……那我们也去凑个热闹。"

顾子嫣拧眉，不太明了地看向他：师叔是说他们要去找证据，还是要他们找人报仇？

"来，尝尝老婆子我做的甜汤，今天你们真是帮了我不少忙，喝了甜汤就早点休息吧。"李大娘的声音由远及近，很快端着一大碗甜汤走到众人跟前。

顾子嫣想问的话还没问出口，接过一碗，很是捧场地喝完了。

随后李大娘带着几人去房间休息，并眼冒绿光地瞅着季慎、顾子嫣二人，殷切地带着两人进了一间房：“你们就睡这间屋，老婆子耳朵不灵光，动静再大都听不到，呵呵呵……”

话音刚落下，李大娘就退出了屋子，替二人关上了门。随后外头传来上锁的声音。

顾子嫣急忙来到门口，推了推门，却怎么都推不开了，心底涌起怪异感觉，道：“大娘，你这是做什么？”

门外李大娘的声音透着一丝古怪，喃喃道：“商儿乖，娘这是为你好。丽娘啊，你不给我商儿生个大胖小子，我是不会放你出来的。”

季慎的表情从错愕转为愉悦，他很是配合地回道：“娘，我会好好服侍相公的。”

顾子嫣默然不语，怎么都没想到李大娘会在这时候精神错乱。

门外有人拿起锁，鼓捣了一下，最后无奈地放下，似是安慰里头的顾子嫣，又似是自我开解道：“师姐，你就从了吧，师弟实在无能为力。”

顾子嫣脸上一哂，咬牙切齿地挤出了一个字：“滚。”

时值暮春，别院花木扶疏，一派繁荣景象，小径曲折向前，是一扇雕琢精致的垂花门。远远地就看到一抹身影坐在石桌前正翻阅书籍，那人修长的身影被清早的阳光渲染得分外虚幻。

忽然，急促的脚步声打破了这宁静，穆晚瑾惊慌失措地闯了进来。

穆彦林合上手中的书，随意搁在一旁才抬头看她，略微蹙眉道：“何事这般慌张？”

穆晚瑾渐渐平复了呼吸，万分委屈地看向他：“二叔，我不嫁。”

“咯咯。”穆彦林伤势未好，掩唇咳嗽了两声，面色并不太好。

良久，他叹了口气，伸手摸了摸穆晚瑾的头，语态平和慈祥，“瑾儿，女儿家大了总归要嫁人的，况且我和你爹指不定哪天就……咯咯咯……”

穆晚瑾闻言咬了咬唇，软下了语气：“二叔，我没说一辈子不嫁，只是我没想过会这般快……”

“但你那天夜宿水榭的事早已传了出去，不然你爹也不会这么快为你们筹办婚事。”穆彦林挑眉，嘴角噙着一抹戏谑的神色指出事实。

“我……我……”穆晚瑾倏地涨红了脸，咬了咬唇，辩驳道，“我们只是下棋犯困睡过去了，不是你们想的那样……”

“可外人不知。”穆彦林瞧着她那娇羞模样，不由得抿唇淡笑道，“听闻你们二人棋逢对手，相处得很是愉快，是他主动向你爹提亲的，想来是真心喜欢你。”

穆晚瑾脸上红晕不退，忆起那人眉宇间的温柔，反倒说不出心底复杂的感觉了。

“这门亲事已定，平阳王府的人已经送了聘礼来，三日后婚礼就会如期举行。”穆彦林声音虽低，语调却不容商议。

“二叔……”穆晚瑾还想说些什么，却见他又拿起桌上的书籍，神情专注地看起来，显然没有继续话题的打算。

穆晚瑾眼底闪过委屈，不愿妥协，但最终还是什么都没说。她眼神复杂地瞥了穆彦林一眼后转身离开，心底有一丝惶惑。

二叔和她爹为何会如此仓促地让她和世子成亲，而二叔似乎和爹统一了口径，她隐隐觉得有哪里不对劲……

一抹黑影迅速掠过空中，稳稳落于庭院中，跪在石桌前：“二爷料得真准，属下在平遥关口守着，的确有几人往那条道走了，应当是那日幸存的嵩山派弟子。”

“好，我要你上嵩山，盗取御心诀。”

“御心诀？”岳宏当下错愕万分，回道，“那不是嵩山派的……”

岳宏看着穆彦林猝然森冷下来的眼神，不禁打了个寒战，连忙应了声“是”，不敢有半分质疑。

“卓易的事是你一手处理的，可有留下什么破绽？”穆彦林忽地忆起穆霸天这两日来的异样，唯一能想到的便是他安插在自己身边的暗桩。

岳宏略微沉吟后说道：“属下有仔细确认过，除非……”

除非是在出事之前吗？穆彦林沉下眸子若有所思，眼底闪过一道冷芒，摆手示意他退下：“也罢，如今时间紧迫，你要尽快拿到御心诀。”

“是。”岳宏不敢违抗命令，双手抱拳应声后离开。

穆彦林抬头朝着庭院的拱门外看了一眼，本是俊逸温良的一张脸上此刻布满了阴鸷。悄悄将右手缩回袖中，摸了摸袖中暗沉的鹿皮囊袋，他的脸上浮起一丝古怪笑意。

青砖瓦房前，顾子嫣一身布衣，坐在院子里砍柴，季慎坐在一侧拿着手帕时不时替她抹汗。

傅安路过，半晌才将下巴移回原位，疑惑地说道：“为什么看着毫无违和感？”

季慎勾起嘴角，看着他笑而不语。

“丽娘，要是累了就回房里歇着，不用陪着。”李大娘冲着季慎二人眯着眼笑，开口道。

“我一点也不累。”季慎含笑答道。

傅安在心底为师姐默默掬了一把同情泪，女扮男装真的好忧伤……

李大娘突然皱起眉头，一脸担忧地看向顾子嫣，半晌后小心翼翼地问道：“商儿，最近是不是老是觉得累，有点力不从心的感觉？”

顾子嫣愣住了。

李大娘遂挎起篮子，一边念念叨叨地走了出去，隐约还能听到“老大夫、壮阳”等字眼，顾子嫣手中的斧头一歪，差点劈中了季慎。

“相公……”季慎心有余悸地看着椅子上的缺口，顿时一头冷汗。

顾子嫣睨了他一眼，收回斧头，突然面色严肃地说道：“若无意外，他们应该快到嵩山了。”

季慎神色一顿，也倏地敛去笑容，露出了正经之色。之前他们让元一带着假的御心诀走，按萧宏生所说，穆彦林必定会按捺不住出手夺走御心诀，届时……只希望赶得及。

“沈师姐呢？”傅安一早上都没见她的人影，不由得好奇地问道。

正说着，沈璃耷拉着脑袋捂着胸口从门外走了进来，身后还跟着一个男人。

一袭白色衣袍贴合地勾勒出他挺拔俊秀的身形，乌檀似的墨发若流瀑般垂泻而下，带着微微的卷曲，五官立体，一双墨黑色的美眸闪烁着不知名的光芒，深邃而内敛，漂亮的薄唇紧抿……是齐钰。

“他……”傅安不明所以地看了看沈璃，明显察觉到他们二人之间的诡异氛围。

沈璃停了下脚步，幽幽地看了一眼傅安，万分痛心道：“让我一个人静一静。”

傅安默默地目送她回房，这才把好奇的眸子转向齐钰：“师姐她……”

齐钰掏出一纸契约，上面赫然写着卖身契，已付二百五十两银子。齐钰微笑着拢了拢散落的长发，唇畔勾起一抹魅人的笑：“虽然很意外，但她的确买下我了。”

师姐竟然花这么多银子买男人？这么多钱可以吃好多肉了！傅安沉默半晌，然后一转身屁颠屁颠地奔着沈璃而去：“师姐，你买我吧！我会卖萌，会暖床，功能可多了……”

一阵苍凉的风吹过，卷起片片落叶。

季慎微眯着狐狸眸注视着齐钰，视线下滑扫过他腰间别着的精致玉佩，若有所思地打量了良久，嘴角勾起一抹略带深意的微笑，道：“怕是强买强卖吧？”

齐钰露齿一笑：“你情我愿而已，何来强迫。”

顾子嫣自一开始就没有出声，微微蹙着眉睨向他，半晌才沉沉说道：“你想跟着我们吗？”

齐钰轻轻颔首。

“因为沈师妹？”顾子嫣继续问道。

齐钰黑眸轻闪，似是掠过一抹幽暗之色，继而又笑着说道：“因为比起留在夏世子身边，待在她身边享受快意恩仇的生活更自在。”

这时，里面忽然传来一声怒吼：“我要你做什么？给我赶紧滚！”

一道弱弱的声音幽怨地唤道：“师姐……”

顾子嫣的问话戛然而止，齐钰冲她微微点了一下头，抽身往声音传来的地方走去。

季慎抿唇看着那道背影消失在转角处，出于直觉，他认为对方出现得太过巧合，所以莫名地心生警惕。

但愿……是错觉。

远远一阵“嗒嗒嗒”的马蹄声，夹杂着几声呼喝，由远及近。顾子嫣神色戒备地来到门边，朝外看去，八匹马从城门口的方向而来，马背上的人俱黑衣劲装，身背长剑，风驰电掣般奔过，冲着慕华山庄的方向而去。

“作孽啊，横冲直撞的也不晓得让个人，我的菜……”路旁的一个妇人正弯腰捡着地上散落的白菜，摇摇晃晃地欲起身，一个不稳又跌回地上，似乎右脚受了伤，便不由得伤心地哭号起来，“天杀的，这叫我可怎么办？！”

顾子嫣走过去扶起妇人，没一会儿，就有个中年汉子从人群中冲了过来，一把推开了顾子嫣，所幸顾子嫣及时被季慎揽住了腰。顾子嫣抬头望见季慎注视着中年汉子那暗沉不悦的眼神，连忙暗中扯了扯他的袖子。

“孩子他娘你没事吧？伤着哪儿了？是这小子撞你的吗？”中年汉子一边焦急地检查着妇人身上的伤，一边恶狠狠地瞪向了顾子嫣。

那妇人一把拉住了他，赶紧解释道："孩子他爹你误会了，这位小兄弟是好心扶我起来，之前那些人早跑了。脚腕疼得厉害，大概是扭着了。"

粗汉子闻言脸上闪过一抹尴尬之色，干咳了一声不好意思地说道："原来如此……小兄弟啊，刚才是老哥对不住了。"

"你还是先带大婶去看大夫吧。"顾子嫣并不在意被误会，看着妇人裙角沾上的血迹提醒道。

"唉……孩子他爹，这后天怎么去送菜啊？慕华山庄给了咱一大笔银子，不能出差错，不然咱们在洛城可就待不下去了。"那位妇人伏在粗汉子背上，一脸担忧地说道，"虎子明儿个去学堂，我还得送他过去夫子那儿。"

"行了，这些事你都别瞎操心了……我会想办法的。"粗汉子蹙着眉头。

顾子嫣和季慎对视一眼，会心一笑。顾子嫣提步上前，唤住了那对夫妇……

五月初八，宜出嫁、上梁，忌动土。

晨光破晓之际，慕华山庄内已是一片火红颜色，庄子里忙碌着的人面上皆一片喜色。红绸满地，俨如十里桃花，锣鼓喧天，冲天的喜气似乎无形中驱散了武林大会带来的阴鸷。

华美的阁楼里，紫檀桌上掐丝珐琅八宝香炉中燃着上好的香料，香气袭人。铜镜里的穆晚瑾穿着嫁衣，对襟宽袖大红中袍，收束腰肢的玉带垂下两条带纱到膝，外面着一袭红色纺纱外套，镶了璎珞、琉璃、珍珠等，如星光一般美艳绝伦。

采儿小心翼翼地为她戴上玉缠金绕的凤冠，前头的细细珠帘分挽在两侧，露出姣好的脸庞，采儿忍不住惊叹："小姐穿着这身嫁衣真好看，姑爷一定会很喜欢！"

穆晚瑾望着那面镌刻着复杂花纹的铜镜怔愣出神，听着外头喜乐喧天，秀眉蹙得越发紧了。

前日，她去爹的书房寻人，却听到什么“别苍门”，什么“成王败寇”，可谁是王，谁是寇？爹为何又要人防着二叔……

“小姐，选一支吧！”采儿拈起首饰盒里两支别致的珠钗，递到了穆晚瑾眼前。

穆晚瑾骤然回神，扫了一眼房内来来去去的丫鬟婆子，发话道：“你们都先出去，留采儿在这儿陪我就够了。”

“小姐，这吉时……”喜婆的后半句话在穆晚瑾的冷眼注视下消了音，不得已只能领着丫鬟们退了出去。

临到门口，喜婆欲言又止地回头望了一眼，眼神示意采儿别误了时辰。

众人离开后，采儿才察觉到穆晚瑾异样，不解地问道：“小姐是不愿嫁给世子吗？”

屋子里忽然闪过一道黑影，穆晚瑾正要开口，忽觉颈后一痛，一声闷哼，倒在桌上。

采儿瞠圆了眸子，呼救声还未来得及出口，便被来人点住了穴道。

外头传来喜婆的询问声，说时迟那时快，季慎两指捏住穆晚瑾的下巴，把一粒棕色药丸送进她嘴里。

顾子嫣随即命令道：“打发她走，不然你主子就没命。”

采儿惊恐万分地瞪着她，觉得她的形象与那夜偷袭者的重叠了，穴道解了后，采儿腿一软差点摔在地上，竭力稳住声线道：“没……没事，小姐有些舍不得出……出嫁而已。”

“小姐嫁得好，是福气。轿子快来了，好生准备着，可别弄花了妆。”喜婆再次交代道，门外渐渐没了动静。

屋子里气氛凝滞。

视线扫过那名瑟瑟发抖的婢女，季慎挑眉低声说道：“这就是解药，你家主子活不活得成，就看你了。”

顾子嫣拧眉打量着昏过去的穆晚瑾，伸手触到她头上的凤冠，采儿惊慌地拦在她面前，略带哭腔道：“我会照着你们说的做，不要伤害我家小姐！”

顾子嫣沉默不言。

“倒是挺护主的。”季慎勾起嘴角，走至顾子嫣身旁，“时间不多，快换好衣服。”

采儿冲上前制止顾子嫣，却看到她褪去男装后缠着布条的身子，当场愣住，一时哑然无语。

顾子嫣极快换好了衣裳，简单地绾了发，掩在凤冠下也未有不妥，接着走近了发愣的婢女，低声问道：“这样可有破绽？”

“仙……”采儿未曾想过这男子扮作女儿身竟是如此绝色，一时缓不过神来，差点脱口喊出“仙女”二字。

季慎下意识地转过了身，却在瞧见那抹红色身影时愣怔在原地，对面的女子长裙自腰际间垂下至拖地，勾勒出腰身柔美的线条，白皙如玉的脸颊不自觉地染上一层红晕。

顾子嫣有些不自在地轻扯裙裾，小声问道：“师叔，我可有哪里不妥？”

季慎狭长的眸子闪过难辨的神色，再一看，他面色如常地点头说道：“我去敲昏夏兴安。”

顾子嫣沉默了。

采儿默默注视着顾子嫣和季慎两人，突然冒出一个念头：这两个人难道是来蹭成亲的吗？

外头骤然响起一连串鞭炮点燃炸开的声响，响声由远及近，看来外面的人快到了。

顾子嫣敛神，对上季慎蹙眉生闷气的模样，嘴角勾起一丝笑：“师叔，待回去后，你那套喜服送我吧。”

喜服，待嫁，允的是……季慎微微一愣，随即脸上涌出狂喜之色。看到喜婆推门而入，季慎急忙隐去身形。

顾子嫣暗中扣住采儿的手腕，做出被扶着的模样，步出了闺阁。

拐角处极快地掠过两道鬼祟的影子，被这热闹氛围遮掩，无人察觉。傅安躲在角落捂住了胸口，心有余悸地说道：“我听过抢婚抢新郎或是新娘的，还没听过抢岳丈的。”

沈璃斜了他一眼，正色道：“让你埋的东西都埋好了吗？”

“嗯！”傅安郑重其事地点头，忽然觉得手里头沉甸甸的，微微迟疑了一下，“好像……还多了一个。”

沈璃只好暗自祈祷，师姐，祝你平安！

元华殿前，铺天盖地的大红喜色，到处可见写着“囍”字的大红锦缎，宾客络绎不绝，既有武林人士，也有大小官员，纷纷恭贺穆盟主喜嫁女儿。

一名小厮匆匆走到招呼宾客的穆霸天身侧，附耳道：“老爷，不好了，姑爷不见了。”

穆霸天动作一顿，让手下弟子继续招呼着，走至人烟稀少处才冷下神色问道：“怎么回事？”

“小的服侍世子穿戴，中途离开了一会儿，回来就见世子的贴身侍卫倒在地上，世子不知所终，怕是让人劫走了……”小厮战战兢兢地说道。

穆霸天眯起的眸子里闪过一丝疑虑，面上浮现一丝狠戾，扫过这宾客满座的场面，似乎在认真地权衡，半晌之后，他才开口命令道：“婚事照办，你速让陶溪暂时顶替新郎。”

“是。”小厮应声而去。

不论如何，瑾儿都会是平阳王世子妃，这样他才能免去后顾之忧。

宽阔的大街上人声鼎沸，叫卖声不断。此时，一顶华丽的轿子在喧闹的大街上疾行而过，抬入了某座大院。

黑衣劲装的男子掀开轿帘，里头坐着的正是今日慕华山庄的姑爷夏兴安，他双眼被黑色布条所缚，双手双脚亦捆上了绳索，但一直泰然自若，镇定非常。

可就在突然被一双手臂抱住，身体随之腾空的那刻，他变了神色，鼻尖传来了手臂的主人身上淡淡的龙涎香。夏兴安僵着身子任由那人抱着进了屋里，眼上的黑布被解开，突如其来的光亮让他眯起眸子，他紧抿嘴唇，然后慢慢放松。

他冷静下来后，嘴角上扬了一个极为浅淡的弧度，薄唇轻启，语气不咸不淡地开了口：“别来无恙啊，皇叔。”

他的面前站着一个身着明黄色锦袍的男子，那人看着他，不发一言，而是伸出手，替他细细拂去喜服上沾染的灰尘。

男子一丝不苟地擦着，一时屋子里寂静无声。

偌大的屋子里，红色轻纱挂满整个房间，桌上燃着熏香，香气弥漫。八支大红龙凤烛燃着火光，将周遭映照得喜气洋洋，这些落在夏兴安眼中，反成了莫大的讽刺。

“皇叔这是何意？”

“你那院子里的木笔花今年开得最好，随我回宫吧。”那人微微抬起眼看他，却没有正面回答，眼底闪过一丝隐忍之色。

夏兴安忽然向前倾了些，凝视着他的双眸，似乎在看那瞳孔里的倒影。一瞬间他们贴得极近，夏兴安却在那人伸手的时候退开了身子，嘴角扬着诡异的笑容，道：“哦？这回又要以什么样的借口囚禁我三年呢？”

男子面色微滞，原本含着笑意的眸子里染上一层寒霜，抿唇说道：“是寡人……太纵容你了吗？”

话音落下的瞬间，男子伸手快速锁住夏兴安的咽喉，夏兴安却像怕他下不去手般，直接仰起脖子送到他手上。

紧接着，夏兴安唇上蓦地一痛，似有血腥之气涌入口中，他只觉一股恶寒从心底窜出，猛地伸手推开了覆在身上的人，捂嘴开始一阵干呕，下一秒，他的下巴突然被捏住强行抬起。

黄袍男子的眼梢飞斜，使得他眼神凌厉之中又兼带了一丝阴柔。他语气森然道：“你愿意也好，不愿意也罢，这辈子休想逃离寡人身边。”

夏兴安抬手抹去唇上的那片猩红，淡淡的血腥气萦绕鼻尖，他嘴角弧度不由得加深，笑得意味不明道：“那倒未必。”

黄袍男子，也就是淮宗突然猛地捂住胸口，那里传来一阵绞痛。外面传来打斗的声音，然后迅速消失，淮宗明白过来，此时局势颠倒，自己的手下已被对方拿下，意识到自己的处境，淮宗的眸子倏地暗下来。

“虽然猜错了皇叔到的时间，不过之后的一切果然不出我所料。我嘴里藏了‘炼心’，如若沾上了血，毒意更甚百倍，中毒者会有钻心噬骨之痛。”夏兴安拢了拢身上的喜服，缓缓直起身子，自上而下俯视着他，道，“不过皇叔不必太过担心，侄儿不会让你这么容易就死的。如果一个人时日无多，你猜他最想做的是什么？”夏兴安饶有兴致地问道。

淮宗一脸冷色，直直地看着他，这才发现这少年已经在他不知道的时候成了魔，而造成这一切的……是自己。

“一起下地狱吧，皇叔。”

淮阳宫内，鹅毛大雪飘飞，一名男童步履蹒跚地走在雪地上，嘴里念念有词，神色已然变得不寻常。

只要变得足够强大，就能保护自己了。

身上好疼，要是会医术就好了。

娘，你在哪儿，安儿好怕……

一双乌金丝线绲边的靴子忽然停在轿前，轿帘被从外面掀开，听喜婆唤了一声，顾子嫣的手里被塞进一条红绸，感觉到红绸那端的重量，便猜着那边该是夏兴安了。

红绸铺地，绵延一路，两旁宾客满座，纷纷行着注目礼。

顾子嫣怕露了破绽，只让采儿贴身跟着。脚上穿的鞋子是平时不惯穿的花盆底的，稍有不稳就倾了身子。

一只大手赶在采儿之前扶住了她，顾子嫣隔着细帘看到的是夏兴安的精致面庞，只是他脸上的笑意稍显僵硬。

“小姐莫怕。”对面的人安抚地说道。

顾子嫣却蹙起眉，声音怎么不像是夏兴安的？她猛地抬眸，却听他继续说道：“陶溪奉掌门之命保护小姐，成亲大典之后，世子便会出现。”

顾子嫣又是一阵沉默，视线扫过了坐上主位的穆霸天，思绪百转千回，忽然神色一变，她想到了一种可能。

“据说此事惊动了当今圣上，三日后他们二人就要举行成亲大典，听说届时圣上还会亲自来主持婚礼……”

那日怜荀说的话闪过脑海，天心玦，盟主令……顾子嫣心下骇然，万万没想到他们竟想对那人下手。

“吉时已到，新人行礼。”典礼官高声喊道。

众人顿时安静下来，目光不约而同地看向那对佳偶，穆霸天面上的笑意更浓了。

突然，一道尖锐无比的破空之声传来，无边气浪之中，只见一道银色流光破空而来，“叮”的一声，银色流光擦过穆霸天手中挽着的金樽，最后斜斜钉入主座右侧。

“穆盟主嫁女这等喜事，本尊就是在阴曹地府也要赶来送上一份贺礼。”来人着一袭玄黑缎面锦袍，狭长凤眸中闪过一丝敛尽天下的光芒，深浅难辨。

黑色的袍子在风中扬起一角，眼角眉梢无一处没有阴沉杀戮之色，五指拢起，那枚六星飞刺赫然收入了他的手中。

黑衣男子的身旁站着一名红衣女子，面色冷峻。忽而一丝微风拂过，空气中弥漫着难以察觉的肃杀感。

穆霸天身子一僵，轻轻地冷笑，厉声开口：“来者何人？竟敢冒充魔教教主来我慕华山庄捣乱！”

阎皇闻言却只是嘴角微掀，半垂下眸子，勾起一抹森冷的笑意道：“那你……便当本尊是来索命的吧。”

视线扫过礼台，却在一人身上停住了，他眼中倏地爆出一抹亮色，随即加深了眸色。下一刻，他快速出招，只听到六星飞刺发出的破空之声，齐齐朝着穆彦林冲去，尽显杀机。

四下宾客早已在阎皇出场的时候便纷乱出逃，不一会儿偌大的礼场仅余下一些武林人士与华山派的人。顾子嫣被陶溪当作手无缚鸡之力的穆大小姐护在身后，她的视线却牢牢锁在礼场，暗寻出手的机会。

穆彦林伤势未愈，招架稍显吃力，十二暗卫皆现身相护，也只是与阎皇势均力敌，双方僵持不下。

主座上，穆霸天微微蹙眉，眸色中染上几许暗沉，却只是开口安抚身边的人，丝毫未有出手的意图。

九霄剑法相对，显然阎皇更胜一筹，穆彦林渐渐败下阵来，申时的钟声响起，周围蓦地涌起白色浓烟，并顺着风势弥漫开来。

顾子嫣瞅准时机，迅猛出招袭向穆霸天，后者未有防备，被她抢了先机，招招受制于她，几番交手，更是险些被顾子嫣所擒。

穆霸天看着凤冠之下露出的面容大惊，怒问道："你把瑾儿如何了？"

"想要救回你女儿，不如先还我们衡山派一个清白。"顾子嫣一柄青鸾使得极快，借着浓雾走势的便利，直攻穆霸天的要害。

银光闪烁，一道凌厉锋芒的剑气从剑锋陡然射出，穆霸天向后急退，随手抓了个替死鬼，顶替自己而上。

剑刃没入那人胸膛，那人不甘地瞠圆了眸子重重倒下，顾子嫣收回剑势，却发现四周已然不见穆霸天的踪影，她神色一凛，丝毫不敢掉以轻心，运功凝神戒备。

蓦地身后一道劲风袭来，顾子嫣连忙屏息侧身，提剑格挡。剑刃交接发出清脆声响，两人错身而过。穆霸天藏有暗招，并未给她喘息的机会便直袭向她的命门，局势陡转，顾子嫣渐渐落于下风。

弯腰避过穆霸天的玄龙掌，顾子嫣只觉眼前闪过一抹橙色光芒，定睛一看，便看到穆霸天的衣襟内有一枚玉佩，状似麒麟一角，她心思一动，趁势袭向他的胸口，一抓一放间，直到手中多了一样东西，这才疾步而退。

烟雾变薄，快要散尽。

阎皇在烟雾涌起时中了穆彦林的偷袭，失了先机，视线一扫，发现元华殿涌出一批弓箭手，只好一声令下，与手下一起从雾中撤离。

顾子嫣纵身一跃，立于碧瓦之上，举起玉佩冲着穆霸天说道：“想要回盟主令，你知道该怎么做！”

“放箭！”穆霸天厉声喊道，陡然收紧了拳头，狭长的眸子蕴出一抹嗜血之色。

箭雨落下，顾子嫣身形一闪，消失于墙头：“三日后，敬候佳音。”风中余音袅袅，一抹霞帔翩然落在墙内。

穆彦林捂着胸前的伤处，缓缓走到穆霸天身侧，轻咳一声道：“没想到我还能从阎皇的手里活下来，这算不算运气，大哥？”

穆霸天一愣，视线回落，触及穆彦林身上一片血色后，连忙唤道：“来人，赶紧去请大夫。”这时细看的话，会发现他的眼底情绪极为复杂。

命令手下的人收拾残局后，穆霸天这才看清方才被自己当了替死鬼的人是……他面上闪过一抹意外之色，眼底却没有一丝波澜。

随行的黑衣侍卫没有一个存活，而地上那人身下一摊血迹，溅在脸上却显出不正常的颜色。穆彦林拧眉蹲下，沿着他脸颊的侧边一用力，撕下了一张人皮面具，与之前站在他身后的那名随侍长相无异。

“是假的。”穆彦林起身，肯定地说道。

穆霸天看到这一幕，沉默了半晌，突兀地笑出了声：“好一招金蝉脱壳，夏世子失踪之事怕是与他脱不了干系。”

正说话间，采儿忽地冲上前，声音里染上了一丝哭腔：“老爷，小姐被人下了毒，快救救她啊！”

二人闻言色变，立马赶去了穆晚瑾的闺房。

山庄别院，一个身影闪身入了屋内，深褐色核桃木书架上陈列着满满当当的书籍，那人一通翻找，却并未找到自己想要的那本。

屋外忽然响起细微的动静，季慎立刻停下动作，侧身隐入了书架与身后墙壁的凹缝之中，伺机而动。

“季师叔？”紫衣女子蓦然出现在房内，一声低唤，手中的长剑划过一抹寒光。

季慎嘴角衔着一抹似笑非笑的浅笑，悠然步出了暗处，一眼便发现了她领口处绣着的标志，淡然开口道：“你的一声‘师叔’，在下担不起。”

寥寥几语，极尽疏离。

宋晴容紧咬着下唇，脸色不自然地变了变，垂下眸子，声音晦涩道：“等闲变却故人心，却道故人心易变。”

季慎未理会她语调里的幽怨之意，忽地想到一人，沉声道：“阎皇也来了？”

“师叔……他是这世上你唯一的亲人啊！”

“我爹娘死了十年，不劳惦念。”季慎嘴角勾起一抹嗤笑，显然是为那二字隐隐动了怒意。亲人……阎皇为了留下他爹，不惜对他和娘赶尽杀绝，这样的人，对他何来的亲情可言？

宋晴容神色一滞，辩驳道：“可你是阎君之子，这层身份不会让你……”

“那又与你何干？”季慎漠然地扫过她，毫不留恋地离开了。

是谁有那么重要吗？那个人唤他一声师叔，他就只做她的师叔，守着小小的衡山派与她一起过着与世无争的日子。

衡山下有一间铺子，足以维持整个门派的生计，那套喜服已经让人赶制了，他甚至飞鸽传书让大长老他们不要整日痴迷于麻将，该考虑考虑主持他们二人的成亲典礼了。

说不定此时，衡山派已经忙得人仰马翻了。

宋晴容笑意僵在嘴角，脸色阴霾，攥紧了手，指甲狠狠刺入掌心，却全然不觉。注视着那道背影直至消失，她眼底的眷恋一点一点地消失，妖娆艳丽的脸上只剩下怨恨。

“我保证你一定会后悔的，师叔。”

第十二章 危机四伏

夜风习习，星月无光，时值早亥。

洛城南边一处，人们绘声绘色地描述为经常闹鬼的荒废宅子里，此时正隐约传出一阵说话声。

“师姐，盟主令现在在我们手上，穆霸天势必出来澄清，等问题都解决了，咱们就可以回衡山派了！”傅安两眼放光地瞅着顾子嫣手里的令牌雀跃道。

顾子嫣颔首，事已至此，穆霸天也没有其他的选择了。虽然能尽早离开这个是非之地再好不过，但是……她微微垂眸，掩去眼底的情绪后，开口道：“大家忙了一天都累了，早些歇息，今天由我和师叔守夜。”

说完，她望向坐在一侧的季慎，却见他手指在剑柄上缓缓摩挲着，一副心不在焉的模样，遂低低唤了一声：“师叔？”

季慎回过神来，良久才道：“走吧。”

夜色渐深，蝉鸣声不绝于耳，湿润的空气里弥漫着些许不安的味道。二人并行而走，顾子嫣忽然止住脚步，头也未回，低声问道：“可有找到剑谱？”

季慎轻轻挑眉，神色微微诧异，显然对顾子嫣的问话有些意外。

"师叔若是在，又岂会容他人伤我。"顾子嫣轻轻扯了扯嘴角，像是在喃喃自语，"后来看到穆彦林慌张赶回房间，我就猜你是去了他那里。"

一双狭长的狐狸眸里飞快闪过一丝情绪，盯着她看了许久后，他视线一转，落在她缠着纱布的手腕上，不由得眉间一沉，眼底寒意顿生，沉声道："不会再有下一次。"

顾子嫣不置可否，只是抬眸看着他，轻声问道："师叔也想要那本剑谱吗？"

季慎愣怔，微微点了一下头，两个人突然沉默下来。

就在顾子嫣敛眸转身之际，季慎倏地拉住了她的手，修长的手指抚上她眉间的拢起处，颇为无奈地说道："我不会的。要想练九霄剑法就必须保持童子之身，说起这个……师侄应当最清楚不过。"

顾子嫣闻言面上一红，撇开了视线，以避免对上他那幽怨的眼神，却松了一口气，幸好……

季慎突然伸手拉着顾子嫣的胳膊，在她还未回神之际，携着她跃上屋顶，与嘈杂的喧闹声隔绝开来，倒有几分清净。

风拂过竹林，簌簌作响。一片漆黑中，隐隐有数不清的萤火虫在屋外飞舞，为夜色点缀出一点一点淡黄的柔光。

顾子嫣眼中掠过一抹讶然，似是想到了什么，不由得弯了弯嘴角，低低呢喃道："师父曾给我讲过一个故事，从前有名书生上京考取功名，待金榜题名日，便是他迎娶县老爷女儿之时，却不料县老爷一开始便没打算将女儿嫁给他，而是择了一门显贵的亲事逼着女儿出嫁。小姐宁死不从，却因牵挂书生而不愿离开阳世，于是化作一缕萤光寻着书生而去，为他照明，陪他苦读。师父说，留恋人世的魂会化为流萤守在爱的人身边，让对方不怕迷路。"

季慎的嘴角不自觉地抽搐了一下，这话出自宋青山之口，比傅安说以后吃素让人更难相信。

季慎向后微微伸腰，一条手臂垫于脑后，仰躺在屋顶上，伸出另一条手臂摊开，显然是在邀请，狭长的狐狸眸微微眯起，低低咕哝了一句："让他安心投胎去，我的人不劳他费心，这辈子都不会丢的。"

他在说后半句的时候，声音突然轻下来，让人听不真切。顾子嫣歪着脑袋看着他，却见他耳垂微微发红，实属难得一见。

顾子嫣忽然弯起嘴角，脸上漾开一抹清美的笑容，明眸闪耀生辉。她也随性地躺下来，仰视着暗无星光的乌黑夜空，却因为身边的这个人而有了不一样的感觉，是踏实吗……

慢慢地，一阵睡意涌上来，顾子嫣闭上眼，恍惚中似乎又看见了师父……

那时候顾子嫣还是小顾子嫣，她蹲在小师叔的身边，一脸好奇地指着地上的纸片人问："师叔，你在做什么？"

季慎想到近几日来复仇计划的屡屡失败，心情非常不好，他看了看小顾子嫣，眼前这团子是那人最心爱的徒弟，脑中灵光一闪，不由得扬起嘴角，冲她露出灿烂的笑容道："子嫣乖，帮师叔一个忙好不好？"

"好啊。"小顾子嫣毫无心机地应下了。

不多时，处理完掌门事务的宋青山急匆匆地回了院子，自打季慎来了，他有了危机意识，倒不是那些无关痛痒的下料报复，而是那家伙看顾子嫣的眼神，抢人家女儿的人，最讨厌了！

一进门，宋青山就看到蹲在地上鼓捣的小顾子嫣，活脱脱就是一个粉嫩团子。某人抑制不住地弯起嘴角，自动忽略了团子身边那只碍眼的狼，走过去问道："子嫣在做什么？"

"师父！"小顾子嫣仰起小脸灿烂一笑，透着一抹娇憨，她指了指地上的纸片道，"我在打小人。"

宋青山点点头："嗯，打小人好，子嫣好厉害，会打……"后半句话在看到那纸片上的名字时戛然而止。

宋青山嘴角一阵抽搐，转而愤怒地瞪向一旁正偷偷发出闷笑声的季慎，片刻后，这里又是一轮鸡飞狗跳。

顾团子不解地瞅着二人，问道："师父，宋青山是谁？师叔说他是坏人。”

正拿着竹条追在季慎身后的宋青山陡然停下来，他眼底闪过一抹痛楚。季慎却看着他冷笑一声，嘴角勾起嘲讽的弧度：“人总要为自己做错的事付出代价，师兄，你说呢？”

良久，宋青山应了一声：“是……”他低沉的嗓音略带沙哑，语气中透着一丝无奈与自责。

一抹猩红划开了画面，宋青山虚扶着凤琴，胸前氤氲出一片血雾，却仍神色自若地弹奏着，重复着那一曲《梅花落》。

“师父……”一声急促的呼唤打断了流泻的琴声，接着闯进来一抹碧色身影，她面上带着从未有过的慌乱神色，愣怔地看着他，紧紧咬住了下唇。

宋青山抬眸看向闯进屋里的少女，宠溺地伸手理了理她的长发，浅笑着呢喃道：“我还以为等不到你。”

“他们说你中了埋伏，只是轻伤。”顾子嫣的声音里有一丝轻颤，不敢相信地凝望着他的伤处，这哪里是轻伤！

“别苍门的人追了我一个月之久，总算摆脱了。”宋青山困难地吐出一口气，故作轻松道，“唉……好不容易有个姑娘家喜欢我，居然是个男子，真是伤我的心，别苍门就是派个女杀手也好啊。”

“师父……”顾子嫣握住了他冰冷的手，想也不想地反驳道，“你胡说，杜娘一直很喜欢你，总是变着花样给你弄滋补的汤。”

“是吗？难怪……总觉得精力过剩。”宋青山不由得失笑。

“还有卖胭脂的小翠，你上回替人家补了屋顶，人家一直惦记着要请你吃一顿饭，只是你俩老是错过。师父，有好多姑娘喜欢你，好多好看的，你不要死好不好……”

血珠滴落在淡色的檀木琴台上，凝成一朵花的模样。

宋青山揉了揉她的长发，继续说道：“你师叔性子淡，肯放在心上的人或事少之又少，我一直担心日后若没什么牵绊，他会做出一些连自己都无法控制的事情来，如今看来，我算是做对了。

“生死有命，别难过。子嫣，听师父的话，好好照顾你师叔，不要让他走错路。他是衡山派的未来掌门，不能有半点差池。

“《九霄剑谱》是祸害人的东西，一定……一定不能落在你师叔手里知道吗？必要时可以牺牲色相……”

“师父——”

顾子嫣陡然从睡梦中惊醒，乌眸还带着陷入梦魇后尚未散去的恐惧，她神色恍惚地盯着苍茫天际隐隐露出的鱼肚白，失了神。

剑谱啊……顾子嫣倏地握紧了拳头。

“啪”的一声沉重的木质闷响，穆霸天拍案而起，掌下动静震得案上的釉蓝缥瓷茶盏都晃了晃，他清厉的眸光直逼向堂下跪着的人，冷声道：“你说什么？”

“属下无能，并未发现那行人的踪迹。先前窝藏过他们的妇人家也搜遍了，没有任何线索。”跪在地上的人微微一震，察觉到落在身上的那道目光里蕴含着说不出的阴狠时，莫名打了个寒战。

“一群废物，今日已是最后期限，竟连几个活人都找不到，养你们何用！”穆霸天攥紧了拳头，额头上青筋毕现，隐隐透着一股焦躁之意。

一丝冷风破窗而进，带动坐着喝茶的人几声轻咳，将杀气浓重的氛围拂去了些。穆彦林搁下手中的茶盅，出声道：“大哥无须上火，想让衡山派与那魔教撇干净关系，我倒是有个主意。”

“要如何？”穆霸天闻言顿时惊喜地抬眸看他，同时也松了松手，急急地问道。

穆彦林半眯起眸，轻挑了一下嘴角，睨向仍跪在地上连大气都不敢出的人。

穆霸天顿时会意，挥手让众人都退了出去，自己坐到了穆彦林身边，一时间屋子里只剩了兄弟二人。

一声低叹响起，穆霸天拧着眉头许久，一脸深沉地说道：“那日衡山派小儿挑衅，不少武林正派亲眼见到了，我若不真拿出证据，难免落了有心人的口实，日后恐难以服众。”

符山派姓叶的一直对盟主之位虎视眈眈，暗中造谣中伤他，他怎能称了那小人的心意。十年前与阎皇交手，他就已经受了严重的内伤，但因本身名望巨大，所遇之人又都是一些武功平凡之辈，他不败的名声才能流传开来。

愈是如此，就愈容不得有半点差错，毁了他苦心经营的江湖地位。

“大小姐，盟主正和二爷商量要事，不便……”门外骤然响起随侍阻拦的动静。一道温婉的声音迅速打断了他的话：“我特意为爹熬了一早的大骨汤，凉了就不好喝了，喝汤耽误不了多少时间的。”

穆霸天一愣，脸色稍缓，眼中满是欣慰。之前瑾儿中毒的事是虚惊一场，倒让夏世子越发怜惜她了。一想到二人明日便要启程回平阳王府，他心中就不禁生出几许离别的惆怅。

穆霸天一挥手，朝着外头吩咐道：“让小姐进来。”

门被轻轻推开，穆晚瑾端着一盅汤，笑盈盈地端到桌案前开口道：“爹，这汤是吴妈教我熬的，味道可能比不上吴妈熬的，却是女儿的一片心意，爹可要都喝完啊。”

“的确是有了点为人妻媳的样子。”穆霸天顺手接过她递过来的瓷碗喝了一口，眼角笑意更甚，“明日跟着世子回府，爹交代的可记下了？”

穆晚瑾轻轻颔首，将昨日他说的话一字一句地复述了一遍。只听穆彦林一声轻笑，低语道：“瑾儿有世子照顾，日后就是平阳王府当家主母，不会受委屈的，大哥尽可安心……”

说完，他露出了一抹耐人寻味的诡异笑容。

穆霸天喝着汤，心中感慨万千，成了亲之后，瑾儿好似变了一个人，退去了小孩心性，添了几分端庄，越发像她娘了……

一旁的穆彦林注视着这父慈女孝的一幕，抿起嘴唇，漆黑的眸中闪过一抹异样的光芒，他端起茶盅借以掩饰自己的动作：“伽弥腻伽伽那枳哆迦隶娑婆诃。”

一道密语突然传入穆晚瑾耳中，后者瞳孔无意识地一缩，倏地划过一抹妖异惊心的红光。穆晚瑾伸手去接空碗的间隙，匕首从袖口滑落，银光一闪，匕首精准无误地刺入毫无防备的穆霸天心窝。

她的手横拉，而后用力一挑，鲜血飞溅中，穆霸天堪堪后退了两步抵住了桌案，难以置信地抬眼朝她望去。

鲜血沿着匕首雪白的利刃滴落在地，穆晚瑾双眼空洞地注视着这一幕，然后退回穆彦林身侧，宛若被其饲养的一只乖巧猫儿。

“你……你对瑾儿……做了……什么？！”穆霸天瞬间便明白过来，他一手捂住胸口，猛烈地喘着粗气，怒斥道。

穆彦林起身，缓步踱到了他跟前，嘴角微微向上扬，看上去很像是微笑，可低垂的眼眸里尽是一片冷霜：“这一幕比我预想的来得早一些，我本想亲自动手，不过……哪比得上这样有意思呢。

“卓易发现《九霄剑谱》在我手上，死前给你留了信息，你才对我心生戒备，想暗中除掉我，可惜都让我侥幸逃脱。是大哥教的我，要想好好生存就必须心狠手辣，不然死的……就是自己。”字字句句都透着轻蔑与讥讽，穆彦林嘴角的笑意越发森冷。

“这些年我把你当作亲兄弟，待你不薄，没想到竟养了一条狼！”穆霸天咬牙狠声道，只感觉力气在渐渐流失，却怎么都不甘心如此终结。

“亲兄弟？”穆彦林嗤笑了一声，转而一脸阴郁地开口道，“当年你为了得到华山派掌门之位，迫害同门害死我爹，我娘才会受不住打击冲上街被你的人乱马踩死！”

“你……你是阮师兄的孩子？！”穆霸天面色大变，惊疑地说道。

穆彦林布满阴鸷的眼中倏地闪过一丝恨意，似是回忆道：“我因体弱多病，几乎没出过院子，厨娘的孩子来给我送吃的，却被你的人当作是我杀了，而我侥幸活下来，被厨娘带出了华山派。而后，我费尽心机接近你……想杀了你。”随后似是想起什么，他笑着补充道，“这就是我想的法子，你死了，便无须向衡山派交代。一块盟主令而已，没有了盟主，便什么都不是！”

“你……”穆霸天不由得喉头一甜，嘴一张，一口鲜血便吐在身前的地上，再也支撑不住向下滑的身子。

穆彦林一阵快意的大笑之后，走回穆晚瑾身旁，喂她服下了解药，似笑非笑地看向地上奄奄一息的穆霸天，玩味地说道：“好好享受你们父女最后相见的时刻，只是不晓得瑾儿清醒后发现自己弑父，承不承受得住呢？”

“不要……别让她知道……”穆霸天看着女儿渐渐恢复清明的双眼，神色陡然慌乱起来，竭尽全力地喊道，却唤不回那人离去的步伐。

一抹凄厉的叫声自屋子里传出，穆霸天不甘心地缓缓垂下手，纷乱的脚步声响起，整个慕华山庄陷入一片混乱之中。

“穆二爷好手段，哦，不对，应当称呼阮公子才是。”走廊暗处闪出一抹身影，身着绛紫色锦袍的俊美男子立在他面前，衣上是以精工绣着的张牙舞爪的巨蟒。显然对方才屋子里头发生的事一清二楚。

穆彦林立刻恭敬地低着头行礼道：“草民参见世子。”

夏兴安微微地眯起眼审视着对方，眸色倏地暗了几分，冷下语调：“你扰了本王的计划，还连世子妃一道搭了进去，你可知罪？”

“只要最终达成的目的一致，这些都不算是节外生枝。”穆彦林迎上夏兴安那压迫意味十足的目光，依旧不卑不亢，“况且……我不像穆霸天那般要求得多。”

夏兴安不由得蹙了蹙眉，有些捉摸不透他的意图，沉默片刻，沉下声音问道：“那你想要什么？”

“想要这江湖归顺朝廷，天下归一。”穆彦林缓缓勾起嘴角，抬眸眺望天际轻卷轻舒的浮云，神色淡淡，语气中却隐隐有不容置喙的气势，竟让人辨不出真假。

夏兴安紧抿的薄唇一扯，眸光幽暗，半晌才开口道：“本王拭目以待。”说完便拂袖离开。陈远紧随其后。

幽静的长廊内一道颀长的身影直直矗立，那人失神地凝望着远处门楣上悬着的匾额，“华山”二字遒劲有力，末梢处似乎还有一个小小的墨点，最后却在那双深邃的眸子里化成一点一点鲜红晕染开来。

“穆霸天你罔顾师父遗愿，使这些下三烂的手段，你不配做华山派的弟子。有我在，你休想坐上掌门之位！”

“自古以来，强者居上。阮师兄，我敬你一声师兄，但若再敢阻我，就休怪我手下无情。”

刀剑相击，一抹殷红溅在那块华山的匾额上，那个忠厚老实的男子一时不察，中了对手的暗算，拼死守护的华山派落入了小人之手，死不瞑目。

江湖恩怨，没了江湖，何来恩怨？索性皆毁了吧。

武林盟主遇害的消息传出，满城哗然，而慕华山庄却大门紧闭，严防死守，叫人探不出一点口风来。遂城里流传出许多事件版本，最蹊跷的是穆霸天的女儿——刚完婚的世子妃亦不知所终，使得整个事件越发扑朔迷离。

洛城内各处的红灯笼和彩绸带都换成了素色的纸灯，满城素缟。忽地，两个小儿举着招魂幡打远处跑来。白色的招魂幡上挂着黄澄澄的铜铃，差不多是拳头大小，一跑起来，“哐啷哐啷”响得甚是空洞诡异。

他们从街头到巷尾，边跑边唱着：“月光光、心慌慌，阴曹地府鬼门关。盟主令、贼人盗，一代英豪把命丧。生死簿、轮回道，善恶到头终有报。冤有头，债有主，宿世冤孽几时休？几时休！”

两人正嬉闹着，冷不防撞上了人，跑前头的小孩“哎哟”叫唤了一声，捂着脑门看向那罪魁祸首，眼珠子骨碌碌一转，哭得越发可怜。

茶馆里人声鼎沸，一袭青衫的说书人口若悬河，滔滔不绝地说着武林盟主穆霸天的风光事迹，引来阵阵喝彩，倒使得无人顾及这个角落。

顾子嫣敛低了眸，俯身看着眼前的小孩。

“虎子哥，幡断……断了。”较为瘦弱的小孩扯了扯他的衣角，一只手拿着断了的招魂幡，一副快要哭出来的模样。

虎子见状脸色白了几分，一咬牙，冲着顾子嫣恶声恶气道：“你撞坏了我们的东西，赔钱！”

顾子嫣也不恼，从兜里掏出一锭银子递到他手里，开口道：“这个够不够？”

虎子感觉手上一沉，不由得咽了咽口水，直勾勾地盯着那锭银子瞧，喃喃自语道：“比我跑一天赚得还多。”

顾子嫣眼神一闪，勾起嘴角，随即视线落在幡上，状似诧异地说道：“你们与慕华山庄可是有什么过节？”

虎子回过神，愣愣地看着她，随即摇了摇头。

“那就怪了，没有过节，你们诋毁人家庄主，不怕被抓起来吗？”顾子嫣瞅着他二人出言提醒道。

“不能被抓，娘还等着我们抓药回去！”虎子闻言拽紧了弟弟，惊慌解释道，“是……是有人让我们照着他说的做，事成之后会给我们五十文钱。”

顾子嫣眸中闪过一抹了然，眼角余光忽地瞥见停在茶馆对角的一辆马车，一身黑色劲装的男子侧身靠近轿帘，嘴唇嚅动，似是在说什么。

虎子倏地缩到了顾子嫣的身后，扯了扯她衣角，小声说道：“就是他。”

修长峻拔的男子身影跨出了马车，站在街上，一身清冷与周遭的热闹喧哗格格不入。是他……竟比她料想的还要早到半刻。

身后的小孩早在那人下马车之前就已离开，顾子嫣不作停留，也快步入了茶馆。

临窗而设的雅座，稍稍挑起竹帘便可将楼下的热闹景象收入眼底，里面的人自然也将台阶之上那个薄墨色的男子身影看得一清二楚。

门帘晃动，那两道身影出现在雅阁内。

穆彦林对于独自出现的顾子嫣有些诧异，眼角一扬，别有深意地看了她一眼，对手下吩咐道：“去外头守着，别让人打扰。”

“是。”随侍躬身退下。

案上，青花缠枝香炉中淡淡细雾飘出，混着空气中淡淡的清茶香气很是好闻。顾子嫣收敛心神，邀他入了座。

“顾公子这算不算是自投罗网？”穆彦林端起茶杯撇着浮沫，神态慵懒，锐利如鹰隼的眼神溢出一丝邪气。

顾子嫣抿了抿嘴，不答反问道：“善恶到头终有报，不晓得穆霸天这条命是哪路阎王收的？”

穆彦林沏茶的手一顿，氤黑的眸色慢慢变深，端起茶浅酌一口，神色不变道：“这便是你约我来此的目的？”

阎王怎么没一道收了你……顾子嫣在心底暗忖道，面上却不动声色：“我师叔虽是阎君之子，但如今能确认他身份的唯有你一人，只要你肯出面澄清，我自当奉还盟主令。”

穆彦林一双细长的丹凤眼里掠过一抹精光，似笑非笑地打量着她，意味深长道：“这么做岂不让人误以为我与你同流合污？”

顾子嫣轻轻抚着茶盏边缘的纹路，看着他说道：“城里肆起的流言想必穆二爷也有所耳闻，对盟主之位虎视眈眈的不止符山派叶掌门一人，若这些小众势力凝聚起来，足够现在的慕华山庄苦恼一阵了。况且，历代盟主须借助盟主令才能打开的东西，难道你不好奇吗？”

穆彦林看着眼前女子的容颜，有一瞬间将其与记忆中的那张脸重叠，心神有了瞬间的恍惚……等从这种失控的沉迷中回过神来，他骤然冷下了眸子，不，她们是完全不同的两个人。

“你手上的东西对我来说没有价值。”清冷的语调缓缓响起，穆彦林嘴角勾起的弧度让顾子嫣莫名打了个寒战。

搁回桌上的茶盏碰了青花瓷碟子，发出一声脆响，顾子嫣猛地惊醒，惊疑不定地看向那人，一时摸不准他的用意。

穆彦林瞧着她的反应，心情甚好地拿起一块茶点，慢条斯理地享用起来。顾子嫣正欲开口，却被他先一步打断。

“你一心想让他远离，有没有想过他是否真的愿意随你离开？明明有更好的法子，却用了最笨的那种，为的是什么……你猜不到吗？”穆彦林那双好似深不见底的眸子凝视着她，声音懒散，带着蛊惑对她说道，“这么帮他，不怕倒头来伤了自己吗？”

随着他靠近，顾子嫣的身体慢慢僵直，等他话音落下之后，她倏地抽身离席，居高临下地看着他良久，忽地扬起嘴角，语气略带嘲讽地说道：“像你这般人也会懂情爱吗？”

穆彦林的脸色立即沉下来，一丝阴郁掠过眼底，快得令人看不清。

“不论他何种身份，我只认他是我师叔，衡山派的掌门，只要有我在一日，就不容许有人伤他一毫。”顾子嫣看着他郑重说道，眼里闪过一抹警告之意。

“若他与衡山派无关，你还会如此护着他吗？”穆彦林冷笑了一声，一针见血地指出了关键之处。

顾子嫣心底莫名一慌，却被自己迅速压下，她不动声色地笑着回道：“他是我师叔，所以你说的可能并不存在。”

“自欺欺人”四个字到了嘴边，却因着街对角出现的一幕而咽回了肚子，穆彦林挑了挑眉，缓缓勾起嘴角：“如若你看到他和别的女子这般纠缠呢？”

顾子嫣顺着他的视线望过去，街上那抹窈窕身影分明就是已经回了衡山派的大师姐，而她正扯着的是……师叔？

那名容貌普通的男子嘴角始终挂着漫不经心的笑，眼底的寒意，即使她隔得老远也能感觉得到，可是不知女子说了什么，男子的身子猛地僵住，接着便被女子伸手环住，二人久久地拥抱着。

这一幕落入顾子嫣眼中，她的心猛地刺痛起来，仿佛被针扎到。

顾子嫣只觉得全身冰冷，好似被人点了穴般不能动弹，她的目光落在那处收不回来，只听耳边一道声音略带嘲讽道：“招惹女人的功夫一点都不逊于他爹，看这姑娘执着的模样倒让我想起艳娘，你说季川这辈子有没有爱过她呢？”

随着穆彦林最后一个字在顾子嫣耳边落下，那厢季慎已经面无表情地挣脱开了女子的手，淡然丢下一句“还请自重，莫对有妇之夫动手动脚，有伤大雅”，便毫不犹豫地抽身离开。

顾子嫣暗地里松了口气，这才发现手心已被自己大力掐出了印子，抬眸迎上穆彦林看好戏的目光，略作深呼吸道：“这便是不同，穆二爷可满意这个答案？”

她走至门边，突然身体一顿，回头道：“我提的意见，还请穆二爷好好考虑。”说罢，她闪身出了茶馆，直追那女子身影而去。

穆彦林阴沉的目光久久地注视着她消失的方向，端起茶盏举到嘴边，入口已微凉，眸中的情绪翻滚断，终究都被理智压下。

穆彦林将身体向后微微倾了倾，半晌似是喃喃自语道：“那我便看着你能为他做到什么地步。”

这世上怎会还有比你更傻的女子，粉身碎骨也不悔吗？

“大师姐！”街上顾子嫣终于追上了宋晴容，平复了一下微急的呼吸后，蹙着眉推测道，“是大长老让你来的吗？山上没出什么事吧？”

宋晴容一愣，随即反应了过来，一双眸子直勾勾地盯着她看，辨不清喜怒，半晌才反问道：“他跟你说我回了衡山派吗？”

顾子嫣看着她嘴角勾起的那抹嘲弄，忽然发现眼前的大师姐变得陌生，还有……多了点针对她的明显敌意。

“我已被掌门逐出师门，担不起你这声大师姐。”宋晴容嘴角扬起一抹自嘲，望着她道，“想知道缘由就去问季慎吧，若还有不解再来找我。”

一块黑焰令扔到了顾子嫣手中，宋晴容嘴角勾起一丝阴谋得逞的狞笑，随即转身没入人潮之中。

顾子嫣回去后，径自转身朝着里面走去，只在临进门前扔下一句："最后的结果不一定那么坏，再留几日，没准会有转机。"

跟在顾子嫣身后的几人这才停步，沈璃想起昨日听到的争执，不由得猜测般喃喃道："师姐不会去找那人了吧？"

"谁？"坐在一旁齐钰状似随意地接话道。

"穆……没有谁。"沈璃回过神挠了挠头避开了话题，心底莫名涌起些许担忧，总觉得继续留在洛城随时会有性命之忧！

齐钰挑了挑眉，并未追问，睨着远处乌云密布的天际，黑眸里闪过一抹不明的情绪。片刻后，他突然起身在她面前站定，狭长的眼静静凝视着她道："如果有一日我不是齐钰，一无所有，你……"

他慢慢靠过来，骨节分明的手伸向她的脸。

沈璃蓦地一惊，心跳骤然加快，却在触碰到的瞬间下意识地侧过脸错开了，眼角余光瞄到某人一瞬黑下的脸，她心急地想要补救，说道："留得青山在，不愁没柴烧！"

齐钰眸子里闪过一丝笑意，嘴角微微勾起。

"爷您长得那么好，绝对可以卖个好价钱的！"某人眨巴着诚挚的小眼睛，补充道。

轻浅的笑意倏地凝结在嘴角，齐钰沉了沉脸，终究是没有对沈璃说一句话，只深深地看了她一眼就转身拂袖离开了。

沈璃有些恍惚地回过头，苦恼地看着怜荀道："你有没有能让人吃了忘掉之前不愉快的药？"

"烈性媚药要吗？"

沈璃哭笑不得。

傅安跑到沈璃身边，同她一道望着门口，咂着嘴道："师姐，金主跑了，你还是跟我一块儿去卖艺吧！"

沈璃一脸怨念地瞪着他。

傅安一个激灵，伸手替她把头上的枯叶子摘了去，略带讨好地安慰道："那齐公子可能就是出去散散心，肯定还会回来的。"

"为什么傅安靠近你，有这般亲昵的举止都没事，那个人只是想帮你拿片叶子，你就那么抗拒呢？"怜荀不知道什么时候走到了他们身边，笑问道。

沈璃蹙眉瞥向了傅安，后者突如其来地娇羞了一下，脑中快要凝成的答案突然全部消失了。

“我会处理好的。”像是回答怜荀，又似回答自己，说罢，她便追了出去。

顾子嫣听着外头的动静，蹙了蹙眉，抬眸猝不及防地对上一双幽深冷峻的狐狸眸，心尖猛地一跳。

“你去见他了。”毋庸置疑的陈述句，低沉的嗓音，听不出一丝情绪的起伏。

“嗯。”顾子嫣犹豫着应了一声，敏感地察觉到他不悦，试着解释道，“穆霸天一死，若不做些什么，岂不坐实了外界的推测，认为是我们……”

“他同意了？”季慎紧绷的嘴角抿了抿，截断了她的话，直截了当地反问道。

顾子嫣摇头，对于穆彦林今日的态度亦是一头雾水。

在她走神的片刻，季慎倏地低头欺上她微启的唇，眼里涌着强烈的莫名的情绪，然后低下头埋进她的脖颈处，呼出的气息热热地喷在耳边，低低呢喃道：“不要沾上别人的气息，我会发狂的。”

顾子嫣一愣，蓦地想到在茶馆里那令人不舒服的距离，下意识地将袖子凑到鼻子旁边嗅了嗅，没觉得有异味，却还是拿起桌上燃着的香炉熏了熏。

季慎看着她略呆的神情和举动，不禁舒展开眉头，然后轻声对她说道：“穆霸天沽名钓誉，坏事做尽，不过是个道貌岸然的伪君子，穷其一生只为了‘名利’二字。穆彦林的心思则更加难测。阎皇疑心极重，能在他身边跟随多年且安然无恙的，绝非寻常之辈。

“他私藏《九霄剑谱》，挑起华山派与五岳之间的矛盾，联合穆霸天对武林正派掌门痛下杀手，阴狠毒辣比起穆霸天有过之而无不及。武林大会一战，各门派元气大伤，穆霸天这一死，放眼武林还有几人是他的对手？武林盟主之位悬空，而他却没有一点动静。”

顾子嫣细细寻思着他的话，心中隐隐生出一丝不安和担忧。穆彦林确实说过对她手上的盟主令不感兴趣，既然不在乎盟主之位，那他要的……

“我爹娘被害，他难辞其咎。但是，这是我跟他之间的恩怨，放手让我来处理好吗？”季慎低沉的嗓音掠过她的耳畔，带着一丝不容拒绝的意味。

顾子嫣静静地看着他，穆彦林与师叔，两人早已成了彼此心里的一根刺，不剔除对方，谁也无法安生。沉吟良久，她终于缓缓点头道：“好，我会帮你的。”

季慎倏地伸手揽她入怀，收紧了双臂，下巴抵上她柔软的发，轻柔而眷恋地磨蹭道：“娘子，眼下就有件棘手的事，不如你先帮我解决了？”

顾子嫣仰起脑袋，一本正经地看向他，静待下文。还未等到答案，下一刻就感觉到有些不对劲。

“娘子，我饿了。”

几声闷雷从天边传来，乌云压得很低很低，一道电光划破天际，发出巨大的轰鸣声，不一会儿就下起瓢泼大雨，其中有两道身影一前一后地消失在密密匝匝的雨帘里。

飞檐翘角上立着鸱吻祥兽，檐下的小钟被风吹得叮当作响。屋子里不合时节地用上了暖炉，热气蒸腾，靠南的一张椅子上斜躺着一个少年，出色至极的五官，被热气熏得透红。他半闭着的眸子中偶尔泄出一丝精光，旋即掩去，握着书卷的手指节青白，最后又慢慢松开了。

一声细微的动静自屏风后响起，身着黑衣的男子缓慢步出，昏暗的身影随着光线照射，逐渐清晰明朗，他身上竟无半点雨水打湿的痕迹。

“惊扰了世子，还望恕罪。”齐钰垂首行礼。

嘴里隐隐有腥甜味弥漫开来，夏兴安皱了皱眉，用力将那股即将涌出的腥甜逼了回去，以拳掩唇咳嗽几声，方才开口：“齐公子这么快就把事情办妥了？”

齐钰眼底闪过一抹迟疑和挣扎，随即伸手从怀里掏出了一枚玉佩道：“我想拿这块天心玦换一封家书。”

陈赫想走过来取走，却被夏兴安抬手拦下，吩咐他拿了纸笔来：“要如何写？”

“齐府三小姐病逝。”齐钰紧抿着薄唇，目光低垂，掩在袖袍里的手狠狠地攥紧，从今往后，他与齐家就再无瓜葛了。

夏兴安提笔落款，却在交付出去时停下来，嘴角勾起一抹意外不明的笑。陈赫身形一闪，直追门外那人而去。

齐钰倏地沉下了眸子，想起身追出去，在看到陈赫抓回来的人时彻底僵在原地，注视着那人，神色复杂。

“果然下雨天没好事。”被抓住的沈璃低咒了一声，视线从跪在地上的齐钰身上掠过，迎上夏兴安饶有兴味的目光，行了个大礼，“教主千秋万代，世子万福金安，还有各位就不一一招呼了，我们后会无期！”说完，破窗，飞暗器，逃跑，这几个动作可谓一气呵成。

可惜的是，不用夏兴安下令，陈赫就再次轻松将她抓住。

“这位大哥，你身手真好！要不咱们打个商量，你放了我，我告诉你齐钰藏钱的地方？”沈璃语气谄媚地对正拎着她衣领的陈赫说道，从表情就看得出，她正绞尽脑汁在想脱身的办法。

陈赫冷冷地瞥了她一眼，一把将他丢进一扇门内，沉声道：“再多说一字，就先没收了你的银票。”

沈璃噤声，死死护住胸部，怒目而视。

所以这个女子勉强算有曲线的身材竟然是……陈赫常年毫无表情的脸上有了一丝裂痕，随即默默地给房间上锁后离开。

“原来那里是东西堆出来的啊！”一道低沉戏谑的声音响起，一个熟悉的身影从廊柱后面一闪而过，并轻松地撬开了窗子，准备入内。

沈璃看着那扇窗子外亮起眸子，想也不想跑了过去……纵身一跳，两手死死地挂在窗棂上。

不知是不是被点了穴，她觉得浑身软绵绵的使不上力，更别提施展轻功了。

“这里是夏世子的别院，重兵把守，就算没有软筋散你也逃不出去。”齐钰开口凉凉提醒道。

沈璃无力地滑下来，抵着墙，颓然地坐在地上。

齐钰紧抿着嘴，眸光深沉地凝视了她半晌，再开口时嗓音似乎有些飘忽：“你……没有什么想问的？”

“你能救我出去吗？”沈璃倏地抬眸，略带期盼地说道。

“不能。”齐钰没有想到她会不按牌理出牌，原先准备好的说辞硬是哽在喉咙里，只能闷声答道。

“那没有了，慢走不送。”沈璃倏地收起笑容，恢复了一脸漠然。

齐钰眯起眸子，直直地盯着她那张面无表情的小脸，仿佛要将她隐藏的情绪看透，却一无所获。半晌，他才无奈说道：“我……也是迫不得已。”

“我明白。”沈璃朝他露齿一笑，却十分疏离。

齐钰胸口没来由地一痛，身体下意识就做出了反应，他猛然抬手扣住她的手腕，微微使力将她带进怀中，左手环在她的腰上，右手抬起她的下巴，俯下头印上她嫣红的唇瓣。

轻浅的吻。

齐钰气息不稳地放开了她，眼底似有浓墨渲染开来，声音沙哑地低声说道：“对不起，现在还不是时候。”

沈璃从方才的意乱情迷中回过了神，脑子一时还转不过弯来，愣愣地看着他。

手心里突然被塞了一样东西，沈璃心忽地一跳，愕然抬头，对上齐钰那别有深意的眸子，倏地攥紧了手中的东西。

齐钰松开手后，忍不住瞟向沈璃的胸前，半晌，他哑声问：“我的银票呢？”

“我贴身藏着。”沈璃露出小心翼翼的讨好笑容。

齐钰嘴角抽搐，继续问：“你方才还想把我的钱财全给别人！”上扬的尾音透着危险的信息，下一刻，某人化身为狼……

窗外雨势渐小，淅淅沥沥地打在窗棂上溅起小小的水花，微风裹着一丝凉意卷入屋内。从外头走入的陈赫皱了皱眉，走过去关上窗，拿小铜箸拨弄起暖炉里的炭火，暖意再度散发出来。

“这些琐事都是陈远惯做的，乍一见你做，还真有点不习惯。”夏兴安倚着榻边软枕，抬眼看着陈赫的背影说道。

“有陈远在京城打点，世子尽可放心。”陈赫声音沉稳地说道，从袖中取出一封白色信函呈上，“慕华山庄刚刚派人送来的，已经定了初七那日为穆盟主入殓，各门派可上门吊唁，世子可要避讳？”

夏兴安从他手里取过了信函，拿在手里翻来覆去地看了一会儿，从喉咙深处溢出低沉的笑声，仿佛很愉悦的样子。

“拖了这么久终于有所动静，那帮人怎么按捺得住？本王又怎能错过这场好戏。”夏兴安从鼻子里发出一声轻哼，嘴角勾起浅浅笑意。

“咚……咚咚……咚……”从墙根处传来的动静，仿若有人在捶打着。

夏兴安倏地变了脸色，狭长的凤眸里迅速地掠过一丝异样的光芒，不禁再度弯起嘴角，勾起残酷阴冷的笑容来。

夏世子一向喜怒不形于色，而此时却好像变了一个人。陈赫眼中闪过一抹担忧之色，但也只能看着夏兴安起身走向内阁。

“无论是谁涉足这里半步，格杀勿论。”夏兴安头也不回地吩咐道，话语里透着一丝阴狠。

“是。”陈赫道。

那边的声音渐渐小了，夏兴安朝着垂坠着的红色帘子走去，撩起它，后面露出了一方石壁，他熟练地伸出手转动墙上的石盘。

石门缓缓地打开，夏兴安撩着帘子的动作停顿了片刻后，松了手，闪身入内。

里面是一间幽暗封闭的石室，唯有顶部一个小孔泻下一束光线，让人能勉强视物。石室内囚禁着一个人，那人身上的铁链拖在地上，发出的刺耳声响，此刻，他正艰难而缓慢地朝着夏兴安所在的方向靠近，却在离他一步之遥时戛然而止。

“皇叔唤我来，是想清楚了冰棺在哪里？”

地上被铁链拉扯住的人披头散发，身上那件破烂的衣衫早已看不清原本的颜色，四条铁索分别紧紧锁住了他的手腕和脚踝，只留有几步的活动空间，活像是被锁着的畜生，极尽侮辱。

那人沙哑的声音里带着痛苦：“是……我想跟你见一面。”

夏兴安一身淡青色的锦袍松松垮垮地穿在身上，连腰带都没有系，一双勾魂的凤眸半眯着，锐利的目光投向他，脸色阴沉得骇人。

“但我没有闲工夫和你叙旧。”夏兴安俯下身子，倏地扼住了他的咽喉，一字一句问道，“你把冰棺藏哪儿了？我娘到底在哪里？！”

“喀喀喀……”淮宗紧紧盯着夏兴安的脸庞，眼神里带着一丝眷念，“你打开锁链，放开朕，朕就告诉你。”

夏兴安没有立刻答他，盯着他看了一会儿，忽地轻笑出声，笑容里透着些许古怪，道：“我这张脸真有那么像她吗？”

“熙之……”有那么一瞬，淮宗仿若看到了那个淡雅如莲的女子，不由得喊出了口。

匕首拔出鞘时的轻微颤动声在静谧的石室内格外明显。夏兴安一寸一寸地抚着匕首上头的花纹，用极为珍视的语气说：“这是我五岁那年我爹送我的，我可以拿它来割断猎物的脖颈或是……敌人的，只可惜当年我匆忙进宫，并没有带上。”

随后，他似乎陷入了回忆之中，时而蹙眉，时而浅笑，直到视线再度落回到淮宗身上时，他眼中闪过一丝怨毒，随后喃喃着开口道：“后来我不止一次想，若是带上了这把匕首，割的会是谁的喉咙。”

淮宗被那匕首反射出的银光闪到了眼，不禁伸手遮了遮，他神色微变，然后笑出声："你杀不了朕，年幼的时候如此，长大了亦如此。就算你毁了朕的江山，也找不出你娘的下落！"

匕首划过脸颊，勾出一抹艳红，凝成一滴滴血珠沿着锋利的边缘坠到了地上，溅出一朵朵微小的血花。

淮宗被这突如其来的一幕震住，眼中闪烁着错愕、震惊、心痛……种种情绪最后化为一声怒吼，他奋力地挣动着铁索，拼了命地想要靠近夏兴安，嘴里错乱地念着"熙之"二字，神情几近癫狂。

夏兴安漾开一抹笑，牵动了伤口，鲜血顺着脸颊流下，引得被锁住的人双目越发发红。他伸手抹过，指腹沾上温热的液体，瞳孔里倏地闪过一抹妖异的红："皇叔，这场景可觉得熟悉？这间石室侄儿准备良久，为的就是让您体会一下我当年的感受。皇叔说得没错，我不会杀了你，因为比起这个，折磨你至死更能让我觉得愉悦。"

只因自己酷似他人的容貌便被那人侮辱，更被囚禁在一个暗无天日的密室里苟延残喘，当时懦弱的他，得到利器后却下不了手了结自己。

终究舍不得死……然后他在日复一日的恐惧回忆里心理扭曲了，那些恨意渗入骨血，他心里的病，即使有再多的名医、名药都无法医治。

"你安排的替身很好，换个雇主也一样做得很好。你便安心留在这里吧，不会有人来救你的。"夏兴安嘴角勾了勾，淡笑着说道，轻轻掸去袍服上几乎看不见的落灰后，抽身离开了。

别院外，长街上，雨水自深色蓑衣上一滴滴落在地面上，晕成水渍。暴雨如洗，双方人马对峙，长剑在夜色中泛着凛凛寒光。

滂沱大雨中，仿佛有一根绷紧着的线，一触即发。"嗒嗒"的马蹄声自远处传来，略显突兀，一骑黑马穿过雨雾，出现在众人视线内。

为首之人胯下的骏马打了个响鼻，蹄子不安地刨了刨，灰衣男子一手勒紧了缰绳，望着来人，嘴不自觉地抿紧，一脸肃然。

“陈大人动用这么大的阵仗，是何意？”

陈赫越过了王府的禁卫军，径直走向那人，然后猛地勒住了缰绳，伴着一声长嘶，马蹄高高扬起，直逼那灰衣男子眼前，堪堪扫过。那人仍端坐在马背上不曾移动，只是脸上神色极其阴沉。

“这里不比平阳王府，谨慎些总是好的。”陈赫的视线扫过他身后的锦衣卫，掠过一抹冷光，“林都尉深夜造访，怕不是来叙旧的吧？”

林皓眼眸一沉，眼底波光浮动，尽是阴霾之色：“大家各为其主，没什么好说的。倘若现在交出宗主，事情还有转圜的余地，不然……便是十个齐太傅也保不了他一条命！”

当年淮宗被刺伤，皇太后大怒，齐太傅求情，念着世子“年幼无知”便将其送出宫管教。殊不知齐太傅出面求情，也不过是奉命行事。

宗主越陷越深，而夏兴安并非一般人，如今事态危急，若长此以往……林皓左手紧握住漆黑刀鞘，骨节耸起，显然已经动了杀意。

陈赫垂眸看了他一眼，薄唇勾起一抹讽刺的弧度，青枫剑“嗡”的一声出鞘，剑身掠过一圈如水光纹，直刺林皓。

一连串剑刃相击的声音如繁音密奏，连成一片。二人化为两道影子，旋舞成一团纵横交错的光影。

不远处，隐在暗影中的灌木丛中，窸窸窣窣的声音掩在厚重的雨声中几不可闻，躲在屋檐暗处的顾子嫣越发伏低了身体，紧紧贴着瓦砾，只见昏暗长廊中闪出一名穿着绯色纱裙的婢女，身法极快，眨眼间就到了后院。

守在后门的禁军有所察觉，喝了一声：“谁？！”

那个如鬼魅般的身影已移至他们身旁，长袖一挥，数道寒光疾射而出，正欲拔剑的几人瞬间被暗器割破咽喉，当场毙命。

“咔”的一声轻响，门锁应声而开。数十名身着飞鱼服，腰佩绣春刀的锦衣卫鱼贯而入，随即跟着那名婢女朝着内院极快掠去。

顾子嫣下意识地想要跟上去，却被身旁的人按住了肩膀，她有些疑惑地看向季慎。

季慎拧着眉头注视前方，神色略微复杂地说道：“是官燕——专为皇帝搜集情报，铲除异己，做一些他想做却不能做的事的人。这些人行事阴狠，为达目的不择手段，贸然动手只会给我们惹来更大的麻烦。”

顾子嫣一愣，眼里闪过一丝震惊，喃喃道：“你是说……”

话还未说完，官燕再度出现在视野内，分为两拨各自搀扶着一人，都黑袍罩身，看不清面容。

落在后头的那人临近后门挣扎得越发厉害，斗篷的帽子滑落，露出一张苍白的脸。

竟然是夏兴安……

夏兴安狭长的凤眼里透着寒芒，死死瞪着前方的人，浑身散发着一股强烈的恨意与敌意。

若不是被旁边的人牢牢抓住，怕是他早就扑上前将前方的人生吞活剥了。

走在前面的人忽然停住了脚步，一动也不动地看着他，似笑非笑：“这游戏是你起头的，当然要好好玩下去。”他的声音因被困石室，还是有些喑哑，语气却带着狠辣决绝。

夏兴安闻言脸色比方才还要白上几分，垂在身侧的双手倏地握紧，关节隐隐泛白。他明白，这代表着接下来……他都不会好过了。

淮宗移开视线的瞬间，倏地沉下了脸，不发一言。

腰间的某个地方又开始隐隐作痛，若再往左一寸，他便没有命在这儿继续跟夏兴安折腾。连那把匕首都是他所赠，只因那孩子眼里一闪而过的欢喜，却不想是用在自己身上。

就像小时候养的金丝雀，一个劲儿地想要往外飞，看来也许……只有断了金丝雀的羽翼，它才会安分地留在身边吧？

半晌，淮宗眯起眸子，看着眼前这座宅子，冷冷地吐出一个字：“烧。”

纷杂的脚步声蓦地响起，由远及近，之前的动静已经惊动了院里的禁卫，一名官燕示意其他人先行，自己则与另两名留下来。

别院里的禁卫是夏兴安带来的人，多是顶尖高手，这几年与官燕打了不少交道，积怨极深。仇人相见分外眼红，一声呼喝，双方便交手。

顾子嫣躲在暗处看得分明，这三人武功路数诡异莫辩，且非常擅长近身攻击，若久攻不下，便会处于下风。

顾子嫣只觉得有哪里不妥，却被身边的动静拉回思绪。季慎投给她安抚的眼神，身形疾晃，长剑应声攻出，直奔夏兴安被掳走的方向而去。

剑刃相击，迸发出尖锐的鸣声，一抹快要追上官燕的身影被硬生生阻挡住了。

顾子嫣回神，看清了与师叔交手的人，回头看向别院时，她面上闪过一抹犹豫之色，随即抿唇跟了上去。

漆黑的夜，顾子嫣一看季慎那逗人玩的打法便没有下去帮忙，她都不知道师叔使的是衡山剑法还是打狗棒法。

陈赫几次接近，欲营救世子，却因突然冒出的蒙面人而失手，此时他已然沉不住气，出手越发狠快，刀刀致命。

便是一瞬，官燕带着人匆匆消失在夜色中。

季慎横刀躲开陈赫的长剑，趁着刀势翻过对方手腕，背身一掀，在半空中划出长长的一道弧光。陈赫眸光一暗，心下已有了对招，屈膝鹊起，手挽剑花自上而下向季慎刺去，怎料季慎陡然转攻为守，不再恋战，径直跃上后方屋檐，揽住那边的顾子嫣后，很快消失不见。

陈赫赤红着眼捏紧了手中的剑柄。之前与林皓那帮人缠斗的禁卫军迅速围拢到他身旁，俱神色紧张地看着他。

世子被官燕掳走，那就意味着……

陈赫沉沉地闭上眼睛，眼前浮现出那蒙面人消失前的一幕，脑中闪过一抹灵光，再睁眼时已有决断："回别院，从长计议。"

若插手的是他，那别院里关着的人正好可以派上用场。

夜，趋于平静，天边隐隐泛起鱼肚白，透过层层雾气，有一丝不真切。

距离夏王府很远后，二人终于停下来，顾子嫣稳了稳气息，发现并没有人追来，不禁松了口气，随即回过头对上季慎，直勾勾地盯着他。

季慎干咳一声，腆着脸道："我如果说是一时'技痒'，你信吗？"

半晌，顾子嫣挪开了盯人的视线，无奈地叹了口气："师叔，不惹事会死吗？"随后也没指望回答，直接伸手将他脸上的黑巾扯下来，然后蹲下身。

"师师师……侄？"季慎惊了。

顾子嫣低头自顾绑上他腿间的伤处，毫无起伏的声音低低响起："受了伤，就要告诉我。"

季慎垂下脑袋，瞠着狐狸眸子看着自家师侄脖耳根后泛着一抹可疑的红晕，眨了眨眼，问道："师侄你竟然如此关心我啊……"

顾子嫣脸上一红，正在打结的手使了全力，疼得某人龇牙咧嘴才罢休。她起身后微微一顿，抿唇说道："你要做的事我不会拦着，反正也已经习惯了，若是到了我都收拾不了的那天……"

季慎的眸子在黑夜里显得异常明亮，眼一眨不眨地望着她，不知想到了什么。

"放心，我一定会亲手送师叔上路。"稍作停顿后，顾子嫣异常坚定底说道。

说好的共进退同甘苦呢？什么叫亲手送师叔上路啊？！季慎沉默半晌才组织出语言道："为什么？"

因为一了百了，省心啊！顾子嫣心中暗暗回答，她嘴角挑起微微的弧度，并没有搭话，只转过身准备离开。

"我会那样做是因为……夏世子被那人抓走，自然就没精力掺和进来，对我们来说未尝不是件好事。"身后传来季慎的声音，他说道。

顾子嫣只在心底一声轻叹，师叔终于懂得跟人解释了吗？

季慎注视着顾子嫣头也不回的背影，眼中闪过茫然之色，他第一次不知道自己在爱与恨之间，如何选择是好……

慢慢走出长街，顾子嫣忽地察觉一抹凉意，停住了脚步，街边的柳树上，那吊在叶尖上的露水承受不住重量滴落在她手背上，滑到了地上，与此同时，一抹熟悉的嫣红身影突然闯入了她的眼帘。

天色未亮，青石板铺就的街道上罕有人影，显得分外寂寥。

一身青衫的店小二还是一副睡眼惺忪的模样，大大伸了个懒腰，眼角余光瞥见身旁有人影出现，想也不想就堵在刚卸下了两块门板的缺口处，没好气地说道：“客官，这还没到开业时间呢，要不您去别处……”

撵人的话还没说完，就见那红衣女子掏出了十两银子，在他眼前晃了晃。

店小二咽了咽口水，立马堆起一脸热情讨好的笑容，乐颠颠地给她们让了道：“客官，里面请。”

跟在红衣女子身边的人蹙了蹙眉，红衣女子却轻车熟路地上了二楼，推门而入，翘脚兽檐上的一团漆黑的东西忽地被惊动，扯着难听的叫声扑棱棱飞走了，这才看清是只乌鸦。

店小二跟在二人身后，低低啐了声“晦气”。

顾子嫣看着屋子里熟悉的摆设，发现这里巧恰是前几日她约见穆彦林的地方，眼前浮现出当日师叔与师姐相拥的场景，莫名心底冒出一丝醋意。

“两位稍等片刻，小的这就去沏壶好茶。”店小二见二人没有异议，一甩手中的毛巾，打了个千，识趣地退了下去。

东方已经微亮，街上冷冷清清，周围哪怕一点细微的动静都格外明显，直接透过原木雕花窗棂传了进来。

顾子嫣很快敛下乱七八糟的心思，一抬眸便看到宋晴容手腕内侧的暗紫色刺青，不由得蹙起眉头道："师姐，你入了魔教？"

"没错。"宋晴容坦然地颔首承认，用食指轻点着下巴，若有所思地打量着她。

原以为这个直性子的师妹会当下和季慎闹翻，没想到空守了两天……她微垂眼睫，掩去眸中一闪而逝的精光，良久，她才用猜测似的语气说道："看来季慎还没有告诉你实情啊。"

实情？顾子嫣眉头蹙得更紧了。

宋晴容露出一脸不出她所料的神色，轻嗤一声道："想来也是。"

茶楼的店小二适时地端着茶盘来到二人桌前，麻利地放下两盘精致诱人的点心后，便退了出去，临走前还带上了门。

屋里一片死寂，只有轻风撩动着如云的帘幔，方才使人觉得时间尚在流动。

宋晴容抬眸静静地凝视着顾子嫣姣好的侧脸，目光深沉晦暗，良久嘴角缓缓扬起一抹笑意，淡得没有丝毫弧度，冷声道："其实我喜欢师叔，喜欢很多年了。"

顾子嫣手微微一颤，不小心被手里端起的茶杯烫到，她慢慢将茶杯放回桌上，轻轻点了点头"嗯"了一声，算作回应。

难怪师姐对自己的敌意越来越明显……顾子嫣这才想明白了之前发生的一些让她困惑的事情。

宋晴容微微低垂下眼眸，隐去眼底的酸楚与嫉妒，一想到自己的计划，她便立刻压下了心头的不快。

"你就是这样，什么都不说，师父就会把所有好的捧到你面前，而我想要的，就算再努力，师父也会说少执念、多修心。每回只要是我想要的东西，师父背个身，你就给了我，明明是我可以得到的，最后却只能靠你施舍。"

"师姐……"顾子嫣一愣，有些难以置信地看着她。

师姐你是认真的吗？要知道，师父每次带回来的都是些奇奇怪怪的东西啊。

宋晴容却自顾自地说道：“论辈分，明明该是我当衡山派的首席弟子，师父却指定了你。”

“师姐……”顾子嫣很想回答她，那是因为师父觉得她话少，表情少，看起来高深莫测能辟邪啊。

“后来师叔来衡山派，明明谁都不搭理，却愿意和你说话。”

顾子嫣这才沉默下来，被师叔从小欺负到大这种感受不是一般人都够体会的。

看着顾子嫣一脸不知道该如何反驳的表情，宋晴容反而勾起嘴角一笑，她直勾勾地看着顾子嫣道：“师妹，这回，你就把师叔让给我吧。”

“师姐，你在说什么？”顾子嫣倏地瞠圆了眸子，不解地望着她，却找不到一丝玩笑的意味，师姐是认真的。

顾子嫣被她这样看着，顿时感觉不自在起来，思索片刻后，她一脸认真地说道：“师姐，可是师叔他不是东西。”

宋晴容被茶水噎了一下，表情诡异。

顾子嫣没有意识到这话有歧义，继续说道：“师叔有自己的意愿，谈何让我来决定让与不让。”

宋晴容却低声一笑，摇摇头，嘴角泛起一丝嘲弄，神情落寞地说道：“这样说来，那我岂不是永远都没有机会？”

顾子嫣本就不善言辞，半晌才结结巴巴地安慰道：“师姐你……节哀顺变。”

宋晴容脸色微变，暗暗捏紧手中的茶盏，她竭力按压住心底翻腾的怒火，努力维持着伤心的表情说道：“我只是不甘心，不甘心我做了那么多他却这般待我……就像当初我们师父一样，他待师叔再好，最后还是落得个惨淡下场。”

顾子嫣心口一颤，下意识地抬起头看向对面，沉声问道：“什么像师父一样？”

宋晴容似乎才意识到什么自己说了不该说的话，片刻的恍惚过后，她眼底闪过一丝犹豫之色：“我……”

“和师父又有什么关系？”顾子嫣皱眉，直觉有什么不好的事要发生，下意识地回避着这种感觉，却敌不过“师父”两个字在心里的分量。

“我本想为他永远守着这个秘密，就算只是留在他身边也好，可对他来说，我始终是个威胁，师叔……他容不下。那夜在客栈里，他在粥里下了药，我侥幸逃了出来，却遇上阎皇。衡山派与魔教因为阎君的死而结仇，虽入了魔教，但我落在他手里能留下条命，已经是万幸。”

宋晴容轻轻地抚摸着手腕上那枚刺青，目光中透着一丝复杂的意味，喃喃道:“如今，我只担心师父最疼爱的人步上我的后尘。”

“你是说师叔要杀你灭口？”沉默许久后，顾子嫣才低声开口，她的声音冰冷，虽然语调平缓，却还是可以听到尾音处带着少许颤抖。

“还记得师叔和师父相处时的样子吗？师父因为阎君的事自觉对他有所亏欠，总是把还债挂在嘴边，他还的是一条命。”宋晴容从怀里摸出一样用布包着的东西，搁在桌上，“你看了就知道。”

顾子嫣伸手揭开了粗布，里面赫然放着一把精致的匕首，刀鞘上镶嵌着指甲大小的四五颗蓝宝石，这一直让沈璃垂涎不已。得知匕首遗失后，沈璃更是心疼得几天几夜没吃下饭，没想到，这把匕首现在却出现在她的眼前。

如果沈璃知道，一定会很高兴吧？顾子嫣脑海中冒出一个不合时宜的念头，却怎么都笑不出来。

她故作镇定地抬眸看向宋晴容，哑着声音问道：“师叔的东西怎么会在你手里？”

“如果我说……这是从师父身上取下来的呢？”宋晴容缓缓摩挲着杯沿，似真似假地开了口。

话音刚落，顾子嫣极快出手，撩起匕首抵在宋晴容的脖子上，眉宇间泛起一丝杀气。宋晴容脸上不见一丝慌乱，只静静地看着她的眼，莞尔道：“师妹，我是亲眼看到师叔握着这把匕首插入师父心口的。之后柳师弟来给师父送饭，我怕他发现师父被师叔所杀，索性劈晕了他，转身却发现师叔已经不见了，只留下了这把匕首。”

看着顾子嫣发红的眼，宋晴容眼底闪过一抹得逞之色，却装作愧疚悲伤。那日她劈晕柳师弟不假，季慎当时还在屋里，只是不知为何也是昏迷着的。

顾子嫣攥紧了匕首，暗暗审视她的脸，想起那天朦胧月色下，他们并排躺在屋檐上，那人在耳畔低喃着“宁负天下也不愿负你”。

这样的人为什么杀了她最亲的人，他怎么舍得……

顾子嫣沉默了，半晌才涩然开口：“我不信，这只是你的一面之词。”

“你不信，是因为你已经爱上他了。”宋晴容牢牢地看着她的眼睛，声音里带着一丝悲悯，凑过身子附在她耳边低声说道，“他留在衡山派当掌门为的是嵩山派的心法，有了心法他才能练成《九霄剑谱》。是否真心，你且看着吧……”

且看着他会如何待你。

顾子嫣魂不守舍地走出了茶楼，宋晴容的话如鬼魅般缠绕在她的耳边，挥之不去，怀里的匕首更像是插在她胸口上，传来一阵阵钝痛。

明明师姐说的她连一个字都不想相信，可字字就像刻进了心里，脑海里唯有一个声音：尽快回去找到师叔对质，师叔一定会证明这些都不是真的……

她下意识地加快了脚步，冷不防撞到了人，脑袋轰的一声。

“你……师姐？”略带不满的声音转为惊喜，正是出来觅食的傅安，他揉着胸口“嘶”了一声，道，“师姐你不是和师叔一块儿出去的吗？怎么就你一个人？”

顾子嫣愣怔地站在原地，回过神来，僵硬地冲二人点头招呼后，匆匆离去。

傅安站在原地，看着顾子嫣的背影皱着眉说道：“师姐好像有点不对劲。”

倒是在一边的怜荀敏锐地捕捉到前方茶楼里一抹熟悉的身影，四目相对，那人嘴角缓缓勾起意味不明的笑意，极尽挑衅。

想到方才顾子嫣失常的神态，怜荀能猜出个大概，不过有季慎在，应该出不了什么事吧？

想到这里，怜荀便也没再在意。

屋内，绯红的花瓣零碎地落满了一地，半掩住了床下凌乱交叠的衣装。晨熙的光透窗而入，在青砖的地面洒落清淡的白影，青纱床幔里，一人早已醒来。

齐钰一手支着头，看着还在熟睡中的人，不由得微微翘起嘴角，噙着一抹满足的浅笑，双眼越发明亮。沈璃朝着温暖的地方挪了挪，一骨碌滚进他怀里，满意地找到一个舒适的位置蹭了蹭，丝毫没有醒来的迹象。

齐钰目光霎时一暗，最终还是随意披上衣衫起身，走到桌子边坐下，给自己倒了杯茶降火。

几杯凉茶下肚，齐钰突然察觉肩头袭来一股冷风，微微挑眉，侧身避过身后刺来的长剑，然后才对着一脸阴郁神情的陈赫似笑非笑地说道："怎么，这么快就打算过河拆桥了？"

陈赫一转手腕，剑刃停在离他咽喉处三寸的位置，眸中渐渐凝聚起寒芒，森然道："昨夜世子被劫，府里的动静不小，齐公子还有闲心沉迷花月？"

齐钰搁下手中的茶杯，微微挑起嘴角笑了笑："这种事中途被打断是很不人道的。"

陈赫视线向里头扫去，继而落回齐钰脸上，眼含警惕地提醒他道："这人可能与劫走世子的帮凶有关，齐公子应该懂得分寸，若有动静，还请及时知会于我，那我就不打扰了。"

临走之前，陈赫将门微微拢上。齐钰维持着喝茶的动作，看着他离去的方向若有所思。门并未上锁，他并不会认为这是他们对他降低了戒心的表现，反而恐怕是对他的监视更严密了。

杯子里的茶凉了，入口微苦，平缓的呼吸声传入耳中，床上的人仍旧睡得安稳。齐钰走到床畔，看了一眼沈璃的睡颜，从挂在衣架上的衣衫里取出一张字条。

一张白纸而已，若她知道了会想杀了他吧。他嘴角勾起一抹浅笑弧度，随即凝住，他们来了却没有带走她，季慎究竟在想什么？

那日……

“为什么？”齐钰疑惑地问道，望着手心里多出的玉玦带着一丝沁凉，手感温润。

“我以为你会很想要。”

齐钰愣怔。

“我帮你脱困，不过有朝一日，你要帮我一个小忙。”暮色中，对方脸上的表情有些模糊，眼中说不出有什么意味，“譬如……替我收尸？”

良久，齐钰收下了那块玉玦，露出一抹嗤笑，对那人说道：“也许你要考虑换个条件，我知道句古话，叫祸害遗千年。”

“嗯……说得也是。”

有顾子嫣在，那人应该只能祸害衡山派了吧？齐钰将那张字条搁在烛台上，它很快燃成了灰烬。

时令已过霜降，秋末。

顾子嫣坐在屋顶上，看着远处白鹭掠过水面，晕开一圈又一圈水纹。她身上覆着一层厚重寒意，不知坐了多久。

屋子里很安静，没有一点声音，师叔不在房里。

天快亮的时候，一抹赭色的身影慢慢走来，临近门口时似乎发现了她，微微仰头，遥遥地与屋顶上的人对视，那人忽然扬唇，无声地笑起来，笑得极尽灿烂。

“师侄，你是在等我吗？”季慎跃上屋顶，察觉到她身上的寒气时皱起眉，将她带下来，裹上了外衣，“要等也该在屋子里等，外头寒霜重，会受凉。”

“师叔。”听着那人关怀备至的温柔话语，顾子嫣哑声地开口唤了一声。

矮桌上的烛火忽明忽灭，已经燃到尽头，倏地熄灭，屋子里半明半暗的光线，让人看不真切。

季慎偏着头似乎在等她后面的话，嘴角弯着的弧度不减，看向她的眼神中多了几分宠溺，几分意味未明。

犹豫良久，顾子嫣仍未抬眸，只是声音冷静地说道："我又见到师姐了。"

"嗯。"得到的是季慎一声淡淡的回应。

"师叔，你想要《九霄剑谱》做什么呢？"顾子嫣眯起眼，烦躁了一夜的心在这一刻静如止水，看来或许她该多信师叔几分。

"她跟你还说了什么？"季慎状若无意地问道，顺势在她旁边坐下，握住她有点冰冷的手，想让它重新暖和起来，却收效甚微。

顾子嫣并不答话，也不回避，直勾勾地看着他。

季慎在她的目光里节节败退，微微退开了身子，颇为无奈地说道："她说的话不可尽信，至于别的……终有一天我会全部告诉你，但不是现在。"

不可尽信？顾子嫣垂下眸子，掩去眼中复杂的神色，也就是说有一部分是真实的，那是……

"她说我不爱你那一定是假的。"季慎毫无血色的双唇勾出一贯的弧度，紧贴着她嘴角，低声地呢喃道。

"咕咚"一声，一道圆弧形状的白色身影一头栽进茶碗里，滚了两圈后，发现空无一物，它抬起脑袋，小黑豆般的眼睛瞪着自己的主人季慎，当中满是控诉。

顾子嫣反应极快地抓住了它，摘下鸽子腿间的小细竹筒，白色小纸卷掉了出来，鸽子挣扎，顾子嫣一松手，它便逃一般飞走了。

这鸽子师叔养了多久？顾子嫣默默想着，应该说它从她手里死里逃生几回了，每次寄回来的都是账单，这次会是什么？

季慎伸手，却被顾子嫣反握住。她的另一只手一点一点推开了小纸卷。

端正的楷体一如字迹的主人，写着嵩山派几名师弟遇难的事，还有心法……

这算是为了复仇所付出的代价吗？师叔，你又在其中充当了什么角色？为什么会让嵩山派双手奉上心法？

季慎握了握她似乎更冷的手，眨了眨眼无辜说道：“如果我说只是暂时借来用用，你信不信？”

顾子嫣蹙眉，突然有无力感，眼前这个人很能惹麻烦，可又似乎把事情都控制在股掌之间。

“师叔，你知道我是个弃婴，师父对我来说就像是爹。”

“嗯。”季慎因着话题的转换微微愣怔，看着顾子嫣微微仰头似乎在等他的回应，便应了一声。

“师父下山总记得给我买东西，还会亲自下厨，虽然你们都嫌弃他做得不好吃，可我真的觉得很好。师父很好，怕我笨被欺负，总是护着我。”

季慎不再说话了。

“很小的时候，师父总说养着我是为了给他养老送终，现在好像已经做到了，可是我的心还是停不下来，我很想师父……师叔，杀了师父的人是不是特别恨他啊？师父当初连尸骨都没留下。”顾子嫣抬眸已是泪眼蒙眬，拿出了匕首，执起他的手，搁在他手心里，“你告诉我，我现在该怎么做？”

越听越明朗，季慎知道她说的是怎么回事了……他低头看着她，微微蹙眉，喃喃自语道：“原来是被她拿走了。”

顾子嫣的身子一僵，指尖止不住地战栗，带着颤音问道：“师叔，为什么……”

“师兄欠我们季家的已经还清，因果报应罢了。”季慎抚了抚匕首上的纹路，熟稔得如同握住挚友的手。

“因果报应？”顾子嫣呆呆地重复了一遍，忽地笑了，她突然靠向季慎，垂下的发丝划过匕首边缘，锋利的刃割断了一缕青丝，青丝在坠落之前，被她握在手心，“那我们之间呢？师叔，你欠我的，永远也还不清了。”

季慎眸色暗淡下来，他默默地注视着顾子嫣将匕首收回鞘里，以及她手中的那缕青丝。

良久，顾子嫣似乎回过了神，视线落在他身上，声线毫无起伏地说道："师叔，你走吧，再见面我怕会对你刀剑相向，我们……后会无期！"

不……季慎微微张了张嘴，却没有说出口，深深地看了她一眼后，他走出了屋子，衣袂一闪，便不见踪影。

顾子嫣坐在屋子里闭上了眼。青山不改，绿水长流，但愿今生不相见，如此便可不相恋。

一念生，一念灭。

年少时他经不起那人言语相激，把心意吐露个干净。孰料那人并未出言反对，反是笑意淡然地问他："喜欢到能为她放下执念吗？"

少年闻言，嘴角微不可察地撇了撇，清俊的脸上浮起一丝嘲讽："你想以此留着你的那条命？"瞧着那人露出不认同的神色，少年笑了一声，说道，"放心，你的命我现在还不想要，只不过……"

只不过难保以后，人在江湖飘，哪能不挨刀？宋青云，身处江湖又哪能没有点意外呢？

似是明白他话里的意思，青衫客的双眸暗了下去，低低叹了口气，视线掠过少年望向远处那一抹酣睡的身影："倘若有朝一日，你二人为敌，你当如何？"

风拂过荷花池，吹起一池涟漪，飘飞的衣襟之间，少年略带青涩的声音再次响起，志得意满地说着绝不会有那一日，他定会护顾子嫣这一世安乐无忧。

那人愣怔地看着他良久，仿佛透过他看到了另一个人的影子，忽然勾起嘴角，笑道："我欠你们季家的，定会有还的那一日，亦信你是真心爱护子嫣，若真的到了那一日，连子嫣都不能让你放下，你……该知道如何。"

"好！"

凄风萧瑟，枯叶伶仃，秋雨忽然而至。季慎恍若未觉地走着，不疾不徐，那些怨恨早已被时间消磨得所剩不多，宋青云那一刀下得狠，了断过往恩怨，可他欠了顾子嫣……

他怎舍得伤她分毫，既然无法避免，便用这武林偿还好了。

雨水沾湿了衣襟，沾湿了眉宇，从那俊朗冷漠的脸部线条滑下水线。季慎双眸暗如浓墨，忽然停下了脚步，没有回头，就那样站着，身躯挺直，一贯清冷的声音更添了几分震慑力："出来。"

不远处，不知何时出现了一抹艳红身影，来者微垂着头，恭敬地跪在地上："少主，阎皇命属下来接您。"

话音刚落，宋晴容身子就被一股无形的气浪掀飞出去，她踉跄了几步，抵在树干上才稳住了身形，便听到那人冷冷说道："多事。"

宋晴容抿了一下嘴，咽下喉间涌上来的腥甜，脸上勾起一抹自嘲说道："不知少主怪罪的是哪件事。"

乌黑的发丝衬得他脸色更加如玉般精致白净，季慎沉静的目光缓缓落在她脸上，薄唇轻启，声线没有一丝起伏，也察觉不出任何情绪来："若不是她会伤心，你早就该死了。"

宋晴容身子一颤，只觉得彻骨的寒意从心底翻涌出来，被伤到的地方越发疼得厉害，她却仍维持着浅笑道："自古正邪不两立，少主既然有意离开，不如见一见阎皇，毕竟他与你身上流着一脉的血，不会袖手旁观。"

季慎不置可否，视线越过她，看向她身后的某处，淡然的神色有了轻微的波动。

隔着绵延不断的雨帘，他静静地凝望着什么，仿佛看见了那陈旧柴扉窄小缝隙中的一抹淡青色身影。

喧嚣的雨声仿若消匿于耳，唯有那一年小孩儿奶声奶气地唤着师叔，说会努力长大将来照顾师父和师叔。

多了一个宋青云，真是……讨厌啊。季慎嘴角掠过一丝苦涩的笑，敛下眸子，再度开口，声音中略带了一丝沙哑："带路。"

望着同一处出神的宋晴容蓦地一愣，阴沉的眸子里掠过一丝亮光，又迅速垂眸掩下，轻应了一声后，恭敬地上前领路。

顾子嫣，这是你自己选的，也是你逼着他选的。为正道所不容又如何，我会伴着他走接下来的每一步，从今往后，站在他身侧的，只会是我。我更希望看到的是你们俩兵戎相见。和宋青云那个傻子一样，被那些所谓武林正派利用，彻底地断了情谊才是最好的。

宋晴容的目光越发坚定。

冰凉的雨丝一直密密不得停歇，洒在屋顶上，顺着檐边零落滴下，一重又一重的寒意伴随着水汽漫卷了大地。

檐下顾子嫣一人持剑而立，淡绿色的衣衫已经全部浸湿，几缕发丝紧贴在脸颊上，衬得她的眉眼越发清俊。

傅安用衣袖遮着雨，急匆匆地推门而入，看到的便是这么一幅画面，只不过看着，便觉得有一丝伤心。

随后走入的怜荀看了一眼顾子嫣，微微摇了摇头，掂了掂手里的纸包，往烧水的地方走去，随后空气里多了一股子姜味。

“师姐你回来了？”还是傅安先回过了神，瞅着她湿漉漉的模样，蹙起眉头说道，“这下雨天的就别练剑了，虽然我们这里有个不要钱的大夫，但也不能这么不爱惜自己的身体啊！”

正抡着菜刀切姜片的怜荀手一歪，差点切着了自己，她扫了那边一眼，暗暗磨牙。是了，她这个不要钱的便宜大夫是哪根筋抽了，非得留在这个人身边……

顾子嫣似乎这时才察觉跟前站了人，她视线慢慢聚拢了，落在来人身上：“傅安？”

“一大早的发现你们都不在，我和怜荀寻你们去了。”傅安四下张望了一番，没瞧着其他人影，诧异地问道，“沈师姐和师叔呢？怎么就只有师姐一个人？”

“师……叔？”顾子嫣喃喃重复了一遍，合上了眼，“他有自己的事情要做。”

“那……”傅安还想接着问，就被一碗姜汤堵住了嘴，呛得直咳嗽，一双圆溜溜的眸子愤怒地瞪向了罪魁祸首，活像只兔子。

怜荀手里端着另一碗姜汤递给了顾子嫣，开口道："天气变来变去的，莫着了凉。这两日城里多了许多官兵驻守，留在洛城的武林人士有几人遇害，现场留下的墨莲香气据说与穆霸天房里的一样，而那味道在武林大会也出现过。"

"阎皇？"顾子嫣想起武林大会那日闻到的是一股药味。

怜荀点头，继续说道："总之三者被串联在一起，城墙上贴满了缉拿阎皇的公告，反而不见了我们的。奇妙的是穆彦林的态度，他似乎默认了阎皇就是凶手，还下令封了城，说是掘地三尺也要找出阎皇。"

"那也就是说，我们没有嫌疑了，不用躲躲藏藏了？"傅安凑了过来，从衣裳前襟滑落一根羽毛，"那什么……大长老飞鸽传书，让我们速回，好像说要商量掌门之事。"

顾子嫣端着姜汤的手一顿，那一口便再也喝不下。

长老们这么快就知道了，听到一旁傅安还在念叨着肯定要逼师叔从良了，代理掌门那么多年是该给名分了，顾子嫣却突然想起，那人似乎是因为代理掌门能随意出入弟子寝居才应下职务的。名分，是那人从未想要的东西。

"既然已经封城了，在局势未明朗之前还是不要轻举妄动的好，暂且滞留几日，待找回你沈师姐后再说。"顾子嫣沉吟道。

穆彦林此番举动怕是醉翁之意不在酒，隐在这洛城里的何止阎皇，而那人离开后的去处忽而明了，她手里捧着热姜汤，那热意却怎么都传不到心底。

顾子嫣抬眸仰望头顶那片暗沉的天。师父，您似乎没有给徒儿选择的机会……莫名的酸涩在心底微微发酵，直抵眼眶，氤氲了眼前的一切。

一滴水珠落到盛满水的瓦缸之中，发出清脆的声音，水面上倒映出蹲着瑞兽的檐角。一滴雨滴垂在檐角，欲坠未坠，覃城主方才不知缘由便被慕华山庄的人请了过来，此刻他站在屋内，心中惊疑不定。

屋子的正堂放着一把精致的紫檀木躺椅，秋季夜里偏冷，椅子上铺了厚厚一层狐皮垫子，只不过少了那个风姿卓绝的人。

一名黑衣男子低垂双手，肃立阴影之中悄无声息，像是藏于暗处的猛兽，正准备择人啃噬。

覃城主坐在穆彦林的右下方，慑于这股迫人气势，他掩饰般咳嗽了一声，询问道："穆庄主寻本官前来，有何指示？"

穆彦林撩起一片衣袖，为他斟满了茶水，露出一抹和善的笑容说道："的确是有件私事想让您帮个忙。"

覃越闻言暗自舒了口气，连忙说道："穆庄主客气，有事尽管吩咐。"他这把老骨头可经不起江湖人折腾，光是前任武林盟主的事都还没个交代，他是打心眼儿里害怕这位新任庄主呢。

"故友来访本是好事，孰料才来几日就遭了盗匪，失了心尖上的宝贝。"修长的手指把玩着手里的白瓷盏，穆彦林似笑非笑地瞥了一眼陈赫，颇为漫不经心地说道，"我已让人严守城门，但要在这洛城里将那群人揪出来，恐怕还得您出马。"

"敢问这宝贝是……"覃城主下意识地一问，却在那黑衣男子看过来时咽下了话语，神色肃然道，"本官定当竭尽所能。"

"这事情并不难，"穆彦林说完，视线落在陈赫身上。

陈赫立刻沉下脸将东西放在桌案上，神情更冷了几分："你带着这两样东西上京，到了那儿自会有人接应，你按着他说的做便是。"

两块玉牌，一块上头刻着在洛城并不常见的一种鸟，犹如活物一般，生生带着一股戾气。

覃越看得心惊，眨眼间便看见那个物件被蒙上了黑布，然后递到了他手中。

"当年你得罪权势，性命近乎不保，是索大人救了你，你也因此拜入他门下，自此官途坦荡，步步高升。而索大人只有一位主子——前些日子刚刚回宫的华阳公主，你可记清楚了。"穆彦林再度斟满茶，嘴角的笑意扩散，"这杯茶，算是为城主饯行了。"

覃越拿起茶盅一饮而尽，面上堆满疑惑之色。

那位极受先皇盛宠的华阳公主？早年坊间传言，这位公主在先皇驾崩后远赴五台山守孝十余载，亦是为其胞弟——也就是当今圣上祈福，怎会……

覃越蓦然抬头，却对上穆彦林似笑非笑的眼，他立马将东西收入袖中，应了一声“明白”，悄悄离开了慕华山庄。

屋内，穆彦林让人撤掉了茶具，连同他手里那盏茶水纹丝未动的茶盅。

“穆庄主如此不计代价地出手相助，所谓何求？”陈赫对此人始终抱着三分戒备。先皇遗诏官燕侍奉二主，官燕是先皇在位时特设的，一直只专事守护皇帝的安危，只是华阳公主野心太大，先皇驾崩后，淮宗便将她送去了五台山，若非此次太后召回，她怕是难得入京。

龙困浅滩多年，如此机会华阳公主怎会不把握？届时官燕一分为二，便容易对付得多。

只是眼前这人如此不计代价相助，反倒让人生疑。

“鹬蚌相争，渔翁得利，我自然是站在世子这边，到时只会有好处不是吗？”穆彦林微微眯起眸子，像个算尽得失的精明商人，在乎的无非是名和利。

陈赫默然离开，心中略微放松了几分，人，唯有欲望才好掌控。

外间的门大开着，白墙灰瓦间腾起袅袅薄雾，穆彦林望着前方，只见自雾气中影影绰绰透出一个人影来，很快就到了他跟前。

“庄主。”来人恭谨地跪在地上，道，“属下无能，未能找出阎皇的藏身之处，那些人善于躲藏，每每有点踪迹，就消失不见了，反倒是派出去的探子们，有不少人折在红练设下的陷阱中。”

穆彦林收回视线，黑眸中透出一丝锐利的光芒，淡淡说道：“不过是秋后的蚂蚱，蹦不了几日，多派些探子去，我是要你们找人，并非抓人，况且凭你们……即使他重伤在身，你们也不是他的对手。”

当年阎皇走火入魔又被穆霸天几人逼落悬崖，即使侥幸存活，怕也很难恢复如初。武林大会那日现身，除了为杀穆霸天报仇，恐怕他还记挂着那本剑谱。

思及此，穆彦林的嘴角挂上了一抹不易察觉的笑意。阎皇啊阎皇，你可曾想过有朝一日会如过街老鼠一般在我的眼皮底下，我却成了那个掌控你命运的人。

“属下有一事不明，城内的告示全部揭下，那杀了盟主的季慎……”那人话说至一半就被一股刺骨的寒气卡在喉咙里，脸色霎时惨白。

穆彦林的视线落在他身上，眼底闪过一丝不明的情绪，却未有动作，盯了半晌后，缓缓开了口：“衙门何时断定大哥是季慎所杀？我怎不知？我这么做自有用意，难道还要向你报备一声？你若跟在大哥身边太久忘了规矩，我不介意让人再从头教你一遍。”

“庄主饶命！属下知错！”那名下属倒吸了一口冷气，趴在地上磕头如捣蒜，“属下只是担心季慎离开后投奔阎皇，若不将其缉拿，怕日后难以对付。”

穆彦林闻言一顿，一双凤眼略微上挑，勾起一丝玩味的笑：“竟走了吗……”

“是，属下亲耳听到二人决裂，顾子嫣得知当年宋青云的死乃季慎所为，将他逐出了衡山派，想必过不了几日江湖人人皆知。”感觉到那股令人窒息的寒意正在快速消散，那人便将自己所知全部说了出来。

穆彦林睨向他，拇指轻轻摩挲着食指上的红玉扳指，沉默半晌道：“宋青云当日中了别苍门的埋伏，本就命不久矣，你可是听错了？”

那人又磕了一记响头，言语凿凿道：“属下绝不会听错，当年季慎为了报父母之仇趁宋青云虚弱之际狠下毒手，却不小心留下痕迹，被爱慕他的宋晴容捡到凶器，如今宋晴容早被他逐出师门，怕季慎害她性命，才跑去将真相告知顾子嫣，导致二人决裂。”

“呵，原来他竟是养了十多年都养不熟的狼崽子。”穆彦林眯起眼眸，似是追忆，嘴角微微勾着，又似嘲讽。

末了，他摆手让人退下了，屋子里又归于寂寥。

“不论他何种身份，我只认他是我师叔、衡山派的掌门，只要有我在一日，就不容许有人伤他一毫。

当日顾子嫣说的话，尚言犹在耳。

穆彦林先是低声笑起来，随即如不可遏制地大笑，他的目光穿过深深的庭院，落在茫茫白雾笼着的地方，这才慢慢止住了笑意。良久他轻嗤了一声，垂眸道：“那孩子可一点都不像你。”

眼下一朵开得全盛的“贵妃醉”牡丹占据了大半张黑檀木桌面，花叶繁复，雍容华贵，细看却有几处如蒙了层灰般稍显暗淡。他指尖轻触，似有规则一般游走于那几处，收手之时，一声细响在屋内突兀响起。

自桌底弹出的暗格里空无一物。此机关玄妙，出自名家之手，若非他偶然撞上，恐怕也不会知道他大哥为了剑谱打造了这般绝妙的东西。思及那人，穆彦林噙着浅笑从怀里掏出了一本簿子，放入那暗格之中。

他复将其恢复如初，桌上那朵牡丹却有了一丝不同，显得越发明艳了。

一阵匆忙的脚步声过后，门外响起一道声音，恰巧保持着极好的距离：“庄主，那人醒了。”

穆彦林拢了拢袖子，随即出了屋子，朝着东边院落快步而去。来通报之人紧紧跟着，临近入口，穆彦林只一个眼神，便让他止住了脚步，安分地守在门口。

如困兽般的嘶吼从里面传了出来，仿若承受着巨大的痛楚。穆彦林走过树荫掩映的通道，站在铁栅栏前，注视着被关在里头的人，血迹斑驳的衣衫犹如破布挂在身上，遮不住那一道道血痕，似是难以忍受痛苦，他不停地用头撞着墙，发出嘶吼声。

不多时，里头的人慢慢安静下来，犹如木偶一般，双眼无神地盯着栅栏外的人看着，似全然被其掌控。

“现在，告诉我真的心法口诀。”

“好……”

不远处，一道浅青色身影隐在树后悄悄离开，谁也没有察觉。

洛城外二十里地，朝南直走，出了官道是一片桃林。桃林对面的不远处散落着十几户人家，老房子斑驳的墙壁上枝枝蔓蔓，青色藤萝蔓延，为这小村落添了几分生气。

时至黄昏，天幕渐暗，两道身影悄无声息地出现在村子里。离二人不远处，一名红衣女子抱着剑站在屋檐下，拿着剑柄轻叩了两下门扉。

门扉被里面的人轻轻打开，季慎看了一眼红练，等红练转身带路后，便一言不发地跟在她身后。

宋晴容看到季慎的身影消失后，才不舍地把目光收了回来，低垂的眸掠过一丝不甘与艳羡之色。

这道门她还没有资格进，也无法像红护法陪伴阎皇般跟着那人，她的指尖无意识地抚过腰间的玉佩，骤然的凉意使她从怨艾的情绪中惊醒。

“当日救你，一是念在你与慎儿同门，二是红练请求。你身上的云系是血煞老儿养人惯用的伎俩，现如今已解，只要日后小心行事不足为惧，又为何要留下？”

“救命之恩，如同再造，晴容任凭驱使，侍奉阎主左右。”

“宋姑娘倒是重情，只怕一心想要侍奉的是我侄儿吧。”空气中顿时掀起一股迫人的力量，宋晴容只感到一道如山的气势挤压下来，竟再难开口半分，唯有咬牙死撑。

须臾间，强大的气势随即尽数敛去，那人一声低笑，解下身上系着的玉佩递向她：“慎儿的身份使得他迟早会回到我身边，届时也的确需要人照顾，这块玉佩是慎儿出生时我命人打造的，亦是万魂谷下一任谷主的信物，当时我没能送出去，现在我希望你交到他手里……”

脑海里忽然浮现出当日与阎皇的对话，宋晴容倏地攥紧了玉佩，玉佩如会发热般灼烫了手心，她却不愿放手。

只要她能完成……终有一日，他们会成为世间最相配的人！

一阵夜风吹过，撩拨着密密的树叶发出悦耳的沙沙声。破旧的庭院里，摆着一张方方正正的石桌，桌上摆开的一盘棋，已下到了残局，黑白落错间教人看花了眼。

院中一人独坐，一身白衣如月，似乎不染红尘，袖口绣着深深浅浅的绛紫莲纹。那人细长的凤眸盯着棋盘，两指间拈着一枚黑玉色的棋子，一副若有所思的模样。

红练将人带至跟前，便悄悄退了下去。

“上回见你，无暇叙旧，不承想这么快又得以相聚。”阎皇将视线从棋盘上移开，落在来者身上，似乎颇为满意地说道，“先陪我下完这盘棋。”

季慎从容地撩袍坐下，扫了一眼周遭令人熟悉到心悸的环境，然后语调淡然地说道：“不过一处落脚之地，这般布置，睹物思人，不觉得物是人非更凄凉吗？”

语毕，他骨节分明的手指夹起一枚白子，稳稳当当地落在棋盘之中，一下便破了局，若隐若现的杀机顿时连贯起来，对盘中黑子形成包围之势。

阎皇拈起棋子的手一顿，然后又缓缓放下，无峰回路转之势，乃死局。这步棋走得极险，孤注一掷，看来季慎到底与小川不同，小川……

“不破不立，破而后立，如此险中求胜，却断了后路，若是失败岂不可惜？”

“世事亦如棋局，落子便应无悔。”季慎微垂着眼，似是想到了什么，轻嗤了一声道，“况且瞻前顾后，当断不断的下场，又能好到哪里去。”

“你……”阎皇嘴角的笑意一凝，漆黑的眸中闪过一丝锋锐之色。他按下心中怒气，看着眼前这张极似季川的脸，怒极反笑道，“好，好一个当断则断，你倒是看得通透，当年我想你爹明白，却等了一辈子都未等到，岂知今日……哈哈哈……”

“我只想为我父母报仇。”

“自然，那些人一个都休想逃过，咳咳。”这一怒牵动了心肺，阎皇止不住咳嗽了两声，眸底泛出一丝猩红，恶狠狠说道，“这几年我一直暗中发展万魂谷势力，却因为身体，咳咳……不过现在没关系，有你在，定能做得更好！届时整个武林，不，甚至是朝廷都会忌惮我，唯吾独尊。”

“我只想报仇，万魂谷，我不会入。”

一句轻描淡写的话让阎皇骤然回神，盯着他默然片刻，开口道：“是为了那个顾子嫣？”

“我已自逐出衡山派，自然与她无关。不入万魂谷只因家母在世时，我曾答应过她而已。”

竟又是林玉羡！阎皇面上闪过一丝不悦，遂极快掩下，微微沉吟道：“既然如此，我也不便强求。只是如今穆彦林势大，要想取他狗命，还需你助我一臂之力。”

季慎颔首，目光低垂，视线转回棋盘之上：“伯父这盘棋布局精妙，打法狠绝，却输在一步初心，棋如人生，稍微走错一步，就可能满盘皆输。”

“输？”阎皇似乎听到了什么笑话般，发出一声嗤笑，那双冷厉漆黑的丹凤眼里透出阴狠残忍的寒芒。

一拂袖，棋盘之上皆化为粉末，风一吹，洋洋洒洒，跌落尘埃。

阎皇的双眸彻底染上了嗜血的猩红，周身气流涌动，满是戾气的脸在逆转的气流中微微扭曲，近乎咬牙切齿的声音，如地狱怨灵般传来：“所有阻碍都会化为虚无，天上天下，唯吾独尊！”

话音刚落，破空出现的红色身影眨眼就将人带走，院落复又平静。季慎端起清茶，苦笑着饮尽，一声若有若无的低叹散入风中，了无痕迹。

果然不能留。

一连几日，洛城里的天气都是极好的，一碧如洗的天上一丝云彩都没有，阳光明晃晃泼洒下来，即使有几片浮云，也如同极淡的烟雾，缓缓流过澄明透亮的天空。

顾子嫣正在树下心无旁骛地练剑，一个白球直挺挺地向她飞去，剑气横扫，那东西一阵扑腾才逃过一劫，剑刃恰好削过头顶，整个“鸽生”都不好了。

“咕咕啊……”救命啊……滚圆的白鸽掉到了地上，头上的呆毛直挺挺地翘着，显然惊魂未定。

顾子嫣收势，右手长剑“嗒”的一声套入剑鞘之中，垂首对上一双无辜的小黑豆眼儿，在她的注视下，白鸽稍稍挪了一下屁股，退后了些。

顾子嫣沉默不语。

肥鸽子瞅着她，脑袋上的呆毛随之一摇一摆：“咕？”

“师师师……师姐，不好了，出大事啦！”傅安人未到，声音却隔着老远传了过来，不一会儿工夫便气喘吁吁地奔至跟前，抓起桌上的茶壶“咕咚咕咚”猛灌几口，又重重地将茶壶放下，用袖子抹了一把嘴，眼角瞄见地上的活物，整个眸子都亮起来。

“红烧起来一定很好吃。”傅安作流口水状，“好肥的鸡啊！”

“咕……”肥团子一激灵，飞起落在顾子嫣肩上，牢牢地揪住布料。

顾子嫣右肩膀被压得往下沉，颇为无奈地看向肥鸽子：“你好沉。”

“咕！”肥鸽子表示深受打击，脑袋上的呆毛瞬间耷拉下来。

傅安越瞧越觉得这肥鸽子眼熟，拿手指比了比大小，忽然灵光一闪咋呼道：“这不是师叔的白鸽吗？”

肥鸽子赏了他一个大大的白眼。

顾子嫣伸出去的手停在半空，视线扫过那堵墙，那里早已空无一人。

“啊！我想起来了！”傅安眼见顾子嫣面色越来越难看，猛然想起自己方才慌慌张张是为了什么，“是有关师叔的。城里告示墙上贴着师叔与衡山派断绝关系的消息，还有茶馆里说书的，如今讲的都是师叔的身世，说师叔已经入了万魂谷，要报当年正派错杀他生父之仇。这几日曾参与过当年战斗的人接连死了好几个，穆彦林下了重金通缉，一同上榜的，还有晴容师姐。”

虽早有预料，但真的听到时，顾子嫣仍禁不住一阵心酸。

她忍不住伸出手指点弄着肥鸽子的脑袋，像是能转移心底那细细密密的疼。肥鸽子被点得头晕，仍不忘伸出两只肉乎乎的翅膀围住了她的脖子，用柔软的脑袋蹭了蹭她，似是安抚。

“师姐，你是不是在和师叔闹别扭？师叔这人虽然看着不大靠谱，可我觉得他不会真入了那个万魂谷的，师叔那么喜欢你，恨不得把你拴裤腰带上，怎么……”

回应傅安的是一声重重的关门声，连带着破旧的门板都颤了三颤，傅安摸了摸鼻子，悻悻离开。

屋内，怜荀点了宁神的熏香，顾子嫣怔忪着走到桌边坐下，肥鸽子一骨碌滚到了桌上，便自个儿去玩了。

“师叔的东西怎么会在你手里？”

“师妹，我是亲眼看到师叔握着这把匕首插入师父心口的。之后柳师弟来给师父送饭，我怕他发现师父被师叔所杀，索性劈晕了他，转身却发现师叔已经不见了，只留下了这把匕首。”

“我不信，这只是你的一面之词。”

“你不信，是因为你已经爱上他了。”

“他留在衡山派当掌门为的是嵩山派的心法，有了心法他才能练成《九霄剑谱》。是否真心，你且看着吧……”

“师叔，你想要《九霄剑谱》做什么呢？”

“她说的话不可尽信，至于别的……终有一天我会全部告诉你，但不是现在。”

“师兄欠我们季家的已经还清，因果报应罢了。”

“因果报应？那我们之间呢？你欠我的，永远也还不清了。”

脑海中几道声音交杂，不断撕扯顾子嫣绷紧的神经，却有一个人的容颜浮现眼前，越来越清晰，而那些声音都弱了下去。

过往的画面一幕幕浮现，越是刻意淡忘，触及时愈是刻骨铭心。明明说好一起到老，为什么走到了这一步？

“吧嗒”一声在耳边响起，惊醒了兀自沉浸在过往回忆里的顾子嫣。原来是肥鸽子不知从哪儿扒拉出一块牌子，叼着穗子甩在桌上，小黑豆眼儿直勾勾地盯着牌子上的苍鹰图案，扑棱着翅膀蹭了上去。

顾子嫣回头看了一眼，拎起肥鸽子搁在一边，竟然是盟主令！

令牌表面刻着一只苍鹰的浮雕，由一种奇特的字符构成的云朵图案环绕，显得异常精致又特别大气。

历代盟主需借助盟主令才能打开的东西……顾子嫣将令牌翻了个面，令牌背后刻了许多铭文，不过字较小，一时难以辨认。

肥鸽子见自己寻到的宝贝被顾子嫣夺走，不甘心地在旁边蹦来蹦去，“咕咕咕”地叫着以示抗议。

顾子嫣颇为头疼地看向它，却被地上露出一角的羊皮卷吸引了视线，俯身抽出，却是洛城的地图，还是当日进城时自己从一小贩手里买下的。

两件东西一并摆在桌上，羊皮卷上的地图似乎与令牌背后铭文勾勒出的线条重合，顾子嫣微微一愣，随即连忙拿在手中细细比较，脉络相似，唯有一处有些不同，她指尖抚过那处，来回摩挲。

心底有一个声音叫嚣着要去一探究竟，顾子嫣沉吟半刻，提剑悄然离开。

雾宗鬼山位于洛城北面，临近两城界限，地势险峻，长年云雾缭绕，方圆几十里地荒无人烟。传闻每年七月风起时鬼哭狼嚎，犹如人间地狱。

顾子嫣从集市挑了匹马，半日的行程就到了鬼山山脚。抬眼望去，但见云雾弥漫，呈遮天蔽日之势，根本望不到山顶。时值正午，烈日当空，却有一股森寒的气息扑面而来。

顾子嫣翻身下马，落脚的地方有马车行过的痕迹，蔓延至山道入口，她便顺着地上的痕迹往山上走，山路盘错而陡峭，一步踏错，便有可能困在此山中，树旁累累白骨便是证明。

顾子嫣下意识地抓紧了青鸾，越发小心，直至眼前出现一道巨大的青石山门，右侧一条青色石龙盘旋在上，龙怒目，栩栩如生。

石龙下方，一个修长的碧色身影已先她一步到了石门前。她目光所及，便再也难以移开。

两旁高大的槐树筛下细碎光影，随着风的流动在他脸上明明灭灭。

季慎指尖凝聚真气，直指龙身下三寸，一片龙鳞倏地呈两瓣裂开了，露出一个凹进去的石洞，洞内有被动过的痕迹。他伸手拈起一撮底端的粉末闻了闻，有一缕熟悉的气味夹杂其中。能开启石门的天心块，他早已借齐钰的手给了夏兴安，谁料人算不如天算……

“倒是白白便宜了那人。”

不过于他来讲，结局都是一样的。季慎退开一步，运气于剑，剑身闪现一层极亮的玄光，骤然爆发出一股极强的力量，劈向龙身。轰然一声巨响，石门应声而裂，激起一阵沙尘。

顾子嫣看着那道身影在一阵扬起的尘烟中消失，心中不由得蒙上一层阴霾，不过分别十数天，他就变得如此陌生。

她用力咽下心中的苦涩，悄然尾随其后。

石门内别有洞天，石室中央高耸，高耸之处端正地摆着一座巨大的石棺，石棺呈赤虹之色，极其诡异。石棺左边放着数口鎏金木箱，右边是数排兵器架，只是上面早已空无一物。

内里五道石门俱是打开的，呈半圆形围绕，一眼便能望尽，里面皆摆放着一尊石棺，周边七零八落地散着盔甲的各个部位，似乎经历过一场打斗，甚为惨烈。

从古墓内看，早已经有一批人进来过，各处机关尽毁，地上还留有斑斑血迹。顾子嫣隐在石柱后打量四周，眼角余光却见季慎径直走向石室中央的巨大石棺，他一撩长袍，跪在蒲团之上，行三拜九叩大礼，随即起身跃向高耸之处。

顾子嫣心惊，正要出声阻止，却听到石棺发出沉闷的响声，棺盖移开了。那人从棺内取出一个四四方方的匣子，攥在手中，毫发无损地退回原地。

棺盖再次合上，这一次，顾子嫣看清了棺上的字——是一个“季”字。满腹疑问得不到解答，顾子嫣只能跟着季慎出了石室，隐在暗处，兀自纠结不已。

鬼山山脚，一阵马蹄声由远及近，随着“咴儿”的一声马嘶，一道纤细的身影从马背上翻滚下来，堪堪落在季慎跟前。

身上的夜行衣被鲜血染上了暗红色，脸上尽是惨白之色，正是宋晴容。她极力支撑着自己站起，怎奈身体一软，瘫倒在季慎怀里。

“少主，我拿到剑谱了。”宋晴容气息虚弱地说道，嘴角微扬，似是想笑却被疼痛掩盖，断断续续地说道，“我已经甩掉了他们，红练……红练说你来了这里，我才寻过来的。”

说着，她从衣襟里摸索出一本剑谱，交到了季慎手中，笑容里颇有一丝得意：“你不是一直想要《九霄剑谱》吗？我说过，为了你，我什么都愿意去做。”

风吹起剑谱，翻到了最后一页。季慎在最初一瞬的错愕后，又恢复往日的冷漠神情，一双漆黑如墨的眸子更显幽深，在发现宋晴容那枚没入心口上方大半的暗器后，他正欲伸手，却被宋晴容握住。

“穆彦林设置的机关有毒，这枚毒镖……毒性剧烈，连红练都无法……我……不过是撑着一口气，想……想要死，也要死在你跟前，与你见……见上一面。”

“你……”季慎怔然，却无言以对。

“我多想……能陪着你……一起……达成心愿，成为……武林霸主……”一口黑血自嘴角涌出，握着季慎的手慢慢滑落，她瞠着双目满是不甘。

顾子嫣从树后走了出来，一步一步似是艰难，直直地看着季慎，眼底积聚浓浓怒火，唯有自己知道，她的心底更多的是失望与哀戚。

她想也不想拔出青鸾，眨眼间，青鸾剑尖已离他咽喉不过一寸：“师叔，请你把剑谱交出来。”

季慎将宋晴容轻轻放在地上，才站起身，与顾子嫣对视：“事情并非如你所想。”

“哦？是没有利用门下弟子做奸险之事，没有与魔教为伍，还是……需要足够的时间让你编造理由，继续哄骗我？！”顾子嫣一句一问，视线牢牢地锁在季慎身上，她握紧了青鸾，“当初你不肯接受衡山派掌门之位，早就有了这般打算是吗？”

“子嫣……”

“我问你，是不是？！”青鸾剑又逼近一分，手心的颤意引得剑身微微共鸣，“我于你而言，亦是棋子！”

季慎伸出的手僵在半空，乌黑眼底一片幽暗，透出令人心悸的寒意：“你当真是这样想的？”

顾子嫣抿紧嘴，不再言语。

季慎看着她的目光变得越来越深沉，半晌，微微勾起嘴角，扯出一抹凄冷笑意：“那就当我多年真心喂了狗吧。”

划出青灰色的弧线，顾子嫣条件反射般接住，看着上面“九霄剑谱”四字，她愣了神，错过了季慎那一瞬的脆弱神情，再抬首，只余背影决绝。

顾子嫣呆呆地站在原地，手里的剑谱似乎有些烫手，难道……师叔不是吗？那又为何不说明？她本就愚钝，怎么猜得透师叔的心？

她好像真的伤了师叔，手上的青鸾颓然垂下，面上的表情是从未有过的茫然无措。

第十四章 命悬一线

慕华山庄笼月阁内，窗外月华泻入，远处鸟鸣虫叫，近处树影婆娑，说不出的静谧，可是这静悄悄的夜色中，杀气却溢满了整个屋子。

只见地上齐刷刷地跪着十几人，皆作暗卫打扮。“砰”的一声，桌上所有东西瞬间被扫落地面，一块墨盘飞下来敲中为首一人的额头，鲜血立即汩汩流出，那人却连哼都不敢哼一声。

“一群废物，让你们追盗贼，回来就只告诉我人凭空不见了！”穆彦林低沉的声音里有着强压的怒火，目光凌厉地扫过众人，最后落在冥九身上。

“属下看管笼月阁时未发现有何异常，除了平日里负责打扫的婢女，并未……”话音未落，冥九愣怔地看着自己胸口流出的红色液体，张了张口，却只一声呜咽，倒在地上。

“没眼力的蠢货。”穆彦林淡淡吐出几字，拿起绢帕擦净了手上的血迹，又颇为嫌恶地扔至一边。

“既然人是在城中不见的，那就掘地三尺，一定要把人给我找出来！”

“是！”暗卫迅速退去。

待无人时，穆彦林撑着檀木桌坐下来，方才胸中气血一阵鼓荡，似要喷涌而出，被他强制抑下，暗自调息。最近几日，只要动怒，似乎都会有这般反应，许是武林大会那一剑落下的病根，待事情了结，他还得去一趟神医门。

再睁眼时，体内那股紊乱的气息已经平复下来，他打开桌下暗格，里面的《九霄剑谱》已换成一枚半月镖，半月镖上淬了剧毒，那人撑不过三个时辰。对慕华山庄熟悉且是女子的人并不难猜，可惜……

未过多久，便有一庄内弟子慌慌张张地闯了进来："庄主，不好了，有人闯暗牢，劫了牢里那人，还打伤了好几名弟子，较难对付啊！"

穆彦林闻言顿时起身，赶往暗牢。

牢房外，守卫的几名弟子哀号着倒在地上，随后赶到的弟子将闯入者团团围住，却颇为忌惮，不敢上前。

待穆彦林赶到时看到这一画面，以及来人衣襟上绣着的熟悉图案时，不禁冷笑一声："万魂谷真当我慕华山庄是想来便来，想走便走的地方，还不给我上？！"

门派内弟子畏缩地看了一眼红衣女子的手，却更畏惧身后穆庄主的残忍手段，一咬牙便往前冲去。

红练素手一扬，几缕粉尘便洋洋洒洒地落在了那些人的身上，顿时响起一片凄厉惨叫声，中招者如被扼住了咽喉，未挣扎多久便断了气。

穆彦林神情一凛，纵身跃起，青乌剑已经抄在手中，顺手带起一名弟子直冲红练而去。

红练手中毒药恰好用尽，飘然跃起，躲过来势汹汹的一剑，抽出腰间软剑相迎。长剑斜指，引开穆彦林的剑刃，两人剑光闪烁，眨眼已过数招。

底下亦缠斗在一起，但终究是慕华山庄弟子众多，没了红练助阵，万魂谷弟子带着重伤的元一，稍显不敌。

穆彦林剑路突然急速一转，便直向红练心口刺去，后者堪堪避过，剑气扫过脸颊划出一道血痕。二者武力悬殊，倏尔分出了高下。

红练亦是意识到这一境况，虽落于下风，却不显一丝慌张，剑光一闪，似是拼尽全力逼至穆彦林跟前，脸上骤然绽出一抹嘲弄笑意。

“暮烟，你想练成九霄剑法，可有想过那心法是骗人的？”

趁穆彦林愣神的工夫，红练借着剑势急速退去，几个纵身间回到了黑衣人中间，自腰间夹出一枚圆球扔在地上，顿时腾起一股烟雾，几人于烟雾中消失无踪。

“庄主！”未受伤的弟子挥散了烟雾迅速聚到了穆彦林身旁，却见自家庄主脸色青黑，似是难以控制般全身发颤，呕出一口血来。

“季慎！啊——”一声怒吼，穆彦林眼眸渐渐泛红，闪烁着疯狂之色，一股庞大的暴戾之气自其周身旋起，额前发丝飞扬，双眉正中现出一道血红印记，犹如烈焰，隐约有青黑之气流转。

几名胆大的弟子上前查看，却被吸进了气流旋涡，一下子飘浮到穆彦林跟前，身体如同被吸干精气一般迅速萎缩，干瘪而亡。

余下众人看到这一幕，面露惊恐之色，再不敢多留一刻，纷纷逃散。

最后一具尸体被扔到了地上，穆彦林敛气，全身流淌过一股暖意，所有的不适均已消散。

眉心那道印记如沁了血，妖异万分。他微微垂下眸子，缓缓发出一声诡异阴鸷的冷笑，踩着那些尸体大步离去。

夜色如浓墨般化开，苍穹唯有三两点暗淡星光，简陋的厢房里点着一炉熏香，室内弥漫着香甜之气，一如床上之人此刻做着的梦。

“师姐，师姐，这都什么时辰了你还在睡，快起来！”门外拍门声不断，夹杂着许多碎语。顾子嫣悠悠醒来，而门外的沈璃也耐心用尽，撞门而入。

顾子嫣半撑着身子看着门口涌入的婆子及师妹们，愣住了。

梦境如进尾声，顾子嫣蓦然慌乱起来，她面前的季慎脸上的笑容渐渐淡去，转而浮现的是深深的哀切。

顾子嫣下意识想要抓住什么，却直接从季慎身体穿透，他的身影便像云雾倏然不见。她猛然惊醒环顾四周，良久，才想起自己在洛城，而非衡山派。

浮华一梦，顾子嫣以手托额，苦笑着想，自己怎会做这样一个梦。她的手腕处突然传来一丝酥痒，目光所及，却是两缕青丝编成的同心结，落于枕边。

结发为夫妻，恩爱两不疑。渐渐有湿湿的液体从她眼里滑落，一滴一滴掉在手背上漫开。

师叔……

一声呢喃，在空气里婉转成百转千回的柔情。

天空微微泛白，远处云层里夹着薄薄的雾，推门而入的瞬间，拂来一股清冷的山风，还夹杂竹叶晨露的清香。

“昨夜一宿你去了哪里？”突然响起的声音有一丝喑哑，一道身影自屋子里面徐徐走出，脸色微白，阳光映照他的墨黑瞳仁，如同打底涂料，勾勒出丝丝冷冽。

季慎抖落身上的水汽，缓缓走到他跟前站定，嘴角划过一抹带了讽意的笑：“这般关心，倒叫人受宠若惊。”

“你要救的人，我已派人送往嵩山。”阎皇恍若未觉，继续问道，“剑谱呢？”

季慎却不说话，只沉沉地看着他，从袖子里掏出一枚圆形玉佩，摊在他眼前，面上是难掩的阴郁之色。

阎皇神色一凝，随即取而代之的是一抹玩味的笑意。他从季慎手中拿起玉佩，细细摩挲着那圈的花纹：“怎么，觉得不舍？这样的女子，我万魂谷内要多少有多少，我赔你一个便是。”

季慎敛眸，隐去一抹暗芒，半晌，薄唇微启，缓缓吐出二字：“红练。”

阎皇嘴角的笑戛然而止，而后脸色一沉，气氛陡然间变得有些低沉：“唯有她不可。”

“为何？”

“她自幼跟着我，于我来说如同亲人，岂是其他人可比的。”

“单单只是这层缘由？”

阎皇微眯起眸子，看向不同于往日变得冷漠的侄儿，眼中闪过一抹深思：“我的事无须向你报告。倒是你，不是只恋着你那小师侄一人？怎的今日如此多情？”

“无果的事何必执着，眼下我人在这里，断不会与衡山派再有一丝牵扯，你尽可放心。”季慎语调仍是平平的，叫人看不出一丝端倪，又话锋一转道，“不想最后你我二人决裂的话，就别再插手我的事，没有人喜欢被亲近之人算计，大伯。”

阎皇闻言怔然，看着眼前与那人极为相似的容颜，脸上现出似喜似悲的神色来：“你……唤我什么？”

“当年之事，皆因你而起，识人不清，养虎为患，令我父母惨死。可你终究是我父亲的大哥，父亲早时亦有交代，若有一日他不在，命我好好照顾你，他不忍心你一人孤苦。”

“他……当真如此说的？”

“若非父亲遗言，我何必来找你。当年你让人追杀我母亲，使她在逃亡途中险些丧命，这些我可都还记得一清二楚。”

“我……”阎皇哑然，时隔多年提起林玉羡，他心中仍是一阵不痛快，若非她，他的亲弟弟怎会离开万魂谷，又怎会……

但他面上不曾流露分毫厌恶：“小川还说了什么？”

季慎冷冷瞥了一眼，淡然的视线不经意间瞥向廊檐转角的位置，意味深长地说了一句：“他只希望你有朝一日能如他一样，找到心爱之人，安安稳稳与之共度余生。只是这话，说了你也不会听，又何必。”

说完，他拂袖离开。

“大哥，我们在这万魂谷待着好好的，为什么要入中原？”

“中原真是漂亮，比谷内好玩多了，我们就留在这儿吧！”

“大哥，我已经老大不小了，你就别让那么多人跟着我了，暮烟一个就够了，别人也欺负不了我，我不欺负人就不错了。”

“我……我遇上了一姑娘，看见她的时候心跳得可快了，大哥，我是不是生病了？”

“原来你入中原是为了这个，权势地位真有那么重要？连人的性命都可以罔顾，你还是我认识的那个大哥吗？《九霄剑谱》不是什么好东西，不练了好不好？我们还是回万魂谷，那儿才是我们的家，与世无争不好吗？”

“大哥，我要走了，你……保重。”

……

看着那人从嗷嗷待哺的娃娃成长为翩然少年，然后又变成了俊朗的青年，他何等欣慰，自觉多年心血没有白费。

可是，为什么最后明明只想给自己最疼爱的弟弟一个安稳环境，让他永远这么无忧无虑地生活着，不为世事纷扰，亦无人敢加害，他却……

阎皇失神地伫立在门口良久，忽然低声笑起来，那笑声越来越大，到了最后，竟带出些呜咽，仿佛野兽的悲鸣：“你死了，我也要这武林为你殉葬！”

转角处，一片绯色衣角一闪而逝，无人察觉。

相距几十里的洛城内，时间尚早，傅安刚帮着怜荀将药摊子在茶楼边铺开，就有人寻上了门。

“请问您是衡山派的傅少侠吗？”一名小厮打扮的少年站在摊子前，恭恭敬敬地询问道。

傅安杵在怜荀旁边，故作不解地问：“傅少侠是什么？可以吃吗？”

小厮嘴角抽搐，随即从怀里掏出信笺，双上奉上：“我家主子命我前来送信，请衡山派大弟子顾子嫣顾大侠过府一叙，麻烦傅少侠代为转交。”

怜荀截在傅安前一步接过了信，那小厮见状也未多说什么，略微颔首后，转身离去。

“顾大侠，傅少侠？”傅安瞅着怜荀手中的信笺，默默嘀咕道，“就不能一视同仁地称呼吗？从哪里看出大小之分的？真是……”

“从身高上。”

傅安只觉得膝盖中了数箭，好疼！完全没办法和师姐再一起愉快地玩了！

怜荀看着信笺上“顾子嫣亲启”的字样，微微蹙了眉，随即递给了傅安：“信倒没什么问题，就是这小厮瞧着有一丝眼熟，总觉得透着古怪。你回去交给你师姐，让她小心行事。”

傅安郑重地点头，临走前幽幽地说道：“其实，我都比同门师弟高了不少，只是长得慢了一点。”

怜荀默默伸出手，指向左边，傅安立刻屁颠屁颠地去了，新抱的大腿脾气不大好，但胜在能毒能医，最重要的是有肉吃！

傅安进门时，顾子嫣正拿着什么东西，一听到动静立马收入了怀中。傅安好奇地瞥了一眼，看着像是个锦袋，倒也没在意，递过信笺后，将怜荀的话复述了一遍。

顾子嫣打开信，粗粗浏览后心下诧异，以物换人，穆彦林这关头想要盟主令是为何？搁下信件，对上傅安担忧的眸子，她已做好了决定：“我去见师父一故友，不必担心，这两日你们还是留在此地，不要外出。”

傅安懵懂地点头：“那我等你回来，师姐可别丢下我一人。”

顾子嫣颔首，匆匆离去。

不多时，顾子嫣便到了尚春园外，远远看去，仍是一派繁华景象，丝竹袅袅，并无一丝异样。她离开了一会后重回原地，那尚春园门口多了一名小厮伫立，左顾右盼似是在等人。

踌躇片刻，顾子嫣上前，那小厮立马迎上来：“顾大侠请随我来，家主已等候多时。”

园内厅中高高低低布满五颜六色的纱灯，每张桌子都坐满了各色人，均是男女同席，且调笑正欢。大厅正中，一群女子伴着悠扬的乐声翩然起舞，轻纱罗裙，纤腰扭摆，体态轻盈，姿仪曼妙。

顾子嫣跟着小厮上了二楼，细细观察着每一处，右手不离青鸾剑，暗自戒备。直至最里间的琉璃苑前，那小厮停下了脚步，推开了门，做了一个“请”的动作后，便候在一旁。

一眼就能望到底的屋子里，中间的位置摆着一张紫檀木圆桌，桌边四个矮凳，此时穆彦林正坐着，看见她时嘴角勾起一抹浅笑。

“我诚意相邀，这里自然不会有多余的人，况且也不便有外人在。”

一声微弱的呻吟自床畔响起，顾子嫣神色一凛，快步入内，身后的房门随即合上。她扶起从床上跌落在地的女子，女子软软靠着她，一声“师姐”唤得又急又委屈。

“以防她不听话，下了点软筋散而已，这等寻常药的解药你身上应该带了，解了便是。”穆彦林执起酒壶倒了杯酒，慢慢品着，不甚在意地说道。

顾子嫣一探沈璃的脉象，的确如此，便从兜里掏出解药喂她服下，随即目光复杂地看向穆彦林：“当日我以盟主令请你替衡山派澄清，你却不肯，今日为何又突然想要盟主令？”

“自然是有了价值。”穆彦林轻笑了一声，接着说道，“有人想要，而我恰好可以得到，一笔不错的买卖，何乐而不为。”

顾子嫣虽有不解，却已无暇顾及：“只要穆庄主说到做到，盟主令自会有人送上。为表诚信，我愿陪庄主在这里等，但必须让我师妹先离开。”

“师姐……”沈璃恢复了一些力气后，立刻抓住顾子嫣，语气里满是不愿意。

“回去找傅安，看住你师弟，别寻回来一个又丢一个，我自会全身而退。”顾子嫣小声在她耳边交代道，语气是不容置疑的决绝。

沈璃咬唇，却也知道自己留下来只会拖累师姐。思及此，她便顺从地离去了。

穆彦林走至窗边，一下子推开了窗，将街上景象尽收眼底："这样可放心？"

顾子嫣看着沈璃的背影渐渐淡出，遂抬起手指搁在嘴边，一声清啸响起，传得极远，这是她之前与人约好的暗号。

穆彦林面上笑意不减，坐回原位，翻过酒杯替她斟上了酒："我无意与衡山派结怨，只是这些日子以来，种种缘由多有得罪，这一杯算是我向你们赔罪。至于季慎……倘若你能劝他回归正道，我亦不会追究，饮下这杯酒，咱们恩怨两清。"

满是酒液的酒盏摆在顾子嫣面前，穆彦林说完后一饮而尽，搁下酒杯看向她。门外忽然响起叩门声，穆彦林眸底闪过一丝愠怒，却极快，无从捕捉。

小厮推开了门，带进来一男子，却是那街头变戏法的。后者冲着顾子嫣呵呵一笑，从怀里掏出了一块牌子晃了晃，然而待那小厮伸手去拿时，那人双手一交叉，牌子奇迹般消失不见了，急得小厮一通乱找。

穆彦林微微摇头说道："看来在你眼中，我还真是一个小人……也罢。"

顾子嫣抿唇，端起桌上酒盏饮下，一抹嘴角说道："不管怎样，还望穆庄主说到做到。"

"莫喝！"突然一声暴喝传来，却为时已晚。齐钰破门之时，顾子嫣只觉头一阵昏沉，穆彦林那张脸突然万分狰狞起来，一瞬间，她便失去了意识。

床榻之上躺着一位面色苍白的女子，她手背上浮现出一条条古怪的筋络，每一条筋络都是青黑相间的，隐隐可见有黑气在其中流动。

"师姐？"傅安不敢相信地看着这一幕，转而看向床畔守着的二人，"沈师姐？这……怎么回事？"

"她喝了穆彦林的毒酒，来的路上我已经封住她的几处要穴，只是这种毒的毒性极强，片刻就蔓延至四肢了。"齐钰紧蹙着眉头，冷声说道。

怜荀搭上顾子嫣的脉搏，不一会儿眉头便紧紧皱起，握住她的手将袖口往上推了推，发现经脉颜色变深，呈殷红之色，如同凤翎一般盘踞臂弯。

“是凤苓。”怜荀从腰间解下皮囊，打开摊在床上，取出一排银针，往顾子嫣身上几处大穴扎去。

屋内几人都屏息凝视，银针扎下的地方隐隐有血迹渗了出来。沈璃死死地咬住下唇，双目通红地看着榻上的顾子嫣，齐钰见状，轻轻揽住了她的肩头，低声道：“这不是你的错……”

随着手上动作加快，怜荀的额头上渗出了细细的汗珠，每一次下针都极为小心，生怕出错半分。待至收针之时，顾子嫣嘴角沁出一缕黑血，脸上稍稍有了些血色。

怜荀抬手抹了一把额上的汗液，微微脱力，开口道：“我只能施针抑止她体内残毒扩散，不过只是延续她三日性命，若到时再无办法，恐怕……性命难保。”

“我去找穆彦林要解药。”沈璃面上似有哭过的痕迹，从齐钰身后走出，声音微哑地说道。

怜荀摇了摇头：“这凤苓我在藏经阁的《毒经》上见过描述，但关于解法，书中却没有记载，你这样贸然去找穆彦林，很可能得不到解药，反而赔了自己。”

齐钰面上亦是不赞同之色，牢牢抓住她的手腕，沉声道：“是我去晚了一步，你若要怪就怪我。”

“是，都是因为你！”沈璃使劲挣扎却挣脱不开，倏然抬起头，用满是泪水的眼睛狠狠瞪着他，“要不是我跟着你去，我也不会落在穆彦林手里，师姐也不至于为了救我而身中奇毒，要不是我拖累师姐，如今她怎么会奄奄一息躺在床上！你赔我师姐，你把师姐赔给我！”

齐钰直挺挺地站着，任由她狠狠捶打，一声未吭。

“沈师姐，都是我不好，是我笨！师父在洛城哪里有什么故友，我居然信了，就算是访友我也该跟着师姐去的，都是我……”

傅安这才明白过来，想起那时的画面，便一脸懊恼。

怜荀眼看屋子里快哭成了一团，无奈地出声道："现在不是责怪的时候，她还需要静养，有什么我们出去说。"

齐钰感激地冲她点头，一行人撤出了厢房。厢房外的小院子里，一位白衣公子从地上抓了把泥土，捏成了个圆乎乎的小丸子，挨个摆在桌上，来来回回正玩得不亦乐乎。

"他……"怜荀瞧着那背影，却正好对上那人转过来的脸，大吃了一惊，"夏……兴安？"

沈璃下意识警惕地环顾左右，发现只有他一人，不由得颇为诧异。

"外出办事时意外碰上的，你完全想不到他当时的境况。"齐钰回忆起在那地方见到他时的情景，眉心狠狠蹙起，实在难以想象竟是那种原因，也难怪他成了现在这样子。他收拢思绪，继续说道，"总之，一言难尽，他如今毁了容，失去了记忆，形同废人。

"回来的路上听到穆彦林走火入魔的传闻，我当即去了慕华山庄，整个庄内了无人气，犹如人间炼狱。穆彦林疯了，他拿到的是季慎准备的假心法，定然对季慎恨之入骨，只是季慎如今同阎皇一道，行踪难寻。我猜想他很有可能对顾子嫣下手，等我找过去时已经晚了，后来只能将夏兴安一并带了回来。"

傅安走了过去，瞧着他左脸上纵横的划痕，莫名觉得他有些可怜。突然间她被一股力道拉了过去，跌坐在夏兴安旁边的石凳上，瞧着对方满脸兴奋，不由得打了个寒战。

"少年你面色憔悴，双目无神，眼圈发黑，可有感觉身体大不如从前？"夏兴安摸着他的脉象，装模作样地说道。

傅安扒拉了一下自己的脸，幅度微小地点点头，道："最近是没什么力气，一到了下午那更是困乏。"

夏兴安作势捋了捋根本就不存在的胡须，下论断道："这是肾虚啊！"随即他眼疾手快，抓起桌上一颗药丸就要往傅安嘴里塞，"你是第一个上门的病患，这颗十全大补丸就送你了！"

“呸呸呸……”傅安推搡着从夏兴安手中逃脱，狠狠地抹了一下嘴，只觉得一股子泥腥味扑鼻。

夏兴安怎肯放过，两人一追一逃，闹得院子里鸡飞狗跳。

怜荀细看过夏兴安后，略微颔首，说道：“他积郁成疾，心肺俱损，症状比之先前更为严重，倒像是被生生逼疯的。先留着他吧，现在贸然将他送出去，反倒引来不必要的麻烦。”

“我去找师叔。”安静站在一旁许久的沈璃忽然开腔道，“师叔把师姐看那么重，一定有法子能救她！”

“我陪你去。”齐钰附和，两人一同离去。

只缘感君一回顾，使我思君朝与暮。

阎皇从长榻上起身，两个使女正要上前帮他束发整装，却被他冷冷地挥开了。鲛绡灯下，描金盘云的长袍半敞着，他端正的容颜上看不到一丝表情。

一袭红衣的女子挥退了二人，亲自打了盆水伺候其梳洗。阎皇愣怔地望着她，似被方才梦境所扰，心生异样。半晌，他接过了脸帕，问道：“一切可都准备妥当了？”

“嗯。”红练应声，静候一侧，“明日穆彦林要去福泉寺为穆霸天做法事，我们的人已经埋伏在那边，先前离开洛城的门派掌门及弟子已经被请回，都中了十香散被软禁于地窖内。”

阎皇不禁勾起嘴角一笑：“穆彦林生性狡诈，如今疯魔，定然对我们更加防范。明日我与慎儿同去，你还是留在此地看着那些老东西们，待我凯旋。”

红练垂眸未作声，手里多了一条发带，阎皇便顺从地坐于镜子前，由她为自己束发。

“那日听到主人与季公子的对话，主人说红练于你是亲人，红练是开心的，相伴二十余年，虽不奢望与阎君并论，但我在主人心里已经有了一席之地，不是吗？”红练把玩着他的发丝，用骨梳轻轻梳理着，低声细语地说道。

阎皇有些恍惚了，红练现在的语气和模样，竟与那梦境里浑身是血倒在自己怀里的人絮絮说着未尽之言的样子极近相似。

红练拿起一旁的白玉发冠为他戴上，久久地凝视着镜中之人，忽然闭上眼，一滴清泪滑落。

阎皇骤然察觉不对，只觉脖间有点痛，刚刚拽住红练的手涌起一股麻意，只能软软地摊在椅子上。

“你……”阎皇瞪大双眼，满脸不敢相信的神情，但见一侧走出的身影，忽而回过神来，掀起滔天怒火，“你背叛我！”

红练半跪在他身前，虔诚地低语道：“红练这辈子都不会背叛主人，主人想要做的事，红练竭尽全力也会为主人办妥。若是成功回来，任凭主人责罚，若是败了，这笔债红练下辈子来还。”

阎皇神情复杂地盯着红练，嘴唇微微颤抖，抵不过那药效，他不甘心地坠入昏沉境地，闭眼时，眸中掠过一抹深沉的痛楚。

“那颗回魂丹，我早已掺入他饮用的药汤里，恰好五日。”红练回眸，已敛去所有情绪，面无表情道，“你答应我保他一命，要说到做到。”

季慎颔首，视线自阎皇转移到红练身上，神色淡淡地说道：“明日对战穆彦林我去便可，我父母的仇不需要你来插手。”

“这是他想了半辈子的事，我会帮他达成心愿，与你无关。”

第十五章 一生一世一双人

“师叔怎么会不见我们呢？”衣香阁对角的弄堂里，沈璃垂头丧气地蹲在地上，咬着唇说道，“再过半天就到期限了，师叔明明说过这里是据点，他一定看得到我们留下的信息，我们守了那么久，他为什么不出现呢？”

齐钰顺着她的视线看向人满为患的衣香阁，若有所思地眯起眸子：“或许……他有更重要的事要做。”

“还有什么比得上师姐的性命重要？！”沈璃气愤地站起瞪着他，忽而回过味来，“你是不是知道什么？”

“你们的师叔太过精明，每一步都算计好了，我不过是帮他完成了其中一环，换了自由身而已。”齐钰按住沈璃揪着自己衣领的手，叹了口气说道，“不过他肯定没有算到顾子嫣有这一劫，我们还是先回去看看状况，他若能来自然会来的，走吧。”

沈璃松开了手，最后看了一眼衣香阁，只好跟着齐钰离开。

厨房前的空地上，一个药炉正冒着袅袅白烟，但见一名女子蹲在药炉前扇着火，药香氤氲，在空气中漫了开去。

“这是今天的第二服药了吧，能配出解药来吗？”傅安走了过来，看了一眼药炉，满眼担忧地说道。

“什么第二服？”怜荀闻言抬起头，“这药得煎得久一点，还未到时候。”

“等等，”傅安瞠圆了眸子，手指颤巍巍地指着顾子嫣屋子的方向，“那、那夏兴安端着的药汤是给谁的？”

二人互视一眼，皆从对方眼中看到一抹惊骇，连忙朝顾子嫣所在的屋子奔过去。推门而入的瞬间，那个挨着床榻的人正将空碗收起来，冲他二人笑笑，站起来。

傅安箭步上前，一把拽住了他的衣领，面色极为难看地问道：“你喂她喝了什么？”

随后进屋的沈璃二人看着这一幕也反应过来，俱变了脸色。夏兴安被傅安扼住咽喉，极难地蹦出几个字：“救……救命……的……”

怜荀早已摸上顾子嫣的脉门，时而蹙眉，时而诧异，最终化为一丝欣喜：“快放开他，你们师姐有救了！”

傅安闻言当即放开了夏兴安，后者抚着喉咙一阵干咳，半晌才平复气息道：“我都说了是救命的药，你们这群粗人，简直没有办法愉快地相处了！”

怜荀拿过那个空碗嗅了嗅，露出一抹喜色：“是凤岐，我知道了，缺的正是这味药！传言凤岐能使腐肉生肌，枯木逢春，一直被收在皇宫内苑中，没想到……看来顾子嫣命不该绝！”

其余人闻言，都神色复杂地看向一旁气呼呼的世子，从泥丸子到解药的跨度太大，大家根本无法淡然接受他有如此高深医术啊。

“只是现在药效未很好地挥发，应当是煎药的程序有问题，凤岐呢？”怜荀再度替顾子嫣把了把脉，虽无性命之虞，但依脉象看，这毒似乎并不能彻底解了。

夏兴安感觉众人视线落在自己身上，眨眨眼，完全听不懂凤岐是什么，他不过是把袋子里的一颗丸子熬了汤，谁让它长得和十全大补丸一样啊？他摇了摇头，拿出那个袋子抖了抖，表示没有了。

众人默然，不是泥丸子汤真是万幸，师姐你命真大！

是夜，云淡风轻，无一丝星辰。一声微弱的呻吟惊醒了守在床畔的沈璃，她惺忪的睡眼慢慢恢复清明，察觉到紧紧握着的手微微抽动了一下，她的心也跟着跳了一下，屏着呼吸傻愣愣地瞧着床上之人，直至那人悠悠睁开了眼。

“师……师姐？”沙哑的声音染上一丝哭腔，沈璃激动地抱住了她，随即冲到门外大声喊道，“师姐醒了，怜荀，我师姐醒了！”

顾子嫣直挺挺地躺在床上，似是倦极，但还是用尽全身力气慢慢坐起来，她跌跌撞撞地下床，沈璃见状连忙扶住了她。

顾子嫣下意识地一惊，却闻到一股熟悉的气息，那香气她似乎在沈璃的身上闻到过，她疑惑地唤了一声：“沈璃？”

“师姐，你刚醒来别乱走，我去叫怜荀过来给你看看，你好好地待在床上啊。”

顾子嫣被搀着又坐回床上，因未得到沈璃回应而抓住了她的手，蹙眉问道：“是你吗？沈璃，帮我点个火，这屋里太暗了。”

推门而入的怜荀等人听见这话，都直勾勾地看向那二人不远处的烛台，上面火苗正旺，屋里很是亮堂。

“师姐她看不见了吗？”沈璃被握住的手里全是冷汗，小声问道。

怜荀细细查看她之后，点了点头。顾子嫣侧耳，忽然陷入一股未知的恐慌里，微微后退，靠近了沈璃。

“毒素渗入过甚，麻痹了她听力与视力的脉络，可能会让她一时看不见也听不见。”怜荀收回手，下了结论。

“一时？”齐钰反问。

“这个我也说不准，很有可能一直……”怜荀垂眸，亦颇为无奈。

沈璃反握住顾子嫣的手，将她的手心摊开，见顾子嫣微微瑟缩仍强势地紧握住，便用手指头一字一字地描画起来。

“师姐你只是暂时看不到，听不到，我一定会治好你的！”顾子嫣亦一字一句地念道，念完之后，她陷入了长久的沉默之中。

半晌，顾子嫣勾起一抹淡然的笑，说道：“嗯……其实此次我能活下来已是侥幸，你们万不要为了我去犯险。待我身体稍稍恢复，我们便一道回衡山吧。”

顾子嫣揉了揉眉心，似是困顿，摆手让众人离去，她重新躺回床上，安然睡去。只是她是不是真如表面般风平浪静，这点唯有她自己清楚了。

是她自己蠢钝，明知穆彦林心怀不轨，却还是赴约，如今落得如此下场，她还能等到师叔解释吗？还是罢了……

别院深处，一处庭园中雅致华美的一座楼宇里，婉转的琴声流泻而出，一道珠帘垂挂，隔断了内外二室，琴声正是从里面传出的。

一名男子快步入了别院，刚靠近便被人拦下来。穆彦林听到动静，瞧了一眼那人，开口道：“是我的人。”

守在门外的二人对看一眼，将人放行。

“何事找我？”穆彦林端坐于桌旁，敛眼垂首，似是专心把玩着手里的茶盏。

“属下近日看到那位神医门的姑娘接连在几家药铺收购药材，我跟了许久，只是每次临到最后都被阻挠，故还未找到他们栖身之所。”

“收购药材？作何用？”

那名下属犹疑片刻，豁出去般说道：“属下怀疑……顾子嫣未死。”

“你说什么？！”穆彦林眉宇紧拧，神色顿时尽显戾气，眉心处一抹红印时隐时现，似极不稳定。

垂帘一侧的角落，一道玄色身影悄无声息而立，周身隐在绰绰暗影中，一见此状，上前将那人驱逐出去，回身对穆彦林冷冷出声道：“你体内真气紊乱，若不克制，先死的一定是你。”

穆彦林盯着那垂帘后头，眼中闪过一抹狐疑之色，然后变为恼怒：“你不是说中了凤苓的人，不出三日必死吗？如今都已经过了五日，还说那毒药无解，你莫不是糊弄我？”

“凤苓是本宫问先皇讨要来的，唯一能克制其毒性的凤翎至今下落不明，二者皆出自毒痴之手，论药性无人能出其右。你那手下说了，神医门的人或许真能救。”帘子内传出一道淡然的女声，悠悠说道。

“总之，事情未妥，你我之间的合作也就到此为止。”

“穆庄主这么快就过河拆桥，昨日本宫派人解你困顿，还帮你除了心头大患，那阎皇可是死在你剑下的。本宫这般帮你，如今临到最后你要反悔……恐怕也由不得你吧！”“铮”的一声，琴弦崩断，一道杀气直逼穆彦林。

穆彦林冷冷一笑：“我将那宝藏之钥给你，你帮我除掉阎皇与季慎。如今阎皇虽死在我手里，可你的手下仍让那季慎给逃了，以那人的狡猾心性，我岂有安宁之日？更别谈你想借我东山再起，权倾朝野。”

珠帘被缓缓地撩起，一女子踱步而出，她着一身绸缎鎏金月牙色衣服，袖口处用银丝绣了些花纹，宽大的腰带上系着一枚温润剔透的玉佩，贵气十足，身后的玄衣男子始终不离其右。

女子走至他跟前坐下，嘴角噙着一抹淡然笑容，姿态闲适而自信地说道：“本宫倒有个一石二鸟之计，魔教已尽数落网，而昨日意外救下的人遭遇此行，已对魔教恨之入骨，不妨好好利用……”

穆彦林猛地抬眸，好似被点醒了，一抹笑意在唇边渐渐渲染开来，慢慢地扩散到眼角眉梢。

穆彦林满意地看了她一眼，二人如同达成共识般碰盏，一饮而尽。

时值秋末，天气骤然冷下来，顾子嫣的身体在怜荀的调理下恢复大半，功力回至三成，只是仍丧失听觉与视觉，因此，沈璃从不曾不离开她左右，一直细心照看她。

屋外梧桐叶在地上积起厚厚一层，偶有几片落在顾子嫣的肩头。

一双修长而白皙的手拿着绒布，一遍又一遍地擦拭着狭长剑身，动作轻柔，仿佛天地间只剩下了这把剑，自成一世界。

沈璃伸手掸掉了落叶，为她披上一件厚实的氅衣。顾子嫣醒神，回以一笑，道："我嫌屋子里闷，才想出来坐坐，师妹你怎么不多睡会儿？"

沈璃抓着顾子嫣的手，写道：外头凉，你的身子不宜久坐。

"唉，看来我还真成了个废人。"顾子嫣的笑意里隐含无奈，"是我想得不够周全，自己愚笨才会相信穆彦林的话喝了毒酒，你何须为此自责……我现在虽然看不到也听不到，可是难得感觉清净，少了许多烦心事，反倒是你们照顾我。这种感觉从未有过，闲适下来做个大闲人也不错。"

沈璃抓起顾子嫣的手，抿唇写道：齐钰已经去天池寻龙吟草，说不定它能解了你身体里的毒。

顾子嫣一愣，握住她微有颤意的手指，轻轻叹了口气道："能不能解我都已看淡了，活着已是侥幸，剩下的不必强求。"

希望愈大，失望也就愈大。

"这两日天气正好，去收拾收拾，准备回衡山派吧。"顾子嫣擦完了青鸾，手指比着剑鞘入口将剑收入，却还是被划了道口子。

沈璃急忙拿出布条，在她伤处撒了些药粉后细细缠上，对于这几日顾子嫣偶尔的逞强行为颇无奈，心知若自己事事插手，怕是会折了师姐的骄傲。可让她看着师姐跌跌撞撞摸索适应，也是心疼得紧。

沈璃指尖落下，一鼓作气地写道：我们回衡山，那师叔怎么办？

顾子嫣握起手收回搁置桌边，淡然一笑道："你师叔自有别的打算，无须操心。更何况……我也等不起了。"

"师叔神通广大，一定会有法子的。若是他知道你变成这样肯定早就急疯了，我们再留几日吧！"沈璃急急地说道，却忘了顾子嫣已经听不到，忽而颓然，难道真如齐钰临走前所说，是师叔不愿回来了吗？

傅安手里拿着一份告示，急匆匆而入，见到两位师姐都在，把告示摊在石桌上，气喘吁吁道：“阎皇偷袭穆彦林，穆彦林不知从哪儿请了救兵，反倒把阎皇的万魂谷端了，阎皇亦死在穆彦林剑下。”

“屠魔大会？”沈璃瞧着那告示上写的，微微蹙起眉头。

“是啊，据说先前离开洛城的几大掌事弟子及门派长老在半路被魔教所擒，一直被人软禁，如今获救，都说要在落日崖顶处置魔教余孽。”傅安瞥了一眼顾子嫣，下意识地小声说道，“我还听说师叔亦参与了，只是最后逃了出来，现在穆彦林的人正找他呢，也不知他躲在何处，你说他会不会来找我们？”

“师叔真与阎皇为伍，报仇去了？”沈璃喃喃，随即冷下了眸子，“难怪……是这般比不过吗？”

“什么比不过？”傅安满是好奇地问道，却听顾子嫣唤了一声他的名字，这才转移了视线。

“现在外头如何，可安全？”顾子嫣询问道。

傅安为难地看向沈璃，不知是否该告以实情。沈璃见状，只好写道：局势颇乱，还需观望。

顾子嫣拧眉，却未作声。

“那个告示上还说要八大门派主持屠魔大会，我衡山派与季慎牵连甚深，与魔教沾了边。”傅安看了一眼顾子嫣，显得颇为犹豫，“师姐若是不去，就是坐实了我们衡山派与魔教勾结的污名。”

沈璃闻言一阵沉默，半晌才咬着牙恨声道：“我看那穆彦林才是最大的魔头，怎么不把他一并除了去？！”

落日崖顶，秋风起，几缕斜阳光透过交织的藤蔓枝条，落下参差斑驳的阴影。离那边的不远处建了一个台子，顶上搭着遮阳的篷布，几名老者端坐，身后着各门派服饰的弟子分门派站立。

台子下方五米处，绑着一些人，脸上都是颓败之色。

“多谢穆庄主相救，不然吾等还不知如何脱困，大恩不言谢，只要用得着我陆某的地方尽管开口便是！”

“陆掌门哪里的话，武林同道相互扶持罢了！”穆彦林抬手作揖，笑盈盈道。

临近崖顶，顾子嫣与沈璃并排而行，宽大的袖袍下一抹银光一闪而过，路遇熟识之人，顾子嫣还与其寒暄两句。

穆彦林瞧着这一幕，眼底幽光更甚，面上却仍不动声色地与身旁之人交谈。

“穆庄主，别来无恙。”顾子嫣领着沈璃上前，到了穆彦林跟前，朗声说道。

“顾少侠，请坐。”穆彦林处变不惊，一指自己身旁另一侧的空位道，“许久不见踪影，我还以为你也被魔教劫了，还四处寻找，见到你平安无事我也就放心了。”

几名长老侧目，眼神里延伸出一抹异样之色。顾子嫣倒是坦然入座，脸上神色始终淡淡的，不流露丝毫情绪。

“说来惭愧，武林大会后我被阴险小人暗害，一直在师父故友处养伤，竟不知发生了这么多事。直到近日听闻我衡山派与魔教快被混为一谈，才急急赶来澄清，免得坏了我衡山的声誉。”顾子嫣食指一动，直直看向穆彦林说道，“我衡山派历来光明磊落，行事正义，决不许有人污了名声，武林同道连这点明辨是非的能力都没有，岂不是要让天下人耻笑了？”

原本欲发言的几人被堵住了嘴，一时无言以对。

穆彦林扫了一眼日头，起身走到台子前沿，清了清嗓子道：“阎皇率魔教旧部为祸武林，妄图称霸，穆某幸得友人相助，击杀了魔头。眼下这些人均是魔教余孽，留下必成大患。故今日请诸位做个见证，彻底屠了魔教！”

“好！”底下一片叫好声，掺杂着磨牙霍霍之声，显然对魔教恨之入骨。

穆彦林拍掌示意，驻守四个角落的弟子开启了仪式。刀光闪过，几声呜咽，被堵着嘴的魔教囚徒纷纷倒地，沈璃微撇过视线，不忍再看。

袖口下中指被一根极细的银丝牵动，在穆彦林坐回之际，顾子嫣倾身过去，低声对他说道："盟主令能打开的地方我去过，里面早已被搬空，你说你合作的那位要是知道，会不会对你起疑？"

"你听不懂你在说什么。"穆彦林端起茶盏，掀了盖子轻轻吹那浮沫，淡然饮茶。

"呵……穆庄主还真是心大，就不怕我以其人之道还治其人之身，在你的茶里下毒么？"

"这么多双眼睛瞧着，你稍有动作，便会引起大乱，我又何须担忧。"穆彦林一副成竹在胸的模样。

"我始终想不透一件事，阎皇、穆霸天二人于你那是有仇，可据我所知，阎君待你不薄，将你当作弟弟相待，而他妻子对你亦极好，这样两个人你为何会出卖他们？"顾子嫣轻轻一点茶水，于桌上写下一个"羡"字。

穆彦林平静的脸色有了一丝松动，眼底泛起一丝煞气。只听顾子嫣继续说道："想来想去，倒只有这个可能大一些：你嫉妒阎君轻而易举便能得到你想得却得不到的。你想得到什么呢？权势你如今有了，为何还要对季慎斩尽杀绝？因爱生恨，求而不得，羡……你是为了林玉羡？"

"够了！"一声怒喝，穆彦林双眸突然泛起一丝猩红，看到顾子嫣那略带鄙夷的神情，似被刺痛。

"当真是为了林玉羡？"顾子嫣感到小指抽动，颇为讶异，不过是自己随意揣测，竟没想到他为之沉不住气，"那真是求而不得了，他二人感情深厚，一对璧人，誓死相随。若是林玉羡知道，怕是只后悔当初认识你！"

忽然一股邪风自地上盘旋而起，卷起数片枯叶，旋于穆彦林周身，他额上的印记再也无法遮掩，浓重的煞气扑面而来。

沈璃眼疾手快将顾子嫣带至身后，连退数步，大喊道："《九霄剑谱》就在他手上，是他杀了穆霸天，还害我师姐，他才是真正的大魔头！”

众人自惊愕中回神，看着走火入魔的穆彦林，瞬间明了，都信了沈璃的话，摆出对阵架势，甚至有人觊觎剑谱，先行一步对其出手。

“是又如何？你们这些人谁能是我对手？！”言语间，穆彦林已将那靠近之人一招毙命，神色癫狂至极。

他一步一步向顾子嫣靠近，后者感受到威胁，以剑防御，沈璃当即挡在她身前，生生接下剑招，嘴角溢出一丝鲜血，直至再也撑不住被弹飞至数丈远，连带顾子嫣一个踉跄，指尖被丝线划破，她顿时失去了与沈璃的联系。

穆彦林挥袖清除了障碍，飞身上前，直直扼住了顾子嫣的咽喉，却见后者束手就擒般呆立，细看之下，不禁大笑出声：“我道你真有如此好运，竟然是瞎了吗？哈哈哈……你说得对，我要报的仇都已经报了，可还是不满足，还有季慎没死。不过我先杀了你，他定然会生不如死！”

一道寒芒破空而来，撕碎漫天寒风，直对穆彦林那只扼住顾子嫣的手而去，那人的青衣长衫被风吹得猎猎作响，俊美的脸上此刻布满寒霜。

“师叔！”沈璃大叫一声，从地上爬起朝顾子嫣跑去，一把扶住了她，瞧着与穆彦林缠斗在一起的人，顿时信心大增！

众人见是季慎，表情甚为复杂，几名受伤的老者相互对视，眼里不约而同流露出同一种意思。

各门派齐齐助阵，穆彦林以一敌十，稍显不力。季慎挂心于顾子嫣，一个抽身回到了她身边，沈璃为护他二人，与穆彦林手下缠斗起来。

“可有受伤？”一别数日，却觉得恍若经年。季慎仔细察看一番，见其并未受伤，才放下了心，“阎皇已废，如今与普通人无异，那日死在穆彦林剑下的是红练。爹生前交代过我，若阎皇仍不死心，便废了其武功，但是要保他一命。

“古墓那日我知晓你在，却不料生了变故，宋晴容去盗剑谱并非我授意，只不过被阎皇迷惑，才傻傻送了性命。我想解释，但你没给我这个机会，从头至尾我挚爱你一人，从未想过伤你。

“唯有一次，便是宋青山死的那次，不管你信不信，是宋青山自己握着我的手将匕首插入胸口的。当时我很怕你知道，虽然我恨他，可不知为何匕首没入的刹那，我突然意识到自己并不想杀他。

“我从未想过惹你伤心。”似是呢喃，季慎伸出手想要触碰她，却被顾子嫣躲闪的动作刺痛，面上浮现一抹狼狈之色。

“季慎，今日我就送你与父亲团聚！”突然之间，在季慎失神的片刻，一道凌厉无比的剑气瞬间破空而来，直指季慎。

季慎仓促举剑隔挡，“当”的一声，剑刃被砸得往下一偏，他顺势避过。他眼角余光扫过，只见地上数人躺成一片，哀号声不断。

剑刃相击，迸发出尖锐的鸣声，二人竟顷刻间过了数招。

沈璃解决了最后一名弟子，望向那处，忽然从怀里掏出一本簿子，朝季慎扔了过去，大声喊道：“师叔，看剑谱最后一页！”

正步步防守的穆彦林闻言，一个折身，飞扑去抢，季慎的剑如有预见般直直没入了他的胸口，一股鲜血喷薄而出，溅在青衫上，斑斑血迹。

“你……”穆彦林不敢相信地垂下头，看了一眼胸口不断涌出的血液，复又抬头看向他，“怎么可能……”

“最后一页的确记载了废除九霄剑法的秘诀，可我早已看过。”季慎淡然地从他手中抽过剑谱，凑近私语道，“阎皇还未死，可惜你已经没有命去找他了。”

“唔……”穆彦林怒极攻心，呕出大口鲜血，双目死死瞪着他，犹不甘心地向后倒去，死不瞑目。

周围稍稍恢复过来的众人慢慢围聚了过来，数十道目光凝聚于季慎手里的那本《九霄剑谱》，带着一丝贪婪。

“魔教贼子，交出剑谱，还能留你一条活路！”一人带头高声喊道，引起几声附和。

季慎闻言，冷冷一笑，视线从他们脸上掠过，没有遗漏分毫：“恐怕我交出剑谱，你们也不打算放过我吧。”

沈璃远远看着，有些闹不明白，她扔出去的那本不是傅安从集市上买来好玩的假剑谱吗？这些人是怎么了？

她心急地冲到前头解释道：“这本是假的，真的我见过，就藏在慕华山庄里，你们这是要做什么？！”

“哼，不管是真是假，拿了再说！”另一人言毕，便提剑相刺。

季慎扫了一眼手上的剑谱，眼底掠过一抹冷淡和厌烦，似是说与自己听一般喃喃道：“因为你，掀起多少腥风血浪，不如让一切到此结束吧。”

在那人刺上来之前，季慎猛然抛高了剑谱，纵身一跃，苍寻剑出鞘，寒光一闪，只听刺啦声响不断，霎时间纸片如白雪纷落，风一吹，便洋洋洒洒落下了悬崖。

“你！”有几人早已急红眼，却敌不过季慎，眼见剑谱荡然无存，咬牙说道，“上啊，大家一起灭了这个魔教贼子，永绝后患！”

“杀——”

一时杀声震天，季慎持剑游走，并无伤人之意，只是那些人不顾，招招致命，他唯有防守。

有人于暗处放箭，季慎几次躲闪，右臂仍中了一箭，苍寻剑险些坠地。众人如同寻到了突破口，在那放箭之人的相助下，略处于上风，屡次得手。

季慎咬牙折断了箭头，青衫染上了点点血迹，被划出一道道破口，分不清那破口上的血迹是他的还是别人的。

他遥遥看去，见顾子嫣仍伫立在原地，视线相对的刹那，季慎被她眼中的冷漠刺痛了心，师侄当真不愿原谅他吗？

“她是正，你是邪，在她眼里唯有衡山派的声誉与存亡才是最重要的，你们怎么会有结果？！”

果真选的不是我吗？明明对你掏了心，你却不肯要了吗？

沈璃想上前帮忙，始终被人拦在一边，她大声喊着什么，却被刀剑声掩盖了。后背又被刀刃划过，季慎微微闭上了眼，脸上深深掠过一抹不甘之色。

如果要死，便死在你手上吧！

“啊……”一声低吼响彻天地，犹如一只负伤的野兽在天地间绝望地长啸。啸毕，季慎一挥手，苍寻横斩而过，激起万千剑气四散而去，瞬时化解了危机。

青色身影直奔顾子嫣而去，剑尖拖地，刃上之血顺流而下，没入尘土。临至顾子嫣跟前，他提剑直刺而去。

“师姐！不要啊！”沈璃倏地瞠圆了眸子，朝着那二人奔了过去，却还是慢了一步。

顾子嫣仿若嗅到了危机，下意识提起青鸾，季慎微微充血的眼眸里掠过一抹哀戚，一手带着她来到崖边，犹如正自导自演一场戏。众人只瞧见顾子嫣的剑刺向季慎，后者随即被推下悬崖。

谁也没听到季慎坠落之前，满是深情地看着她，叹息道：“这下子真还清了，便用我这一世，成就你功与名。”

就在季慎松开手的刹那，顾子嫣蓦然伸手，苍白的指尖和扬起的衣襟在空中相触，却转瞬即逝。收紧来不及抓住对方的指尖，顾子嫣整个人茫然若失地呆立在原地，她好像听到了那人的唤声？

“师……叔？”一声细不可闻的低喃，顾子嫣对着季慎跌落的方向怔然出神，只觉胸口骤然一痛，那感觉如火燎原一般从胸口蔓延到四肢百骸，“唔……”

“师姐！”沈璃一把拽住了顾子嫣向悬崖倾斜的身子。顾子嫣猛地喷出一口黑血，然后瘫软在她怀里。

众人见事情如此收场，顿时收了势，经过一场惨斗，众门派都元气大伤。一名老者干咳了几声，由门下弟子搀着走出来说道：“魔教已灭，穆彦林包藏祸心，不配为武林盟主，所幸已经被除去。如今武林群龙无首，乌烟瘴气，应当选出一位有担当之人一改局势，重整武林！”

“黄老说得极是！不过这人选……”另一位有地位的老者搭腔道，他视线扫过，略微沉吟后说道，“若是草率选出，怕是难以服众啊。”

黄老颔首，亦认同：“为公平起见，诸位应调养些时日，再以比武决出盟主，诸位觉得如何？”

“何必这么麻烦！”一道女子的声音远远传来，很快一抹玄色身影亦随之闪现，长剑清啸，直直插在黄老正前方三寸之地。

“这……”黄老蓦然瞪大了眼睛，颤巍巍凑近了些看，不敢相信地说道，“这不是墨阳吗？你几十年前不是随着……”

一阵脚步声过后，数十名脸色冷漠、着黑衣劲装的男子已将落日崖团团围住，蓄势待发。而唯一一名女子，被众人掩在最后一个才现身，她容貌妩媚多姿，缓缓走到那玄衣男子的身旁。

“这位老翁好眼力，你们不是要选武林盟主吗？墨阳之主玄轶如何？”

“他不是已经销声匿迹多年，不问江湖事了吗？”黄老有些狐疑地看向二人，视线最后落在说话的女子身上，“哪里来的女娃娃，这里哪有你开口说话的份！”

“噗”的一声，剑刃出土，转眼间，那剑已架在黄老的脖子上，速度之快几乎无人看清，玄轶冷冷地道：“不准对公主无礼。”

“公主？”黄老惊讶地喊道，目光一转，他直直看向玄轶，“没想到你竟做了朝廷的走狗！想做武林盟主，你做梦！”

“此处早已埋下火药，你们若是听命于我，那便还有得谈，反之……留你们也无用。”华阳公主微微弯起嘴角，眼角余光扫过穆彦林的尸首，眼中浮起一丝不屑之色，真是靠不住的废物。

众人闻言皆大惊，怎奈先前一战耗尽体力，就算想要一博，也无力突出重围。几名年轻气盛的弟子突然动起手来，解决了就近的几个黑衣人，欲杀出一条道来，最终却命止于墨阳的剑下。

“本宫给你们一炷香的时辰考虑，若结果仍是如此，就莫怪本宫心狠手辣！”华阳公主美目一凝，聚起一股杀意。

“啪啪啪——”

清脆的鼓掌声突然响起，回荡于崖顶，身着明黄锦缎华服的男子自暗处走了出来，身侧几名官燕环绕，而四周涌出了更多的将士将先前围住武林人士的黑衣人压制住。变故突生，玄轶反应极快，护着华阳公主退至了安全地带。

“还真是让朕看了一出好戏，皇姐在五台山修身养性多年，怎么还是这般心浮气躁？”淮宗袍裾翻飞，身姿笔直，嘴角噙着一丝讽刺意味，与华阳公主在石阶上相视而立。

华阳公主看着蓦然出现的人，袖子下的双手倏地攥紧，指尖深深陷入掌心而毫无知觉。

她咬牙切齿地瞪着他，面上掠过一抹阴狠之色，大笑道：“在洛城寻了许久，倒未想过你自己送上门来，今日便是你的死期！”

“华阳，念在你是朕的皇姐，父皇临终交代留你一命，若你现在收手，把你的人留下，朕派人护送你回五台山，此事就当揭过。”淮宗敛了神色，漆黑的眼眸带着锐利的锋芒淡淡扫过她身侧的玄轶，郑重地说道。

“孰胜孰负还未有定论，何必一早就口出狂言？我既然出来了，就不打算再回去，要回也是回我的凤阳宫！”华阳面色一狠，冲着远处喝道，“点火！”

正在打斗的双方人马都停下来了，华阳带来的人在她话音落时便已迅速撤退，淮宗仍淡定自若地站在原地。

预想之中的轰然爆破声没有响起，华阳脸上起了一丝惊疑神色，淮宗身侧一人朝场上扔掷了几捆火药，只见火药里面的芯子早已被掏空，通透可见。

玄轶一见事情有变，立时就要带华阳公主逃走。

“还不将人给朕拿下！”淮宗一声令下，下山之路上又涌出一队人马，是齐府的齐家军，“一个不留。”

“是！”应声之际，厮杀更烈。

玄轶一手带着华阳，一手执墨阳杀出一条血路来，他眼神一凛，已经杀红了眼，唯一的信念便是坚守自己当初的承诺，保护华阳冲出重围。他的这条命是华阳给的，即使是死，也不许她死在自己面前。

华阳远远地看着那人神色漠然地站在那里，恍惚中，他与幼时那个生性古怪的少年重叠在一起。

“皇姐，这江山只会是我的，你便是再想要，父皇也不会给，因为你是女子。”

“唔！”华阳猛地皱眉，感觉到了皮肉被划开的痛楚，背后钝痛，身体倒向玄铁，她用力环住了他的腰，似是自问一般轻声喃喃道，“为什么不可以是女子的？明明被偏爱的那个是我啊……”

天边散开的晚霞如盛开的红莲，如火如血，整个落日崖宛若修罗场，猩红一片。

时过境迁，一晃已是五年，大战落幕，武林恢复平静，新的武林盟主是位天资极高的年轻人，生得一副热心肠，时常帮助别人，例如送年纪老迈的婆婆回家，只是送着送着自个儿就迷了路。所以盟主府的下人们，一个月有大半的时间用来找寻他们家失散的盟主。

皇帝回宫后病了一场，请了数位名医都不见好，也不知是谁送了件宝贝才缓过劲儿来，开始以严刑峻法重整朝纲，扭转颓势，最终成为一代明君。

只是这位明君似乎对洛城情有独钟，时常私访，均是待在此地，似乎丢了什么东西，找了多年一直未找着。

玉山脚下有个小茶寮，不少路人在此歇息，亦有过路的江湖人士点碗凉面配着清茶填饱肚子好继续赶路。

“兄弟，五年前落日崖顶那场大战你不是去了吗？我当时被师门派去做任务，未能看上一眼，遗憾了许久，你跟我说说吧。”着一身蓝色门派服饰的年轻男子睁着圆亮的眸子，瞅着身旁青城派的弟子，满是好奇之色。

“遗憾？去了差点连命都没了，我现在想起来还心惊肉跳呢！”那人没好气地觑了他一眼，夹起一筷子凉面，狼吞虎咽。

那天夜里，我梦见我们成亲，身上穿的亦是这套，你说结发为夫妻，恩爱两不疑，我那时就应相信你的。”顾子嫣似是陷入回忆之中，脸上的神色似悲似喜，端起酒杯一饮而尽。空酒杯被搁置在一旁，她复又端起另一杯说道，“仪式简单，但喝了合卺酒，就是礼成，以你之姓冠之我名，你我再不分离。”

说到最后一字，她手一抖，酒杯倾斜，却不想在那酒水倾洒的瞬间，一只手握住了她的手腕，带着她下滑的身子离开了悬崖。她只觉手中酒杯被夺，然后跌入一个温暖的怀抱之中，被那人紧紧拥住。

耳畔亦响起了一道熟悉的声音，道：“这酒应当正主喝。”

顾子嫣睁大了双眸，又惊又喜，鼻尖蓦然涌上一股酸意，喉头也堵得生疼，却终于轻启朱唇，唤道：“师叔……”

那人仰头喝尽，随即吻上那一抹朝思暮想许久的红唇。缠绵悱恻良久，他低头，溢出一声轻叹：“你说不要，我便拼着命活下来，你若不来，我便去找你。”